NA CASA DE MEU PAI

Outras obras de Joseph O'Connor

LIVROS

Cowboys and Indians

Desperadoes

The Salesman

Inishowen

Estrela do Mar

Caminhos da Redenção

Ghost Light

The Thrill of it All

Shadowplay

CONTOS

True Believers

Where Have You Been?

TEATRO/DECLAMAÇÃO

Red Roses and Petrol

True Believers

The Weeping of Angels

Handel's Crossing

My Cousin Rachel

Whole World Round (em parceria com Philip King)

Heartbeat of Home (elaboração de conceito e composição)

The Drivetime Diaries (CD)

NA CASA DE MEU PAI

JOSEPH O'CONNOR

TORDSILHAS
Rio de Janeiro, 2024

Na casa de meu Pai

Tordesilhas é um selo da Alaúde Editora Ltda, empresa do Grupo Editorial Alta Books (Starlin Alta Editora e Consultoria LTDA)

ISBN: 978-65-5568-157-4

Translated from original My Father's House. Copyright © 2023 by Joseph O'Connor. ISBN 9781787300835. This translation is published and sold by arrangement with Blake Friedmann. PORTUGUESE language edition published by Starlin Alta Editora e Consultoria Eireli, Copyright © 2024 by Starlin Alta Editora e Consultoria Eireli.

Impresso no Brasil — 1ª Edição, 2024 — Edição revisada conforme o Acordo Ortográfico da Língua Portuguesa de 2009.

Dados Internacionais de Catalogação na Publicação (CIP)
(BENITEZ Catalogação Ass. Editorial, MS, Brasil)

O18c
1.ed. O'Connor, Joseph
Na casa de meu Pai / Joseph O'Connor ; tradução Letícia Carvalho. - 1.ed. - Rio de Janeiro : Tordesilhas, 2024.
320 p.; 15,7 x 23 cm.

Título original: My father's house.
ISBN 978-65-5568-157-4

1. Ficção irlandesa. I. Carvalho, Letícia. II. Título.

07-2024/98 CDD Ir823.9

Índice para catálogo sistemático:
1. Produção textual : Ensino fundamental 372.62
Aline Graziele Benitez - Bibliotecária - CRB-1/3129

Produção Editorial: Grupo Editorial Alta Books
Diretor Editorial: Anderson Vieira
Editor da obra: Rodrigo de Faria e Silva
Vendas Governamentais: Cristiane Mutüs
Gerência Comercial: Claudio Lima

Produtora Editorial: Caroline David
Tradução: Letícia Carvalho
Copidesque: Renan Amorim
Revisão: Denise Himpel
Diagramação: Joyce Matos

ALTA BOOKS
GRUPO EDITORIAL

Rua Viúva Cláudio, 291 — Bairro Industrial do Jacaré
CEP: 20.970-031 — Rio de Janeiro (RJ)
Tels.: (21) 3278-8069 / 3278-8419
www.altabooks.com.br — altabooks@altabooks.com.br
Ouvidoria: ouvidoria@altabooks.com.br

Editora **afiliada à:**

Para Emma, Laurence e Cormac, *un abbraccio*.

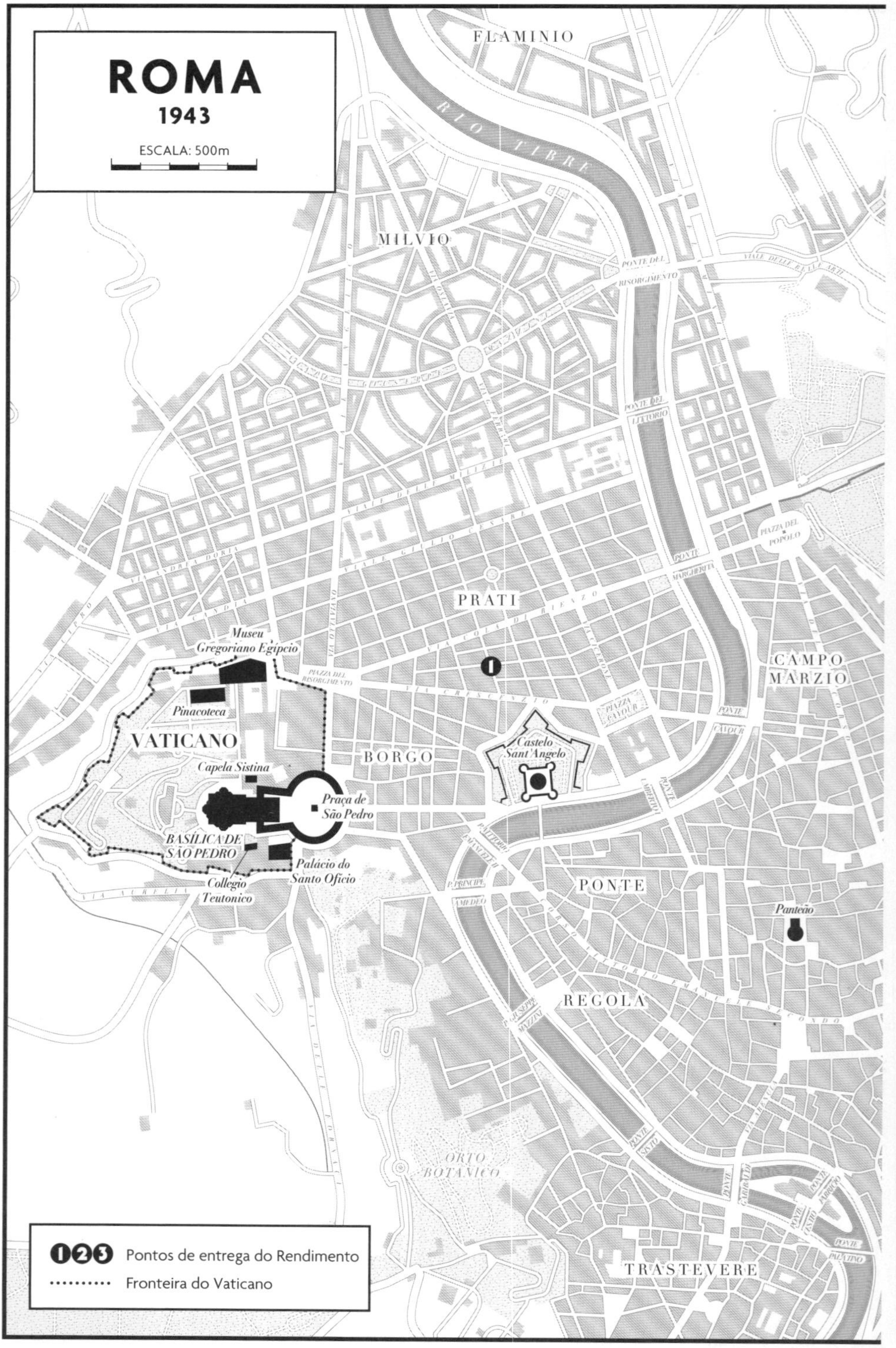
ROMA
1943
ESCALA: 500m
FLAMINIO
RIO TIBRE
MILVIO
PRATI
CAMPO MARZIO
Museu Gregoriano Egípcio
Pinacoteca
VATICANO
Capela Sistina
BORGO
Castelo Sant'Angelo
Praça de São Pedro
BASÍLICA DE SÃO PEDRO
Collegio Teutonico
Palácio do Santo Ofício
PONTE
Panteão
REGOLA
ORTO BOTANICO
TRASTEVERE
PIAZZA DEL POPOLO
PIAZZA CAVOUR
Pontos de entrega do Rendimento
Fronteira do Vaticano

PARIOLI
VILLA SAVOIA
PARCO VIRGILIANO
VILLA BORGHESE
VILLA ALBANI
VILLA PAGANINI
VILLA TORLONIA
SALARIO
Muralha Aureliana
LUDOVISI
Escadaria da Praça da Espanha
CASTRO PRETORIO
VIA BARBERINI
VIA DEL TRITONE
Trevi Fountain
PIAZZA D. ESEDRA
VIALE DELL'UNIVERSITÀ
ESTAÇÃO ROMA TERMINI em construção
Santa Maria Maggiore
MONTI
Coluna de Trajano
PIAZZA VENEZIA
Vittoriano
PARCO DI TRAIANO
PIAZZA VITTORIO EMANUELE II
ESQUILINO
Colosseum
FÓRUM
Gestapo Headquarters
PIAZZA PORTA MAGGIORE
Muralha Aureliana

Mãe, pai e família amados. Esta é a última carta que escrevo, pois hoje serei fuzilado. Amada família, dei minha vida pelo meu país e por tudo o que me era caro. Rezo para que esta guerra acabe em breve para que todos possam viver em paz para sempre. Adeus. Com todo o meu amor, seu soldado, filho e irmão, Willie.

Carta escrita por um prisioneiro
de guerra escocês na Itália

ATO I

O CORO

Sopranos: Delia Kiernan, Marianna de Vries
Contralto: Contessa Giovanna Landini
Tenores: Sir D'Arcy Osborne, Enzo Angelucci, major Sam Derry
Baixo: John May
Maestro: monsenhor Hugh O'Flaherty

Setembro de 1943: forças alemãs ocupam Roma.

Paul Hauptmann, *Obersturmbannführer* e líder da Gestapo, governa com terror.

A fome se alastra. Os rumores se proliferam. O desfecho da guerra é altamente incerto.

Diplomatas, refugiados e prisioneiros aliados que conseguiram fugir arriscam a vida buscando abrigo no Vaticano, o menor país do mundo, com uma área de apenas 0,32 quilômetro quadrado, uma nação neutra e independente dentro de Roma.

Liderados por um padre corajoso, um pequeno e improvável grupo de amigos se vê diante de um perigo mortal.

Quando o Natal chegar, já não será mais possível voltar atrás.

1

Domingo, 19 de dezembro de 1943
22h49
119 horas e 11 minutos antes da missão

Austero e envolto em nuvens de fumaça cinzenta, um carro do modelo Daimler preto com placa diplomática avança rugindo pela Via Diciannove com pedrinhas de granizo batendo no capô. O reflexo do único poste de luz aceso cintila na poça suja e minguante, causada pelo transbordamento de um bueiro. As palavras *"morte al fascismo"*, pichadas em uma persiana, são iluminadas pelo letreiro neon quebrado, que piscava de forma irregular, de uma lanchonete.

Vermelho escarlate.

Esmeralda.

Branco.

Delia Kiernan, de quarenta anos, é a esposa de um diplomata. Os médicos a aconselharam a não fumar. Ela está fumando.

Faltando uma semana para o Natal, ela se encontra a quase dois quilômetros de casa. O suor faz a saia grudar na parte de trás da meia-calça enquanto ela engata com força a primeira marcha.

Um gemido de dor escapa do homem no banco de trás, que arranca as insígnias de suástica dos ombros.

O motor potente ronca. O sangue lateja nas têmporas dela. No painel há um mapa traçado às pressas de como chegar ao hospital pegando as ruas mais tranquilas; ela está pronta para amassá-lo e jogá-lo fora caso se depare com uma patrulha da SS, mas a escuridão torna os traços do lápis difíceis de ler. Além disso, quem os fez estava com a mão trêmula. Ela acende o isqueiro; o odor de combustível inflama o gemido dele.

Ao dobrar na Via Ventuno, o Daimler atinge uma lixeira, virando-a de ponta-cabeça. O conteúdo derramado se espalha e segue em direção ao bueiro, mas é atacado por um furacão de cães cadavéricos que irrompem como se fossem apenas um de portas mergulhadas na penumbra. O carro segue com os pneus cantando, sacolejando ao passar em lombadas, batendo a parte de baixo nos buracos, derrapando, fazendo curvas abertas, chacoalhando o painel e fazendo manobras nos paralelepípedos crivados de balas rumo a uma rua onde as folhas úmidas transformaram as pedras do calçamento numa pista de patinação.

O homem choraminga. Roga que se apresse.

Eles atravessam uma viela. Passam pela universidade que os invasores purgaram e incendiaram. O campo de futebol está sem rede, coberto de ervas daninhas, o buraco destinado a uma piscina se abre para a lua e quinhentas janelas estão estraçalhadas. Para ela, vem à tona a lembrança da fogueira de quadros-negros, de ver a fotografia no jornal na manhã do aniversário de dezoito anos da filha. Eles passam pelo imponente Coliseu, com seus inúmeros olhos ameaçadores, parecendo o esqueleto de um Kraken encalhado na costa.

Na outra extremidade da *piazza*, gárgulas espreitam da fachada austera de uma igreja. Ela pisca os faróis duas vezes.

São 23 horas. O sino badala. Ela sente a vibração nos dentes. O vento castiga as mesas e cadeiras acorrentadas do lado de fora de uma cafeteria, sibilando ao passar por entre as grades pontiagudas.

Um homem vestido de preto atravessa apressado a varanda, o sobretudo molhado grudado no corpo, abandonando o guarda-chuva virado pelo vento enquanto avança com seu chapéu trilby encharcado para o banco do passageiro do imponente carro, parecido com um barco.

Quando ela arranca com o carro, ele pega um caderninho e começa a escrever com um lápis.

— O que está fazendo?

— Pensando — responde ele.

Tirando uma garrafinha de conhaque do bolso, ele a oferece ao passageiro que não para de gemer e que tirou uma das luvas de couro e enfiou na própria boca.

O homem balança a cabeça, revirando os olhos apavorados.

— Ah, deixe ele em paz — diz ela. — Passe para cá.

— Você está dirigindo.

— Passe para cá agora. Ou vai ter que seguir a pé.

Eles param no cruzamento da Via Quattordici com a Piazza Settanta pelo que parece uma eternidade, enquanto um tanque Panzer desgastado pela guerra passa, girando a torre lentamente como se estivesse entediado.

— Como isso afeta a missão? — pergunta ela. — Caso a condição dele seja grave?

— Teríamos que arranjar um substituto. Talvez o Angelucci?

— Não daria para treinar o Enzo. Não há tempo.

O granizo atinge violentamente o para-brisa à medida que passam pela prisão de Regina Coeli. Ela acende outro cigarro, e cinzas se espalham no colarinho do seu sobretudo. Os olhos dele estão fechados, e ela tem certeza de que não é por estar rezando.

— Delia, pelo amor de Deus, essa lata velha não pode ir mais rápido, não?

Postes de luz azul incandescente, becos sinuosos que se estendem colina acima, silhuetas alinhadas de mártires nos telhados das igrejas. As lembranças de sua segunda manhã em Roma ressurgem, quando subiu a escadaria até o terraço da Basílica de São Pedro, os detalhes de cada estátua desgastada pelo tempo e pelas tempestades. As estalactites manchadas de fuligem, esculpidas pelas intempéries.

Um portão de fazenda bloqueia o acesso a uma garagem. Ele se aventura sob o aguaceiro, tenta abrir o portão, e seu chapéu trilby sai voando devido à intensidade dos chacoalhões. Sob a luz dos faróis, ele tenta puxar as barras.

— Está trancado — berra. — Sabe dizer se tem uma caixa de ferramentas no porta-malas?

— Afaste-se.

— Delia...

Pisando fundo no acelerador, ela *lança* o possante contra o portão numa colisão barulhenta, estilhaçando-o, e ele volta a entrar no carro, balançando a cabeça pesada e encharcada da chuva, como um homem se perguntando como a vida chegou a esse ponto.

Pela vasta planície, onde ovelhas encharcadas da chuva balem, a estrada ganha altitude e os edifícios do hospital ficam visíveis no horizonte, três blocos de concreto bruto adornados com mastros sem bandeira e estruturas que devem ser tanques de água.

Uma placa de sinalização amarela fluorescente instrui:

Rallentare!

Eles seguem por uma estrada estreita e sinuosa, onde o cascalho está se desgastando, passando por três plátanos doentes e pelo reduto de concreto de uma torre de metralhadora até o pórtico iluminado, onde uma ambulância com a cruz vermelha pintada em cáqui está estacionada, com o motor ligado e três socorristas no banco de trás jogando cartas. Sem motivo aparente, ao verem o Daimler se aproximando, fecham as portas. Logo depois, o refletor de luz se apaga.

Ela sai do carro, mas deixa o motor ligado, roncando.

As portas do hospital estão trancadas, o saguão à frente está mergulhado na escuridão. Ela puxa a corda da campainha três vezes e ouve o toque distante e solitário vindo de algum lugar no centro dos corredores escuros.

Dando um passo para trás, ela ergue o olhar para as janelas fechadas, como se o ato pudesse evocar um vigilante, a esperança de todos os fiéis, mas ninguém aparece, e ao se aproximar da ambulância fechada em busca de ajuda, um assovio vem de trás.

Um enfermeiro na casa dos vinte anos surgiu de uma porta que lhe passou despercebida. Carrancudo, com cachos delicados e cigarro na boca, ele passa a impressão de que estava cochilando até dois minutos atrás. O odor de um cômodo cheirando a mofo o acompanhou. A lanterna em sua mão esquerda pisca sem força, diminuindo a luz já escassa. Na mão direita, ele segura um objeto; ela leva um instante para se dar conta de que se trata de um canivete automático. Ele parece ser alguém que sabe como manuseá-lo.

— Preciso de ajuda urgente para um paciente — diz ela. — Ali. No banco de trás.

— Como se chama? — pergunta ele, com um suspiro, observando a traseira barulhenta do carro.

— Não posso me identificar, faço parte de uma Legação neutra na cidade. Esse homem está seriamente enfermo. Nosso médico oficial o examinou não faz nem uma hora. Segundo ele, pode ser peritonite ou uma apendicite aguda.

— E daí? Sou romano. E *você*, o que é?

— Que diferença faz o que sou? Traga uma maca!

— Você chega cheia de ordens e espera que eu ajude um nazista filho da puta?

— É seu dever prestar assistência a qualquer um.

Ele cospe no chão.

— Toma aí o meu dever — conclui.

O sujeito de preto desce do carro, apoia a mão pesada no teto, lança um olhar severo para o céu como se estivesse contrariado com as nuvens e vira-se aos poucos na direção em que o jovem se encontra.

— Que boca suja é essa?

— Quem quer saber?

— Me chamo O'Flaherty. — Abrindo o sobretudo, ele revela a batina e o colarinho.

— Padre. Perdão, padre. — Ele faz o sinal da cruz. — Eu não sabia.

— O uniforme alemão que o homem no carro está vestindo é um disfarce. Ele estava numa missão de espionagem e ficou gravemente doente.

— Padre...

— Grandalhão, tenho uma pergunta para você. Sabe dizer se tem algum dentista nesse hospital aí?

— Por quê?

— Porque daqui a um minuto você vai precisar de um quando eu fizer seus dentes atravessarem o crânio. Seu tosco ignorante, que falta de educação agir assim na presença de uma mulher. Vá ao confessionário amanhã de manhã e *peça desculpas agora mesmo.*

— Rogo pelo seu perdão, *Signora* — pede ele, curvando a face ruborizada. — Estou há três noites sem comer ou dormir.

— Perdoado — concede ela. — Será que podemos agilizar as coisas?

— O nosso passageiro é o major Sam Derry, um prisioneiro britânico fugitivo do Regimento Real de Artilharia — informa O'Flaherty. — A vida de milhares de pessoas depende deste homem. Se ama a Itália, providencie que ele seja levado para uma sala de cirurgia. Imediatamente.

O jovem o observa com atenção.

O'Flaherty se apressa até a ambulância e abre as portas com força.

— *Andiamo, ragazzi* — fala ele, gesticulando na direção do Daimler. — Mexam-se, rapazes. Precisamos de homens fortes.

Derry sai cambaleando do veículo, tossindo sangue, agarrando-se ao abdômen e à noite.

2

A VOZ DE DELIA KIERNAN

7 de janeiro de 1963

Retirada da transcrição da entrevista de pesquisa da BBC, perguntas inaudíveis, conduzida em White City, Londres

Pode ser que eu exagere na bebida. Isso é algo que precisa ser dito. Eles já devem ter contado, não tenho dúvida. Não precisa se fazer de desentendido.

Estávamos empenhados em criar uma missão — o código era "Rendimento", que significa "desempenho" em italiano — para aquela véspera de Natal, começando às 23 horas. Mas no domingo, cinco noites antes, Derry, que liderava a missão, adoeceu durante uma operação de reconhecimento, e Angelucci foi enviado para substituí-lo.

Mas você deve estar se perguntando o que levou a isso. E com razão.

Temo que a velhice tenha dado um nó na minha cabeça. Não é que a memória falha, é que às vezes eu misturo as coisas. Então não tenho muita certeza de quando foi que conheci o monsenhor. Foi em Roma durante a guerra. Não me faça elaborar mais do que isso, senão vou precisar de um bom descanso.

Não, não registrei tudo em um diário, meu caro. Nunca tive paciência para isso.

Você tem um cigarrinho aí? Vou precisar de um, já que vamos a fundo nisso.

Obrigada. Não, não precisa. Tenho isqueiro.

Como esposa do diplomata irlandês sênior no Vaticano, eu ia a várias cerimônias oficiais, ouvindo arcebispos discursarem e fazendo de conta que prestava atenção. Mas acredito que tenha encarado como uma espécie de dever fazer o que podia pelos jovens irlandeses da cidade, que em sua maioria eram religiosos.

Ah, eu chutaria que eram uns quinhentos, levando em conta padres e freiras. Tinha muitos seminaristas. Por conta do racionamento, a experiência em Roma durante a guerra não foi muito prazerosa — não se via um repolho ou um filezinho de frango em meses. Eram nabos com casca áspera. Bolachas de água e sal com gosto de serragem e cinzas. As salsichas tinham tão pouca carne, que dava para comê-las numa Sexta-feira Santa.

E boa parte dos jovens mal tinha saído da adolescência. Hoje em dia os chamaríamos de adolescentes. Na época não usávamos esse termo. Eles aparentavam estar — como posso explicar? — meio deslocados. E esgotados. Jovens com inclinações religiosas costumam ser bons em passar a noite acordados, já que é preciso imaginação para crer.

Alguns mal tinham saído das fraldas e já estavam de olho na carreira religiosa. Alguns faziam você se perguntar se a ideia não vinha mais da mãe do que deles. E com frequência, alguns não vão gostar de ouvir isso, uma freira era a caçula de uma família pobre, sem outras perspectivas. Ou era facilmente influenciável na adolescência, como a maioria de nós. Uma madre superiora mais idosa parte em busca de novas vocações numa escolinha em Hutchesontown, Glasgow. Uma Mariazinha levanta a mão, acabou de completar treze anos. Mariazinha tem uma grande devoção por Nossa Senhora e pelas flores no altar. E é assim que Mariazinha é despachada para o convento, pelo resto de sua vida. Claro que nem sempre é o que acontece, mas tenho minhas dúvidas. Minhas sérias dúvidas.

Seja como for, era isso, só empatia por esses jovens. Naquela época, a gente testemunhava pessoas em Roma com muito medo e fome. Além disso, foi um verão absurdamente quente, com um calor escaldante e debilitante. Os jardins da encantadora *villa* onde ficava nossa Legação dispunham de uma piscina, e eu fazia questão de mencionar em todos os eventos que todos os jovens irlandeses na cidade podiam usá-la e informava os números dos bondes que os levariam até lá saindo da Piazza del Risorgimento, que fica bem ao lado do Vaticano. Meu pobre Tom quase perdeu a paciência comigo e insistiu que, no mínimo, os homens deveriam ir em um dia e as mulheres em outro.

"Você não sabe se divertir", falei para ele. "Mas foi justamente por isso que me casei com você."

Agora, falando sério, é claro que fiquei feliz em aceitar a proposta dele. Ver os corpos magros e franzinos deles pulando e espirrando água teria comovido qualquer um.

Foi aí que comecei a organizar uma confraternização semanal para eles na Residência, uma espécie de Casa Aberta, se preferir chamar assim, às quintas-feiras à noite.

Eu preparava terrinas cheias de um minestrone delicioso e aquele maravilhoso pão italiano comprido, sabe? Servia umas frutas, se conseguisse achar no mercado clandestino — as empregadas da Legação costumavam me ajudar nisso —, uns trocados resolvem quase tudo na Itália. Caldeirões enormes de macarronada; uma libra de espaguete é o suficiente para alimentar um batalhão inteiro. Eles também gostavam quando servia umas azeitonas ou um queijinho. Uma lasanha enorme e quente, daquelas de dar água na boca. Além disso, oferecia salsichas e fatias de bacon compradas em Limerick, quando conseguia trazê-las na mala diplomática. Uma mesa cheia de sorvetes ou pêssegos em calda com zabaglione, talvez uma torta de limão. E, é claro, vinho. Por que não? Eu queria que eles se sentissem acolhidos na minha casa. Se quisessem *un bicchiere di vino rosso* ou uma cervejinha Stout, que a maioria não gostava, que se servissem à vontade e compartilhassem do que tínhamos. Fui criada desse jeito.

Sou católica, eu me devoto à minha fé como posso, mas não sou lá muito adepta de beijar altar. Não mesmo. Não sou santinha. Encontramos pessoas de caráter em todas as crenças, mas também encontramos indivíduos da pior espécie. A vida ensina você de um jeito que catecismo nenhum é capaz.

O orçamento alocado para receber os convidados na Legação era bem modesto. Enlouqueci meu desafortunado suserano gastando mais do que devia toda semana. E, se a memória não me falha, Dublin sabia ser um tanto impertinente quando queria. Recebíamos telegramas urgentes do Ministério das Relações Exteriores solicitando um recibo em três vias para a garrafa de Prosecco: a saber, até então, ademais, em letras maiúsculas. Eu não dava a mínima, meu querido. A vida é curta. Aqui está uma garota que não é conhecida por fazer tudo o que mandam. Um peãozinho de escritório qualquer acha que pode mandar em mim? Ah, vá ver se estou na esquina.

Naquela noite em questão, eu estava cheia de preocupações. Passei a manhã no estúdio da Rádio Roma gravando um disco com duas músicas que seriam lançadas na Irlanda. Sim. Eu cantava profissionalmente antes de me casar. Não quis abrir mão disso por completo.

Naquele dia? Ah, não consigo lembrar direito agora, meu caro. Acho que foram *Danny Boy* e *Boolavogue*. Talvez *The Spinning Wheel*. Só dando uma olhada para ter certeza.

Minha carreira em casa estava indo muito bem e isso me enchia de satisfação e entusiasmo. Para ser sincera, eu sentia muita falta dos shows, das viagens. Mas em 1941 tive que dar um tempo, tinha sempre uma coisinha aqui ou ali, a guerra estava piorando, teve a transferência do Tom para Roma. Na noite em que a Luftwaffe bombardeou o teatro, eu estava em plena apresentação em Belfast. Nunca vi críticas tão mistas.

Fiz shows em todas as cidades da Irlanda. Nos verões, na Ilha de Man, Liverpool, Manchester, muitas vezes em Dundee ou Ayrshire, talvez algumas noites em Cricklewood nos salões de dança. Passei pelos palcos de Durham, Kilmarnock, Northampton e muitas outras cidades. Uma mulher pode perder a autoestima quando fica enfurnada dentro de casa o dia inteiro. Acredito que, se a música está dentro de você, você tem que soltar a voz.

Enfim, um senhor bastante educado aparece na confraternização naquela noite e se apresenta como monsenhor O'Flaherty do Santo Ofício. Palavras de dar arrepios.

"Monsenhor" é um título eclesiástico atribuído a um sacerdote diocesano que tenha atuado como administrador por cinco anos. Logo, carrega certa importância. Quanto ao "Santo Ofício", é o departamento do Vaticano que supervisiona o que é conhecido como "conformidade com a doutrina" e assegura que todos estejam seguindo as regras. É o que era conhecido antes como "a Inquisição". Logo, esse título também carregava certo peso. Não são muitos que gostariam de ter um inquisidor em sua confraternização.

Geralmente, nesses encontros, eu evitava chamar muita gente metida, porque os jovens não conseguiam relaxar e se divertir na presença de velhos pedantes. Uma vez, por exemplo, apareceu um certo cardeal que não vou nomear; um sujeito alto, vesgo e com dentes salientes. Era um verdadeiro enfado, capaz de entediar até uma mula, e teve o mesmo efeito de abrir uma mangueira de incêndio em um jardim de infância. Ele tinha um sorriso capaz de congelar o coração dentro do peito. Quanto à arrogância? Se ele fosse uma banana, ele mesmo se descascaria.

Mas esse tal monsenhor era exceção, pé no chão. Acessível. Essa simpatia é algo que você encontra muito nos habitantes de Kerry. Naquela época, era comum muitos padres não se verem como um símbolo de misericórdia, mas como juízes suburbanos e sisudos. Hugh não era muito adepto de autoridade.

Outra coisa que o diferenciava: o meio de transporte que ele usou para nos visitar naquela noite foi a motocicleta. Naquele dia, ele subiu descontraído os degraus da residência, todo empoeirado das botas ao capacete, usando luvas de couro enormes como um piloto habilidoso, e se benzeu com a água da fonte de Lourdes no aparador. Como se fosse a coisa mais normal do mundo ver um padre vestido daquele jeito. E o cheiro de óleo de motor impregnado nele. Nada comum.

Ele conversou em um italiano fluente com os meus empregados. Eu ainda não sabia, mas nunca encontraria alguém mais brilhante: Hugh tinha três doutorados e dominava sete idiomas, sua mente era afiada como a lâmina de um cortador de grama; era capaz de desenredar qualquer enigma e achar uma solução, se existisse uma.

Ele deu uma voltinha pela confraternização, do nada segurando um copo de *limonata*, batendo um papo aqui, contando uma ou duas piadas ali. Dois estudantes de Liverpool estavam jogando uma partida de xadrez; ele os observou por um tempo e, quando terminaram, pediu ao vencedor que explicasse qual tinha sido a estratégia. Não encostou em nenhuma bebida, mas não fez objeção a quem estava tomando cerveja. Pode perguntar. Quero o mesmo que você está bebendo.

Tinha uma jovem de Carrigafoyle, uma noviça carmelita, eles conversaram bastante; e não é que ele chegou a conhecer, num jogo de golfe em sua cidade natal, um tio dela que já falecera? Como você deve saber, Hugh cresceu jogando golfe. O pai dele, que já foi policial, trabalhava no clube em Killarney como especialista no esporte. Foi quando Hugh e a jovem carmelita — consigo visualizá-los bem, naquela noite na minha sala de estar — mostrando para os demais como fazer putts com uma bengala. As conversas se concentraram em temas alegres, sem qualquer menção à guerra.

Ah, me esqueci de mencionar que, mais tarde, quando começamos a usar codinomes, o dele era "Golfe". Ele estava fissurado na ideia de que os alemães estavam ouvindo. Os detentos que fugiam eram apelidados de "Livros", e seus esconderijos eram chamados de "Prateleiras". Nunca usamos os nomes verdadeiros das ruas romanas. Inventamos nossos próprios nomes, baseados em números, como as ruas de Manhattan. Ou as batizávamos em referência aos compositores italianos renomados. E tínhamos que ficar trocando os códigos para não sermos pegos pela Gestapo. Mas isso fica para outra hora.

Naquela noite, Tom não estava presente. Estava visitando três dublinenses que tinham se metido em encrenca com os fascistas e ido parar na prisão de Regina Coeli, em Roma, depois de apanhar feio; de qualquer forma, ele raramente participava das minhas confraternizações. Adorava fingir que seu nível de desaprovação era maior do que de fato desaprovava.

Chegou um momento à noite em que os jovens começaram a perguntar se eu cantaria. Alguns deles tinham meus discos de goma-laca em suas casas na Irlanda, ou seus pais tinham, o que era mais provável. Uma das minhas gravações tocou durante todo aquele verão na Raidió Éireann, *A voz de Delia Kiernan*, inclusive no Terceiro Serviço e na Rede das Forças Armadas Americanas. O ilustre Richard Tauber em pessoa havia mencionado numa entrevista que gostou do disco, o que foi um motivo de orgulho para mim. O monsenhor me aconselhou a atender ao desejo deles.

"Vá, Sra. Kiernan, antes que comecem a destruir os móveis." Respondi que não tinha um acompanhante e que ficava nervosa sem esse apoio. Para ser sincera, eu tinha tomado dois uísques.

Ele disse que não era Paderewski, mas faria o possível para acompanhar se eu desse o tom. A música em que eu estava pensando era em lá bemol, que não é nada fácil de cantar assim de improviso, mas falei para ele que poderia me virar em lá. Assim, fomos até o piano, um lindo Bösendorfer antigo, e começamos. Era uma canção de amor antiga, uma *arietta* de Bellini que há muito tinha um lugar no meu coração — uma melodia agradável, como uma canção popular serena e envolvente. Ela sempre me faz lembrar do meu pai, que o Senhor o guarde, já que era uma de suas favoritas. Quando menina, aprendi essa canção ouvindo um disco de goma-laca que ele tinha em casa, na versão de John McCormack — e alguns dos jovens se juntaram a nós.

Vaga luna, che inargenti
Queste rive e questi fiori
Ed inspiri agli elementi
Il linguaggio dell'amor

Posso garantir que Hugh não estava sendo modesto quando à sua habilidade musical. Deus sabe que já ouvi péssimos pianistas ao longo da vida, mas ele era um caso à parte, Deus o abençoe. As mãos dele eram grandes, pareciam duas pás, mas ele era desajeitado. Mesmo assim, foi uma experiência incrível. Algo que ficaria marcado na sua lembrança. Quando relembro, Roma sempre me vem como uma música presente no cotidiano: o som de uma persiana se fechando numa tarde escaldante, os suspiros de admiração quando se está dentro do Panteão e a chuva começa a cair. Os belos pombos arrulhando, as fontes de água gorgolejando. Mas não existia música mais doce aos ouvidos do que a entoada naquele recinto naquela noite.

Uma mágica acontece num recinto quando as pessoas cantam. A atmosfera muda, como a chuva ou o entardecer. Tem quem diga que isso é fugir da realidade, mas, a meu ver, a vida parece mais genuína assim.

Perdoe-me. Fico emotiva só de me lembrar.

Bom, foi assim que nos conhecemos e logo viramos bons amigos. De vez em quando, ele aparecia nas confraternizações, trazendo um amigo ou dois consigo. Padres, sim — um frade franciscano japonês, certa vez — ou peregrinos de sua terra natal ou de seu amado Estados Unidos, e sempre uma garrafa do delicioso vinho Chianti, que só Deus sabe como ele arranjou apesar de não beber, como já comentei. Muitas vezes, ele aparecia com uma garrafinha de conhaque.

Um conde papal influente havia presenteado a Legação Irlandesa com um convite caro para um camarote no Teatro de Ópera, para o qual frequentemente convidávamos outros diplomatas e suas famílias. É importante lembrar que a Irlanda independente ainda era um país muito jovem, conquistando a liberdade só em 1921. A solidariedade dos outros era necessária e valorizada. Receber visitas fazia parte do papel da esposa de um diplomata. Verdi por vezes atuou como um aliado, por assim dizer.

Nesta ocasião específica, o plano era fazermos uma confraternização com sete pessoas, mas o embaixador português não estava se sentindo bem devido ao calor terrível, que causava enxaquecas debilitantes e dificultava a respiração, então convidei o monsenhor para se juntar ao grupo, pois sabia que ele adorava Puccini, e, como você sabe, *Tosca* se passa em Roma. O grupo contava com o embaixador sueco e sua esposa, o adido cultural suíço — se existe um trabalho de meio período perfeito, é este — e uma amiga, o monsenhor e eu e meu marido.

"Um motim dos neutros", brincou Hugh, cumprimentando com um aperto de mãos. "Não tem um aqui que saberia atirar para nos livrar de uma enrascada."

O embaixador sueco achou engraçado. Mas, se bem me lembro, o adido cultural suíço, que pareceu compreensivelmente chateado com o fato de Hugh ter passado a apresentação toda fazendo anotações num bloquinho, não viu nenhuma graça na piada. Esta era uma característica peculiar do Hugh: se algo não estava registrado, não tinha ocorrido. Até a Bíblia dele era cheia de anotações nas margens. Enfim. Essa é outra história. Onde paramos?

Isso.

Lá pelo final de 1942, se não me engano, uma melancolia que eu nunca tinha visto tomou conta dele. Ele passou um tempo visitando os campos de prisioneiros de guerra do Eixo, na Itália, como representante oficial do Vaticano. Mas algo aconteceu com ele naquele outono. Ele não era mais o mesmo. Parou de participar das minhas confraternizações, se ausentou por um tempo. Alguém comentou que ele estava doente, que estava no hospital com câncer ou cogitando ir para Massachusetts para fazer trabalho paroquial. Meu Tom ficou sabendo pelos corredores do Vaticano que parecia que ele estava abandonando o sacerdócio. Mas quando enfim ele concordou em me ver, disse que não era verdade; estava ocupado com o que chamou de assunto privado.

Quando conversamos, tinham-se passado dias de chuva incessante, e o rio estava subindo. Era uma daquelas noites em que o Tibre estava submergindo as raízes das árvores. Ele estava em apuros? Lembro-me de perguntar. Estava precisando de uma amiga?

Porque, vou ser franca, às vezes você fica sabendo de um padre que se envolveu com uma mulher. A natureza humana é assim. Não vamos mudá-la a essa altura do campeonato. Muitos homens bons perceberam que a vida celibatária não era para eles, mas sabiam que seriam condenados ao ostracismo pela Igreja ao deixarem de exercer o sacerdócio. O procedimento era: você era instruído a ir para um quarto específico de algum hotel de beco decadente, na cama haveria um terno de uma casa de penhores e três cédulas de uma libra. Você tirava suas roupas de padre, as dobrava na cama, vestia o terno de uma pessoa falecida e saía do hotel pela porta dos fundos. Era acordado que ninguém do seu passado voltaria a entrar em contato. Eles dificultavam a saída. Por isso, muitos ficavam.

Posso dizer agora, após todo esse tempo, que eu estava pensando em uma dama específica: uma jovem *Contessa*, recém-viúva, que havia sido vista na companhia de Hugh em galerias de arte e lugares semelhantes, em Roma, cada um deles vestido de preto por motivos diferentes. Ela era uma beldade, algo que os franceses chamam de *"gamine"*, com traços levemente andróginos de estrelas de cinema, como Leslie Caron. Nós nos tornamos grandes amigas; tanto que eu estava conversando com ela ao telefone não faz nem duas horas. O Vaticano, assim como todos os kremlins, é um antro de cochicho e inveja. Eu sei sem sombra de dúvida que a amizade dela com Hugh não merecia os comentários que às vezes eram feitos. "Onde há fumaça, há fogo", era como as más-línguas descreviam. Eu costumava falar: "Talvez não seja fumaça, talvez sejam só os seus óculos sujos."

De todo modo, ele riu quando mencionei o nome dela. Ele me garantiu que o assunto privado que mencionou não tinha nada a ver com esse tipo de coisa.

"Mas agradeço, Delia, pelo elogio."

Quando insisti, ele me mostrou o trecho de uma correspondência que havia sido contrabandeada para ele por um jovem escocês pobre, um soldado em um campo de prisioneiros de guerra, prestes a ser executado. O rapaz queria que fosse enviada para a mãe. As palavras ali contidas, a realidade por trás delas — só um momento, por favor — tinham tirado o sono de Hugh.

Chorei quando li. Devolvi e me debulhei em lágrimas. Jamais deixei passar um dia da minha vida sem que eu tivesse incluído aquela mãe nas minhas preces.

No verão seguinte, enfrentaríamos ataques aéreos americanos. Ficarão para sempre marcados na minha memória. Porque, a menos que tenha vivenciado um bombardeio aéreo, não sei se consigo transmitir o pavor. Filme nenhum conseguiria retratar com precisão. Os gritos. O odor. Os nervos à flor da pele por semanas.

Um bombardeiro B-25 Mitchell tem o mesmo tamanho de um ônibus londrino. Você olha para cima e vê quarenta deles lançando bombas de uns duzentos quilos. É por isso que uma rua não fica danificada, ela fica completamente destruída. Desaparece. Se torna um amontoado de fumaça fétida e tijolos pulverizados. Os aviões chegavam na noite anterior e lançavam 80 mil panfletos informando o que aconteceria no dia seguinte. Assim, haveria bastante tempo para o medo se intensificar. Certa noite, um ataque aéreo aconteceu durante uma das minhas confraternizações. Jamais esquecerei o medo dos jovens; eles choravam, apavorados.

A essa altura, Hugh já ficara sabendo que certas pessoas em Roma — uma pessoa aqui e outra ali — estavam ajudando judeus e prisioneiros aliados que haviam fugido a escaparem do país, em direção à Suíça, e ele oferecia a eles uma ajuda ocasional em segredo. Comprava passagens de trem com nomes falsos, arranjava roupas, nada muito além disso. Era algo pontual, sabe, não era algo organizado. Hugh tinha muitos amigos na cidade por diversos motivos; ele não era um daqueles padres que comem, dormem e morrem na capela. Estava considerando a ideia de criar um grupo bem organizado que pudesse angariar alguns trocados para os fugitivos, oferecer uma ajudinha pontual, de longe, na surdina.

Algo discreto. Nada formal. Tudo muito sigiloso. O melhor seria não mencionar isso ao Tom nem a ninguém na Embaixada. Não haveria perigo algum, seria algo que não chamaria a atenção, como um fundo de auxílio humanitário.

Eu não fazia ideia do que isso iria desencadear, senão teria fugido para bem longe.

Ele começou a pensar numa maneira de encobrir a ação.

O Coro.

3

Segunda-feira, 20 de dezembro de 1943
6h47
112 horas e 13 minutos antes do Rendimento

Nas horas seguintes à corrida para o hospital, ele é acometido por um resfriado. Espirros incessantes, tosses, calafrios, olhos lacrimejantes. Surge o receio de que seja o começo da temida gripe romana, que dizimou uma dúzia de seus calouros africanos e nove habitantes de Chicago no inverno passado.

A minutos do amanhecer, exausto, ele se obriga a dormir. O Daimler ruge em seus pesadelos.

De alguma forma, o carro se transforma no Mercedes de Hauptmann, o comandante da Gestapo. Eles dirigem por labirintos de ruas estreitas demais numa cidade que é Roma e, ao mesmo tempo, não é. Carvalhos. Relâmpagos. Manchas de sangue na areia. Chuva desenhando padrões numa janela. Torres vastas. Um poço tão fundo quanto a altura da lua no céu. Fisionomias endurecendo enquanto um noturno de Chopin preenche o ar, a serenidade vazia e despedaçada dos que perderam a esperança. Agora Hauptmann está ao seu lado na cama, uma presença, um vírus. Você teria medo de respirar, com receio de acabar inalando-o. *"Me diga com quem você se encontrou. Diga qual foi o motivo do encontro."* Os olhos cinzentos do nazista. Um bordado de cor cinza de infantaria em seus punhos. Fumaça cinza de seus cigarros cinzentos. O lobo que alimenta Rômulo e Remo em um afresco ganha vida e lambuza seus filhotes famintos de baba antes de devorá-los.

Às 10 horas, ele deixa o quarto, vai inquieto até a Escola de Divindade e inicia a palestra de três horas que deve ministrar sobre Aquino, em latim, para uma turma de noventa seminaristas. A saraivada da noite passada ainda ressoa em sua cabeça enquanto ele se apoia no púlpito para se firmar, as janelas amareladas e desbotadas do auditório trepidam. Os alunos do terceiro ano deste semestre são inteligentes. Suas perguntas zunem como vespas. O copo de água quente com limão que ele trouxe para o púlpito tem gosto de terra e aparas de lápis.

Depois, enrolado num cobertor, ele começa a corrigir as dissertações de fim de semestre, mas só consegue avaliar trinta trabalhos antes de voltar para a cama, doente. Entre breves cochilos iluminados por lampejos de luz e acessos de tosse forte, ele corrige os outros sessenta roteiros. Seus chiados de cachorro são lançados para os cantos do quarto. Seu peito parece estar em chamas.

Sem notícias de Sam Derry.

Aviões bombardeiros sobrevoam no céu.

Pode ser que haja notícias amanhã.

Transcrição do memorando gravado no magnetofone da Allgemeine Elektricitäts-Gesellschaft AG

Aqui fala o *Obersturmbannführer* Paul Hauptmann. Para Dollman, confidencial. Vinte de dezembro de 1943, quartel-general da Gestapo em Roma.

Himmler ligou de novo. Exaltado, ameaçador. Furioso com a fuga em massa de prisioneiros inimigos dos campos na Itália. Alega que a maioria está se dirigindo para Roma, buscando asilo no Vaticano. Sei que você está ocupado, mas mudei de ideia e quero que investigue alguns suspeitos que discutimos recentemente, incluindo aquele padre maçante que mencionei antes. Sei que você acha que ele não é relevante. Vamos averiguar.

Investigue. Pressione. Os informantes de sempre. Veja se ele está usando um nome falso.

Enviei um dossiê sobre ele, onde registrei o que já sei. Complete as seções vazias e me devolva antes do Natal.

Seja discreto. Não chame atenção.

Vamos arrancar essa erva daninha.

Não queremos confusão.

Heil Hitler.

Terça-feira, 21 de dezembro
3h04
91 horas e 56 minutos antes do Rendimento

Ao despertar nas primeiras horas da alvorada, ele se dá conta de que hoje é o aniversário de dezoito anos de sua ordenação. Em estado febril, seus pensamentos atravessam os oceanos. Ele se vê prostrado diante do altar naquela manhã na catedral, e depois caminhando de volta pelo corredor, com as mãos amarradas, os bispos de rosto afilado iluminados por velas.

Por volta do nascer do sol, ele se perde num lugar vermelho pulsante e crepitante que não é o sono, uma terra onde castiçais ganham voz. Recobrando a consciência, ele mexe o copo de remédio que alguém deixou em seu armário e consegue tomar dois goles antes de sentir vontade de vomitar.

A fatia de limão na colher de cobre perto do despertador é o objeto mais estranho que ele já viu, tão amarelo que parece verde, tão verde que parece azul, seu aroma se infiltra em seu nariz como um ladrão na calada da noite até que lhe brote mil pernas de inseto e corra pelos travesseiros, emitindo um zumbido sórdido e irritante que se torna o ressoar melódico de um oboé.

Sonha com palavras escorrendo de seus ouvidos como se fossem vermes.

O ar no quarto está carregado. Ele abre a janela.

Na rua chuvosa abaixo, está o Mercedes preto de Hauptmann.

Enquanto observa, os faróis são apagados.

Transcrição do memorando gravado no magnetofone da Allgemeine Elektricitäts-Gesellschaft AG

Vinte e um de dezembro de 1943, quartel-general da Gestapo, em Roma, Hauptmann falando, para Dollman. Confidencial.

Esta noite, eu estava dirigindo perto do Vaticano. Por intuição, decidi fazer uma inspeção no colégio onde HO'F mora. Um prédio com aspecto sombrio. Com cemitério próprio. Bem gótico. O tipo de lugar onde se imagina padres vampiros. À meia-noite, o porteiro saiu, mas não trancou a porta. Arriscando, entrei. O corredor estava escuro. Tinha quadros religiosos, um crucifixo chamativo, as coisas de sempre. Um monte de correspondência para os moradores; dei uma olhada, mas não encontrei nada destinado a HO'F. Comecei a subir a escadaria, mas o burburinho de homens conversando (presumo que eram os alunos) me desencorajaram. Veja se alguém que trabalha lá pode ser subornado. Um empregado ou serviçal. Talvez outro padre. Estamos dispostos a pagar.

Quarta-feira, 22 de dezembro
11h49
59 horas e 11 minutos antes do Rendimento

Quando ele acorda, a febre já passou. Sua pele está revitalizada. O ar no quarto cheira a fumaça de madeira e cera de abelha.

Os sinos da Basílica de São Pedro ressoam de um jeito melancólico ao meio-dia. Mulheres rezam o Angelus.

Folhas de um bloquinho foram arrancadas e espalhadas sobre o edredom. Horrorizado, ele percebe que têm sua caligrafia: nomes de coristas, locais de esconderijo. Ele as recolhe e rasga, lavando a tinta de seus dedos. Os lençóis e a fronha estão manchados de preto também. A caneta dedo-duro está em seu armário.

Alguns dias do inverno em Roma têm olhos azul-gelo, um olhar congelante.

Ele pega os dardos na gaveta ao lado da cama e, trêmulo, se dirige ao quadro na parte de trás da porta. Os dardos estão frios, e parecem *mais* pesados do que são, e voam dos dedos para os encaixes no alvo.

Fthunk.

Thrunk.

Duplo vinte.

Cem pontos.

Em seguida, no vermelho-vivo da mosca.

É como escrever algo. Transformar o ar em números. Não é à toa que isso acalma seus temores. Ele puxa os dardos, e eles se soltam. Lança com precisão, e eles se fixam. Um campo de batalha de cortiça e arame onde um olhar semicerrado é uma espada e as pontas não atingem nenhuma pontuação que valha a pena.

Minutos se passam. Uma hora se vai. Medindo, pensando, planejando os arremessos. Tentando pensar como Hauptmann, raciocinar como ele, *ser* ele. Desloca-se mil metros no piso de linóleo entre a marca e o alvo, o alvo e a marca, o oche e a porta, dardos emplumados nas mãos, rotas secretas em mente, e cada vez que ele lança um, outro fugitivo é resgatado, e o *fthunk* deixa Hauptmann louco da vida.

Ele pega da escrivaninha o dossiê de recortes que compilou na seção alemã da Biblioteca do Vaticano e que mencionava Hauptmann nos jornais alemães: os regionais e locais, as publicações do Partido, uma referência de uma linha aqui, um breve parágrafo ali, até mesmo o registro de entrada do Anuário Escolar dele lá em Stuttgart. Dizem para conhecer seu inimigo. Ver pelo ponto de vista dele. Uma foto sua liderando uma caminhada da Juventude Hitlerista. O anúncio do noivado. A esposa se chama Elise. Dois filhos, um adotado. Ingressou na SS em 1934. Formou-se na Führerschule der Sicherheitspolizei em 1938. Ex-*Kriminalkommissar*. O Garoto Mais Propenso ao Sucesso.

De vez em quando, ele veste um roupão surrado e caminha descalço pelo corredor, fingindo aguardar uma carta de Natal da família, mas nenhuma mensagem sobre Sam Derry — ou qualquer outra coisa — chegou.

Ele tenta ligar para o hospital, depois para Delia Kiernan ou para a *Contessa*, mas os telefones do Vaticano estão sem sinal; ninguém sabe quando serão consertados. O editorial do jornal *Messaggero* desta manhã dá a entender que os nazistas cortaram as linhas, indicando que a invasão no Vaticano está prestes a ocorrer.

Três semanas atrás, no início de dezembro, ele solicitou um passe para cortar o cabelo, como todos os residentes do Vaticano devem fazer, um processo complicado que requer o envio de uma carta em triplicata para a Cúria. Geralmente, ele mesmo corta o cabelo em frente ao espelho, mas não fica bom, e os alunos já estão comentando. Caso seja concedida, a autorização para sair do Vaticano e entrar em Roma será de uma hora e dez minutos. Guardas armados o escoltarão até o barbeiro e de volta.

Às 14 horas, ele sai para a *loggia* para ver se o passe chegou e fica surpreso quando o *portiere* o encontra.

— Está bem abatido, *Monsignore*.

— Estou me recuperando, Giancarlo, *grazie*.

— *Con rispetto*, se quiser, posso cortar seu cabelo, monsenhor? Para poupá-lo do trabalho?

— Estou precisando sair um pouco.

— Ótimo, vou mandar uma mensagem avisando que está pronto. Às 3 da tarde?

— Combinado. *Grazie*, Giancarlo.

— *Prego*.

Os dois soldados encarregados de acompanhá-lo são desajeitados e jovens. Capacetes frouxos, túnicas sujas e folgadas. Eles tropeçam nas pedras de Roma, aparentemente incertos quanto à direção, o que causa paradas e discussões murmuradas e desoladas sobre o mapa militar impresso com borrões que receberam, vinte anos desatualizado. Ele poderia apontar o caminho certo para eles, mas sente que não iriam gostar, já que dão meia-volta e retornam, e ele anseia encontrar alguém que possa levar um recado até o hospital, mas, de repente, enquanto ele e os soldados passam por um arco em direção a uma *piazza* abandonada e fria, eles se deparam com um grupo de oficiais da SS vestidos de preto fotografando as estátuas na fachada de uma igreja, seus distintivos de caveira reluzindo. Ele vê que Hauptmann está entre eles, porém isolado, parecendo disperso e desalinhado, fazendo anotações num bloquinho, sem interagir com ninguém.

O barbeiro, Orlandi, um sujeito corpulento, ofegante e suado, deve ser o único de sua profissão em Roma que fala pouco. No espelho, uma foto do time de futebol Lazio recortada de jornal está de frente para a pia, ao lado de um ícone de Nossa Senhora negra e um cartão-postal de Betty Grable de maiô.

— Você é torcedor do Lazio, Orlandi?

— Por castigo divino, padre.

— Nunca vi um atacante melhor que o Piola.

Um dos soldados emite um sibilo, leva um dedo aos lábios. Nada de conversa.

— Esses devoradores de linguiça acham que podem mandar na gente — cantarola baixinho o barbeiro, em italiano, como se estivesse se lembrando vagamente de uma ária que ouviu há tempos. — Esse moleque insolente tem metade da minha idade e está ditando quando posso falar? Na minha própria casa, ainda por cima. Quer que eu aproveite para fazer a sua barba, padre?

Enquanto mistura o sabão numa caneca de estanho, ele afia a navalha sete vezes e segue cantarolando.

— Vire o rosto, padre. Assim está bom. — Barbeia os pelos da nuca. — Falta pouco. Dê um jeito nesse devorador de linguiça. Aleluia.

Ao abrir um maço de Old Gold, Orlandi acende um cigarro, dá uma tragada e o coloca num cinzeiro em formato de concha — quase como uma reconsideração, oferece cigarro aos soldados.

— Fiquem à vontade, podem pegar — diz amigavelmente, em italiano. — Seu bando de desgraçados feios.

— *Danke schön* — respondem, compreendendo seus gestos, mas não suas palavras. Nunca se pode ter certeza da ignorância deles. Alguns fingem não entender; é parte do treinamento, outra maneira de bisbilhotar o povo conquistado.

— E a mãe de vocês também — murmura Orlandi. — Espero que levem um tiro.

Por entre a fumaça ao redor, eles sorriem e, tossindo, expressam gratidão gesticulando com a cabeça.

— *Allora* — diz ele. — Deu um pulinho no cinema esses dias, padre?

— Já faz um tempo que não vou.

— Só não iria hoje à noite, se é que me entende. Um passarinho me contou que talvez seja melhor evitar o cinema em Prati.

— Por quê?

— Alguns forasteiros costumam aparecer por lá. Ouvi falar de um evento de boas-vindas. É o tipo de presente de Natal em que alguém acende um pavio e sai correndo.

No caminho de volta para o Vaticano, ele vê Hauptmann de novo, desta vez sentado do lado de fora de uma lanchonete com um homem vestido à paisana. Os soldados prestam continência quando passam, mas nem Hauptmann, nem a pessoa que o acompanha percebem. Hauptmann toma goles pequenos de um copo d'água. O subordinado bebe vinho tinto e opera o que parece ser uma máquina de somar enquanto escuta, assente e desdobra um clipe de papel, fazendo pausas para fumar. Uma pedinte se aproxima. Hauptmann lhe dá uma moeda.

Passados trinta minutos da saída do padre e dos soldados, o barbeiro, assobiando e xingando, vai até o caixa para pegar troco. Em uma cédula, ele vê seis caracteres rabiscados que não notou quando o monsenhor lhe entregou:

— Bach 21.

No código usado pelos apoiadores dos coristas, "21" significa "urgente". "Bach" significa que Enzo Angelucci deve fazer contato por todos os meios disponíveis.

Orlandi fecha a loja e começa a andar.

Quinta-feira, 23 de dezembro
7h
Exatas 40 horas antes do Rendimento

Fthunk.

Thrunk.

Ele retira os dardos do alvo.

Arremessa de novo.

Nenhum recado ainda.

O ataque de granada ao cinema na noite passada não foi noticiado nos jornais, mas ele tem certeza de que aconteceu; um dos padres mais novos foi convocado para o local. Três soldados alemães, uma mulher romana e o operador de projeção foram mortos. Ele se pergunta por que a notícia foi censurada e qual será a retaliação de Hauptmann.

Talvez hoje receba um chamado de leito de morte, uma razão legal para deixar o Vaticano, os trinta metros quadrados aos quais esteve confinado por tanto tempo. Parece errado orar para que alguém esteja próximo da morte, embora muitos em Roma estejam mais próximos do que imaginam. Muitos logo estarão.

Ele lança rajadas de dardos invisíveis pela cidade em direção a Angelucci. *"Venha até a piazza. É urgente. Derry está doente. Até onde sei, pode estar morto. Precisamos que você lidere a missão da véspera de Natal. Vá até a piazza amanhã ao meio-dia. Fique perto da colunata. Não saia."*

Ele abre a Bíblia e para com o dedo num versículo aleatório. Mateus 27:52. "Abriram-se os túmulos e muitos corpos dos santos falecidos ressuscitaram."

Ele faz a barba em uma cumbuca, veste-se, atravessa rápido os cem metros atingidos pela chuva torrencial do pátio do *collegio* até o Santo Ofício, onde acende as luzes, sobe os degraus de mármore e celebra a missa sozinho, exceto por sua sombra iluminada pela lâmpada na capela privada do sétimo andar.

A mão esquerda está tremendo. Há um leve tremor nas pálpebras. Uma dor de cabeça se aproxima; ele teme o seu retorno.

O medo se espalha rápido na velocidade de um rato de matadouro.

Há quem afirme que o crucifixo renascentista no altar foi visto se mexendo. Esta manhã, isso poderia facilmente ter acontecido. Há quem afirme que a cruz milagrosa foi trocada por uma falsificação há muitos anos, e que a verdadeira está tão bem escondida que ninguém lembra onde.

Ao voltar o olhar para a janela da capela, ele vê três tanques alemães se posicionando na Via Rusticucci. Soldados usando pé de cabra para retirar os paralelepípedos, empilhando montes de sacos de areia ao redor dos postos de metralhadora. Um *Panzerjäger* antiaéreo sendo direcionado ao longo dos trezentos metros de espaço que terminam nas portas da basílica de São Pedro. Na noite passada, a Rádio Argélia transmitiu "com autoridade incontestável" que uma invasão ao Vaticano é "absolutamente iminente". Os empregados deixaram de ir trabalhar.

— *Olhe de novo* — a sombra dele desdenha. — *O crucifixo está parado.*

Terminada a missa, ele sai do *collegio* e atravessa o corredor até o anexo abandonado, uma *casa del pellegrino quattrocentista*, cuja demolição planejada há muito tempo foi adiada pela eclosão da guerra. O reitor, que é alemão, tem o hábito de brincar dizendo que gostaria que uma bomba caísse lá.

— A economia seria significativa e bem-vinda.

Ele sobe a escada, passando por um longo corredor onde estão armazenadas estátuas deterioradas, rumo ao sótão que transformou em seu cantinho particular. Por meses, ele conseguiu protelar a tarefa, mas agora é preciso escrever vários documentos.

Ele vai se restringir ao que pode ser escrito em quarenta minutos, ao que poderia ser lido em trinta. Caso a invasão aconteça, quer que sua família saiba quais foram seus últimos pensamentos.

Para não ultrapassar o tempo estipulado, ele tira do bolso e dá corda em seu despertador, cujas engrenagens enferrujadas rangem. O galo no quintal solta um cacarejo desalentado.

Ele escreve às pressas, em latim, colocando os papéis um a um numa caixa de metal, semelhante à de uma caixa registradora, que tranca com a chave larga e pequena. Dentro de uma hora, a chave será enviada por correio para sua irmã na Irlanda, com uma mensagem codificada em gaélico espelhado, o idioma divertido que gostava de falar na infância, indicando onde encontrar a caixa.

Ele não faz ideia de que a chave será extraviada durante o trajeto e que, por décadas, a caixa ficará escondida atrás da tábua solta da parede, onde a guardará dentro de quarenta minutos, até muitos anos depois, quando a reforma do anexo será suspensa por causa de uma pandemia, e um sumidouro se abrirá, fazendo uma parte reforçada da parede leste desabar, lançando lousas e tijolos antigos, estruturas de janelas em vitral, códices antigos, Bíblias, um crucifixo considerado milagroso, uma caixa de metal escurecida pela ferrugem e halos de gesso de estátuas no pátio de mosaico abaixo.

4

MINHAS ÚLTIMAS VONTADES E TESTAMENTO

23 de dezembro de 1943

Como não tenho praticamente nada, tenho pouco para deixar de herança. Peço que entreguem os meus livros para a minha irmã, Bride, meus irmãos, Jim e Neil, e meus pais, James e Margaret, no endereço Henn Street, número 11, Killarney, County Kerry, na Irlanda. Solicito que, por três anos, na data da minha ordenação, seja celebrada uma missa para pedir perdão pelos meus pecados na igreja em que fui batizado. O exposto acima são minhas últimas vontades.

Quanto ao meu testamento, eu gostaria de mencionar um homem que nunca conheci, um maestro de orquestra, romano de nascença, cuja presença na minha vida — ou melhor, cuja ausência nela — alterou minha percepção do mundo e de como devemos nos comportar nele, se é que algum evento isolado, além da Ressurreição, possa ser apontado como responsável por isso.

Na minha fase dos vinte anos, antes professor, na época em formação para me tornar padre, cheguei a estudar para o doutorado em Roma sem nunca ter saído da minha terra natal. Um verdadeiro jeca com pedras da zona rural de Kerry nos sapatos, fiquei boquiaberto quando o trem chegou a Tiburtina.

A quantidade de torres altas que pontilhavam o horizonte. Jamais esquecerei a emoção das primeiras semanas. Aquele quarteto de basílicas magníficas e majestosas no crepúsculo, as centenas de igrejas escuras e belas, a gastronomia, a arte, a vida vibrante, os idiomas variados, as maravilhas a serem encontradas na Biblioteca do Vaticano: foi como despertar em uma terra de maravilhas.

Para mim, Roma é como a paleta de um pintor, um *chiaroscuro* de tons rosados, cobre envelhecido, nogueira, mel, marfim e café. É também sua própria música, uma sonata para piano. Não consigo ouvir Clementi sem associar à imagem da minha amada casa adotiva e ao aguilhão de uma saudade profunda.

Depois de ter vivido experiências de ministério na Palestina, em Nova York, no Haiti e noutros lugares, quando estava nos meus trinta e poucos anos, fui convocado de volta para cá. Na noite da minha chegada, houve um pequeno incêndio elétrico no dormitório onde eu deveria ficar hospedado, um antigo mosteiro medieval com modernização precária, então eu e sete colegas padres ficamos hospedados em uma antiga pensão na Via Pompeo Magno em Prati, não muito longe do Vaticano, mas ainda assim distante.

Tal como acontece em todos os matrimônios, o sacerdócio tem suas fases e mudanças, os desafios sobre os quais ninguém adverte. Sim, há noites de verão em que as estrelas no céu podem ser movidas pelo estender de uma mão, porém o inverno sempre chega. Nessas ocasiões, você só quer se fortalecer. A solidão da vida clerical pode às vezes congelar o coração. Minha passagem por Roma o descongelou, ajudou-me a voltar a respirar.

Morei em uma pensão para peregrinos, gerenciada por freiras congolesas que tinham feito o juramento mais sagrado de todos: o voto de silêncio. Elas o direcionavam para a mesa de jantar ou a sala de estar onde tínhamos um rádio, ou apontavam com um lápis no mapa a igreja antiga que você procurava. Amáveis e inquietantes, essas senhoras governavam com o olhar. Rogo a Deus por sua segurança nos dias que virão.

Foi uma alegria morar naquela casa com meus colegas bem-humorados das Ilhas Maurício e da Romênia, e com os viajantes que chegavam e partiam. Como era de conhecimento de Chaucer, os peregrinos são raramente os santos imaculados e entediantes que imaginamos; na maioria das vezes, são pessoas que viveram com todo o coração. Eu amava meu trabalho como palestrante no Colégio para a Propagação da Fé, a inteligência dos meus alunos, a coragem e a simpatia simples deles, mas, mais do que tudo, amava a Roma que me foi dada, a melodia dos sinos que anunciavam as vésperas, os rostos de viajantes de todas as terras, suas línguas tão estranhas para mim que eu me perguntava se *eram* realmente línguas e como duas pessoas um dia conseguiram aprender tudo isso, o espetáculo que era percorrer as ruas.

A vida romana tinha uma tranquilidade, um envolvimento sensorial, o próprio nome da cidade era uma metáfora para paciência. O lugar que não surgiu de um dia para o outro.

Meu trajeto me levava pela Escadaria da Praça da Espanha, onde eu fazia uma prece silenciosa por aquele homem assombrado, John Keats, que faleceu em uma casa nas redondezas. Um pecador, como qualquer outro, mas um poeta maior do que Wordsworth, a quem nunca pude perdoar pelos narcisos.

Os nomes dos lugares e as placas de direção eram como joias incrustadas num mosaico: o Quirinale, os Orti Farnesiani, a Fontana di Trevi, o Arco di Costantino, a Santa Maria Maggiore. Pronunciar essas palavras em voz alta era eletrizante.

Passear pela Via Cola di Rienzo ou pelos corredores do Mercato Rionale, contemplar a beleza e a abundância de produtos, os *prosciutti* doces e os queijos repletos de sabor, a sensualidade intensa de qualquer canto na Itália onde se compra ou vende comida, observar as mulheres elegantes circulando, o jeito irônico como discutem com os vendedores, segurando uma alcachofra aqui, um ramo de tomates suculentos ali, ou refrescar-se perto da cascata na Piazza Navona, sentar-se por um tempo junto ao Tibre, a apenas meia hora de caminhada do meu quarto. Casais apaixonados, de mãos dadas, com olhares cintilantes e gestos expressivos, vivendo na intensidade de sua necessidade um pelo outro, ou os jovens num silêncio sereno, algo inesperado para os italianos, contemplando pacificamente uma fonte. Os romanos parecem ter saído de um quadro de Caravaggio: são narigudos, atraentes, corteses. Os cantores de rua, os vagabundos, os homens discutindo aos berros. Um aspecto penoso sobre a felicidade é que raramente notamos sua chegada. Em Roma em breve nos daríamos conta de que ela partira.

Naquela época, por alguns trocados, dava para ir à Ópera nas tardes de semana para acompanhar os ensaios. Era algo que me trazia imenso prazer. Eu gostava de observar os jovens estudantes de música, sua atenção e seriedade — somos todos atraídos por habilidades que não temos — e achei fascinante tanto ouvir quanto *ver* a orquestra. Desde que você não interrompesse ou se tornasse muito intrusivo, era permitido se aproximar do fosso da orquestra e observar. A delicadeza deles me comovia, o esmero nos pequenos detalhes.

Intrigou-me, por exemplo, ver que os músicos tinham uma técnica específica para virar a página de uma partitura, dando duas batidinhas com o dedo ou com o arco do violino, para que o vento não a virasse de volta.

Muitas vezes, a empresa aproveitava essas ocasiões para testar maestros novos e jovens do Conservatório. O papel que desempenhavam me cativava de um jeito único.

O que o maestro faz? Eu tinha uma vaga noção. Apesar do que pensamos, de forma errônea, quando somos crianças, ele não dita o ritmo ou marca o tempo, mas edita, coloca em itálico, acrescenta ênfase, estilo. A interpretação dele da peça não será idêntica à de mais ninguém neste mundo, embora ambas as orquestras toquem a mesma partitura. Por isso, ele deve dominar a partitura, até mais do que o próprio compositor. Existe tarefa mais desafiadora?

O principal orientador desses jovens maestros — todos, apesar de sua rigidez, o veneravam — era um professor chamado Vittorio Proietti.

Proietti, um homem de presença marcante, na faixa dos quarenta anos, era alguém que não passava despercebido. Ele era o que naquela época era conhecido como "solteirão convicto" e tinha a sensibilidade e graciosidade frequentemente presentes em homossexuais. Um artista cortês e muito distinto, era o tipo de pessoa para quem o substantivo latino *gravitas* foi cunhado, uma palavra que se disseminou por muitos idiomas porque a reconhecemos quando a vemos. Certa vez, eu estava do lado de fora do teatro, passando pela porta do palco, quando avistei o maestro Proietti saindo de seu Maserati comprido e preto, vestindo sua capa comprida e preta, com uma bengala comprida e preta na mão. Era uma visão capaz de deixar o mar em êxtase.

Naquela noite, eu havia saído para fazer uma refeição simples em uma *trattoria* próxima à Piazza Mazzini com dois colegas: meu amigo visitante e conterrâneo de Kerry, o Dr. Maurice "Moss" Trant, com quem estudei quando era seminarista em tempos mais alegres, e outro homem cujo nome não consigo lembrar direito agora, natural de Chicago, um tal de padre Valentini, se não me engano. Com frequência, quando pessoas entravam em meu círculo e eram novatas em Roma, eu sentia uma agradável obrigação de mostrar um ou dois museus pequenos que não constam nos guias, as capelas e galerias escondidas, de me sentar para comer com elas em cada canto da cidade.

Pouco tempo antes daquela noite, o emblema fascista fora fixado no brasão do camarote do Teatro de Ópera, uma profanação que ofendeu muitos frequentadores regulares e, ousaria dizer, trouxe contentamento a outros.

Quanto a mim, naquela época, via todos os sistemas políticos mais ou menos da mesma forma, como tolices, conversa fiada de macacos, criadas para manter os macacos menos importantes subjugados. Foi uma tolice vergonhosa da minha parte. Por fim, entendi que a neutralidade é a postura mais extremista de todas; sem ela, nenhuma tirania consegue prosperar.

Quando eu e meus dois colegas chegamos ao teatro naquela noite, vários membros da orquestra já estavam no fosso e tinham dado início àquele som especial que traz uma alegria radiante, apelando para o lado infantil de cada coração: o som de uma orquestra se afinando. O som que sussurra: "Deixe a Lógica do lado de fora. Maravilhas estão prestes a ser testemunhadas." Uma trombeta majestosa e radiante. O frenesi dos violinos impacientes. Um crescendo de *arpeggios* de harpa emergindo como pequenas ondas, e a resposta do fagote. Meu Deus, como é bom viver momentos como esse.

Uma turma de arruaceiros fascistas apareceu no camarote, fumando de forma ostensiva, abrindo uma garrafa grande de Prosecco, causando incômodo com sua atitude pretensiosa, mas as pessoas fingiram não reparar. As luzes da casa foram apagadas. Proietti apareceu. Ele se dirigiu ao pódio como um rei romano antigo, acenando meio que de lado para a plateia com aquela mistura peculiar de atenção e desdém que os grandes artistas demonstram.

O prelúdio começou, depois o primeiro ato da peça de Bellini, *I Capuleti e i Montecchi*. Tudo avançou esplendidamente até quinze minutos da apresentação, quando vieram brados de grosseria do camarote; os fascistas estavam bêbados. Eles tinham levado algumas mulheres da rua como convidadas; as mulheres desafortunadas demonstravam constrangimento pelos assobios bêbados dos fascistas e suplicavam para que aquilo cessasse, um pedido que só parecia atiçar os mal-educados.

Em determinado momento, um dos desordeiros gritou "*Me ne frego*", um lema dos fascistas, "Pouco me importa", e os imbecis ao redor desataram em gargalhadas grosseiras e aplausos confusos. O comentário, acertando em cheio seu alvo, foi repetido aos berros. Mais uma vez, houve explosões de satisfação. O apreço fugaz dos colegas insignificantes é sempre um combustível poderoso para o valentão, que vive tendo como maior medo a preocupação de que, mesmo entre pessoas irrelevantes, ele não seja nada.

Na terceira vez que o lema fascista foi urrado, Proietti bateu sua batuta oito ou uma dúzia de vezes no púlpito. A orquestra parou abruptamente, a soprano interrompeu o canto; Proietti cruzou os braços. Parecia alguém que aguardava o bonde passar, mas sem desespero, um nobre que nem se dava ao trabalho de olhar para o relógio. Algumas pessoas na plateia começaram a vaiar, enquanto outros murmuravam ou faziam "Xiu!". De costas para a plateia, ele falou em voz alta, firme e direta:

— *Signore e Signori, silenzio! Abbiate rispetto per gli musicisti!*

Houve aplausos e gritos de incentivo. A orquestra recomeçou.

Ao sair do teatro naquela noite, viram Vittorio Proietti entrando em um carro sob a mira de uma arma.

Até hoje, não acharam o corpo dele.

Nos meus sonhos, muitas vezes eu via Banna Strand ou as rochas da costa de Kerry, as ilhotas parecendo manchas de tinta, como se tivessem sido salpicadas por um cartógrafo descuidado. A região do mundo onde cresci é conhecida por suas montanhas íngremes e áridas e lagos espelhados, por sua irregularidade num mapa, pelo estilo enérgico de sua música de violino, por uma imponência de caráter que às vezes é confundida com mero orgulho, embora seja algo muito mais forte, uma identificação pagã com o lugar. Existe a concepção de que a terra e a pessoa são representações, traduções uma da outra.

Os habitantes de Kerry são, acima de tudo, habitantes de Kerry.

Quando eu era criança, os condados vizinhos eram alvo de zombaria e menosprezo, seus habitantes locais, frequentemente nossos próprios parentes, eram alvo de brincadeiras nem sempre bem-humoradas. Os de Cork? Arrogantes. Os de Limerick? Moralistas. Quanto à zombaria dirigida à capital, era algo comum. Dublin era chamada de "a Grã-Bretanha Ocidental". Seus habitantes haviam se vendido. Exibiam-se como pôneis de circo para seus senhores do outro lado do oceano, enquanto estes riam disfarçadamente do espetáculo. Meu pai costumava brincar que só haveria uma situação em que ele se veria torcendo para a Inglaterra; se um time inglês estivesse de alguma forma competindo contra Dublin na final do Campeonato de Futebol Gaélico All-Ireland.

— Eu estaria decorado da cabeça aos pés com a bandeira britânica.

Caso contrário, a Inglaterra era desprezada, a traiçoeira Grã-Bretanha, um regime despótico. Como minha pobre e fervorosa avó, que Deus a tenha, costumava prometer com sua xícara de chá na mão:

— Vou incendiar tudo o que for inglês, exceto o carvão.

Ainda que nossos tios estivessem trabalhando nas ruas e valas de Coventry, e nossas tias cuidando dos doentes em Poplar e Camden Town, não fazia diferença. Os filhos deles, nossos primos, tinham os sotaques e as mentalidades da Inglaterra. Afinal, como não teriam? O dinheiro enviado para casa do reino do conquistador comprava sapatos para crianças que, de outro modo, estariam patrioticamente descalças, salvava muitas viúvas da penúria faminta ou da misericórdia meticulosamente racionada dos contribuintes. Mas nós, da minha terra natal, temos uma capacidade ilimitada de nos iludir, assim como todos os povos outrora conquistados.

A junta da Inglaterra era odiada; ser odiada era a sua intenção. Odiá-la nos congregou, deu um símbolo para a nossa união quando estávamos temerosos. Na verdade, estávamos começando a perceber o que alguns havia muito tempo sabiam, que tínhamos poucas coisas além de clichês e superficialidades para nos unir. Ser diferente do seu inimigo é a ilusão de algo poderoso que nos une, é a cachaça que passa de mão em mão em volta da fogueira do acampamento enquanto a alvorada fria se aproxima.

Dezenas de milhares na minha região foram deixadas à mercê da fome, famílias inteiras que minha avó conhecia de quando era menina; 1 milhão de pessoas padeceram de fome por toda a ilha. Ficaram surpresas ao serem informadas de que não eram do povo de Kerry, mas algo chamado "britânicos", seja lá o que isso queria dizer, súditas de uma família que morava a pouco mais de oitocentos quilômetros de distância em um de seus muitos palácios, exigindo sua lealdade apesar de não ter feito nada para merecê-la. Você nunca vira nenhum deles. Eles nunca tinham visto você.

Mas o contrato estabelecido com essa família de Londres que não trabalhava era obrigatório. Você se dedicava incessantemente ao trabalho; ela não fazia absolutamente nada. Os frutos do seu trabalho eram enviados para os seguidores dela na forma de aluguel para não os perturbar muito. Se você tivesse terras, elas eram roubadas e passadas para os capangas deles. Sua religião era suprimida, a dela exaltada; o seu idioma era proibido, o dela oficializado; mas quando a fome chegava para devastá-lo, a situação ficava mais clara: você não era britânico tal qual as boas pessoas de, digamos, Hampshire. Você era dispensável, uma espécie de entulho, que quanto antes exterminado, melhor. Em cada uma de suas dezenas de colônias espalhadas pelo mundo, a Inglaterra e seus donos se esforçavam para serem odiados. Na Irlanda, eles colheram o que plantaram.

Podemos atribuir esse ódio, tão constante e intoxicante quanto a fumaça de turfa em outubro, à proximidade, à história ou aos sentimentos humanos cotidianos; mas essa história se agravou terrivelmente nos anos da minha juventude, quando uma tropa de delinquentes miseráveis, a escória das prisões da Inglaterra, foi enviada para ajudar a polícia da Irlanda a pacificar a colônia, recorrendo à violência e ao enforcamento, caso preciso. Mais uma vez na conturbada história do arquipélago, a contenda não teve o desfecho esperado.

A brutalidade deles contra o povo da zona rural era infame. Se um Tan fosse atacado com uma pedra, uma vila era incendiada. Prisioneiros foram executados sem passar por julgamento, católicos foram detidos sem razão, mulheres foram agredidas, homens foram espancados. Certa vez, quando eu tinha vinte e poucos anos, um amigo e eu estávamos voltando para o seminário depois de prestar nossas condolências em um funeral na cidade de Limerick, quando uma patrulha Tan apareceu na rua e nos arrastou para uma cela, desferindo uma série de golpes com o rifle e rajadas de palavras cuspidas no dialeto cockney ao longo do trajeto. No dia seguinte, um telegrama urgente do abade garantiu a nossa liberdade. Foi uma noite daquelas que não se esquece fácil.

O sentimento de ódio em relação à Inglaterra era tão profundo quanto as covas, e o ódio por seus exércitos, ainda mais profundo.

Por isso, quando, dois anos atrás, fui designado pelo secretariado papal para ser um visitante oficial do Vaticano nos campos de concentração italianos para prisioneiros de guerra britânicos, não tive vontade de acatar. Eu defendia a neutralidade do Vaticano e da Irlanda, mas, em ambos os casos, não foi solicitada a opinião de ninguém que não estava no poder. Passagens pelo ministério em Londres e New Forest tinham gerado em mim um afeto, até mesmo um amor, por esses lugares e seu povo. Isso travava uma batalha com as escuridões herdadas. E a vaidade, a artimanha do ego, instigava-me como um cão preso por uma coleira: essas nomeações no Vaticano raramente são concedidas a quem não é italiano, mas como eu poderia desonrar minha terra natal? Eu estava quase escrevendo para Sua Santidade pedindo para ser desobrigado da minha responsabilidade quando o reitor do colégio me deu um conselho sério e correto. Um padre faz voto de obediência.

Chegou o dia determinado. Parti com o motorista do Vaticano, um fotógrafo oficial e outro padre, um milanês, em direção ao campo de Passo Corese, a cerca de trinta quilômetros de Roma, na zona rural. Vale mencionar que eu não havia dormido bem.

As terras logo após minha amada cidade são algumas das mais belas que olhos cansados poderiam contemplar: pomares de oliveiras e limoeiros, campos de berinjelas, vinhedos, ruínas de aquedutos, uma paisagem semelhante ao fundo da *Mona Lisa*, barracas à beira da estrada repletas de nozes e abóboras. O aroma intenso de cítricos e o néctar de pinheiro ao abrir a janela do carro nas estradas sinuosas e ladeadas por sebes altas no verão. Passa pela sua cabeça que, se você cravasse a bengala de um senhorzinho na terra, brotaria um belo salgueiro.

Cresci no meio de pessoas da zona rural; para mim, não há nada mais glorioso do que uma fazenda. As terras do interior romano são bonitas e encantadoras, com seu solo vermelho e argiloso e campos bem cuidados, pequenos celeiros pintados de ocre e vacas gordas e serenas, camponeses belos e fortes. Noutro dia, o ânimo teria alçado aos céus, mas o que estava por vir ficaria gravado em mim como ferro em brasa.

Eu já havia ministrado em prisões antes. Só que não desse jeito. Em certa ocasião, na prisão de Durham, passei uma noite terrível com um homem que seria enforcado ao amanhecer. No Haiti, presenciei coisas inomináveis. No entanto, a tarde que passei em Passo Corese encurtaram minha vida em cinco anos.

Quatro mil prisioneiros apavorados, amontoados como animais maltratados, meio famintos, em dois campos rochosos cercados de arame farpado. Só havia um médico, um pervertido alcoólatra. Nenhuma correspondência. Dois banheiros. Trabalho árduo e forçado. Agressões frequentes.

Talvez o mais cruel fosse não ter nada para fazer, por questão de política. Sem jornais, sem lápis ou caneta, um baralho ou um livro de orações. Ter um tabuleiro de xadrez acarretava dez dias de confinamento numa solitária pouco maior que um caixão. As janelas do galpão não tinham cortinas, então os pobres coitados não podiam sequer tentar dormir para passar o tempo. Cada prisioneiro recebia um litro de água por dia, o equivalente a cerca de dois copos, e nada mais do que isso, de modo que nem podiam se banhar; reiterando:

era uma política intencional. O líder dos guardas era um bruto de olhos vis e sem vida, um sujeito chamado Müller, que mais tarde comandou a Gestapo regional antes de ser enviado para a fronte russa. Imaginava-se que ele fosse um aluno perturbado que serrava pernas de gatos.

O fotógrafo e eu caminhávamos em silêncio enquanto ele tirava suas fotos. Percebi que eu não conseguia falar.

O que se poderia dizer para aqueles homens magros, esqueléticos, alguns ainda meninos? Adentrei seus galpões, os quintais, vi suas camas, seus corpos esqueléticos, a camaradagem entre eles, o temor. Fui orientado a não conversar com eles, mas eu podia fazer anotações se quisesse e oferecer a Sagrada Comunhão. Iriam compilar minhas anotações para fazer um relatório.

Não julgo o padre que me acompanhava. Ele tinha parentes em Milão e não queria atrair confusão com os nazistas para eles, então desviava o olhar dos olivais e das ruínas dos aquedutos, com os óculos embaçados pela vergonha. Não sou melhor do que ele, como Deus bem sabe, e talvez seja até pior. Eu ansiava por desviar o olhar também, mas não conseguia.

Até um cego teria percebido que os prisioneiros haviam sido forçados a mentir para nós. Todos eles fizeram isso, insistindo que estavam de bem com a vida, que eram bem tratados e alimentados adequadamente. Eu apenas assenti e disse minhas frases feitas. Há momentos em que devemos aceitar que um minta para o outro. Eu não queria que nenhum deles apanhasse por me dizer o que eu já sabia.

Jamais esquecerei o mau cheiro naqueles galpões, assim como o medo nos olhos daqueles prisioneiros. A dignidade deles fora destruída de forma sistemática; pareciam órfãos açoitados. Alguns guardas tiveram a decência de parecer envergonhados, evitando fazer contato visual comigo. A esta altura, um jovem de dezessete anos de Liverpool se aproximou de mim. Ele usava uma medalha de São Miguel, padroeiro dos combatentes aéreos, em volta do pescoço e pediu que eu o abençoasse, e assim o fiz. À medida que conversávamos, descobri que o jovem tinha o mesmo nome do meu pai. Ele pediu para receber a Eucaristia.

Fiquei de joelhos naquele lugar sujo, e nós oramos, eu e James O'Flaherty. Os guardas alemães não gostaram disso, lançaram-me olhares furiosos e sussurros grosseiros. Alguns começaram a latir na minha direção como se estivessem tentando morder o ar, mas a bravura do garoto me deu coragem, e eu prossegui.

Recitamos uma dezena do rosário juntos, com ele rezando para Nossa Senhora com um pedaço de barbante cheio de nós, depois começou a cantar baixinho o antigo hino *Comigo habita*, e apesar de ter a voz de uma gralha, eu me juntei a ele. Uma tradição comovente da torcida da Final da Copa na Inglaterra é a entoação coletiva desse hino antes do início da partida. Jamais alguém cantou no Estádio de Wembley de maneira tão emocionante quanto o soldado James O'Flaherty, da Rua Bridgewater, em Liverpool, naquele dia.

Que Deus abençoe esse rapaz, onde quer que ele esteja enquanto escrevo. Num só momento, ele mostrou mais bravura cristã do que eu mostrei em toda a minha vida.

Rapidamente, sua bravura fortaleceu seus colegas também. Alguns saíram mancando de seus galpões, em grupos nervosos de dois ou três a princípio, piscando diante da luz solar incômoda, ajudando uns aos outros a avançar. Um prisioneiro, um natural de Dundee que não tinha condições de andar, foi levado até mim em um carrinho de mão. Antes da guerra, ele havia sido professor. Alguns tinham improvisado muletas com galhos de árvores ou tábuas quebradas. Os sotaques deles eram de Birmingham, Manchester, Coventry, Londres, Tyneside, de todos os cantos da Inglaterra, e entre eles, as entonações da Escócia e do País de Gales. Eles haviam sido capturados no Norte da África, muitos em El Alamein ou no deserto ao sul de Tobruk. Vários homens, com a intenção de serem respeitosos, chamavam-me de *Father*, um termo utilizado em suas igrejas, ainda que não na minha. Houve quem falasse sobre a Irlanda com relutância ou sobre competições esportivas entre nossos países, como o futebol, as corridas de obstáculos, o rúgbi, o boxe; outros ficaram em silêncio por estarem apavorados, mas me encaravam com olhares suplicantes.

Acabei dizendo a eles que a guerra estava progredindo bem, que os Aliados em breve recuperariam a Itália do Fascismo; que em pouco tempo eles estariam de volta em casa com suas famílias. Nos bolsos, eu guardava barras de chocolate e uns maços de cigarros americanos — não fumo, mas, em Roma, eles são moeda de troca, como em todas as prisões, então faço questão de ter sempre comigo — e distribuí entre os homens, que partiram para cima. Eu havia levado um frasco de Sulfaguanidina, um remédio para diarreia, que foi recebido com uma gratidão comovente. Retomamos a conversa sobre futebol e críquete. Alguns dos prisioneiros já haviam lutado boxe. Um homem de meia-idade, cego, com a cabeça envolta em ataduras cor de ferrugem e ensanguentadas, segurava minhas mãos enquanto falávamos sobre Everton, Stoke e Kop, os dias de glória de Freddie Steele e Tommy Lawton. Deu-se início a uma discussão brincalhona sobre os revezes do Manchester United, e foi bom ver os prisioneiros rirem e tirarem sarro uns dos outros, apontando e fazendo imitações, para a decepção confusa dos guardas.

Cedo demais, o tempo designado de encerrar a visita chegou, sendo-me comunicado por um sargento nazista que bateu em seu relógio e apontou com o polegar em gestos rápidos para os altos portões de ferro, para onde se dirigiu a fim de abri-los. Sugeri aos prisioneiros que nos reuníssemos em um círculo e rezássemos juntos o Pai Nosso, convidando todos a se juntarem a nós, homens de todas as crenças e os sem crença alguma.

Um dos prisioneiros, um londrino de East End, piloto de caça capturado na Tunísia, cochichou-me que seguia a fé judaica. Ele estava sendo protegido por seus colegas, que disseram aos guardas que era metodista, mas ele queria que eu soubesse a verdade: não podia orar conosco porque não conhecia as palavras. Comentei que o maior Ser a pisar na Terra nasceu judeu, e que não era fundamental saber as palavras; cada um de nós poderia fazer sua própria prece em particular ou apenas ficar em silêncio juntos, avaliando a própria consciência e disposição de fazer o bem quando possível.

Neste momento, um dos guardas mandou em alemão, com raiva e amargura, que eu parasse o que estava fazendo, avançando a passos largos e apontando o rifle para o meu rosto. Perguntei se ele gostaria de se juntar a nós na oração. Por um momento, achei que ele fosse aceitar.

— Segure a minha mão — falei. — Aceite-a. Vamos rezar juntos.

— Não preciso das suas rezas.

— Em breve vai precisar.

— O que quer dizer com isso?

— Apenas o que disse, nada mais.

— Está me ameaçando?

— Com uma oração? Você se intimida com muita facilidade.

A esta altura, o comandante do campo, Müller, já havia sido convocado do seu escritório, que, se não me engano, ficava na base de uma das torres de vigilância com vista para o portão principal. Ele se aproximou de mim com uma falsa amabilidade característica dos secretamente covardes, erguendo o braço direito em saudação nazista.

— *Heil Hitler* — proferiu, tentando bater os calcanhares direito, mas sem conseguir.

Não respondi.

— *Sie sind willkommen* — disse ele.

Fiquei calado.

— Seus documentos, padre.

— Eu os apresentei quando cheguei.

— Por favor, apresente-os na saída. Para mim.

— Por que preciso apresentar meus documentos na saída?

— Para ter certeza de que não os deu a um prisioneiro.

— Está acusando um representante de Sua Santidade de infringir os regulamentos?

— Espero que eu nunca precise.

— Sua falta de cortesia para com um emissário de Sua Santidade será, é claro, registrada no meu relatório.

— Não foi minha intenção ser descortês. O reverendo padre vai me desculpar.

Tirei da pasta a minha carteira com as credenciais do Vaticano e observei enquanto ele fingia lê-las e fingia fazer anotações. Deu para ver que ele estava preocupado. Isso me agradou.

— O reverendo padre é irlandês — disse ele.

— Minha nacionalidade não é da sua conta nem de ninguém. Estou aqui como representante enviado do Vaticano.

— O Partido e o Führer têm muitos admiradores na Irlanda. Seu povo, é claro, lutou contra os canalhas britânicos por muitos séculos. A luta da Irlanda é bem conhecida e respeitada por todas as pessoas de mente sã.

Não mordi a isca.

— Presumo que os prisioneiros não tenham feito queixas — comentou, devolvendo-me os documentos, evitando olhar nos meus olhos.

— Ninguém mencionou estar sendo maltratado — falei. O que era verdade.

— Ótimo. Excelente. Fico feliz em saber disso. Nós não somos... — ele deu um sorriso untuoso, adulador — um hotel de luxo, é claro. Isso é evidente.

— Sim — concordei. — Isso é óbvio.

— Mesmo assim, damos o nosso melhor. Com recursos limitados. Muitas vezes, minhas solicitações de comida e assistência médica não são atendidas por Berlim. E não disponho de homens suficientes, como deve ter notado. Envio um telegrama por semana. É o mesmo que jogá-lo no rio. Muitos em

Berlim são, é claro, carreiristas e burocratas, nada mais do que isso. Eles não entendem nada de guerra. É o mesmo que lidar com mulheres.

— Como ousa criticar o Reich? — falei. — Essa informação também será registrada no meu relatório.

Quase dava para ouvir as engrenagens rangendo no inferno particular da mente dele. Corvos na cerca de arame farpado grasnavam sem ânimo.

— Claro que não — retrucou. — Sou um servo leal do Reich. Apenas queria que o reverendo padre soubesse do contexto do trabalho que estamos fazendo aqui. Não é fácil, sabe? Estamos em tempo de guerra, e tudo mais. Com frequência, ficamos de mãos atadas.

— Devo informar a Sua Santidade o Papa que, durante a guerra, esses homens podem ficar privados de água?

— É necessário haver disciplina — respondeu ele.

— Tem certeza?

— Claro.

— O que, na sua opinião, diferencia disciplina e tortura?

— Nenhum homem aqui foi torturado. Afirmar uma coisa dessa seria difamação.

— Cinco minutos atrás, recebi ordens de ir embora. Faça o favor de sair da minha frente.

— Mas em honra à visita do reverendo padre e como um sinal de respeito ao Vaticano, vou aumentar a cota de água para dois litros hoje. Não há motivo para rigidez excessiva, afinal.

— Você é uma vergonha — falei, em seguida. — É um covarde miserável e digno de pena. Seria sábio desembainhar sua pistola e me matar agora mesmo. Porque, ainda que seja a última coisa que eu faça, farei com que seja demitido. Dou-lhe minha palavra solene. Seu verme.

— Reverendo *padre*...

— Vou voltar daqui a uma semana. Ponha este matadouro em ordem. E certifique-se de que você não esteja aqui. *Auf Wiedersehen.*

Visitei vários outros campos de prisioneiros, cerca de oitenta instalações espalhadas pelo Lácio e arredores. Se, em algumas ocasiões, vi os prisioneiros sendo tratados de acordo com a lei internacional, lamento dizer que foram poucas. Poucas vezes presenciei algo semelhante à simples decência humana que não deveria precisar de legislação, mas que geralmente necessita.

Na maioria das vezes, era um menosprezo diário e desalentador, com os guardas impondo autoridade aos prisioneiros, atrapalhando-os, fazendo piadas tolas sobre suas esposas e mães em casa e assim por diante, em vez de violência física direta. Mas havia momentos em que me deparava com um seguidorzinho de Göring que precisava ser colocado no devido lugar. Pelo menos, foi assim que enxerguei as coisas.

Enquanto isso, a situação na cidade estava se agravando.

Era um hábito meu naquela época, em prol da minha saúde, fazer uma caminhada vigorosa todos os dias do *collegio* até o monumento em homenagem a Vítor Emanuel II (o "Altar da Pátria") e voltar, uma jornada de cerca de seis quilômetros. Em dias quentes, eu quebrava o ritmo com um suco de laranja num barzinho na Via del Portico d'Ottavia, que fica no bairro judeu, um daqueles lugares onde você fica no balcão e puxa conversa com a pessoa ao lado sobre o assunto do momento ou fica sossegado, na sua.

Certa vez, ao meio-dia, eu estava no balcão lendo um exemplar da *Chicago Tribune* que alguém esquecera ali, quando um alvoroço na rua chamou minha atenção. Um grupo de policiais fascistas havia parado e esvaziado um bonde, obrigando uma senhora judia e seu marido, um rabino, a se ajoelharem, ridicularizando essas pessoas idosas e xingando-as de tudo que é nome. Um canalha entregou uma escova de dentes ao casal idoso e mandou que limpassem a calçada, com os colegas rindo alto de sua genialidade. Fui até eles e exigi os nomes dos valentões e de seu oficial superior — eu estava vestido de padre, o que achei que poderia ajudar a resolver a situação — e, durante a confusão barulhenta que se seguiu, o casal de idosos conseguiu fugir por um beco lateral. Mas foi um ato de crueldade casual revoltante. O fato de esses inocentes romanos terem sido maltratados em uma rua movimentada, ao meio-dia, enquanto centenas de pessoas passavam, era por si só um tipo de veneno.

Certa tarde no final do ano de 1942, pouco mais de um ano atrás, logo depois de eu ter voltado para o alojamento no Vaticano de uma visita a um campo de prisioneiros, o reitor do colégio, um homem bom que já faleceu (ele morreu de gripe há dois meses; que Deus tenha piedade de sua alma), mandou mensagem solicitando minha presença. Eu estava com fome, cansado, todo empoeirado, havia estado na estrada por dezenove dias e estava desanimado, um tanto abatido. As viagens tinham me deixado assim. O apelo dos prisioneiros me fez passar várias noites em claro. Porém, eu me lavei na pia do jeito que pude e vesti a batina mais limpa que encontrei. Encontrar o reitor, um teólogo e exegeta erudito, embora um berlinense um tanto sisudo, raramente era uma oportunidade de conversas descontraídas.

Quando entrei em sua sala, ele aparentava estar aflito, ansioso como eu nunca vira antes. Incomodou-me um pouco vê-lo fumando. Ele gesticulou para que eu fosse até sua mesa e indicou que eu deveria me sentar. Sempre tivemos um relacionamento civilizado, eu e o reitor, apesar da minha falta de fluência em alemão, talvez até *por causa* disso, de certo modo. Às vezes percebo que, quando as pessoas não são fluentes nos idiomas umas das outras, as conversas se limitam a meras formalidades.

Sobre a mesa dele estava uma pilha desordenada dos relatórios que eu tinha compilado sobre as condições nos campos. Achei estranho o reitor ter lido meus relatórios. Alguém deve tê-los traduzido, já que os escrevi em inglês. Eu não os enviei para ele. Fiquei pensando quem poderia ter enviado.

Chamando-me pelo meu nome, ele disse estar *in Schwierigkeiten*. Eu sabia o significado: "Em apuros".

Dei a entender, da melhor maneira que pude, que via aflição em seu rosto, que lamentava saber que ele estava sobrecarregado e que seria uma bênção para mim dividir o fardo, se ele permitisse.

Ele começou a falar comigo em latim, em tom baixo.

Era verdade que, dias atrás, eu intervira numa tentativa de prisão de um casal no bairro judeu? Houve uma denúncia oficial feita pelas autoridades.

Respondi que o rabino idoso e sua esposa estavam sendo alvo de injustiça na rua e que eu interferiria de novo se fosse necessário diante de tal ultraje.

— Interferiria?

— Sim, reitor

— Entendo.

Ele fez uma anotação.

— Certamente o senhor sabe — falei em latim — o que estão planejando e tramando contra os judeus.

O ato de não responder parecia quase causar-lhe angústia física. Com os olhos fechados, ele se balançou por um momento, inspirando pelo nariz.

Era também verdade, como a queixa oficial alegava, que eu tinha distribuído livros e comida entre os prisioneiros de guerra aliados nos campos em dezenas de ocasiões, desrespeitando as regulamentações acordadas?

— Acredito que sim.

Ele fez outra anotação.

Em seguida, ele parou, arrancou a página onde havia rabiscado, rasgou-a com cuidado em pedaços e dirigiu o olhar para mim.

— Hugh, essas não são as respostas certas.

— Com todo o respeito, reitor, quais são, então?

Neste momento, ele pegou e tocou uma sineta que estava sobre a mesa. Uma freira muito jovem, que eu nunca vira, entrou no escritório e ficou perto da janela. Ela disse que faria o papel de intérprete na reunião. Contribuindo para o surrealismo do momento, havia o terrível detalhe de que a jovem irmã não tinha a mão direita.

Juntando os dedos, o reitor disse que não era nazista.

Eu não soube o que dizer.

Ele tinha aversão aos nacional-socialistas e a tudo que vinham fazendo.

— Com a minha Alemanha, com a Europa, com o Povo do Livro. — Tudo que dizia respeito a eles era *schrecklich*.

— Terrível — traduziu a irmã.

— *Abscheulich, entsetzlich, fürchterlich* — continuou ele. — *Grässlich Schauderhaft. Widerwärtig.*

Enquanto ela traduzia as palavras, todas variações da mesma palavra, o rosto inteiro do reitor foi tomado pela tristeza. Ele chorou.

O papado era neutro, prosseguiu ele. Isso deve ser respeitado. Era uma questão de tratado internacional, não estava sujeita a discussão. O Vaticano ("nossa mãe") deve ser protegido de uma invasão ou bombardeio nazista. Para além do domínio pastoral, como visitar os enfermos e coisas do tipo, o que acontecia em Roma ou na Itália em geral não era de nossa responsabilidade direta. Em todo caso, não tínhamos como interferir.

No entanto, devemos defender o Vaticano, como seu direito divinamente concedido e nosso dever mais solene como soldados ordenados por Cristo. Qualquer provocação, mesmo a menor delas, deveria ser evitada. Os nazistas estavam sedentos por um pretexto, "como um dragão ávido". Imagine o que aconteceria se *eles* desrespeitassem o tratado, talvez ultrapassassem os limites, avançassem com seus Panzers pela praça. Os Musei Vaticani poderiam ser reduzidos a cinzas. Ou algo pior.

— Imagine só, Hugh — convidou ele. — A suástica tremulando no topo da cúpula da Basílica de São Pedro.

Seria uma obscenidade bem peculiar, concordei.

— Você vai me dar sua palavra de que não fará nada que possa gerar problemas. Não vai, Hugh?

— Nunca foi minha intenção gerar problemas — esclareci.

— Isso quer dizer que sim?

— Seria melhor se o senhor não fizesse essa pergunta.

— Por quê, Hugh?

— Porque prefiro evitar falar algo que te deixe aborrecido.

Ele assentiu.

— Levante-se, por favor, Hugh — pediu, dirigindo-se à porta da antessala.

Na sala, adentrou o santo padre.

A jovem freira fez uma genuflexão. Eu não conseguia me mexer.

Nas fotos, seu rosto sempre parece austero, mas é capaz de expressar ternura quando visto pessoalmente, algo que só testemunhei uma vez, a uma distância de cinquenta metros, enquanto ajudava outros cem padres na Missa Solene de Páscoa. Porém, naquela noite, no escritório do reitor, não havia nenhum traço de amabilidade. Ele parecia uma estátua de granito.

Como uma frente fria avançando aos poucos, ele se aproximou da janela, olhando agora para a Praça de São Pedro, lá embaixo.

Engoli em seco as lágrimas que brotavam. O sangue latejava nos meus tímpanos. Uma sede repentina e terrível tomou conta de mim, a ponto de que eu teria bebido do oceano enegrecido que me vi imaginando.

Ele se virou.

Pelo que pareceu um longo período, o santo padre olhou para mim sem piscar, com uma expressão de desaprovação rígida endurecendo o olhar, os braços estendidos ao lado do corpo, como os de um soldado em guarda de honra. O crucifixo de ouro em seu pescoço reluziu à luz do crepúsculo. De longe, acima de nós, ouvi um bombardeiro e depois o som abafado da sirene de alerta aéreo de Parione. Nem isso o fez hesitar. A jovem irmã trouxe uma cadeira. Ele agradeceu com um gesto de cabeça, mas não se sentou. Quando enfim se moveu, foi para retirar algo invisível das dobras de seu manto branco, imaculadamente alvo.

— O famigerado monsenhor O'Flaherty — disse ele. — É uma honra conhecê-lo.

Aproximei-me e beijei sua mão, mas senti que ele se afastou.

— Conhece Shakespeare, filho? — perguntou, baixinho, em latim, e eu disse que conhecia um pouco, que havia lido algumas peças quando era jovem e estava me preparando para ser professor.

— Quais?

— *Macbeth*, santo padre. *O mercador de Veneza.*

— Tenho certeza de que gostou dessa — afirmou ele. — Já que é sobre um judeu.

A atmosfera na sala pareceu mudar de cor.

— Costumávamos apresentar peças — acrescentou, com um sorriso gélido que me deixou nervoso. — No colegial. Não éramos lá muito talentosos.

Ele fez uma pausa como se esperasse que eu dissesse algo, mas tive a sensação de que, se o fizesse, ele interromperia imediatamente, algo que o ouvi fazer várias vezes durante as transmissões sem fio de suas audiências semanais com os fiéis. É algo que os homens fazem para enfatizar o poder.

— E depois — prosseguiu —, um pouco no seminário. Fomos autorizados a criar um Clube de Teatro. Supervisionado pelas autoridades, é claro. Peças clássicas mais leves. Coisas assim.

Eu não fazia ideia de qual era a resposta esperada.

— Já atuou em alguma peça, filho?

— Não, santo padre.

— Sério? Nunca? Que estranho.

— Só em peças de Natal quando era criança, nada além disso.

— Só em peças de Natal quando era criança, nada além disso — repetiu, outra estratégia que o testemunhei empregar.

— Sim, santo padre.

— Tenho a impressão de que você está encenando agora — disse ele.

— Perdão, santo padre, não estou entendendo.

— CLARO QUE NÃO!

Nunca o ouvi se exaltar. Ouvi-lo vociferar me deixou em estado de choque. Não foi um tom de voz elevado, foi um rugido furioso, quase um grito, que fez um objeto de vidro na sala vibrar. O reitor abaixou a cabeça, a jovem irmã demonstrou estar aterrorizada. O santo padre enxugou a boca com um lenço.

— Você quer estragar tudo? — perguntou. — *Responda quando eu estiver falando com você.*

— Santo padre…

— Quer ver o nosso Vaticano, onde descansam os ossos do nosso maior pontífice: um santo que conheceu Jesus Cristo *pessoalmente*, alguém que testemunhou a própria transfiguração, em meio a chamas e gás venenoso? As botas dos soldados da tropa de choque pisoteando as sepulturas dos mártires? Dois mil anos do reinado de Cristo destruídos numa única noite de incêndios?

— Não, santo padre.

— Não, *santo* padre. Não, santo *padre*. A ironia amarga e cruel do seu respeito fingido. Por que se dirige a nós desse jeito, quando é nitidamente o único padre no mundo que nunca se submeteu aos votos de submissão? Quando você tem permissão especial para estabelecer suas próprias regras e procedimentos? Para ignorar decisões e ordens deliberadas por seus superiores? Sem dúvida, somos nós, a Diocese de Roma, que devemos nos curvar diante de *você*. *È bene.*

Dito isso, ele apoiou a mão na mesa e se preparou para se ajoelhar, até que a freira e depois o reitor correram até ele, pedindo com fervor que não cometesse tal ato chocante. O rosto da jovem irmã estava contorcido em um misto de choque e tristeza, seus lábios tremiam visivelmente.

— Sem dúvida, o próprio Salvador e todos os santos deveriam elevar suas preces a O'Flaherty — continuou ele. — Rogamos-lhe, O'Flaherty. *Ora pro nobis*, O'Flaherty. Interceda por seus subordinados, não importa de qual púlpito de vanglória você pregue. *Você tem alguma justificativa para sua arrogância e insolência repulsivas*?

Comecei a falar, mas ele me interrompeu.

— Por meio desta declaração, despojamos você de sua função de representante do Vaticano. Até nova ordem, você permanecerá neste colégio ou se deslocará cem metros até o seu trabalho no Santo Ofício todas as manhãs e voltará para casa todas as noites, para nenhum outro lugar, enfatizo, *para nenhum outro lugar*, sem permissão prévia por escrito. Não deixará os muros do Vaticano novamente até receber permissão. Refletirá sobre a gravidade dos seus erros e se redimirá deles. *Está me entendendo*?

— Sim, santo padre.

— Graças a *você*, os prisioneiros não poderão mais receber visitas.

Tive a sensação de que ele estava prestes a me dar um tapa no rosto.

— Quão mais doloroso que o dente de uma serpente é ter um filho ingrato — disse ele, com amargura. — *Rei Lear.* Ato I. Cena IV.

Dito isso, ele saiu do escritório num ímpeto. O reitor não fez comentários. O seu silêncio, sua extrema decência, ardeu em mim como uma fornalha, enquanto ele fitava suas mãos e o chão. Foi misericordioso o bastante para não dizer que eu envergonhara o nome do *collegio*, apenas murmurou que nossa reunião havia chegado ao fim.

Dirigi-me imediatamente ao meu quarto e tentei assimilar o impacto do que tinha acontecido, além do grave pecado da minha desobediência. As palavras do santo padre me fizeram enxergar meu próprio egoísmo, e eu rezei para que sua intransigência fosse recompensada. Ocorreu-me que o que convenientemente chamamos de caridade muitas vezes é vaidade disfarçada, é apenas uma forma de enviar sinais de fumaça de superioridade sobre nós mesmos, ou *para* nós mesmos, de modo que a fumaça encubra nossa feiura.

Entre lágrimas, eu imaginava os homens nos campos, com seus rostos cansados e mãos feridas, quando estendiam as mãos para mim em súplica ou em gesto simples de amizade. Supliquei com fervor por todos os prisioneiros, com toda a minha força, pelos confinados do mundo, incluindo este pecador infeliz.

Durante seis meses, fiquei no Vaticano. Com o passar do tempo, o reitor teve pena e reduziu minha sentença. Desde o começo dos bombardeios aéreos em julho deste ano, fui liberado para visitar a Legação Irlandesa a cada quinze dias, depois, uma vez por semana, para oferecer apoio espiritual aos jovens religiosos irlandeses e às famílias que os acolheram, desde que me comprometesse solenemente a não falar com mais ninguém e a passar despercebido pelas autoridades.

Posso dizer com sinceridade que me empenhei ao máximo nesse último empreendimento. Quanto ao ponto anterior, devo confessar que, enquanto ia ou voltava da Legação, às vezes me permitia conversar com pessoas que eu sabia estarem ajudando de alguma forma os prisioneiros fugitivos e outros refugiados a chegarem à costa. Naquela época, era questão de algumas liras aqui e ali, às vezes de uma muda de roupas. Eu tinha consciência de que estava infringindo as regras e, mesmo assim, prossegui. Peço orações para ser perdoado pela minha desobediência.

No dia 13 de setembro, alguns dias após a invasão nazista em Roma, chegou a esta casa um comunicado urgente informando que vários frades dominicanos em San Clemente adoeceram gravemente com a gripe consumptiva, que parece estar se alastrando pela Itália. Tendo um grupo de peregrinos retidos na cidade naquela ocasião, precisávamos de alguém que falasse inglês para ouvir as confissões. Estava prevista a concessão de um passe para sair do Vaticano e entrar em Roma por duas horas para aquele que aceitasse o compromisso.

Aquela segunda-feira estava prevista como um dia de folga para mim. Eu tinha a intenção de estudar e rezar, pois estava bastante temeroso com o que a investida alemã poderia acarretar, mas decidi que, em vez disso, me ofereceria como voluntário em San Clemente. Lá no fundo, acredito, estava a esperança de talvez encontrar alguém da minha terra natal. Talvez também desejasse testar se já havia sido perdoado, se a pena de exílio interno imposta pelo santo padre poderia receber uma liberdade condicional oficial. Liguei para a cúria papal e expliquei a necessidade urgente dos irmãos dominicanos. Recebi permissão para aceitar, mas fui instruído a não falar com absolutamente ninguém fora de San Clemente. Eu prometeria diante de Deus não fazer isso? Prometi.

Enquanto partia de moto, deparei-me com uma turba de soldados alemães nas ruas próximas ao Vaticano, desgrenhados e barbudos. Alguns estavam tratando mulheres com rudeza ou exigindo bebida aos proprietários dos cafés aos berros. Havia outros mais velhos do que eu, homens magros na faixa dos cinquenta anos ou garotos vestindo roupas cinzas e folgadas. Em determinado momento, avistei um conhecido, John May, na rua, e nossos olhares se cruzaram em saudação, mas nenhum de nós fez menção de parar para conversar. Ele aparentava estar assustado e exausto, o que me doeu ver, já que normalmente é um londrino alegre e animado.

Cheguei a sentir a espinha gelar ao passar por uma viela e ouvir uma súbita rajada de disparos de metralhadora.

Ao chegar à igreja, segui direto para a sacristia. Com frequência, considero San Clemente meu local de adoração mais querido em Roma. Está longe de ser o mais bonito, o maior, o mais ornamentado, mas sempre parece mais fresco e arejado do que realmente é, tem uma atmosfera que revitaliza o espírito cansado, como um jato de água fria após um banquete. De fato, havia muitas pessoas entrando e saindo, rezando em silêncio, algumas admirando os afrescos ou esperando em fila nos confessionários, mas nenhum monge estava por perto, então entrei na primeira cabine de confissão disponível que vi e comecei a ministrar.

Por uma hora, tudo transcorreu de forma suficientemente normal. Foi uma dádiva poder oferecer a misericórdia no confessionário. Eis que surge a beleza sobrenatural do coro e do organista praticando uma peça que amo desde a infância, a *Missa Eucharistica* de Perosi, com belos timbres de barítono enriquecendo o som. E então, ocorreu algo tão assustador que devo registrar por escrito. Se algo acontecer comigo nos tempos futuros, esse evento pode ser a explicação.

Abri a pequena abertura gradeada que separava o padre do penitente. Como manda a tradição, não dei uma espiada, mas continuei olhando para frente, de olhos fechados. Houve silêncio por alguns momentos, o que não é tão incomum. É normal que as pessoas estejam aflitas antes da confissão.

— Amigo ou amiga — falei, por fim. — Deixe as angústias de lado. Saiba que está falando com a Misericórdia Infinita, não comigo.

A voz, masculina, começou a recitar a oração introdutória de um jeito monótono, como se estivesse lendo de um cartão.

Como de praxe, perguntei quanto tempo havia se passado desde a última confissão.

— Não estou aqui para responder a questionamentos — foi a resposta.

— Meu irmão — respondi. — Você está bem longe de casa.

— Você também.

— Venha com a mente aberta. Nossos pecados são um sepulcro. Remova a pedra.

Ele ficou em silêncio.

Estava tudo tão quieto que pude ouvir o tic-tac do relógio de pulso dele do outro lado da abertura. Para minha surpresa, vi, ao espiar pela grade, o uniforme de um comandante da Gestapo.

— Me chamo Paul Hauptmann — disse ele em inglês.

Não respondi.

— Ainda não nos conhecemos — continuou.

— Este é um lugar de adoração.

—A porta estava aberta. Entrei.

— Como se atreve?

Tentei fechar a abertura com força, mas sua mão enluvada impediu.

— Ainda não terminei de falar, monsenhor.

— Não quero me associar a você.

— Eu queria que você soubesse de algo. Um fato importante. Quando, há dois anos, você foi designado como Enviado do Vaticano para nossos campos de prisioneiros de guerra, fui eu, como oficial da Gestapo encarregado de Lazio, que fiz a nomeação, a partir de uma lista de pessoas sugeridas.

— Você?

— Eu queria que um irlandês ficasse à frente da delegação. Por motivos óbvios.

— Tais como?

— Pouca probabilidade de ter simpatia indevida pelo inimigo.

— Saia deste local santo.

— Julguei-o mal. Você foi fraco. Eu tinha me esquecido de que um homem inteligente também pode ser — na realidade, costuma ser — ingênuo.

— Não tenho nada para falar com você.

— Nem eu com você, monsenhor. Mas vou lhe dar um conselho. *Eu* estou no comando desta cidade agora. Seria prudente se lembrar disso. Daqui em diante, evite causar problemas, tanto para você quanto para os outros.

— O que isso significa?

— Significa que devemos ser responsáveis e manter a calma. Respeitar a realidade. Sua compulsão por menosprezar os comandantes da Wehrmacht nos campos de prisioneiros na frente de seus soldados pode até ter feito com que você se sentisse melhor. E estou ciente de que fez isso com frequência. Mas saiba que o comandante que substituiu Müller, quando seu relatório sugeriu a demissão dele, é o mais brutal de todos a vestir um uniforme. A única coisa que todas as suas manobras fizeram foi piorar as condições daqueles prisioneiros. Agravar o evidente sofrimento de milhares de pessoas. Sem necessidade. É uma lástima.

— Já terminou?

— Reflita por um momento quem foi o responsável por sua saída da delegação.

— Foi o papado.

— Tem certeza?

A indagação dele, que não era de fato uma pergunta, pairou entre nós por um momento.

— Sei que há uma Rota de Fuga — falou. — Vou descobrir como funciona. Pode acreditar.

Não respondi. Sua voz ficou mais baixa.

— Berlin deu ordens: nada de Rota de Fuga. Senão sofrerei duras consequências. O que implica que minha família sofreria como consequência, e isso é algo que eu não permito. Eu não sofro consequências. Eu as inflijo.

— Reparei.

— É meu dever manter a ordem em Roma — continuou. — Não complique mais as coisas, monsenhor. Mesmo a mais leve cooperação com uma Rota de Fuga acarretaria pena de morte. Caso perceba que seus amigos estão tentados — ou se você mesmo estiver tentado — a se envolver, lembre-se desta conversa.

— Há pessoas aguardando para se confessar. Mais uma vez, peço que se retire.

— Sua teimosia, monsenhor, está sendo um obstáculo para você. Está confundindo sua mente. Você está ébrio de uma falsa virtude. Nossa causa não será detida. De fato, contamos com muitos padres, muitos católicos-romanos que estão do nosso lado. Se eu lhe contasse, você ficaria maravilhado.

— Eu ficaria revoltado e envergonhado, mas não maravilhado.

— Minha esposa é católica-romana.

— Nesse caso, ela também deveria sentir vergonha.

— Do marido? Do país dela?

— De si mesma.

— Roma caiu, monsenhor. O Império Britânico também vai cair. Assim como a União Soviética e os Estados Unidos. Todos os impérios vão cair. Exceto um.

— O seu também vai. Mais rápido do que imagina.

— Não tem tanta certeza, não é mesmo, monsenhor? Consigo notar a dúvida em sua voz. Faz parte do meu treinamento identificar a dúvida na voz.

Mas faz parte do seu treinamento também, não faz? Ouvir os pobres cativos? Enquanto gaguejam ao expressarem suas pequenas falhas nesta caixa.

— Não há nenhum outro cativo aqui além de você.

— Junte-se à marcha, monsenhor. Ou não interfira. Estou avisando.

— Você não é parte de absolutamente nada, exceto do seu autodesprezo e da sua irrelevância. Desfiles, procissões e brincadeiras de se fantasiar.

Ouve-se um resfôlego de risada macabra.

— Isso vindo de um padre?

— Cada um de vocês está sozinho no abismo de suas inadequações.

— Conversa fiada, monsenhor. Desça do púlpito. Não sou uma das suas ovelhinhas para me impressionar com a tagarelice de velhas, e, verdade seja dita, você não é lá um grande cão pastor.

— Saia — repeti. — Antes que eu te expulse.

— Adora repetir isso, não é, monsenhor? Duvido que tente. Todos os que posam de valentes são covardes. E todos os padres têm medo da vida.

— Vamos ver quem é o covarde quando estiverem te arrastando até uma forca.

— É bom saber, monsenhor, que você pode ser eliminado a qualquer instante. Seria como soprar uma das velas que aqueles tolos lá fora pagam algumas moedas para acender, enquanto se curvam diante de ídolos banhados a ouro envelhecidos colocados por você e seus iguais para amedrontá-los e levá-los a fazer o que desejam. Você está vivo porque eu permito. Você é a vela que eu mantenho acesa. E posso escolher cuidadosamente o momento em que aniquilá-lo for mais oportuno. Neste ínterim, bom dia para você, monsenhor. Considere-se avisado.

— Não tenho medo de você — falei.

— Vai ter — replicou.

Após a sua saída, fiquei parado por um tempo, tentando me acalmar. Quando saí, vi minha motocicleta em chamas.

À distância, o estampido de metralhadoras.

5

À medida que se afasta da motocicleta em chamas do lado de fora da igreja de San Clemente, Paul Hauptmann limpa os dedos no pedaço de papel arrancado de um cartaz solto e tremulante que dizia "MORTE AOS INVASORES FASCISTAS". Ainda bem que ele não foi de carro. Era um dia bom para andar alguns quilômetros a pé.

A luz do sol de setembro está quente e dourada, típica do outono em Roma; o aroma dos louros perfuma o ar enquanto ele atravessa o pequeno parque próximo à escadaria de mármore onde, segundo dizem, Cristo caminhou. É absurdo, é claro, mas que contem suas histórias. Uma citação de Shakespeare lhe vem à mente. "Que tolos são esses mortais."

De vez em quando, eles o encaram, os romanos conquistados e seus filhos. Que encarem. Vão acabar se acostumando com ele. Não têm escolha. Ele é recém-chegado, ainda está se adaptando, está há apenas alguns dias liderando a cidade deles; dá para relevar certa melancolia; a situação deles não é nada fácil. Ele poderia circular acompanhado de um segurança, mas isso seria visto como um sinal de fraqueza. A pistola Luger em seu quadril é a única proteção de que precisa. Isso e a reputação que tem cultivado com o maior cuidado por meio de vazamentos para a imprensa fascista. Caso um romano ataque a Gestapo, a retaliação será a explosão de sete quarteirões da cidade e a execução dos pais do atacante.

No quartel-general que montou no Instituto Cultural Alemão na Via Tasso, ele emite uma diretriz para seus homens: nada de saques, os negócios de Roma não devem ser saqueados. As mulheres devem ser respeitadas. Se um estupro for comprovado, será punido com pena de morte. O inimigo terá permissão para enterrar seus mortos de guerra com dignidade. O afastamento será permitido, desde que se mantenha como soldado alemão. Estou orgulhoso de vocês. Comandante Paul Hauptmann.

A acusação do padre de que ele está sozinho fere. Ele não deveria se deixar afetar, mas quando se está cansado e sob pressão, qualquer baboseira acaba afetando mais do que deveria.

Chegaram datilógrafas, engenheiros de rádio, funcionários nazistas. Pedreiros da Wehrmacht estão assentando barras nas janelas dos quartos menores de cada andar, instalando algemas e grilhões, cobrindo as paredes com mantas de cavalo para abafar o som. Estão instalando uma cadeira de dentista na adega, fixando-a ao chão; em breve, vão adicionar correias de contenção e um fio de estrangulamento. O braço-direito dele, Dollman, quer que uma forca seja erguida no palco do que costumava ser a sala de concertos, mais para instigar medo nos prisioneiros do que para uso cotidiano, mas talvez seja um exagero; afinal, o cômodo está ao lado do escritório das datilógrafas. A energia elétrica de boa parte do prédio caiu; homens estão vindo para restabelecê-la. É gratificante para ele ver o trabalho sendo feito, a estruturação da governança. Uma nova demão de tinta seria bom; ele registra um memorando sobre o assunto. Talvez alguns móveis novos. Aquelas cortinas estão acabadas. O relógio de sol no jardim está quebrado.

— Quanto a essas reproduções baratas e horríveis que estão em todas as paredes, peça que as retirem — diz ele a uma secretária. — Estamos na cidade de Michelangelo. Quero arranjos florais frescos e uma imagem emprestada de Nossa Senhora em todos os espaços comuns da sede. Minha esposa diz que pareço um monstro — prossegue ele sem emoção — antes de tomar café pela manhã. Garanta que eu nunca precise esperar por muito tempo.

Às quinze em ponto, um desertor capturado é levado até ele, um jovem soldado de Bremen. Ele ouve o caso do rapaz choroso e deseja que houvesse uma opção de clemência.

— Vou redigir uma carta aos seus pais dizendo que você morreu em combate — notifica. — Dessa forma, não haverá desonra. É lamentável termos chegado a este ponto, seja valente até o fim. — Ele aperta sua mão antes de mandá-lo para o pátio a fim de ser baleado. A sordidez da guerra. O infeliz e sujo descarte. Quando *todos* nós passamos por momentos em que desertaríamos de nossas vidas se fosse possível, se não fosse tarde demais. Porém, é. O estampido da rajada de tiros parece perturbar uma das datilógrafas, mas não há como evitar. Meu Deus, a degradação a que as coisas chegam. Guerra é guerra.

Um pensamento o vem incomodando: trazer a família para Roma. Seria viável? Onde iriam morar? Seria muito perigoso? É uma questão de equilíbrio, mas não é tudo questão de equilíbrio agora? O calor, a luz do sol, as estátuas, os templos antigos. Pode ser bom para as crianças morarem uma ou duas temporadas no exterior.

Falando ao telefone de Berlim, sua esposa parece distraída. A filha deles está resfriada, o filho está tendo problemas de novo na escola. Está demorando para aprender as letras, é desobediente e introspectivo. Pela voz, ele nota sua ansiedade, uma espécie de alegria forçada que ela tenta transmitir quando ele liga. Ele se pergunta se ela voltou a beber. Ela parece cansada.

— Paul, você está se alimentando direito?

Ele diz que sim.

— Está tudo bem com o seu quartel?

— Está tudo ótimo.

— Estou com saudade — diz ela. — Queria que você estivesse em casa.

— *Wenn ich mir was wünschen dürfte* — sussurra ele o título de uma antiga canção de amor que eles associam ao tempo de namoro deles. "Se eu pudesse fazer um desejo." A frase se tornou uma espécie de afeto privado entre eles.

— Você é um amor — diz ela.

— Porque eu te amo.

— Paul, o Himmler voltou a ligar?

— Não posso dizer pelo telefone.

— Paul, você está encrencado?

— Não.

— Então por que ele não para de ligar?

— Não precisa se preocupar. É apenas um contratempo.

— É por isso que te pagam bem, meu querido — brincou ela. — Para solucioná-los.

— Tem razão, é por isso que me pagam bem.

É uma fala de um filme de gângster americano a que assistiram durante a lua de mel em Guernsey. De alguma forma, tornou-se parte da linguagem de casal deles.

— Os prisioneiros pararam de fugir? — perguntou ela.

— Amor, não posso tocar nesse assunto.

— Que falta de consideração desses insuportáveis, dando trabalho para o meu Paul. Você me contaria a verdade, não contaria? Se estivéssemos em apuros com o Himmler?

— Eu contaria a verdade. Não estamos.

— Se eles continuarem fugindo...

— Elise, vamos falar de outra coisa.

— As mulheres romanas são bonitas?

— Não chegam aos seus pés.

— Mentiroso. — Ela ri. — Queria poder te dar um beijo.

— Bem que eu queria também, querida. Cobrir seu corpo todo de beijos.

— Não fale essas coisas, Paul, quando estou sozinha sem você.

— Vá descansar, minha doce menina. Eu te adoro.

— E eu a você.

— Boa noite, minha pombinha. A gente se fala de novo amanhã. Tenho uma ideia para te propor. Pode ser algo bom para a família.

— Só para garantir: a gente não está em maus lençóis com o Himmler, certo? Porque eu ficaria muito preocupada, Paul. Aqueles insuportáveis, problemáticos e fugitivos. Por que não conseguem *ficar* nos campos de prisioneiros? Será que têm que sempre causar problemas? Eles não *querem* que as esposas e namoradas saibam que estão a salvo, longe da guerra? Se *você* estivesse em um campo de prisioneiros de guerra, eu ficaria feliz por saber que você está seguro.

— Elise...

A ligação caiu.

Na mesa, o telegrama de Himmler:

"O Führer está indignado com essas fugas recentes. DÊ UM BASTA NESSE VEXAME. Está avisado."

Ele retira de uma gaveta uma pasta de fotos que tem juntado nos últimos meses. Pessoas que merecem uma nova análise, potenciais colaboradores, suspeitos. Dispondo-os com cuidado em ordem alfabética pelo sobrenome, ele para de tempos em tempos para retirar uma foto da pasta e fixá-la no mural de cortiça acima da mesa. Indivíduos de Interesse Particular. Sua galeria de retratos.

Ele para em "O".

Fixa a foto no mural.

Na etiqueta está escrito "O'Flaherty, Hugh". A lápis, ele adiciona as palavras: "Arruaceiro. Teimoso."

Ele apaga a vela.

Hora de dormir.

Mas está difícil pegar no sono hoje. É difícil explicar o motivo.

Não se trata exatamente de ansiedade. Nem de apenas insônia. Não é apenas o sino solitário da igreja que marca a hora durante a noite nem o silêncio que se segue, a espera. Uma inquietação, sem nome específico, invadiu-o como uma farpa.

Escuridão.

Latido de raposa.

Roma de madrugada.

Um homem dentro de uma caixa, dizendo: "Não tenho medo de você, Hauptmann." O silêncio que sucede o sino.

6

A VOZ DE ENZO ANGELUCCI

7 de novembro de 1962

Retirada da transcrição da entrevista de pesquisa da BBC, fita 1, conduzida em Bensonhurst, na cidade de Nova York

Falo aqui? Desse jeito? Está me ouvindo bem?

Bem, me chamo Enzo Gianluca Alessandro Angelucci. Tenho cinquenta e quatro anos. É isso aí.

Já faz dezessete anos que moro no Brooklyn, mas sou natural de Roma. Aqui, nos Estados Unidos, as pessoas me chamam de Johnny.

Ítalo-americano? Sem dúvida. Com "Ítalo" em negrito.

Quando cheguei aqui, trabalhei na área de construção, como instalador de *drywall*, ganhando um bom dinheiro. Eu e os meus três irmãos morávamos em um quarto que ficava em cima de uma mercearia, na esquina da Mulberry com a Broome. Sobrevivíamos a base de mortadela e atum enlatado.

Mais tarde, surgiram alguns problemas. Eu me saí bem. Atualmente, eu e minha esposa temos um negócio de equipamentos usados para restaurantes na Bowery e uma loja de ferragens na Mott Street. Angelucci Pintura e Azulejo. Não devemos nada a ninguém.

Antes da guerra, eu operava uma banca de jornal na esquina do Largo del Colonnato e da Via di Porta Angelica, na extremidade da Praça de São Pedro, um lugar bom. Com uma localização dessas, você atrai muita clientela com a circulação de pessoas. Era um trabalho árduo e honesto. Eu gostava. Meus pais montaram o negócio. Chamavam-se Sandro e Antonella, *che Dio li benedica*.

E minha mãe era a pessoa mais implacável nos negócios que já se viu. O forte dela era trabalhar pesado. Deus nos deu dois ouvidos para escutar duas vezes mais do que falamos. Acorde cedo, ame sua família, não fique enrolando.

Meu pai montou a barraca com barris de carvalho antigos, resgatados de uma vinícola na propriedade do Príncipe Pallavicini, lá nos Castelli Romani, na zona rural, então as paredes eram meio curvas, o que era um bom tema de discussão. As pessoas achavam legal. Isso foi bom para o comércio, era um bom assunto para puxar conversa.

Eu e meus irmãos trabalhávamos lá nos fins de semana, nos verões ou depois da escola, e quando meus pais envelheceram, eu assumi o negócio. Eu devia ter uns vinte anos naquela época. Um moleque. Cheio de energia e disposição. Fui levando por uns oito, nove anos, mais ou menos. Me casei no dia do meu aniversário de vinte anos. Minha esposa morreu em um ataque aéreo em Roma em março de 1944. A gente se conheceu muito jovem. Sim, ainda penso nela, com certeza.

O que tinha na banca? Ah, de tudo um pouco. Vendíamos todos os jornais. Os italianos são aficionados por jornais. Até os usados eu vendia se alguém estivesse interessado. Até mesmo os publicados uma semana ou dez dias antes, dava para conseguir cinco liras. Claro.

Revistas de moda. Guias de viagem. Palavras-cruzadas. Livros picantes para homens mais velhos. Ingressos para o Vaticano. Biografias dos césares e dos santos. Imagens sagradas. Mapas antigos. De tudo um pouco.

Sim, foi assim que conheci o *Monsignore*.

Ele começou a passar na banca a cada dois dias para comprar a *Gazzetta dello Sport*. Um sujeito alto e forte. Com o rosto um pouco avermelhado. Nós, romanos autênticos, temos ossos finos. Mas aquele sujeito é do tamanho e da largura de uma porta. Chama atenção. Toda vez que chovia, usava um guarda-chuva azul e branco enorme.

"Arrumei um cartão de racionamento a mais para hoje", disse ele. "Você quer? Pode ficar."

Eu respondi que não precisava de nada, que estava bem.

"Leve para os seus filhos. Pegue um pouco mais de leite. Ou pão. Senão vai acabar indo para o lixo."

O cabelo é um pouco ralo, mas é preto como as uvas da Sicília, como costumamos dizer. Ele usava aqueles óculos antigos, bifocais, de armação grossa e com pontas nos cantos de cima. Tinha senso de humor. Fazia você sorrir.

"E aí, amigo", prosseguiu. "Quanto custam os cartões-postais?"

"Dois por cinco liras."

"Quanto é um?"

"Quatro."

"Vou levar o outro."

Às vezes ele assobiava enquanto dava uma olhada no meu estoque. Ou cantava baixinho.

Gosto de um homem que canta. Sou italiano.

Outra coisa de que me lembro é que ele tinha um jeito forte e distinto de andar. Masculino, sabe? Com a cabeça erguida, balançando os braços. Confiante. Um dia, depois de começar a frequentar a banca, ele me cumprimentou com um aperto de mão firme, como o de um fazendeiro vendendo gado. Ele manteve os olhos fixos enquanto conversava; mal piscou por trás daqueles óculos. Podia ter 50, 60 mil pessoas na *piazza;* a sensação era de que você era o único ali. Dava para ver que ele estava te tapeando, com aquele olhar de quem vê cifras. Em italiano, temos uma palavra para isso: *sprezzatura.* É uma palavra que acho interessante. Significa "saber parecer despreocupado".

Faz sentido ver padres o dia todo na Praça de São Pedro, não é? Eu era comunista na época, mas eles não me importunaram. Se quiser comprar um jornal, irmão, eu vendo um jornal. Quer que eu me confesse? Pode deixar que eu aviso.

E esse aí, o *Monsignore*? É difícil não gostar dele. Um cara tão grande e risonho, sem frescuras, fala com você como se fossem iguais, em italiano. *Come sta, Signor Angelucci, amico mio? Come stanno sua moglie e i suoi figli*? Ah, ótimo. Não, a gente não falou de política ou religião. Só conversamos sobre coisas banais do dia a dia.

Logo depois, fiquei sabendo, por outros rapazes na praça, que ele distribuía seu cartão de racionamento a cada dois dias. O que acontecia — descobrimos — era que o sujeito só comia a cada dois dias. Nos outros, ficava com fome. Juro por Deus.

Outra coisa que eu admirava nele, era que ele era fissurado por esportes. Boxe era com ele mesmo. Uma verdadeira enciclopédia de lutas. Ele era fã dos lutadores cubanos. Também de futebol, como chamamos na Itália, que é o *soccer* de vocês. Em segundo vinha tênis, ciclismo, o Tour, qualquer outra competição. De cavalos, nem tanto. Não sei por quê. Porque, vou te contar, muitos padres são loucos por cavalos. Mas o boxe, caramba, ele era apaixonado.

Ele falava sem parar sobre os grandes pesos pesados. Joe Louis, caras assim. Amava também os pesos meio-médios. Viu o Rocky Graziano lutar como amador. Graziano nasceu aqui mesmo no Brooklyn, mas, quando criança, se mudou para a East 10th Street com a First, do outro lado da ponte, um grande bairro italiano, onde minha irmã e o marido dela moravam. Ela limpava a casa de uma família chamada Barbella, que era o sobrenome de nascimento de Graziano. O *Monsignore* adorava ouvir tudo isso.

Para um estrangeiro, ele até que conhecia Roma como a palma da mão, sério mesmo. Essa rua, aquele quarteirão, os pequenos "*vicoli*", como os chamamos, *vicoli e incroci*, os caminhos e cruzamentos entre as casas antigas e por trás das igrejas, alguns tão estreitos que não dá para passar de scooter. Roma é tipo um queijo, sabe? Cheia de buracos. Você poderia morar mil anos em Roma e não conheceria todos os becos. Mas vou te contar, esse sujeito chegou perto. O passatempo dele era estudar mapas antigos da cidade; se eu visse um na banca, guardava para ele. Ele sempre tentava me pagar, mas eram apenas folhas recortadas de livros, não originais. Servia para separar e empenhar para os americanos. Ele vivia pegando no meu pé, dizendo que os guias que eu vendia na banca eram uma porcaria. Pretendia criar o próprio guia turístico um dia e aí eu poderia vender mil cópias a vinte liras cada, e nós dois ficaríamos ricos e teríamos assentos VIPs nas lutas. Esse era o tipo de cara que ele era. Sem frescuras.

Nós ficávamos ali, trocando ideia, comparando as coberturas das lutas em vários jornais. Se eu estivesse preparando café numa manhã fria, ele parava rapidinho para tomar uma xícara comigo. Quando a guerra começou, o café era péssimo, não dava nem para chamar aquilo de café. Era cheio de bolinhas. Mas a gente tomava. Era melhor que nada. Pelo menos estava quente, não é? De vez em quando, fazíamos uma aposta. Fazia parte da sua natureza brincalhona. Certa manhã, ele soltou:

"Angelucci, você está enganado. Armstrong não dura quatro rounds contra Montañez. Quer apostar?"

Logo em seguida, entrei na brincadeira, devolvendo a troça.

"Irmão, você é padre. Apostar não é pecado?"

"É, mas com dólares invisíveis não conta", falou ele.

Então, ele apostou cinquenta dólares invisíveis comigo, feito um gringo, e eu devolvi catorze por um, feito um agiota. No dia seguinte, ele me disse:

"Angelucci, você me transformou em um Rockefeller, devolva minha grana invisível" ou "Enzo, você esvaziou minha conta bancária".

A verdade é que mantínhamos o registro num bloquinho. Ele nunca saía sem o bloquinho e um lápis atrás da orelha. E a gente apostava, como dois nobres. Era meio ridículo, sabe? Só uma forma de passar o tempo. Eu escrevia um vale de 1 milhão e uns quebrados. Ele dizia:

"Me vê uma xícara do seu café ruim, e estamos quites."

Bom, os fascistas destruíram minha barraca e queimaram o que restou porque não parei de vender jornais estrangeiros. Mas não se manda no Angelucci. Como a gente fala: "*O mangi questa minestra o salti dalla finestra*", é mais ou menos isso. Quer dizer que você encara o perrengue ou se joga pela janela. Minha esposa tinha um primo que trabalhava numa loja de velas, uma fábrica antiga em Trastevere onde fabricavam velas para igreja, e ele me deixava pegar uma ou duas caixas, de graça. Eu levava tudo para ser benzido e saía pela Praça de São Pedro vendendo como um vendedor ambulante por algumas liras para os peregrinos na fila. Com dois bebês em casa e outro a caminho? Você faz o que precisa ser feito. Alimenta sua família. Eu dizia: "*Buongiorno, Signora*, dentro da basílica são dez liras cada uma. Que tal duas por cinco? Estas foram abençoadas pelo cardeal Ventucci."

Porque as pessoas gostam de uma pechincha. É algo que você aprende no ramo dos negócios. Especialmente as senhoras mais velhas. Veja bem, elas não têm muita grana, então você dá um desconto, e todo mundo fica feliz.

"*Nonna*, faço quatro por oito, *che Dio protegga tutti*."

Não vou mentir, às vezes aquelas velas eram abençoadas por Enzo Angelucci. Mas se eu conseguisse encontrar um padre para fazer isso, eu preferia. Estranho dizer, mas não me lembro de ter pedido ao *Monsignore*. Talvez eu não quisesse, sei lá, comprometê-lo, eu acho. Mas tenho certeza de que ele teria abençoado se eu pedisse.

Allora: numa tarde abrasadora, eu estava na praça e, juro por Deus, o sol estava me castigando como se eu lhe devesse dinheiro. Era um daqueles dias em Roma em que até seu suor queima. Estava trabalhando na fila quando vi esse jovem sozinho, perto da colunata, tentando se refrescar um pouco na sombra, vestido de roupas desgastadas e sujas, e ele parecia tão doente, com o rosto pálido como a lua, com o braço em uma tipoia feita de um saco de batatas. Existem mendigos em Roma, como em todo lugar. Mas havia algo nele. Em seus olhos.

Para ser sincero, eu estava ocupado; as pessoas estavam comprando velas — bonitas, aliás — mas algo na expressão dele parecia tão triste, tão desolado. Devia ter uns dezenove ou vinte anos. Rapaz bonito. Cabelo bagunçado. Me fez lembrar do meu irmão, Marco, que sempre se metia em confusão. Mas, e aí, o que se podia fazer?

Fui na direção dele e ele se afastou, assustado. Suava em bicas. Estava com febre.

"Qual é o problema, garoto? Está com fome?"

Ofereci-lhe uma pera.

O garoto me encarou por um bom tempo antes de aceitar, e a devorou em cinco mordidas. A tatuagem na parte de trás do pulso dizia "*Viva l'Italia*". No meu bolso havia um sanduíche de *porchetta* que minha esposa fizera para o meu almoço, e lhe ofereci também, além de uma garrafa de água gelada e meu lenço para ele passar no rosto e pescoço.

"Senta um pouquinho, *Paesano*. Relaxe. Molhe a testa. Está com insolação? Quer um cigarro?"

Ele parecia não estar me ouvindo. Os olhos reviravam como os de uma boneca. Eu achava que ele ia desmaiar. Jesus Cristo.

Quero dizer, ele estava apavorado. Tremendo. E o coração parecia prestes a se despedaçar todinho. Ainda que eu viva até os duzentos, nunca esquecerei o que ele disse a seguir.

Perdão, ainda fico... Toda vez que penso nisso.

[O tema deixa a pessoa emotiva.]

"Por favor, meu irmão, em nome de Deus, não me entregue."

Essas foram as palavras dele. Como uma facada.

Ele era um prisioneiro de guerra que escapara, judeu, meio italiano. Se o pegassem, já era. Nós dois sabíamos disso. Seria o fim.

Quero dizer, o que eu podia fazer? Eu era só um sujeito que vendia velas. Não tinha amigos influentes, dinheiro ou contatos. Minha casa ficava a cinco quilômetros dali, perto do Termini, e de qualquer forma, não tinha espaço, e minha esposa me mataria se eu levasse aquele jovem para casa. Não dava. Impossível.

Bateu uma vontade de simplesmente ir embora. Eu tinha uma família, uma vida. Na Itália, naqueles dias, era preciso ter cuidado. Não vá atrás de confusão, e você não a encontra. Mil coisas passam pela sua cabeça. De repente, você se vê numa tempestade de areia. Até que você se torna um grão de areia. Ou se depara com uma encruzilhada. E pode ter certeza, há consequências. Essa turma do Hauptmann enfiaria uma bala na sua cabeça antes do café da manhã e depois se sentaria para comer. Você era como sujeira no chão para eles. Mas foi mais forte do que eu.

Olhei para a praça do outro lado — numa agonia, todo perdido — e, bem naquela hora, lá longe, a uns trezentos metros, avistei o *Monsignore*, perto da fonte, caminhando e lendo o livro sagrado dele — o breviário, como o chamavam —, aquele livro santo que os padres têm que ler todo santo dia. Falei para o garoto me seguir, mas sem abrir o bico, só fingindo que não me conhecia, e atravessamos, de um lado para o outro no meio da multidão. Demoramos porque ele estava mancando muito. Havia nazistas por todo lado. Polícia fascista. A coisa toda.

O sol torrava o granito que nem um desgraçado. Estava um calor que penetrava até a sola dos sapatos. Você daria qualquer coisa para estar bem longe, em um quarto fresco com as janelas fechadas, junto com sua esposa. Quando estava a uns vinte passos dele, o *Monsignore* levantou a vista do livro, como se estivesse me esperando o tempo todo.

"Opa, Angelucci", falou ele, com bom humor e cara de poucos amigos. "Você tá aqui só para me passar a perna na luta do Sugar Ray, não é, seu trapaceiro? E já me deve 4 milhões. Seu salafrário."

Eu me aproximei e expliquei o que estava acontecendo.

Ele olhou para o garoto atrás de mim. Depois me encarou, furioso. Nunca o vi com aquela expressão antes.

"Perdeu o juízo?", perguntou ele. "Para trazer esse homem até mim?"

"Vão matá-lo", falei. "Precisamos impedir que isso aconteça. Deve haver algo que possamos fazer. O senhor é um padre."

Juro que dava para ver a tempestade nos olhos dele. Eu não sabia se ele ia concordar comigo ou me dar um soco. Ficamos ali por dois, três minutos. É tempo demais para ficar sob o sol. Tente só para você ver.

Depois, ainda com a mesma expressão no rosto, ele o chamou com um gesto. E lá se foram, em direção à basílica, aquele grandalhão do tamanho de uma porta e o garoto manco e ferido ao seu lado. Havia uma ponte pequena à esquerda da Basílica de São Pedro, que leva ao Cemitério Teutônico. Uma ponte pequena cujo nome não me recordo. Foi para lá que foram.

Naquela noite, contei para a minha esposa o que aconteceu, e ela enlouqueceu. Disse que eu era isso e aquilo. Para uma garota, até que ela sabe xingar. Irrite uma italiana que você vai ver só. Mas ela teria feito a mesma coisa. Tenho certeza. Ela era uma pessoa boa, transbordava bondade. Teria feito o mesmo. Elisabetta Monti. *Possa riposare in pace.*

Quando esbarrei com o *Monsignore* de novo, uns dias depois, ele me disse: "Angelucci, o garoto está bem, está na enfermaria do Vaticano. Recebeu documentos falsos. A única preocupação dele agora é alguma freira se encantar por ele. E eu decidi montar um coro."

"Um coro?"

"Você é um dos integrantes."

"Mas eu não sei cantar, *Monsignore.*"

"Eu não levo jeito para dança e estou dançando. Você vai aprender."

"Vou pensar no assunto", falei para ele.

"Não demore", retrucou. "A tempestade está forte lá fora. Preciso de ajuda."

Não estava ventando onde conversávamos. Estava um belo dia de sol. Um dia tranquilo. Mas sim, claro que entendi o que ele quis dizer.

Se fiquei com medo? Claro que sim. Quem não ficaria? A coisa estava feia. Se o Hauptmann descobrisse que você estava de gracinha, acabou a festa, *ciao a tutti.* Sem julgamento, sem sentença, você estava morto. Mas aí bastava olhar para os olhos do garoto. Me conta, como que foi sua vida? Houve algo em que você acreditou, algum momento em que se posicionou? Porque, irmão, vai chegar o dia em que seus filhos vão querer saber, e pode ter certeza de que você vai precisar de uma resposta. E aí, o que vai dizer? Mentalmente, debati bastante que decisão tomar, mas acabei concordando. Foi isso; entrei para o Coro. Foi como cobrar um pênalti no futebol: escolha seu lugar e chute com força, deixe o goleiro dançar se quiser, isso não muda sua decisão. Então, sim. Entrei. *O la va o la spacca.* Para o bem ou para o mal. *Il Coro.*

Todos os dias, dali em diante, quando os sinos badalavam ao meio-dia, ele saía do *collegio* e ficava andando de um lado para o outro nos degraus da basílica. Ou ficava parado, imponente e alto, com sua batina preta e sua faixa vermelha, de modo que qualquer um que chegasse à praça pudesse vê-lo, por mais que tentasse não ver. Ele se escondia à vista de todos. Como um farol.

Se estivesse chovendo, ele estaria com aquele guarda-chuva enorme, que parece um cogumelo gigante azul e branco. Ele poderia muito bem estar sob um holofote na sacada do papa, de tão visível que ficava. Parecia algum maldito soprano lá em cima.

Em seguida, eles surgiram aos poucos, em duplas e trios. Alguns apareceram sozinhos. Homens que haviam escapado dos campos de prisioneiros de guerra. Pelas vielas laterais, pelas ruas ao redor da Basílica de São Pedro. Vestidos como trabalhadores romanos, coletores de lixo, carregadores de carvão, motoristas de bonde, pintores de casas, *muratori* — palavra que usamos para pedreiro, um sujeito da área de construção —, fazendeiros que estavam na cidade por causa da feira, vendedores ambulantes, padres, eu não fazia a mínima ideia de onde haviam conseguido as roupas. Seguiam em direção ao *Monsignore* e ele os conduzia, passando por baixo da ponte.

Logo a notícia se espalhou entre os fugitivos, não faço ideia como, de que eu era um dos ajudantes dele, e eles vinham até mim na praça, dizendo que queriam comprar minhas velas, mas que precisavam "benzê-las".

Eu pensava: "Eu o benzo agora mesmo, com a minha bota no seu traseiro", mas depois apontava para o chefe.

Foi assim que começou. O Coro.

Eles apareciam todos os dias, um atrás do outro. Em pouco tempo, eu já não conseguia mais contar.

Mas aquele Rendimento de véspera de Natal. A véspera de Natal de 1943.

Nós planejamos com o maior cuidado. E o tempo todo, o destino ria às nossas custas.

Parte-me o coração só de pensar nisso. Ainda não consigo acreditar no que aconteceu.

Este era o *Monsignore*. Irlandês. Maluco. O tipo de cara que não dava ouvidos à razão.

7

Véspera de Natal de 1943
9h11
13 horas e 49 minutos antes do Rendimento

Não há ninguém no refeitório, exceto três padres japoneses que conversam com inquietação em seu próprio idioma enquanto leem um jornal. Para evitá-los, ele pega um sucedâneo de café da urna de cobre bojuda no balcão, sendo atingido por um cheiro forte de chicória e cascas de batata, que o acompanha até uma das mesas compridas no fim da sala, sobre a qual há uma cópia de *A tentação de Santo Antônio* de van Craesbeeck. Um odor persistente de panos de limpeza velhos impregna o ar. Três lâmpadas tubulares e fluorescentes emitem uma luminosidade verde-bile desagradável, que ninguém descreveria como luz.

Uma irmã que ele nunca viu antes se aproxima e fala com ele em alemão, mas percebe rapidamente que ele não entende e traduz para o italiano. Ele aceita um biscoito?

— *No, grazie.*

— Não temos nenhuma outra comida hoje, padre.

— Tranquilo. Você tem uma folha de papel aí?

Ela traz o papel.

O que ele precisa mesmo é ficar sozinho naquela mesa comprida com os próprios pensamentos, com espaço para planejar uma contingência. Com tempo para refletir.

No comecinho da folha, ele escreve uma única palavra:

"RENDIMENTO"

O código dos coristas para a missão.

Sem notícias de Derry, é preciso recalibrar o plano e, se Angelucci não aparecer, alterá-lo mais uma vez. Item por item, ele pondera sobre as possibilidades, seus colegas, os substitutos. O Rendimento é perigoso demais para convidar qualquer uma das mulheres a participar, mas ele sabe que todas são corajosas demais para recusar. Talvez Delia? A *Contessa*? E Marianna? Ela é mais resistente que qualquer marmanjo, pensa rápido, é astuta. May não conseguiria. Ele ainda não conhece todos os becos. Chamar Osborne está fora de cogitação. Ou será que não?

"Está, sim", parece dizer Marianna de Vries, fazendo-se presente em sua mente. *"Ele já está velho e não tem freio na língua."* A franqueza dela, típica dos holandeses, o faz rir, embora não seja o caso hoje.

Ele rabisca, faz esboços, marcações, sombreados, preenche cada milímetro com espirais e listas modificadas. O Rendimento *precisa* ocorrer esta noite, qualquer atraso é tarde demais. Hauptmann nunca esperará que algo seja feito na véspera de Natal. Não importa o cálculo, o resultado é sempre um só.

E é Enzo Angelucci.

Ele pega mais uma xícara de café, pondera seriamente sobre Angelucci. Leal, corajoso, cheio de ódio justificado — mas lhe falta a astúcia de Derry, a disciplina enraizada nos oficiais britânicos sob situações de conflito. Derry consegue escalar fachadas, passar por cercas de arame farpado, escapar de um perseguidor, desaparecer na sombra e já completou dezessete Rendimenti bem-sucedidos. Angelucci não foi treinado para combate nem tem experiência em contraespionagem. Ele poderia se gabar antes da hora ou deixar escapulir alguma coisa depois? Será que seu temperamento explosivo seria uma vulnerabilidade?

Na coluna de créditos, ele é um romano, conhece cada beco e esquina. A pressa dele em executar uma missão deve ser aproveitada sem mais delongas. Meses se passaram desde que ela começou a ficar perigosa. Ele já está farto de ser um vigia, um delator com ar de importante, observando os caminhões nazistas, fazendo a contagem das patrulhas, quebrando postes de luz com um estilingue para que a polícia não veja quem está entrando em um prédio. Todos os italianos falam com ênfase, mas quando Angelucci fica frustrado, agitando as mãos no ar, suas expressões gestuais o dominam.

— Como um *colegial* — queixa-se ele com frequência. — Aqui, me tratam feito *criança*. *Por favor*, me conceda um *Rendimento*, padre. Um *solo*.

Se caísse nas mãos de Hauptmann, será que ele fraquejaria?

Quem não fraquejaria?

Até mesmo Derry poderia fraquejar. Ele mesmo sempre diz isso:

— *Não me conte tudo, padre, porque eles vão usar os alicates e o maçarico. Vou aguentar o máximo que conseguir, mas você sabe como são os chucrutes. Assim que te levam para a Via Tarso, a eficiência alemã se mostra bem eficaz.*

O antigo Instituto Cultural Alemão, na Via Tasso. Quando era um jovem seminarista, maravilhado pela cidade, ele frequentava os concertos lá, com músicas de Brahms e Schubert, encantava-se pela fragilidade quase como uma trama da música. Agora não haverá mais concertos.

Arame farpado, sentinelas encapuzadas, janelas vedadas. Pessoas que moram a três quarteirões de distância acordam com os gritos. Um caminhão de padaria aparece todas as manhãs para recolher os que eram outrora os corpos de estudantes, partidários, resistentes. Dizem que a van ficou impermeável após forrarem o interior com borracha, mas isso nem sempre impede o rastro de respingos escarlates que vai da Via Tasso até as praças e parques da cidade, onde Hauptmann manda colocar os corpos desfigurados para que sejam amplamente vistos.

Nos bancos. Nos pontos de ônibus. Pendurados nos postes de luz.

Será que o Enzo viraria um deles?

Será que poderia convidar um homem casado?

E se o pior acontecer, o que será da esposa e dos filhos?

Derry sabe com precisão quantos Livros estão escondidos e onde. Ele aprendeu um método de memorização durante o treinamento em Sandhurst, mas sempre que tenta explicar, os outros coristas imploram para que pare. A rapidez com que o número cresce é assustadora.

Na mesa do fundo do corredor, os padres japoneses riem baixinho e apontam. Parece que viram um rato no canto mais próximo do púlpito, onde o reitor, antes da guerra, costumava ler em voz alta as escrituras durante o jantar. A irmã desconhecida sai apressada da cozinha e dá início a uma pantomima de caça ao rato, usando um escorredor como armadilha e batedores de ovos como porretes, mas o rato, se é que existiu, mostra-se relutante em aparecer, mesmo diante dos gritos e das persuasões em diferentes idiomas.

Se desse oportunidade, as pessoas o deixariam feliz. Com a inocente tolice delas. Isso, somado ao cansaço dele, faz com que os olhos dele ameacem se encher de lágrimas, com o rosto virado para a janela embaçada.

A Via Tasso está cada vez mais perto.

O caminhão da padaria acelera.

Ele vai até o telefone público na cabine apertada sob as escadas, esperando que a linha esteja fora do ar, mas não, está funcionando, com um zumbido, como o de um animal adormecido.

Ele se pergunta por que os nazistas a religaram. Armadilha, supõe. Hauptmann está tentando fisgar algo. Neste momento, não há saída a não ser morder o anzol.

Ao ligar para o número privado da *Contessa*, ele a ouve atender, confirmando que está em casa, então desliga e liga novamente, deixando o telefone tocar quatro vezes. Este é o sinal de maior urgência.

Um toque. Dois toques. Três toques. Quatro.

É urgente. O local de sempre.

Com o auscultador trocado, ele fica ali por um instante, na cabine telefônica embaixo das escadas, cercado por capas de chuva e listas telefônicas amareladas. Ele ora por ela, ou tenta, como faz todos os dias de sua vida, mas as palavras se transformam em fumaça quando ele as formula na mente. De alguma forma, ela parece estranhamente presente; ele consegue sentir o conforto que ela transmite: *"Entendi, estou a caminho, não se preocupe."* Ele a vê vestindo seu sobretudo na casa escura e antiga, descendo apressada a escadaria de mármore que é íngreme demais para descer rápido, emergindo na rua, com a luz forte, o barulho e a porta antiga batendo atrás dela. Ele é tímido demais para rotular o carinho que sente por ela e frequentemente se questiona se é genuíno. Muitos corações carregam a dor causada pela ausência de uma filha que poderia existir. Ele nunca tinha sentido isso antes de conhecer Giovanna Landini.

Ele volta para o quarto, pega seu breviário e o terço, e depois retorna pelo corredor, descendo as escadas rangentes, atravessando a agitação barulhenta da casa masculina e movimentada, os estudantes se empurrando e brincando nos corredores frios e cinzentos ou se apressando para as últimas aulas do semestre.

— *Guten Morgen, Monsignore. Guten Tag. Salve.*

Nos jardins atrás da Basílica de São Pedro, as fontes pararam e congelaram, fazendo com que a água ficasse da mesma tonalidade cinza fuliginosa do mármore que a cerca. O cascalho faz barulho sob seus pés, os pensamentos o atormentam, zombando dele; o banco de pedra fria é uma provocação.

A lembrança do sonho que teve com Londres emerge das folhas antigas: neblina se espalha pelo Hyde Park, cavalos da cavalaria se exercitam, uma jovem mulher de véu é vista do outro lado do lago. Ele quer que ela tire o véu, mas ela se recusa.

A Farm Street, na região do Oratório de Brompton. As livrarias antigas. Os placares de críquete. A Charing Cross Road no outono, a noite chegando e as luzes se acendendo nos saguões do teatro. A consoladora melancolia dos céus cinza-pedra. Certa noite, na Estação de Metrô de Leicester Square, quando uma mulher passou mal, ele se ajoelhou ao lado dela na plataforma e aguardou os paramédicos chegarem, mas ela disse com imensa gentileza, com a educação inglesa, que preferia que ele não rezasse, apenas conversasse com ela ou permanecesse em silêncio, já que ela não era crente e mesmo se fosse "Deus tem coisas melhores para fazer". Conversaram sobre Handel e flores silvestres enquanto ela partia.

Do bolso de sua sotaina, ele retira um maço lacrado de cartões-postais em branco e a caneta-tinteiro que sua mãe enviou na Páscoa passada, comprada em uma viagem a Dublin para fazer uma cirurgia, e começa a listar as possibilidades.

De vez em quando, ele verifica se alguém está se aproximando. Pássaros voam em círculos e gritam acima dos ciprestes.

Osborne e Giovanna, juntos, arrumaram o que restava do dinheiro — ele não sabe como, não quer o fardo de saber — que chegará em cédulas usadas de uma cidade não identificada ainda hoje de manhã. Delia Kiernan tem um contato no escritório da American Express que concordou em ignorar certo pacote que chegará. John May se encarregará de entregá-lo na sede das operações.

Caso o encontrem, Angelucci se encarregará do Rendimento. Caso contrário, vão apostar em um ex-soldado conhecido de Marianna de Vries, um atirador de elite comprometido e resistente, versado nas ruas, que há muito tempo busca entrar para o Coro. Talvez só reste a opção de um batismo de fogo. Seria bem melhor se fosse Angelucci.

Três entregas, uma em Prati, a segunda em Parioli, depois uma "parada para reabastecer" para pegar mais dinheiro e, em seguida, a maior entrega em Campo Marzio, mas ninguém vai saber exatamente onde até o último minuto. Então, vão se encontrar com um agente de fuga, apelidado de "o piloto", para percorrerem os últimos quilômetros de volta para casa.

Caso todos ainda estejam vivos.

Lá ao longe, a mesma distância da jovem de véu no sonho, ele avista a figura esguia, pensativa e vestida de branco do Papa, caminhando sozinho perto de oliveiras quase sem folhas, às vezes parando e olhando para o céu como um trabalhador rural esperando por alguma indicação do tempo.

Normalmente haveria guardas. Por que não há nenhum?

Ele se desloca com dor e rigidez, como se fosse bem mais velho do que é, em direção a um caramanchão com rosas envoltas, perto do qual alguém deixou uma carroça com uma pá enfiada na lama. Ele se senta na beira de uma fonte, com os braços estendidos ao lado, antes de se levantar e se dirigir à carroça, retirando uma boa quantidade de esterco com a pá. Enquanto escava e movimenta a pá, vapor sai de sua boca, ele gira seu torso cansado em um ritmo lento e constante.

Dois guardas suíços e uma freira correm para fora da entrada do palácio com um sobretudo. O homem idoso os ignora, cavando e cavando com sua touca da cor de neve suja.

Aviões bombardeiros sobrevoam, bem acima da zona de alcance dos canhões antiaéreos. Um homem idoso capina espinhos.

8

A CONTESSA GIOVANNA LANDINI

De uma autobiografia não publicada e não datada, escrita após o fim da guerra

Estávamos casados há menos de um ano quando meu marido faleceu. No dia seguinte ao funeral, sofri o aborto de uma gravidez muito desejada. Com trinta anos, eu me encontrava envolta numa tempestade de luto.

Eu tinha empregados, vestidos da Chanel e da Elsa Schiaparelli, joias, um palácio, uma *villa* em San Casciano dei Bagni, um iate ancorado em Ostia e uma vinha próspera. Sem Paolo, tudo aquilo perdia o sentido.

Quando a guerra eclodiu, voluntariei-me para trabalhar no Corpo de Bombeiros como motorista. Sem isso, teria enlouquecido. Os horários irregulares eram uma fachada para o fato de que o sono se tornara um estranho para mim. Não havia incêndio para o qual eu não me dispusesse a ir. No final, tiveram que me dispensar.

Por um tempo depois, passei a fazer entregas de motocicleta para a Cruz Vermelha, levando medicamentos às áreas bombardeadas da cidade às quais a ambulância não conseguia acesso. Foi Paolo quem me ensinou a pilotar a Triumph Tiger que eu lhe dera de presente de casamento, uma máquina pequena, ágil e fácil de manobrar. No entanto, a guerra impossibilitou a obtenção de peças de reposição britânicas e, após uma falha na linha de combustível que fundiu o motor, a possante teve que ser tristemente guardada no antigo anexo, no cantinho extremo do meu quintal, onde as aranhas encontraram a estrutura perfeita para suas teias nos raios das rodas, e os ratos roeram o couro do banco até transformá-lo em renda preta.

Se você já esteve em Roma no auge do verão, nas semanas que antecedem o Ferragosto, sabe bem o calor vampírico e exaustivo que faz lá. Minha casa na Via del Corso, construída em torno de um pátio *quattrocentista*, tinha uma fonte e uma colunata onde pavões fatigados faziam birra, mas jovem e ciumenta como eu era, não suportava o pátio, pois tinha sido reformado por uma antiga namorada de Paolo, uma moça que o largara, de um jeito um tanto glamoroso, na minha opinião, para se tornar freira e morrer na China, em serviço missionário.

Em vez disso, naqueles abrasadores fins de tarde, quando a maior parte dos romanos se retirava para uma lanchonete ou para a cama num quarto com as janelas fechadas, eu ia de bicicleta aos jardins da Villa Umberto e me deitava na grama entre os imponentes pinheiros. O calor levantava um aroma terroso e úmido da terra. Eu me sentia próxima de Paolo nesses momentos. Era como se eu pudesse ouvir seu sussurro. A agonia da vida diminuía.

Acima de tudo, o que eu mais queria era segui-lo, onde quer que ele estivesse. A única coisa que eu ainda não havia decidido era o meio pelo qual eu me autodestruiria. Tinha uma pistola que ele havia me dado, uma pequena Beretta com cabo de jade. Talvez isso me levasse de volta ao lado dele. Nos jardins, ele sussurrava que eu deveria ficar; a esperança viria se eu permitisse. O calor, os aromas e a terra sob meu corpo me fizeram acreditar que se tratava de um fantasma.

Não havia motivo para levar suas cartas de amor comigo; na verdade, eu sabia cada uma delas de cor. Marcaram minha memória, assim como o suco de romã que tingiu o Prosecco no coquetel que dividimos na Terrazza dell'Infinito em Ravello antes de nos recolhermos na nossa noite de núpcias.

Foi naqueles jardins que Paolo e eu nos conhecemos, num dia de outono de 1936. Eu estava passeando com minha irmã quando um soldado estupidamente bonito se aproximou, empurrando uma cadeira de rodas na qual estava um senhor idoso, envolto em um cobertor, o pai dele. Elisabetta lhes perguntou como chegar à Casina delle Rose — um concerto a que queríamos assistir seria apresentado lá —, pois estávamos perdidas, e cada uma defendia que deveríamos seguir por uma direção diferente, como irmãs costumam fazer às vezes. Seus olhos transmitiam uma gentileza feroz, se uma contradição desse tipo for possível, e sua postura era de tamanho cavalheirismo, e o que posso chamar apenas de perspicácia — mas já chega de falar de dias melhores.

Nas tardes da minha viuvez recente, quando eu voltava aos jardins da Villa Umberto para chorar em um banco do parque com sua ausência e o siroco, tinha vezes que, depois de uma hora ou duas, eu ia até a Galleria para lavar o rosto ou para admirar as belas artes. Numa tarde quente, os grandes salões ficavam frequentemente vazios, proporcionando às estátuas uma melancolia agradável em meio àquela fragrância peculiar de poeira antiga e quente que, para mim, será sempre associada a Roma. Quando não era o caso, você encontrava alguns estudantes fazendo esboços, um rapaz descabelado, uma garota fumando; eu me flagrava invejando sua juventude, uma angústia saudável.

Em uma quinta-feira (lembro-me bem), quando entrei no Salão Bernini, a única pessoa que havia lá era um padre. Um homem alto, de cor saudável, com óculos de armação fina, vestido com uma batina preta que devia estar fazendo com que ele suasse em bicas; a face dele estava rubra como a faixa que usava, e o cabelo preto e volumoso parecia estar úmido. Ele estava parado diante daquela desconcertante obra-prima da escultura, *Apolo e Dafne*, que Paolo sempre gostara de parar para admirar e, muitas vezes, subornara os funcionários para ser autorizado a fotografar.

Claro, vê-se padres todos os dias em Roma. Contudo, algo nele chamou minha atenção. Ele não era uma pessoa que se destacava só de bater o olho. Talvez fosse apenas o fato de ele aparentar estar com calor e desconfortável, ou o fato de ver um padre em uma galeria de arte não ser tão comum por algum motivo. Seja como for, ele olhou na minha direção e sorriu.

— Você já viu algo tão lindo em toda a sua vida? — perguntou ele, em um italiano certinho, bem formal, que se aprende em livros didáticos, sem a leveza com que falamos. — Mesmo que alguém vivesse 1 milhão de anos e tivesse aulas com um mestre todos os dias, jamais seria capaz de criar um milímetro quadrado disso. Imagine: um dia foi apenas um bloco de pedra em uma pedreira.

— *Vero* — concordei —, *è bellissima.*

— *Meravigliosa.* A minúcia é impressionante; parecem estar vivas de verdade.

— Já vi algumas vezes elas se mexerem e respirarem — falei. — Se você ficar observando por uma hora, isso acontece. Ou quando você entra na sala de repente.

Com um olhar de felicidade misturada com perplexidade, ele indicou o detalhe mais milagroso da obra, onde as pontas dos dedos da mão esquerda do deus tocam a pele de Dafne.

— Espantoso — disse ele. — Faz com que duvidemos de nossos próprios olhos. Mármore não tem essa maciez toda, não é possível.

Balançando a cabeça como se não acreditasse, ele se virou de volta para mim.

— A madame é francesa? — perguntou, afável.

— *Sono italiana* — respondi.

— Perdoe-me, *Signora,* interpretei errado o seu sotaque.

— Minha família é parisiense pelo lado materno — expliquei-lhe. — Eu e minha irmã estudamos em Nantes.

— As irmãs franciscanas Oblatas, deduzo? São mulheres excelentes. Não se deve subestimá-las.

— Um tanto severas — concordei.

— Pois bem.

Neste momento, parecia que tínhamos nos enfiado no tipo de impasse que, muitas vezes, entre aqueles que acabaram de se conhecer, precede uma despedida. Mas, estranhamente, eu não queria que ele se fosse. De maneira igualmente estranha, senti que ele sabia disso.

— Faz muito tempo que você mora em Roma? — perguntei. — Está gostando daqui?

— Fui seminarista aqui na época pré-histórica e voltei faz uns anos pra fazer um pós-doutorado. Faço parte do Colégio Alemão, conhece? Fica nas proximidades da Basílica de São Pedro. Gosto muito de Roma. Mas, sinceramente, quem não gostaria?

— Pode conversar comigo, padre? — indaguei, impulsiva.

De repente, lágrimas surgiram. Ele não pareceu surpreso. Fui tomada por uma espécie de crise, não sei ao certo como explicar. Tive a sensação de estar me afogando, e isso me assustou. Lembro-me de uma funcionária entrando apressada, porém saindo do cômodo tão rápido quanto entrou, talvez para pedir ajuda. O pó velho e quente irritava meus olhos.

— *Signora* — falou ele, docemente, demonstrando profundo respeito e graça. — Claro. Que tal darmos uma volta lá fora?

No jardim, fiquei sem conseguir falar por um tempo. Ele umedeceu um lenço na fonte e me entregou em silêncio, depois me conduziu para um banco de granito sob os louros-cereja. Levou um minuto ou dois até meu choro diminuir um pouco, um minuto ou dois que, Deus sabe, devem ter sido difíceis para ele; vários pedestres lançaram olhares penetrantes em nossa direção, como os ingleses dizem, olhares fulminantes, como se meus prantos tivessem sido causados por aquele que me consolava.

— Você é jovem para estar tão perturbada — observou ele. — Lamento que esteja sofrendo. A dor entrou na sala junto com você. Como música.

Eu não conseguia falar, só conseguia dar soluços amargos e angustiantes. Percebi que estava rasgando o lenço dele.

— Acredite em mim, *Signora*, que o fardo que você carrega vai passar.

— Temo que não vá.

— No tempo certo.

— Você sequer sabe do que se trata e vem me falar de tempo.

— É verdade. *È vero*. Peço desculpas pelo meu atrevimento. A meu ver, só existe uma coisa que nos faz sofrer tanto. Perder alguém querido. Cedo demais.

— *Por quê?* — choraminguei.

— Não sei — respondeu ele.

— Como assim, não sabe?

— Também não sei.

Houve uma pausa antes de ele complementar:

— Não nos é dado saber. Há quem diga que partilhar da crucificação é uma grande dádiva; também é partilhar da ressurreição.

— Chega — retorqui. — *Não* me fale essas mentiras.

Ele assentiu e olhou ao redor.

— Não precisamos conversar se não quiser; posso simplesmente ficar aqui com você e observar as árvores.

Foi o que fizemos por um tempo, enquanto permanecíamos em silêncio. Eu fumava. Ele não. Eu chorei. Ele abaixou a cabeça. Logo, ele se dirigiu para as grades onde estava estacionada uma velha motocicleta da Primeira Guerra Mundial, segurada com pedaços de arame e fita adesiva, com o tanque de combustível muito amassado, guidões que não combinavam e remendos nos dois pneus; do bagageiro, ele pegou um bloquinho de papel e anotou o endereço e telefone do *collegio* em uma folha.

— Ficaria muito grato se aceitasse, *Signora* — falou, retomando seu lugar ao meu lado. — Caso eu ou um colega possamos ser úteis. Peço sinceras desculpas se fui presunçoso ou importuno. De vez em quando, saem umas besteiras da minha boca sem eu perceber. Já ouviu falar da gripe romana, não é?

Assenti.

— O problema que tenho, veja bem, é a gripe do irlandês.

— O que é isso?

— O cérebro tira férias enquanto a boca trabalha dobrado.

Não deu para segurar o riso. Contei que meu falecido marido era motociclista, e que eu também era de certa forma. Para ser sincera, ele pareceu um pouco chocado que uma mulher pudesse afirmar tal coisa, mas ele fez um esforço razoável para disfarçar.

— Já está na hora de você ir? — indaguei.

— Ainda não — respondeu.

— Estava pensando se você poderia ouvir minha confissão — falei.

Diante desse pedido, ele pareceu surpreso, mas concordou sem demora, virando-se, fechando os olhos e murmurando a oração em latim. Percebi que ele tinha pegado um conjunto de contas de um rosário feito de madeira do bolso e o estava segurando enquanto ouvia minhas palavras.

Um padre nunca pode revelar o que é dito na confissão, mas, é claro, um penitente pode. Eu nunca havia tirado a vida de ninguém, e, espero, nunca havia pecado contra o maior de todos os mandamentos, para mim, o único mandamento realmente inquebrável: *Não apresentarás um falso testemunho contra o teu próximo.*

Relatei o mais minuciosamente possível minhas transgressões contra os outros preceitos, que parecem proibir tudo, desde a solidão até a própria natureza humana. Eu encaro essas transgressões não como pecados, mas como fantasmas que nos atraem para sua órbita. E havia um grande fantasma que me dominava naquela época. O príncipe supremo dos fantasmas: o desespero.

O desespero, em seus ornamentos de gelo e pesar, trajando suas vestes de neblina reluzente. Em seus olhos, aquela luz estranha que atrai navios para as rochas, em seu luto, 10 mil coros. Você pode arriscar uma partida contra ele, mas as cartas estão todas marcadas; ele sabe que vai ganhar no final. O que ele oferece é ópio, só que bem mais forte. Nenhum narcótico é tão anestesiante quanto o perfeito desespero.

Você não compreende que a esperança, se por acaso encontrada, está nas pequenas coisas do cotidiano, não em uma proclamação divina. No aroma da comida sendo preparada, numa frase de Vivaldi. Num aperto de mãos. Numa conversa.

Foi isso que aconteceu nos jardins da Villa Umberto naquele dia. A esperança estava à espera no Salão Bernini.

Quando entrei no parque, não fazia ideia de quem ele era. Ao partir dali, tinha cumprimentado o meu melhor amigo, que, naqueles meses terríveis, me deu um propósito, uma razão para continuar vivendo. É impossível prever o milagre que está oculto no dia a dia. Às vezes é apenas uma questão de prestar atenção.

Entreguei a Hugh a pistola que estava na minha mochila, carregada com uma única bala, o suficiente para me pôr um fim. Meu plano era ir para os bosques de pinheiros e aguardar até não haver ninguém por perto.

Ao descarregá-la, ele atirou o cartucho nos arbustos de louro.

Ainda penso nela, enferrujando lá, por todos esses anos, suportando chuvas intensas e o sol abrasador, nas noites de minha passagem por Roma. Quiçá um colecionador o encontre um dia e se questione sobre sua trajetória, a história que o levou ao local onde atualmente se encontra.

Ninguém saberá.

Mas você sim, leitor.

Estas palavras jamais teriam sido escritas se não fosse por Hugh O'Flaherty. A autora delas estaria reduzida a pó no ar de Roma.

9

Véspera de Natal de 1943
11h
12 horas exatas antes do Rendimento

De longe, do outro lado da Praça de São Pedro, ele a vê sentada à mesa da lanchonete. Vestida de preto, está lendo uma revista e fumando. Ela ajeita uma mecha de cabelo atrás da orelha. Como se sentisse sua presença, olha para cima, porém não acena. Ele se dirige com pressa até ela, atravessando uma nuvem de pombos que voam; contudo, ao se aproximar da *piazza*, é detido por um soldado alemão que ergue uma mão enluvada.

— Mantenha-se dentro dos limites do Vaticano, *bitte*. Está proibido de ultrapassar essa linha.

— Estou em uma missão eclesiástica.

— Com todo o respeito, as ordens diretas do *Obersturmbannführer* Hauptmann são de que ninguém atravesse a fronteira hoje. Quem sabe surja uma oportunidade amanhã, ou depois, ao longo da semana.

— Pelo amor de Deus. "Fronteira." É uma linha no chão.

— Desculpe, padre. Sem exceções hoje. Volte amanhã, por volta do meio-dia.

— Posso falar com o seu superior?

— Não adiantaria, garanto.

Nesse momento, ele percebe que ela pediu a conta, está pagando o garçom, que a observa com um olhar de tristeza e luxúria enquanto ela coloca uma nota no pires e vai embora. Um garoto na esquina assobia. Ela não se dá ao trabalho de olhar. Chapéu preto estilo *pillbox*, mantilha preta com pérolas ao redor do rosto, sobretudo cinza aberto, sapatos *oxfords* pretos e estilosos caminhando pelas pedras polidas, guarda-chuva debaixo do braço como uma bengala estilosa.

Não se aproxime, pensa ele, estão de olho.

Ela se aproxima.

Ele fica parado? Recua? Finge que não a conhece? De repente, é tarde demais. Ela está a poucos metros dele, cumprimentando com a cabeça.

— *Signora* — diz o soldado —, estou avisando, permaneça em Roma. Não atravesse a fronteira para o Vaticano. Se atravessar, vai precisar de uma autorização formal para voltar.

— Sou *Contessa* — *corrige* ela. — E não *Signora.*

— *Contessa*, então. Perdoe-me. A orientação ainda é válida.

Ela balança a cabeça sem olhar para o soldado, acende outro cigarro e solta um anel de fumaça, da mesma cor de seu lenço e olhos, que a envolve. Uma brisa levanta uma folha de hera, que roça a gola do casaco estilo polo que ela está vestindo.

— *Buongiorno, Monsignore* — cumprimenta ela, em tom formal, pensando no soldado. — Talvez não se lembre de mim, mas nos esbarramos uma vez, em um evento com meu finado esposo, o conde. Foi há alguns anos, acredito que no Hospital San Giovanni.

— Bom dia, *Contessa* Landini.

— Que surpresa boa encontrar você assim, do nada. Como tem passado nos últimos tempos?

Ela se mantém no lado de Roma; ele, no do Vaticano, como pessoas olhando por cima de uma rede de tênis.

— Não tem nada para fazer, rapaz? — vocifera ela para o soldado. — Se não tiver, vá lavar essa cara imunda.

Um século se passa. O soldado assente, dá as costas e se afasta com passos cansados.

— O que foi? — pergunta ela.

— Tem notícias do Derry?

— Pode ser que ele melhore.

— Existe algum jeito de descobrir?

— Vou ver o que posso fazer. Deixe isso nas minhas mãos por um dia.

— Precisamos descobrir onde está o Enzo.

— Não recebeu o meu recado?

— Não.

— Liguei para o *collegio* e deixei um recado para você ontem de manhã. Encontrei ele perto de casa. Ele concordou.

— Com o quê?

— Com o Rendimento, é claro.

— Mas, ele disse mais alguma coisa?

— Relaxe.

— Como é que eu vou relaxar se não tive nenhuma notícia dele?

— Ele ficou de entrar em contato hoje.

— A que horas?

— Não sei.

— Sabe dizer onde raios ele está? Ele não deu as caras na praça a semana toda.

— Vou passar na casa dele de novo daqui a uma hora.

— Tome cuidado para não ser seguida. Eles estão de olho.

— Não vão me seguir.

— Como pode saber?

— Deixei uma muda de roupa atrás da cisterna no banheiro feminino de uma *osteria*. Vou dar uma passada rápida lá. Você está com uma carinha de abatido.

— Tive febre.

— Melhoras. Estou com mil dólares aqui na bolsa. Consegue pegar?

— Já disse que aquele soldado está de olho. É melhor você ir embora.

Raios cortam o céu acima da basílica, acompanhados de um estrondo retumbante de trovão. Garçons do lado de fora de lanchonetes se abrigam sob os toldos. Um policial fascista montado a cavalo emerge da penumbra de uma rua lateral, a respiração do cavalo preto condensa enquanto trota. Atrás do centauro, surge uma fila desalinhada de crianças descalças, marchando altivas, fazendo acrobacias e segurando rifles invisíveis sobre os ombros. Ao passar-lhe o guarda-chuva, ela cobre o chapéu com um capuz largo que ele não viu que o sobretudo tinha, e, sem mais delongas, ela se afasta, passando por bondes e carroças de lixo, entre a fila de crianças marchando, em direção à Via dei Penitenzieri.

Minutos depois, ao chegar a seu quarto, ele abre o guarda-chuva. Dentro, há um envelope contendo dez notas de cem dólares, que ele esconde debaixo das tábuas do piso do guarda-roupa.

Ao sair do quarto, ele se apressa até o albergue do Vaticano, onde o embaixador britânico e seu servo estão refugiados, mas o embaixador não está disponível; o servo, John May, insiste. Sir D'Arcy está redigindo o relatório de dezembro, que está atrasado. Ele não pode ser interrompido.

Uma hora depois, ele se encontra na sala de aula, onde explica sobre Santa Catarina de Siena para os alunos do quarto ano; no entanto, responder às perguntas dos seminaristas é como fazer malabarismos com lama. Ele não consegue parar de pensar na praça. Alguma coisa não está se encaixando. Ele não faz a menor ideia do quê. Alguma coisa chamou a atenção do guarda de sentinela? O garçom era um delator? O fascista a cavalo, por que ele estava lá? E aquele objeto que ele tirou do bolso de seu sobretudo quando a chuva começou a aumentar, seria um microfone de rádio ou uma câmera?

Ao encerrar o seminário, ele deseja aos alunos um Natal tranquilo e volta à praça.

Reflexos da chuva cinzenta.

O mesmo soldado de plantão.

Ainda sem sinal de Angelucci.

— Você voltou — observa o soldado. — Estava torcendo para que voltasse.

— Por quê?

O soldado coloca a mão no bolso e retira uma caneta-tinteiro.

— Você deixou isso cair. Mais cedo. Chamei você, mas já estava longe.

As gaivotas mergulham.

— Mais poderosa que a espada — afirma o soldado, com olhar gélido. — Não quero te ver aqui outra vez.

10

SIR D'ARCY OSBORNE

Véspera de Natal de 1943
12h32
Mensagem cifrada enviada por correio diplomático

De: Sir Francis D'Arcy Godolphin Osborne, Embaixador de Sua Majestade na Santa Sé, atualmente em refúgio no Vaticano.

Para: O Ministério da Guerra, Setor Italiano, Whitehall, Londres

Em: 24 de dezembro de 1943, 10h32, horário do Meridiano de Greenwich (GMT); 32 minutos após o meio-dia, horário de Roma

Gostaria de começar pedindo desculpas pelo atraso deste relatório. Este ano, o inverno tem sido extremamente rigoroso aqui em Roma, e acabei contraindo uma bronquite bem debilitante. A escassez de comida fresca ou suficiente dificultou a vida em alguns momentos, assim como o fato de que, após a invasão alemã na cidade no dia 10 de setembro, eu e minha equipe não tivemos outra opção senão nos mudarmos para o Vaticano, onde estamos residindo em alojamentos apertados.

Dividimos este hospício antigo de quatro andares (no sentido romano, uma casa para peregrinos), infestado por inúmeros ratos e pulgas, com diplomatas de Portugal, Bolívia, Uruguai e Cuba; assim, como podem imaginar, lidamos com certo grau de barulho.

A água não está boa. Todos nós estamos com eczema.

Não quero prolongar o assunto, mas é importante ressaltar que não temos recursos para aquecer o prédio ou a água. Tem uma padaria nas redondezas onde, todos os dias, ao amanhecer, a massa do pão é cozida a vapor. Toda manhã, uma irmã vai até lá para coletar a água quente que é gerada como subproduto do processo. É graças a isso que podemos nos lavar ou fazer a barba. Um litro dessa água custa aproximadamente o mesmo que uma garrafa de Veuve Clicquot de 1929.

Duas semanas atrás, enquanto observava da janela do meu quarto, vi que os nazistas tinham mandado um grupo de prisioneiros pintar uma linha branca de cerca de sessenta centímetros no perímetro da Praça de São Pedro, marcando a fronteira entre o Vaticano e Roma, como estabelecido pelo Tratado de Latrão em 7 de junho de 1929. Cartazes foram fixados em postes de madeira, alertando que os moradores de uma cidade não podem ingressar na outra sem uma autorização por escrito, que deve ser carimbada três vezes pelas autoridades militares e acompanhada de um pagamento considerável. O embaixador suíço, acompanhado de várias testemunhas, questionou o oficial da SS que comandava qual era o motivo daquele ultraje e se todos nós ficaríamos presos dentro da cidade.

"*Nein*", retrucou o *Hauptsturmführer*. "Proibidos de sair dela."

Mas e os peregrinos?

Seriam tomadas as devidas providências.

"Que providências seriam essas?"

"No momento certo, você saberá."

"Sou um diplomata credenciado pelo Corpo Diplomático."

"Não me importa se é o Cristo Todo-Poderoso. Ultrapasse aquela linha e estará em um campo de concentração."

Um grupo de cinegrafistas da Associated Press havia posicionado sua câmera não muito longe de onde essa interação estava ocorrendo. Receberam ordens explícitas de se retirarem. Quando mostraram resistência, o *Hauptsturmführer* quebrou a lente com a coronha de sua pistola; seus subordinados riram.

"Vocês só mostram *mentiras*", berrou. "Voltem para Hollywood."

Desde então, patrulhas alemãs têm vigiado a linha, montando guarda ao longo dela, agindo de forma inadequada, posando para fotos tiradas com, ou por, padres e outros transeuntes. Muitos representantes da Raça Superior que vêm parar aqui em Roma costumam ser bem tapados, cabeça-dura e um grupo meio trapalhão de recrutas que só pensam em *lederhosen* e cerveja. Porém, alguns vão além disso.

Exatamente uma semana atrás, às 15 horas, eu e meu assistente, John May, fomos ao obelisco na Praça de São Pedro para nos encontrar com Golfe, conforme combinado por mensagem codificada naquela manhã. Golfe expressara hesitação em se reunir nas duas salas que funcionavam como Legação e Residência Oficial, por ter certeza de que estavam equipadas com microfones de transmissão infiltrados pela Gestapo. Sou da opinião de que isso é fantasia da cabeça, resultado de suas idas frequentes ao cinema. Mas, afinal, cuidado nunca é demais.

Golfe se atrasou, como de costume. Enquanto eu e May conversávamos, fumamos vários cigarros americanos PX, dos quais ele parece ter um suprimento inesgotável, apesar do racionamento severo. Eu não gostava, mas, como muitos de nós lembramos os tempos de escola, é bom fumar com outro camarada, ocupa o tempo e lhe dá um motivo para gostar de você.

Devo registrar que May, um morador local insondável de Whitechapel, tem se mostrado um verdadeiro gênio na arte discreta e engenhosa de se virar, um ladrão de um calibre que não se vê desde Artful Dodger. Ele, de certa maneira, é um verdadeiro classicista e tem o hábito de citar ou ao menos parafrasear o antigo ditado que nos era incutido no Haileybury College: *Dii facientes adiuvant*. Os deuses ajudam os que agem.

Entre os itens obtidos até o momento pelo grande May estão: barril de combustível, barril de graxa, brocas, ferramentas de metalurgia, comprimidos de Benzedrina, botas, camisas, lâminas de barbear magnetizadas capazes de servir como bússolas, roupas íntimas, penicilina, registros de racionamento, um total de 32 mil unidades de cigarros, carteiras de identidade de Andorra e Suíça, mapas e gráficos de ordenanças impressos em seda (do tipo emitido para o Comando de Bombardeiros para o caso de terem que pular em água aberta), bicicleta de mulher, uniforme da polícia fascista (um), uniformes alemães (três), uniforme da guarda suíça (um), hábito de frade dominicano (um), caixa de granadas N82 Gammon-bomb. Devo acrescentar que a Legação de Sua Majestade, em retirada no Vaticano, tem um armário de bebidas incomumente cheio desde que May chegou, incluindo um Scotch Strathisla 1937 estupidamente bom, envelhecido em barris de xerez de 34 anos, cinquenta guinéus a garrafa, uma bebida que a gente não encontra muito por aí hoje em dia, a não ser nos clubes mais requintados de Whitehall. Não se questiona um homem talentoso.

Além disso, May tem a qualidade mais cativante que se pode encontrar num empregado: sempre se supera. Perdido nas selvas da Amazônia após a queda de um avião, se lhe fosse solicitado que partisse e retornasse com um guia, ele voltaria com Rita Hayworth.

Quando, por fim, Golfe apareceu, ele estava com um humor estranho e sereno. Perguntei se ele estava bem e o que andara fazendo. Ele parecia cansado, um pouco desarrumado e nem tinha se barbeado, algo que nunca vi em um homem do clero. Ele se remexia enquanto conversávamos, claramente tenso. Discutimos os detalhes de um problema.

Ele me informou que o número de Livros na Biblioteca estava crescendo dia após dia e deu a entender que estávamos chegando ao limite de ocupação. Naquela mesma manhã, haviam chegado dois Livros (ambos britânicos), daí a falta de pontualidade de Golfe, e pediram que fossem colocados nas Prateleiras do Vaticano.

Ultimamente, têm chegado muitos Livros dos Estados Unidos. A Biblioteca agora tinha mais de setenta, talvez oitenta. Até mesmo manter um registro preciso não era nada fácil e se tornaria impossível após o aumento acentuado e irreversível que ele previu, o que logo resultaria em milhares de Livros entrando em Roma. A essa altura, estaríamos contando os nós do nó górdio. Não seria possível acomodar mais nada dentro do Vaticano, o qual, por ser neutro, não deveria abrigar nenhum Livro. A solução foi transferir todos os Livros atualmente nas Prateleiras espalhadas por Roma para a zona rural, a fim de abrir espaço. Feito isso, nós reposicionaríamos os Livros que se encontravam guardados no Vaticano nos alojamentos romanos desocupados.

Seria preciso certa verba para fazer isso acontecer.

Ah, comentei em tom de brincadeira. A raiz de todos os males.

Oitenta mil dólares americanos.

Ao ouvir isso, dei uma risadinha e perguntei se havia algo mais que Golfe gostaria, quem sabe uma fada ou até mesmo dois grifos?

A tentativa de fazer piada foi recebida com uma expressão de desaprovação.

Salientei que uma quantia dessas não seria encontrada nos cantos dos sofás da Legação e que o assunto teria que ser levado aos superiores.

Seriam necessários comitês, insisti, supervisão, papelada, cópias em papel carbono, um sistema, um método para resolver as questões, ou Whitehall pediria sais aromáticos. Hoje em dia, não dá para comprar uma ratoeira sem um recibo. Lembrei-lhe de que sou um funcionário público e não um homem de ação solitário num filme de Faroeste. Assim como May não era meu Tonto.

May soltou uma espécie de risada nervosa estranha, que mais parecia um cachorro sonhando com gatos.

Diante disso, Golfe ficou um pouco autoritário, o que não gostei, ora intimidando, ora fazendo imitações por vingança, ora balançando o dedo em riste e repreendendo. Ele proferiu muitas frases com "Gostaria de destacar" e "Para o seu conhecimento", como uma dona de casa que volta à loja para trocar algo defeituoso e espera ser notada na fila.

Golfe é uma pessoa ponderada e tranquila, costuma ser a melhor companhia que se pode ter para uma partida no campo de golfe (foi assim que o conheci), mas ele tem essa tendência, comum entre ex-professores que, por vezes, confundem tagarelice ininterrupta com persuasão. Ele é um desses homens dotados da habilidade de pronunciar a palavra "senhor" como se fosse um insulto, por meio de uma espécie de inflexão de voz melosa e meio irônica, acompanhada por um olhar ligeiramente desvairado, com os olhos semicerrados, fixos e sem piscar. É algo comum entre seus compatriotas.

Uma sequência de gritos assustados vindos pouco além da *piazza* atraiu minha atenção. Golfe ficou em silêncio diante da cena que os tinha inflamado.

Passando pela colunata, na esquina entre o Largo del Colonnato e a Via di Porta Angelica, avistei talvez uma dúzia de motocicletas Hunas avançando, acompanhadas de dois canhões Sturmgeschütz blindados, apelidados de "StuGs" pelos romanos, e eu diria uns trinta soldados portando metralhadoras, usando capacetes, alguns com cães Dobermann (que latido horrível essas feras têm: "ão ão"), e um grande contingente da Questura, a polícia fascista. Além disso, vários caminhões da GNR, a Guarda Nacional, e uma dúzia de membros da Polizei alemã transportados. De seu Mercedes preto blindado saiu Hauptmann, o chefe da Gestapo de Roma, à paisana por algum motivo, e usando óculos escuros. No entanto, tenho certeza de que era ele.

Policial de carreira pouco convencional, porém um nazista profissional que ingressou no Partido um pouco depois da maioria dos homens da Gestapo, Hauptmann mostra o zelo do convertido em paralelo ao seu avanço pessoal. Anteriormente um desenhista técnico na companhia elétrica de Berlim, ele tem um porte atlético e magro, é ligeiramente mais baixo do que aparenta a princípio, tem maçãs do rosto salientes, aparência alerta e era atleta de lançamento de dardo na escola. Amplamente conhecido em Roma como o rei do mercado clandestino, ele gerencia grandes armazéns de mercadorias, alimentos, tabaco, bebidas alcoólicas e remédios e tem acesso a quantias consideráveis de moedas falsificadas, principalmente em libras esterlinas. Sua voz ao falar é serena. Sua técnica de interrogatório favorita também é o maçarico. De vez em quando, ele envia um retábulo renascentista ou estatueta etrusca para Hitler. Um dos dois filhos de Hauptmann, a filha adotiva, a quem ele diz ser muito apegado, é fruto do *Lebensborn*, o programa de procriação nazista. Sua esposa, antes uma modelo de moda em Berlim, é conhecida por gostar de beber. (Apesar da desaprovação explícita do Reich aos estilos "não arianos", sua cosmetologista preferida é Elizabeth Arden, e seus estilistas favoritos, Kuhnen, Goetz e Grünfeld, são judeus.) Hauptmann usa um anel de caveira na mão esquerda, um presente de agradecimento pelo seu papel na libertação do ditador Mussolini do cativeiro. Dizem que tem gravado "Para Hauptmann, de Himmler" e uma mistura de supostas runas vikings.

Hauptmann é um frequentador assíduo da prisão de Regina Coeli, onde uma das quatro alas foi tomada pela SS. Ele se dá ao trabalho de olhar sistematicamente cada olho mágico, um andar por noite, fazendo anotações sobre a aparência dos prisioneiros, em um sistema de taquigrafia que ele mesmo inventou. Dizem que ele tem memória fotográfica e é conhecido por circular por Roma nas primeiras horas da manhã sozinho, observando os que desrespeitam o toque de recolher para ver se coincidem com os rostos em seus arquivos.

Pequenos delinquentes e indivíduos em situações sexuais delicadas são levados à força, espancados e conduzidos por seus capangas para o sistema de cavernas próximo às catacumbas de Domitilla, onde lhes é oferecida a escolha de serem baleados ou se tornarem seus informantes, e como resultado disso ele é conhecido por ter um informante em cada quarteirão de Roma. Suspeitos de serem partidários e colaboradores são interrogados na sede da Gestapo na Via Tasso, e, por vezes, Hauptmann delega as torturas mais atrozes a um ítalo-germânico, um certo Dollman, o repugnantemente depravado Chefe de Polícia.

As duas extremidades da Via di Porta Angelica foram barricadas rapidamente, impossibilitando a entrada ou a saída. Atiradores chucrutes montaram guarda em varandas e telhados. A expressão *"Alzate le mani"* se propagou. Ficou claro que estávamos presenciando o que os italianos chamam de *rastrellamento*, um temido ataque surpresa ou operação de captura.

Iniciou-se uma busca sistemática, conduzida sob a mira de armas; homens sem documentos de identificação foram levados à força. Um menino de cerca de quinze anos que trabalhava numa barraca de frutas com suprimentos bastante precários gritou para que não levassem seu pai; ele foi agredido com a coronha de uma pistola. Uma mulher, que fazia uma manifestação vigorosa, abordou Hauptmann para protestar. Ele lhe deu um tapa no rosto com as luvas. Diante do ultraje brutal, Golfe baixou a cabeça e xingou o nazista.

Reparei que Hauptmann parecia agora estar nos observando. Está aí algo que não é agradável de se constatar.

"Relaxe, camarada", sussurrei para Golfe.

De soslaio, vi um soldado passar um par de binóculos para Hauptmann, que os levou aos olhos, observando-nos. Sugeri aos meus dois colegas que deveríamos dar as costas.

May começou a falar de forma descontraída, gesticulando e fazendo piadas sobre o seu time, o Tottenham Hotspur, os Spurs, e eu participei, mas não foi nada fácil. Com esses métodos e por sua persistência semelhante à de um pardal, ele convenceu Golfe a retornar à terra firme.

E a presença da May me foi motivo de alegria por razões mais pessoais; se eu estivesse com um revólver em mãos, teria andado os quase cinquenta metros até a fronteira do Vaticano e cravejado uma boa dose de chumbo no rosto de Hauptmann.

Inquiri Golfe sobre a quantidade atual de Livros na nossa Biblioteca. Ele respondeu que não sabia ao certo, já que alguns haviam sido retirados e sempre chegavam mais, mas ele iria procurar saber. Sugeri que o fizesse o mais rápido possível.

Sinto que algo está acontecendo. Talvez seja um momento muito oportuno para relocar esses Livros, acrescentei, pois se a Gestapo descobrisse onde estavam, o destino deles estaria selado; assim como o de muitos outros.

Além disso, aproximava-se rapidamente o dia em que os nazistas poderiam invadir o Vaticano. Todo e qualquer documento que tínhamos precisava ser queimado sem demora. Contudo, há um empecilho: na Casa do Peregrino, onde estamos residindo, há apenas uma lareira, e a chaminé está obstruída. Golfe disse que ia ver o que poderia ser feito quanto a enterrá-los nos jardins do Vaticano.

Naquele instante, uma irmã com hábito azul-marinho se aproximou e perguntou com discrição se eu era eu e se Golfe era Golfe. Dissemos que sim. Demonstrando de forma não convencional que estava contente por nos conhecer, a santa senhora estendeu a mão. A verdade era que "ela" era Joseph Thomas Coleman, um soldado nascido em Shrewsbury, membro do Primeiro Regimento de Infantaria da Rainha, capturado em Tobruk, que escapou do campo de prisioneiros em Bussolengo, perto de Verona, e que agora buscava refúgio no Vaticano.

As palavras proferidas por Golfe ao conduzir nosso novo amigo eram incomuns para um homem do clero.

A vida está cada vez mais estranha, observou May.

Quod scripsi, scripsi, segundo se diz que Pôncio Pilatos comentou. O que escrevi, escrito está.

11

Véspera de Natal de 1943
14h06
8 horas e 54 minutos antes do Rendimento

A agulha está enferrujada e empenada. Sua visão está ruim. Tem sido difícil encontrar óculos que prestem desde que o racionamento agravou. Ao se curvar para consertar o colete desfiado, ele perfura a ponta do dedo e solta um palavrão.

Gotas de sangue se formam. A ferida não estanca.

No andar de baixo, não há ninguém no refeitório. As catorze mesas foram rearrumadas após o almoço, para o qual ele agora percebe que se esqueceu de descer. Espíritos de padres estavam no recinto até o momento em que ele acendeu a luz.

Espíritos santos e famintos. As refeições agora são rápidas. Quase não há nada para comer. Faz semanas.

Ele entra na cozinha com cheiro de friagem, encontra a caixa de primeiros socorros no armário, desenrola um esparadrapo e repara em seu rosto refletido na chaleira, com aparência inchada. Quando enche a chaleira na bomba, ele a põe no fogão; um odor forte e pungente de gás faz seus olhos lacrimejarem. Ele retira dos bolsos o envelope de chá que guardou por um mês, um presente que seus pais mandaram da Irlanda.

O odor, talvez o cheiro do sangue, desperta uma compreensão.

Ele se dirige até a porta estilo vaivém para verificar se tem alguém vindo, aproxima-se da pia engordurada e começa a procurar nas gavetas dos armários. Os dedos encontram um talher gorduroso.

Uma faca de lâmina curta e espessa com cabo de goma-laca e lâmina serrilhada.

Por um tempo, Elena, uma órfã coxa, desempenhou a função de cozinheira. Ela não aparece para trabalhar há três meses. Ele gostava de observá-la afiar as facas com a pedra de granito em formato de tijolo, de ver sua destreza, a fluidez quase musical; enquanto afiava, ela conseguia prosear com os outros empregados, sem se preocupar em olhar para o que estava fazendo. Ele vai até o afiador pesado como um tijolo, começa a raspar o cutelo de lado, mas lhe falta a manha, e a ação parece estranhamente bárbara, embora deva ser tão antiga quanto os primatas. O ruído atrai a gata idosa, a caçadora de ratos do colégio, que sai do engradado de madeira que faz as vezes de cama, e ela o observa com seus avaliadores olhos verdes-dourados que, anos atrás, levaram um jovem padre de Ruanda-Urundi a lhe dar um novo nome.

Cleópatra.

Ao se aproximar, ela ronrona e enrola a cauda na mão que ele abaixou, pouco antes de arregalar os olhos, assustada com o assobio da chaleira, e se esgueirar à procura de alguma comida guardada na despensa.

Ao colocar a faca no bolso do peito, ele se dirige à sanduicheira, onde encontra um pedaço de *focaccia* endurecida de dois dias atrás.

Chá e pão. Poderia ser pior. Provavelmente vai ser.

Sozinho no cômodo comprido e estreito, ele come, com o peso do cutelo próximo ao coração, quando o calor do chá desloca uma lembrança de infância do tamanho de um iceberg. O cigano que voltava ao vilarejo todo ano em dezembro, um senhor idoso de cabelos pretos e olhos malva, natural da Inglaterra, analfabeto, mas agraciado com a habilidade mágica de curar cavalos e ajudar mulheres em trabalho de parto. Ele trabalhava no canal em Manchester. Em Exeter, colocaram-no na prisão. As mãos do cigano foram abençoadas pelo sétimo filho de um sétimo filho. Ele alegava conseguir fazer cidra apenas olhando para um barril de maçãs, ou *perry*, a bebida da Cornualha equivalente à cidra, olhando para peras. Por um xelim, se lhe desse uma faca, dormiria com ela debaixo do travesseiro, e ela nunca mais perderia o fio; a lâmina seria capaz de cortar até diamantes. No entanto, o seu maior feito era a história que ele contava em doze partes, uma para cada noite da temporada de Natal: a história de como os magos encontraram uma corruíra em seu caminho pela floresta, e ela os conduziu até a clareira de onde a estrela de Belém foi avistada.

Durante o trajeto, os Reis do Oriente batizaram as estrelas menores sem nome e as flores silvestres que brotavam na trilha da floresta diante deles: tomilho, celidônia, aubrieta, erva-de-gato, palavras perfumadas como as próprias flores. No sotaque cigano, impregnado pelos de Manchester e Munster, esses nomes eram como melodia. Zimbro, tanchagem, beldroega.

Toda vez que ele voltava, havia aglomeração na cabana onde ele ficava, na casa herdada pela irmã viúva que, um dia, fora casada com um homem bem-sucedido, um mineiro da Cornualha. Algumas pessoas se reuniam às janelas iluminadas como uma nuvem de mariposas, independentemente do clima ou da hora avançada, muitas com garrafas, prontas para oferecê-las a ele, ou cachimbos, ou folhas de hera, consideradas como símbolo de sorte. Ele começava quando começava, terminava quando terminava.

Em certos anos, todo o vilarejo aparecia; haveria multidões nas vielas. Mas se ninguém aparecesse, tanto fazia para ele. A história seria contada do mesmo jeito.

— Eu contaria à lareira se fosse preciso. Foi o que fiz muitas vezes. Já servi na Marinha da Rainha, estive no Ártico, onde metade do ano tudo fica completamente escuro, passei por Chicago, Guatemala, Austrália e América. Já rodei a Inglaterra para cima e para baixo noventa vezes, Coventry, Birmingham, Hull, escolha seu destino. Testemunhei coisas em Jacarta que seriam capazes de fazer crescer as unhas dos pés de um cadáver, e nada se equipara à sensação de estar em casa, garoto, sei muito bem disso, pois já estive em tudo quanto é lugar e contei minha história em cada estalagem e refúgio ao longo do trajeto.

Era sempre a mesma história. Todo mundo já a sabia de cor e salteado. Contudo, algo no jeito como era contada a tornava sagrada.

Certo ano, um professor veio da Suécia para registrar a história, mas o homem viajante não aceitou, a caneta do acadêmico deveria ser quebrada e tacada no fogo e o caderno dele, jogado no rio. A história das estrelas e das flores silvestres jamais deveria ser escrita. Se o fosse, ele esqueceria como contá-la.

Após beber o chá, ele enxágua a xícara, espreita pela janela com as venezianas quebradas e encara a dolorosa luz do inverno. Ao longe, observa a vastidão cinza dos jardins do Vaticano, com seus gramados azul-prateados e caminhos de cascalho. Onze prisioneiros fugiram e estão escondidos nesses jardins, em galpões, oficinas de oleiros, na estufa, no depósito de gelo vazio. Ele se pergunta até quando isso vai durar.

Um ronronar rouco vem de trás. Ele se vira, para uma oblação.

Na boca, Cleópatra traz um emaranhado deformado de nervuras que já foi um rato.

Ao circular pelos corredores, ele ouve risadas e tosses no andar de cima, uma porta bate. Para não esbarrar com ninguém, ele faz um desvio em direção à escada dos fundos, mas o novo reitor, um jesuíta sul-alemão idoso, com olhos de avestruz, está descendo as escadas de pijama e roupão.

— Ah, Hugh — cumprimenta o reitor. — Andou bem atarefado esses dias.

— Sim, reitor.

— Parabéns. Você é uma inspiração. Quais são os próximos projetos?

— Organizar a papelada que demanda atenção antes do recesso de Natal. Também tenho que postar algumas cartas ainda hoje.

— Outra vez, parabéns. Alguma observação que você gostaria de fazer?

— Reitor?

— Você está com uma cara de, como é que se fala... expectativa?

— Não.

— Teve uma boa noite de sono? Meu sono anda meio conturbado. Desde o início dos bombardeios, percebi que tenho tido sonhos muito vívidos.

— Já ouvi muitas pessoas dizerem isso.

— São muito realistas. Perturbadores. Não está acontecendo o mesmo com você?

— Não.

— Maravilha. Continue assim.

Ao se retirar, o reitor o chama de volta.

— Perdoe-me, Hugh. Uma ideia me ocorreu. Posso perguntar?

— Claro.

— Fiquei de celebrar um casamento esta tarde, mas houve um contratempo. Não estou me sentindo bem, como deve ter notado pela minha roupa. É essa insônia, como falei. Além de enxaquecas. Também, estou com diarreia. Será que você poderia me substituir? Às 15h30, na Capela das Relíquias. Desculpe por não ter avisado com mais antecedência. Não está muito em cima da hora?

— Não, reitor.

— *Vielen Dank.*

À medida que os sinos badalam três vezes, ele atravessa o cemitério do colégio, benzendo-se com pressa, e segue pelo portão lateral que leva à vasta área branca da praça, onde fiéis já se reúnem diante das portas imponentes da basílica. A fila contorna a colunata e começa a dobrar na direção contrária, enquanto vendedores os abordam com medalhas e livros de orações.

A uma distância de cento e cinquenta metros, pouco além da linha divisória, três caminhões com caçamba aberta e suástica vermelha e preta nas laterais soltam espectros de fumaça pelos canos de escape.

Três soldados alemães estão de costas para ele, fumando, descontraídos, com os braços sobre os ombros uns dos outros, posando para uma foto tirada por um quarto soldado. A basílica atua como pano de fundo, para a alegria dos colegas. *Lili Marlene* toca do alto-falante de um dos caminhões.

Ele contorna a *piazza* rapidamente, mantendo a cabeça erguida, com a respiração pesada, quando é abordado por uma mulher vendendo garrafas de água benta no formato da Virgem Maria.

— *Grazie, no.*

— Quer uma água benta de graça, padre?

— Não — responde ele. — Mas não estou com dinheiro.

— Dez liras — diz ela.

— É sério. Não estou com nenhum tostão.

— Cinco.

— Não dá.

— *Madonna mia.*

Com um revirar de olhos, ela se afasta, espantando moscas imaginárias, com as sandálias nos pés cobertas de poeira, os sinos pequenos tilintando nas saias de veludo pesadas e uma bolsa de lona com pesos de papel do Coliseu em miniatura batendo na coxa. Ao passar, pombos alçam voo ao seu redor.

Às 15h15, as portas enormes e pesadas se abrem. A entrada da Basílica se abre como uma boca bocejando. Ele está com o passe, mas aguarda na fila com os fiéis. Há consolo em ouvir a orquestra tumultuada de línguas diferentes, cheias de esperança e animação, como quando as pessoas entram no teatro ou são levadas às lágrimas pela grandiosidade do que presenciam.

Mulheres à sua frente dão-se as mãos, contendo soluços. Um idoso reza baixinho o Pai Nosso. Bandeirantes rezam em francês e em todos os dialetos italianos, garotinhas de olhos escuros, com olhar atônito e reverente, agarradas às bainhas dos paletós dos pais. Um padre solene em vestes ornamentadas fica de sentinela na entrada, garantindo que as regras de vestimenta sejam observadas com toda a propriedade — nada de mangas curtas para as mulheres, nenhum homem com cabeça coberta — e cumprimenta com a cabeça, parecendo um metrônomo, à medida que as pessoas entram no espaço cavernoso, cujos pulmões exalam incenso e a passagem do tempo.

Um coro invisível entoa um canto gregoriano, e o som reverbera pela abside. Os peregrinos elevam o olhar, maravilhados com o teto abobadado; os afrescos distantes lançam reflexos, o ar tão gelado, tão austero. Em menos de um minuto, cinquenta velas são acesas, em breve cem, depois mil, um salpico de luz naquele lago de sombras e penumbra dourada. Chorando, uma jovem mulher se ajoelha e beija os pés de uma estátua. Ouve-se o rumorejo de 7 mil sussurros.

Ele se junta à fila de um confessionário perto da capela lateral da *Pietà*, pois um sacerdote prestes a celebrar um sacramento sempre deve se confessar. Seu confessor ouve em silêncio, dá cinco dezenas como penitência — "ofereça-as pela conversão da Rússia, meu filho" — e profere a bênção final e a absolvição com pressa, como alguém que tenta terminar o serviço antes do fechamento das lojas.

Após deixar o confessionário, ele vê, num banco próximo à mesa das velas, a figura sentada de D'Arcy Osborne, retirando os óculos, meio sonolento. O embaixador pega um lenço azul-marinho do bolso do peito de seu terno Savile Row, limpa os óculos sem pressa e ergue-os diante do vitral.

O gesto é um sinal. Tudo está em ordem.

O Rendimento pode seguir adiante hoje à noite.

Grupos de peregrinos sussurram diante do presépio em tamanho real, com os reis magos com rachaduras e os camelos. A jovem que ele viu beijando a estátua — ela parece uma estudante de arte — se afasta da grade, deixando uma bolsa nos degraus de mármore. Indo em direção à Nossa Senhora, ela faz o sinal da cruz.

O canto gregoriano preenche o ambiente. Ele se inclina, pega a bolsa.

Quando se vira, o embaixador já partiu.

12

A VOZ DE JOHN MAY

20 de setembro de 1963

Retirada da transcrição da entrevista de pesquisa da BBC, em Coldharbour, Poplar, East London

Mas as pessoas extrapolam. Fazem suposições, e tudo mais. Ao longo dos anos, presumiram que eu só entrei para o Coro porque era obrigatório. Estava trabalhando para o Sir D'Arcy na época.

Não foi bem assim.

Não condiz com nenhum trabalho obedecer a ordens fora do expediente. O que ocorreu foi que ele me pediu. O Sir D'Arcy, quero dizer. Inventei uma lorota, que tinha lá seu fundo de verdade também.

Antes da guerra, eu trabalhava em boates no Soho, na parte oeste. Estava tentando me dar bem como músico — saxofonista —, mas isso não dava muito dinheiro. Por isso, fazia bico de segurança para conseguir pagar as contas. No Shim-Sham, no Windmill. No Valentino's Nude Review. Eu era supervisor de recepção e porteiro, uma forma agradável de se referir. Estava mais para chefe dos socos.

Em um local específico, o Billie's, na Denmark Street, as coisas podiam ficar um pouco intensas. Tínhamos um tipo específico de clientela, se é que você me entende. Atores, músicos de jazz, homossexuais, poetas malucos, bandidos, policiais corruptos, nervosos até dizer chega. Nada muito imoral, só o ocasional mingote. Não se apontava a lanterna para os cantos.

A clientela consistia em sua maioria de homens, mas vez ou outra aparecia alguma *stripper* ou moça da vida. Nunca conheci um pessoal mais legal, diga-se de passagem. Mas, às vezes, tinha confusão com bêbados na porta. Algum mané enchia a cara e queria te presentear com suas opiniões brilhantes. *Boom*. Desordem. Tabefes. A maioria dos clientes é tranquila, mas sempre tem um que é luz, câmera, babaca. Aí é quando você bate a claquete.

Os gays nunca me causaram transtorno. Eu digo: viva sua vida e deixe os outros viverem a deles. Deixe essas pessoas em paz, cuide da sua vida. Uma antiga canção de music-hall era popular aqui no East End quando eu era jovem: *A Little of What You Fancy Does You Good.*

O Sir D'Arcy Osborne era um freguês assíduo. Dava gorjetas generosas. Cara legal. Respeitoso, bem-humorado. Muito civilizado com a equipe. O que percebi: se você quer saber se um cara é um chato resmungão, observe como ele trata as pessoas que não podem responder, como garçons ou as moças do cigarro. O Sir D'Arcy tratava todos com cortesia, sempre com um sorriso ou uma palavra gentil. Atitudes como essa são valorizadas. A educação não tem preço. Alguns clientes eram casados, outros não. Obviamente. O Sir D'Arcy costumava dizer que nunca encontrou a mulher certa. Ou que estava "casado com a carreira". A gente não insistia.

Homens dançando com homens numa boate não me incomodam nem um pouco. Se isso te incomoda, então não vá, parceiro. Por mim, pode ir dançar com seu maldito guarda-roupa e levá-lo para a cama com você depois, se ele estiver disposto. Boa sorte para vocês dois. Vivemos num país livre.

Numa certa noitada do Sir D'Arcy com uns amigos antigos da escola, eles ficaram brincando com os artistas drag. A coisa foi ficando meio fantasiosa e era um "olha só para ela, Gladys", e começaram a chamar o Sir D'Arcy de "Francesca", divertindo-se de forma sadia, mas na saída se depararam com confusão. Um grupo de Camisas Negras quis ter uma conversa séria com eles. Usando um tijolo. Resolvi a situação de forma eficaz, como o Sir D'Arcy descreveu mais tarde. Não posso me gabar de ser o pugilista mais refinado que há, mas posso garantir que eles não dançaram foxtrote tão cedo.

Eu me surpreendi com o Sir D'Arcy, que foi para cima deles como um foguete de dez pila. Durante o alvoroço, eu o vi dar uma surra em um dos idiotas, deixando-o meio zonzo, enfiando o rosto do moço pelo buraco de uma caixa de correio. Desferiu um soco. Já o outro moço levou um soco bem nos documentos. Regras de Queensberry? Hoje não. Depois que o grupinho se mandou, o Sir D'Arcy ajeitou as abotoaduras, endireitou a gravata-borboleta se olhando pelo reflexo da vitrine de uma barbearia e limpou o sangue e o muco das pontas dos sapatos com o plastrão. Vou te contar, fiquei impressionado.

"Lutei boxe na escola", explicou. "Nunca gostei de valentões."

Bom, foi preciso levar alguns pontos, mas nada grave. Só um arranhão. Fomos de táxi até o hospital, onde a espera foi longa.

"Esse rapaz é o seu filho, senhor?", perguntou-lhe Porter.

"Não, mas eu me orgulharia se fosse o caso. Permita-me apresentar meu colega, John May Esquire de Whitechapel, um salvador da pátria distinto e fiel", respondeu o Sir D'Arcy.

Havia um aviso na parede pedindo "Silêncio", mas o Sir D'Arcy não parava de falar; ou ele se encontrava tagarelando em latim ou me arrancando risadas.

"Aqueles arruaceiros, só querem saber de uma boa diversão. Qual é a dificuldade em *perguntar*? Tem gente que *gosta* de uma abordagem mais arrojada. Ah, prazer em vê-la, enfermeira-chefe, boa noite, *enchanté*."

Passados uns dias, ele me chamou para trabalhar com ele. Fui designado para a Itália. Tenho interesse? Acontece que eu tava no meio de uma confusão por causa de um grana desaparecida de um certo negócio. Um colega meu, sem querer, deu uma passada num depósito de bebidas e cigarros em Deptford com um pé de cabra e saiu de lá com um caminhão cheio de uísque. Duas semanas depois, entregou a mercadoria para a gente ficar de olho, enquanto os tiras rondavam, desencadeando um emaranhado de mal-entendidos. Além disso, tenho pegado pesado no cachimbo da paz ultimamente. Ah, e uma mulher com quem estava envolvido me falou que não ama mais o marido. Deixei de amá-la na mesma hora, se é que já amei. Seria bacana me mandar do Soho.

"Detalhe bobo: meu apelido é meio complicado, John. Sou o Sir Francis D'Arcy Godolphin Osborne. No dia a dia, como bem sabe, me chamam de 'Sir D'Arcy', mas prefiro que meus amigos me chamem de 'Frank'."

Comentei que não acharia muito apropriado chamar um 'Sir' de amigo.

"Ficaria muito feliz se me chamasse assim, John."

"Agradeço, mas não, senhor."

"E 'Sir Frank', o que acha? Seria um meio-termo razoável?"

Pensei nisso um pouco. Pareceu aceitável. Tinha um certo charme.

"Está bem", falei para ele.

"Maravilha."

Concordamos com 'Sir Frank' com um aperto de mãos e, uma semana depois, partimos para a Itália. Mas não foi moleza. As coisas nunca são.

Aconteceu que estávamos em Roma quando Fritz apareceu causando confusão, e tivemos que correr para o Vaticano às pressas. Bem apertado, para ser franco. Mas fazer o quê? Já dormi em lugares piores do que o Vaticano. Já dormi até em Chislehurst. Passei quarenta anos lá certa noite. É uma história longa.

Pode parecer que o Vaticano é um lugar chato. Isso não está muito longe da verdade. Não tem nada para fazer à noite se você não for um morcego ou um sineiro. Isso é o que me tirava do sério: a monotonia. Enche o saco de verdade. Outra coisa: eu sou judeu. Não que seja praticante, nunca fui. Então nem o catolicismo me incomodava.

As noites de um jovem à solta em Roma costumam ser agitadas, se é que me entende. É um rapaz apresentável com uns trocados no bolso? Pode ficar tranquilo que você vai se divertir em Roma e ainda terá uma boa história para contar depois. De repente, todo o cenário mudou.

Éramos uma patotinha: eu, o Sir Frank e o terrível cãozinho dele, Sirius, uma mistura entre Jack Russell e um gnomo. Nunca tive tanta vontade de chutar um bicho antes. A quantidade absurda de merda que esse cachorro fazia? Só vendo para crer. Quando saía para dar uma volta, era padre e freira para tudo que é lado. Não tenho nada contra eles, como já comentei, mas também não daríamos uma festinha juntos. Farra com freira junto? Não é lá uma combinação muito boa.

Veja, o Sir Frank é muito sortudo; ele consegue adentrar na própria imaginação. Dialoga com você sobre a Riviera, a vida noturna em Cannes, esquiar com o maldito Kaiser na Suíça, essas coisas. Certa manhã, quando me aproximei, ele falou:

"John, estou partindo para Locarno esta noite, para o spa e as águas termais. Vou aproveitar bastante, voltar esbelto, em forma e bonito."

Eu falei:

"O senhor está indo para Locarno, não para a maldita Lourdes."

Pelo menos eu tinha o saxofone, então praticava as escalas. Cromática, octatônica, pentatônica, todas elas. Por duas, três horas ininterruptas. Eu soprava até os lábios ficarem doloridos. Até o saxofone estar em brasas e dando um show. Ou soltando guinchos. Mas não dá para praticar a noite toda sozinho, como um imbecil. Faltavam a bateria, o piano, o contrabaixo. Mandar um blues no Vaticano parecia meio esquisito. Além disso, batia uma melancolia. Eu tocava um fá sustenido, observando a Greek Street, os clientes nos clubes. Certo dia, uma morena estonteante sorriu para mim do outro lado da vidraça de uma lanchonete na Dean Street. Um sax consegue o envolver desse jeito.

Então lá estávamos eu e o Sir F sem nada para fazer. Tínhamos um disco de uma ave escocesa arrulhando sobre os vales, mas nenhum gramofone para tocá-lo. Só um livro que qualquer pessoa normal leria, sobre a história do Vaticano ao longo dos séculos. Sabe de uma coisa? Vamos vestir umas batinas. *Buongiorno*, querida, sou um cardeal. Alguns papas faziam mais sucesso do que galã de Hollywood. Imagino que seja o efeito do poder. E os papas sabem se arrumar. Até que um sujeito de batina se dá muito bem, viu?

Fora isso, havia uma pilha de livros sobre teologia, escatologia, epistemologia e besteirologia, baboseira que ninguém leria a não ser sob coação. Pneumatologia, eclesiologia. Livros que você não consegue largar. Contrabandeamos um rádio de galena, mas os cristais não estavam funcionando. Certa noite, ele entrou no quarto, todo sorridente e bobalhão.

"Você nunca vai adivinhar o que encontrei no fundo da gaveta do aparador, John. Uma mimo especial que você vai ganhar depois que terminar de varrer as chaminés."

Era uma piada interna. Tínhamos tido uma discussão sobre a maneira como ele estava me explorando.

"A dificuldade para encontrar diversão é coisa do passado, meu caro John."

Um quebra-cabeça de 5 mil peças.

Do Vaticano.

Fazer o quê?

Agradeci e depois disse para deixar para lá.

Pouco depois, percebi que aquele padre começou a aparecer que nem assombração. Volta e meia via aquele irlandês grandalhão dando as caras na casa do Sir Frank para tomar um chá. Meu camarada é meio engraçado. Meio esquisito.

Ou o Sir Frank conversava com ele lá no pátio, tarde da noite, quando todo mundo estava dormindo, só ele e o padre, em latim, jogavam *dardos*, com gatos em volta os encarando. Às vezes papeavam em grego antigo. Certas noites, o mesmo se repetia, em outras ele não dava sopa por lá. Depois aparecia. Em seguida, sumia. Era meio curioso. Acho que já tinham se esbarrado antes, no campo de golfe. O padre parecia ser um sujeito legal. Meio sem graça, para falar a verdade. Meio sério para um irlandês. Isso me preocupava.

O irlandês é legal quando está contando piadas. Quando está sério, é preocupante. Quando o irlandês está quieto, cuidado, está fazendo uma das duas coisas: ou está com raiva de você ou maquinando algo. Ou armando uma bomba. Sem gracinha. Cuidado com um desses na sua vida.

Nos filmes, um padre irlandês seria interpretado por Bing Crosby. Esse está mais para George Raft. Durão. Calado. Melhor não mexer com ele. Com uma pegada de Robert Mitchums. Quieto.

Pouco depois, comecei a notar algo estranho no Sir Frank. Suas solicitações e tal. Pareciam incomuns. Certa manhã, ele me perguntou do nada se eu poderia ir comprar algumas camisas. Claro que posso, senhor. De quantas gostaria?

Ele me olhou de um jeito estranho e disse quinze. Cinco pequenas, cinco grandes, cinco médias.

Esse tipo de coisa faz a gente pensar. *Está com muito tempo livre, hein? Quinze camisas, que ideia é essa? Está montando um time de rugby?*

Mas se o chefe quer quinze camisas, então quinze camisas ele terá. Não fazer perguntas. Faz parte de ser um empregado. Eu conhecia um sujeito que vendia roupas de segunda mão no mercado, o Mercato Rionale, e ele me arrumou a quantidade certa. Quinze camisas. Em uma sacola. *Grazie, Luigi.* Aqui está uma nota de dez, tome uma cervejinha. Na Itália, sempre tem um cara que é bom conhecer.

"Pelos menos favorecidos de Roma", informou-me o Sir Frank depois. "Mesmo diante da adversidade, é importante se lembrar dos menos afortunados do que nós, John."

No papel de empregado, é natural esperar certas coisas. Faz parte do ofício. Discrição. Você não viu nada. Fique de bico fechado.

Pode acontecer de os chefes pedirem que você arrume uma caixa de vodca. Um pacote de preservativos franceses, um charuto específico. Meias para dar um toque especial nos *looks*, comprimidos para dormir, um filme mais feminino e projetor. Ou, se ele tiver inclinações diferentes, o que costumava ser chamado de revista de musculação. A vida não é mais como na série *Jeeves and Wooster*, se é que já foi.

Passei um tempo no exército servindo como criado pessoal de um nobre. Você já deve ter ouvido falar dele. Um dia, ele me mandou ir até a farmácia no vilarejo.

Para fazer o quê, senhor?

Nada.

Perdão, senhor?

Nada. Apenas peça para falar com o farmacêutico pessoalmente, explique que é em nome da mansão, peça o de sempre e aguarde o pacote.

O pacote, senhor?

Sim.

De quê, senhor?

Nada.

Nada, senhor?

Pare de complicar as coisas, ficou surdo por acaso?

Só que o Sir Frank chegou a um ponto em que não dava para passar sem fazer comentários. Trinta pares de calças. Quarenta conjuntos de roupa íntima. Passagens de trem para Zurique em nome de todos nesta lista, memorize a lista e depois a queime. Quarenta sobretudos, todos diferentes. Quarenta cardigãs. Quarenta chapéus.

Ele me mandou empacotar as coisas e levá-las para os aposentos do padre no *collegio*. Deixar do lado de fora da porta. Bater duas vezes. Desaparecer. Tudo meio secreto e misterioso, aquele irlandês. Eu até o chamei de "Hughdini".

Ternos. Paletós. Macacões de maquinista. Foi ficando óbvio, eles estavam envolvidos com uma de duas coisas: uma Sociedade de Teatro Amadora ou uma Rota de Fuga.

Tentei insinuar que sabia do esquema, mas o Sir Frank não abriu o jogo. Não deu nenhum detalhezinho.

Não sou burro. Claro que eu sabia. Impossível não saber. Então, numa manhã, eu disse a ele, servindo chá de urtiga no café da manhã, porque em Roma não se conseguia café nem por amor, nem por dinheiro:

"Eu tenho uma surpresa para o senhor. Aqui está."

Coloquei na mesa uma sacola de compras da Barbiconi, uma loja chique para padres perto da Fonte de Trevi. Uma butique clerical, se assim preferir. As roupas na Barbiconi não são para qualquer um. Sotainas de seda. Sapatos costurados à mão. Luvas de caxemira preta. Chinelos de veludo. Dizem por aí que o papa compra as meias e as cuecas na Barbiconi. Um traje clerical de primeira, sem enrolação. Quer a melhor qualidade? Não precisa procurar mais. Só que Luigi, lá do mercado, me contou que algumas coisas podem "cair do caminhão" de vez em quando. Na sacola, haviam duas dúzias de camisas clericais, com uma textura agradável, em cinza-carvão e em tamanhos variados.

Falei:

"Gostaria de contribuir mais ativamente nas iniciativas de vossa senhoria e do padre, senhor."

Foi desse jeito que eu falei. Tudo bonitinho e discreto. Meu Deus, longe de mim assustá-lo. O Sir Frank não era um homem de se assustar logo de manhã. Ele levava tudo muito a peito nesse horário.

Pois bem, o jornal deu uma leve sacudida — uma cópia do *Times* da semana passada —, e ele o foi abaixando devagar, com um toque dramático, *tenso*, e os olhos por trás dos óculos arregalados.

"A quais iniciativas em particular você se refere, John, se me permite perguntar?"

Escola pública é uma maravilha, não acha?

"O trabalho que o senhor e o padre estão fazendo pelos pobres de Roma, senhor. Se é que me entende."

"Ah."

"Sim, senhor."

"Eu tinha a impressão de que nosso trabalho era confidencial, John, meu velho."

"Qualquer segredo está bem guardado comigo, como o senhor bem sabe."

"John, meu caro, esperei tanto ouvir essas palavras saírem de seus lábios. Que flerte delicioso o seu."

"Estou falando sério."

Ele me encarou por um tempo. Dava para ouvir o cérebro dele processando.

Porque é uma encruzilhada, se você parar para pensar. Um momento como esse. Você se lembrará disso pelo resto da vida, dependendo de sua escolha. Tem um pântano entre você e o que é certo; até onde vai se aventurar? A sua escolha importa. Sempre importará.

"Pode trazer mais uma xícara, John?"

"Vamos receber um convidado, senhor?"

"Eu adoraria que você provasse uma xícara desse chá tenebroso comigo, John. Sente-se."

"Sobre o que vamos conversar?"

"Nada."

13

Véspera de Natal de 1943
15h29
7 horas e 31 minutos antes do Rendimento

Na sacristia, ele veste as pesadas vestimentas e dá início aos preparativos para a cerimônia nupcial. O registro contábil deve ser preenchido em latim, e, desde a ascensão do fascismo, também em italiano. Ao folhear o livro antigo, depara-se com um fragmento de manuscrito, que alguém dobrou e guardou entre as páginas, revelando uma assinatura falsa que parcialmente encobre a marca d'água.

Ele reconhece a caligrafia como sendo de John May. Leva alguns minutos para decifrar a mensagem.

Sam Derry está de volta, porém debilitado e sentindo dor. Recomenda-se evitar esses endereços. Angelucci está a caminho.

Ele retira uma embalagem de xampu vazia do bolso, enche-a até um quarto com vinho de altar, rosqueia com firmeza e a guarda na sotaina.

Escuta-se uma batida na porta, e o padrinho retorna, desta vez acompanhado pela mãe da noiva, com um chapéu elegante nas mãos, o cabelo parecendo um capacete cinza fixado com spray.

— Fiquei sabendo que estamos diante de um contratempo — diz ela.

— Nada muito crucial. A situação é a que expliquei a esse senhor.

— O que quis dizer com "doente", padre?

— Sou monsenhor.

— Monsenhor, esta é a missa nupcial da minha filha. Sua eminência, o reitor, foi requisitado há um mês para oficiar a cerimônia.

— Entendo, *Signora*, mas imprevistos de saúde podem ocorrer.

— Meus convidados foram informados de que o padre será um reitor.

— Lamento dizer que não será o caso.

— O que vou falar para eles?

— O que achar melhor.

— Chame o reitor com urgência, monsenhor. Ele não será necessário por mais de uma hora.

— Não será possível.

— Pois fique sabendo que meu marido ocupa uma posição elevada no Partido. Somos amigos do *Obersturmbannführer* Hauptmann.

— O Partido não tem autoridade aqui.

— Como... disse?

— Você está na casa do Altíssimo, *Signora*, não numa sala de reuniões.

— O Partido tem trabalhado incansavelmente pelo bem da Itália.

— Deus não tem pátria.

Ela fica atônita.

— Cadê os coroinhas? Eu encomendei seis.

— Não se "encomenda" coroinhas, *Signora*. Eles não são sanduíches de *frittata*.

— Terei que cancelar a cerimônia. O Partido será informado desse ultraje.

— Como preferir.

Ela se vira para o padrinho.

— Guido, desfaça essa cara de idiota e aguarde a chegada deles do lado de fora. Não me venha com "mas". Faça o que estou mandando. Meu Deus, que vergonha. Vai logo, não fique aí parado feito um poste.

— Monsenhor, o que devo fazer?

— Escute o que digo, filho: *Tra moglie e marito non mettere il dito*. Ai daqueles que se metem entre marido e mulher. *Signora*, se quiser cancelar a cerimônia, insisto que discuta o assunto com o casal. Pare de desperdiçar meu tempo. Fora.

— Como ousa falar comigo desse jeito, como se eu fosse um vira-lata velho?

— Não aceitarei que delegue alguém para cumprir suas vontades. Se a noiva ou o noivo me procurarem pessoalmente, dizendo que não devemos prosseguir, o pedido será aceito e o assunto será encerrado. No entanto, se eles, em suas preces, aspiram a ser marido e mulher, já estão casados aos olhos do Deus Todo-Poderoso e da Igreja. A única função do celebrante é de testemunhar, seja ele vigário, reitor, cardeal ou papa.

Ao ouvir a última palavra, ela arfa como se tivessem cuspido nela.

— Que tal — arrisca o padrinho — a *Signora* e eu darmos uma voltinha lá fora?

— A porta é ali. Fiquem à vontade.

Quando saem, ele volta a preencher o local, o nome do casal e, em seguida, o seu próprio no pergaminho. É um daqueles momentos em que você se encontra escrevendo o próprio nome, bate aquela sensação de estranheza e se pergunta se é o seu mesmo. A carranca fulgurante de John May parece surgir na chama de uma vela.

— Não desanime, monsenhor Mitchum. Isso aí, meu garoto. — O ânimo de londrino. A sonoridade do inglês que ele emprega. Até a forma como acende um cigarro tem um toque de precisão e delicadeza, uma graciosidade física, uma leveza. — Monsenhor Mitchum, você é um jazzista, só não sabe ainda. Vamos ao Soho quando isso terminar. Não se preocupe.

Guido retorna com uma mensagem. O casamento vai acontecer.

Um Don de sobrecasaca, sério e sem sorrir, que só pode ser o pai da noiva, está conduzindo os convidados aos assentos na capela lateral, aceitando os beijos dados em suas mãos. O Homem cuja Filha se Casou na Basílica de São Pedro. Fitas brancas foram penduradas na estrutura de ferro dos portões. Doces de amêndoa estão sendo distribuídos em pratos para dar sorte. O noivo, um soldado bigodudo, não tem uma perna e usa muleta. Uma dama de honra oferece-se para buscar uma cadeira, mas ele insiste em ficar de pé. Quepe abaixo do cotovelo, cabelos negros e lustrosos como suas dragonas. Espada de gala reluzindo no quadril. Atrás dele, seis colegas, reluzentes como ameixas novas, encontram-se atentos, enrubescidos e a postos.

As damas de honra e as madrinhas estão alinhadas ao lado do corrimão do altar, com terços balançando nos pulsos enluvados e delicados. Tios mais velhos vestidos como gerentes de banco desapontados ao lado de esposas descontentes, lançam olhares mal-humorados dos bancos ou observam atentamente seus livros de orações como se tivessem aparições ao lado. É uma forma de ignorar o convidado surpresa. Apesar de todos os esforços do estilista, é notório que a noiva está grávida.

Radiante com uma beleza ferida, o rosto do soldado é como o de um arcanjo de Rafael, mas seu sotaque é sulista, *siciliano*. Sua voz treme de emoção ao proferir os votos, e a noiva segura sua mão num gesto de carinho e consolo.

Atraídos pela beleza da noiva e pelo magnetismo do casamento, fiéis param para assistir, para a evidente irritação dos pais dela. O primeiro beijo matrimonial arranca aplausos do corredor. *Viva gli sposi!* Vida longa aos recém-casados.

O casal assina o registro e convidam-no para tirar uma foto. Ele é envolvido pelo braço do soldado na altura do ombro e pelo aroma doce e caloroso de morango do perfume da noiva.

De acordo com a etiqueta italiana, ele a princípio recusa a oferta do pai da noiva, e o Don insiste, entregando o envelope.

— Uma palavrinha, *Signore*? Vamos ali no canto por um instante?

— *Monsignore*?

— Temos um pequeno contratempo.

— Como?

— Essa quantia não é o bastante.

— *Mi scusi?*

— A quantia que costuma ser oferecida a um padre por um casamento na Basílica de São Pedro é três vezes esse valor. Naturalmente, não desejo constrangê-lo diante de seus convidados.

— Isso é tudo o que tenho aqui.

— Então, vai ter que recorrer aos seus amigos.

— Está falando sério?

— "O operário é digno do seu salário."

— Você se acha inteligente por citar as Escrituras? Até judeus conseguem fazer isso.

— Não surpreende muito, já que eles escreveram grande parte.

Resmungando, o Don lhe dá as costas, mexe na carteira e entrega um bolo de notas tão grosso quanto uma telha.

Não é dos piores sentimentos saber que o dinheiro de um fascista vai ser dado a um judeu fugitivo.

Vitórias vazias não chegam a ser exatamente derrotas.

Desfazendo-se das vestimentas rígidas, ele as pendura no vestiário da sacristia, tranca o cômodo e sai, retornando ao transepto, com a bolsa na mão.

A Basílica está lotada, os fiéis se espremem em todos os cantos, cercam o altar imenso para fotografar as estátuas e o ostensório. Guardas suíços admoestam-lhe que parem. Surge a lembrança de uma feira na Palestina, onde ele se perdeu uma vez. Lá no alto, os sinos badalam quatro vezes.

Um oficial da marinha alemã, vestindo um uniforme preto, acompanha uma mulher de capela em capela, apontando com suas mãos cobertas por luvas pretas para os afrescos escorçados e de traços finos, o bordado requintado de um pano de altar, destacando as diversas complexidades que nenhum guia é capaz de mostrar. Volta e meia, ela reclina a cabeça para trás, fingindo de modo quase convincente prestar total atenção a cada palavra dele.

Uma irmã africana trajando um hábito branco está sozinha e ajoelhada sobre o piso de pedra do corredor, enquanto os coroinhas entoam uma harmonia em direção à cúpula. As vogais antigas se prolongam, *In Excélsis Deo*, reverberando o "o" como uma reminiscência. Um grupo de crianças entediadas ouve as repreensões da professora, que teve que subornar alguém para garantir o lugar de honra na fila de visitações da véspera de Natal, mas que agora sente que seu dinheiro foi mal gasto.

Laudámus te,
benedícimus te,
adorámus te,
glorificámus te,
Dómine Deus, Rex caeléstis,
Deus Pater omnípotens.

Lá fora, ele se demora nas escadas, atento à melodia menor e enfumaçada de um inverno romano. Cotovias alçam voo da colunata, circulando a *piazza* ou mergulhando sobre os ciganos que vendem castanhas nos braseiros. Um grupo de peregrinos brandindo uma bandeira tricolor que ele não reconhece tenta entoar um hino coletivo, gritando para a multidão vasta e agitada, mas poucos aderem e, após um minuto, desaparece, substituído pelo murmúrio em massa das preces.

Com um susto, ele nota Angelucci, a cem metros de distância, encostado na borda da fonte, vendendo velas e cartões de oração na mesa dobrável que traz para a praça. O boné de caça vermelho indica que ele recebeu a mensagem e sabe o que fazer. Os peregrinos tentam engajar o hino de novo.

O oficial alemão e sua acompanhante notam um monsenhor descendo as escadas às pressas e, em seguida, abrindo caminho entre as pessoas e a fumaça das castanhas, em direção à fonte. Lá, ele vira as costas para um vendedor de velas e faz o sinal da cruz em direção à Basílica antes de seguir adiante, na direção do Santo Ofício.

A porta enorme, pesada e cravejada da fortaleza lúgubre é difícil de abrir e geme ao ser fechada, mergulhando-o num silêncio sepulcral. A cidade desaparece. É como estar dentro de uma pirâmide. Depois das 16 horas de uma véspera de Natal, vira tudo um deserto.

Arandelas zumbem ao ligar o interruptor. O suporte de guarda-chuva em formato de pé de elefante contém apenas um guarda-chuva e algumas bengalas. A mesa do porteiro está decorada, o balcão do porteiro está sem supervisão. Ele entra na portaria, verifica sua caixa de correspondência.

Um cartão de Natal da turma do quarto ano, um livro de Waugh do Clube do Livro, uma revista do *Newsweek*, um ensaio sobre Santa Teresa que foi entregue tarde, um livro de poesias de Housman emprestado, que um seminarista está devolvendo depois de quase um ano. Uma anotação na caligrafia do reitor, no verso de um envelope reaproveitado: "Hugh, preciso de um favor. Venha me ver."

Seis meses atrás, foi instalado um elevador no que alguns padres mais antigos relutam em chamar de átrio, mas ele não confia naquele troço. Para ele, a eficiência implacável do giro da roda e os cabos lubrificados são ameaçadores, uma máquina saída diretamente de um retrato do purgatório feito por Bruegel. De todo modo, costuma quebrar com frequência.

Ele se aventura pela escadaria íngreme de granito através do vazio de muitos aposentos, cercado pelas paredes robustas que vivenciaram quatro séculos de silêncio. No passado, cardeais influentes residiam no Santo Ofício. Após a invasão, todos se mudaram.

No quarto andar, ofegante, ele destranca o *scriptorium* e entra. As amplas persianas de seu escritório estão semiabertas.

Prateleiras de livros flectidas. Tinteiros de ônix. Pilhas de arquivos mofados. Dissertações sobre Cristologia roídas por ratos.

Penas e seus apontadores. Abridores de cartas. Livros de contabilidade. Retratos cobertos de teias de aranha de mártires virginais. Um emaranhado de escapulários pendurados numa maçaneta, perto de três castiçais instáveis. Relíquias e armadilhas para ratos. Uma caveira servindo como *memento mori*. Livros. Ossos. Encíclicas com textos meticulosamente analisados. Janelas de chumbo deixadas sujas por tanto tempo quanto a memória permite. Somente os telefones pesadamente revestidos de goma-laca e o balde contra incêndio de metal vermelho confirmam a existência do século XX.

Um jovem padre de Melbourne costumava se referir ao cômodo como "O Dormitório das Veteranas". Sua permanência no Vaticano foi breve.

Um cinzeiro vazio no parapeito de uma janela.

Uma cópia do livro Catecismo da Igreja Católica.

Uma xícara com algo germinando no interior.

O retrato antigo de Santa Cecília que sempre evoca a lembrança de Marianna de Vries, sua colega holandesa e membro do Coro. Quando ele lhe disse isso, ela riu:

— Santa, eu? Só se for do pau oco, meu caro amigo.

Contudo, a mulher no quadro exibe o mesmo estoicismo e força, a mandíbula de uma sobrevivente, alguém que não se deixa enganar. Não é bem alguém que segue a lógica com rigidez, mas sim com uma elevada consciência das realidades, com uma ausência de ódio e, onde normalmente encontramos preconceito, ela é a voz da razão. *"Se o mundo fosse regido por mulheres como Marianna"*, ele pensa com frequência, *"a fome já teria sido erradicada."*

— Que absurdo — continua ela. — Mas essas suas inverdades são bem encantadoras. Já que me irrito tanto, vou tentar acreditar.

Na sua escrivaninha digna de Dickens há uma pilha de pergaminhos que chega à altura da cabeça e petições para a concessão de anulações. A tarefa dele e a dos outros vinte funcionários que trabalham no *scriptorium* é ler e refletir, avaliar e categorizar petições cuja maioria será descartada, enquanto outras serão examinadas por especialistas em direito canônico, e algumas poucas, julgadas pelos conselheiros papais.

Ele detesta fazer essa tarefa, como qualquer pessoa detestaria. Executá-la é sentir o peso que ela carrega.

Uma mulher em Toulouse quer dar fim ao seu casamento porque o marido é um alcoólatra violento. Um homem na Guatemala "se distanciou" da esposa. Um casal em Ottawa já não mantém relações sexuais "há muito tempo", ao passo que um casal em Chicago nunca chegou a ter.

Ele verifica as horas no relógio. Já são 16h40. O telefone tocará às 17 horas. É importante se ocupar até lá, se acalmar.

Ele imagina Angelucci na praça. Espera que ele esteja preparado para o perigo. Aquele romano de testa alta, olhos cor de âmbar, impassível, com rosto feito para ser gravado em perfil numa moeda imperial e um osso nasal tão grande quanto a Itália.

Me dê uma chance, Monsignore. *Eu detesto aqueles canalhas.*

Por isso mesmo que você é um perigo.

Só uma chance, vai.

Antes de dar início ao Rendimento, há uma última tarefa a ser feita, mas vai esperar até depois da ligação telefônica. Dessa forma, ele encara uma série de intimações de uma mulher em Paterson, em Nova Jersey, mas não consegue se acalmar ou pensar direito, a mente inquieta como uma vespa. Os filhos do casal, um menino de sete anos e uma menina de nove anos, parecem apelar para a mãe, assustados, suplicando, bolando acordos ruins, se recusando a ver o casamento que lhes deu vida chegar ao fim, apesar de suas imperfeições. Ele analisa minuciosamente a carta do bispo, pesando e filtrando as informações. Não há fundamentos; o pedido de anulação será rejeitado. Contudo, após a consciência pesar por um momento, ele reconsidera. Pela misericórdia, que a pobre mulher seja livre.

Às 17 horas chegam em meio a um grande barulho, com os sinos da Basílica. Ele vai até o telefone, pronto para atendê-lo e responder à palavra-código com a sua própria.

Já se passou um minuto.

Nada.

Cinco minutos.

Silêncio.

Um medo se acumula em seu estômago. Ele o engole.

Sete minutos se passam, ele levanta o fone, toca o gancho, ouve o zumbido. Rapidamente, ele disca para a central para confirmar se a linha está funcionando. A operadora garante que sim.

Quinze minutos decorrem. Vinte minutos. Vinte minutos para as 18 horas.

Agora é a hora de realizar a tarefa, enquanto o edifício está desocupado.

Ao se aproximar das estantes antigas atrás do biombo de carvalho no canto mais escuro do *scriptorium*, ele puxa a escada deslizante e sobe. O cheiro pulverulento de mofo faz a dor de cabeça piorar, e ele espirra tão forte que a escada balança e range, e ele a agarra como um mastro numa tempestade. No penúltimo degrau, ele se equilibra e pega o livro pesado que foi empurrado com força para o fundo, um folio de um códice medieval.

A capa, em pele de bezerro desbotada, está desfiada e manchada, o lecionário pesado, do tamanho de um atlas, é difícil se movimentar ao descer pela escada.

O telefone ainda não tocou.

Colocando o livro sobre uma mesa, ele o abre e folheia com cuidado. Missionários radiantes e sorridentes, dragões escarlates, grifos prateados, o texto na cor preta que lembra um corvo, o preto resultante da queima do carvão. Em seguida, uma fileira de capitéis ornamentados com águias e serpentes, os halos dos arcanjos formando vários "O" de marfim, até o vazio onde o meio do caderno foi pacientemente cortado, nos quais onze pedaços dobrados de papel arquitetônico estão escondidos.

Cada pedaço, do tamanho de uma toalha de mesa, preenchido com sua caligrafia minúscula.

Nomes, contatos, esconderijos, datas. Regimentos, patentes, acampamentos de onde cada homem escapou. Montantes desembolsados para extorsão, subornos, aluguéis, pagamentos para falsificações de passaportes. Recursos lançados como doações, com o nome do recebedor. A ocasião, a moeda, com que propósito. O código que ele emprega é complexo, escrito em espelho e notação musical, mas Hauptmann, da Gestapo, estabeleceu uma subsede na Via Tasso voltada para a decifração de códigos. Os documentos têm que ser destruídos antes do Rendimento hoje à noite. É tarde demais para enterrá-los nos jardins do Vaticano junto com os demais.

As folhas são grandes demais para serem queimadas de uma só vez. De seu bolso, ele tira o cutelo que pegou na cozinha, começa a cortar os papéis em metades, quartos, depois em oitavos e décimos sextos, um trabalho lento e tedioso, mas os fragmentos podem ser colocados um a um na chama da vela; em seguida, as cinzas vão para a lixeira, que ele pode esvaziar a cada poucos minutos pela janela.

No quarto, o odor de cinza queimada é forte, mais persistente do que imaginava, e ele deseja que houvesse algo que pudesse fazer para disfarçá-lo. No entanto, na véspera de Natal, ninguém virá, nem as faxineiras, nem os guardas; de todo modo, ele deixará a janela aberta. Em menos de sete minutos, ele destrói a primeira folha, o suor pontilha sua testa, umedece o lábio superior; ele segue no mesmo ritmo ao passar para a segunda. Contudo, o papel está agora úmido da transpiração e não pega fogo. Maldizendo seus dedos desajeitados, ele o rasga em pedaços minúsculos, confetes que lança pela janela gradeada, desta vez secando as mãos na sotaina.

O telefone trina.

Ele atravessa o cômodo e atende.

— Boa noite, monsenhor, só para confirmar, a peça está em sol sustenido — afirma a voz.

Blon Kiernan, a filha de Delia.

— Entendido — responde.

— Feliz Natal, monsenhor.

A linha fica muda.

Ele precisa se apressar.

Rasgando as folhas restantes em oitavos aproximados, ele as amassa, apertando-as com força, e as enfia no balde de incêndio. É um ato imprudente, ele sabe, mas o tempo está se esgotando.

Angelucci está posicionado. Derry está lhe passando as orientações.

À medida que a chama amarela o papel, um inconfundível *tlim* advindo do saguão chega até ele, amplificado pela caixa acústica do poço do elevador.

Ele empaca.

Teria escutado errado?

Os cabos rangem e fazem um zumbido.

Engrenagens de ferro rangem com esforço.

A chuva forte golpeia as janelas.

Ele se apressa até a porta do *scriptorium* e a tranca.

O som metálico faz um *tchec* quando o elevador para de supetão no final do corredor. Ouve-se o clangor da porta gradeada sendo aberta e, então, sendo fechada com força.

Ouve-se agora passos.

Alguém de porte médio.

Calçado com botas.

Avança sem pressa pelo corredor, como um guarda em sua ronda. Abrindo e entrando nos quartos, enquanto um grande molho de chaves tilinta. Agora, para do lado de fora da porta do *scriptorium*.

Não diz nada.

Um relógio cuco canta.

As folhas no balde de incêndio crepitam, mas não acendem.

A fumaça dança no ar.

A maçaneta gira.

Ele se senta depressa à escrivaninha, desdobra um pergaminho, palavras carregadas e acusações dão a impressão de estarem girando, num miasma de recriminações. Com os dedos tremendo, ele afia uma pena, mexe numa jarra, se serve um copo de água, que escorre pelos pulsos e tem um gosto velho e rançoso, vítreo e gorduroso, e os filhos do casal infeliz em Nova Jersey pulsam em sintonia com ele, como a imagem residual de algo sombrio visto na luz.

A maçaneta gira outra vez.

Duas vezes.

Três vezes.

Um tilintar na fechadura. A porta é empurrada, mas não se abre.

O invasor solta um suspiro, agora se afasta pelo corredor, devagar, com uma assustadora solenidade, as tachinhas na sola do sapato ressoando no mosaico.

A respiração fica ofegante quando o ar é puxado para os pulmões, os passos apressados e corridos, e o impacto do corpo investindo contra a porta como um boi esfaqueado derruba a estátua de gesso de Santo Antônio de Pádua, de um metro de altura, de uma alcova acima e ela se espatifa na mesa. Novamente, o corpo recua e arremete contra a porta como um touro, agora grunhindo, gemendo, fervilhando, gritando, mas o carvalho cravado, a porta de um bastião imperial, se recusa a ceder; o arquitrave de granito e a moldura de mármore pesado a salva de chutes pesados e fortes, que fazem a fechadura estremecer veemente nos suportes de ferro fundido; mas ela não cede, e o homem-boi recua.

A porta do elevador se abre com um estalo forte, e, após um momento, se fecha, e a gaiola geme à medida que desce até o saguão.

Ele vai de fininho até a extremidade da escada. Há dois gatos no vão de uma porta. Ouve o invasor lá embaixo, circulando no saguão, remexendo e fuçando, abrindo e batendo gavetas da mesa do porteiro, entrando e saindo da portaria, arrombando a gaveta de arquivos e, em seguida, o estrondo ensurdecedor da porta da frente fechando.

Da janela do *scriptorium*, ele observa lá embaixo, mas a chuva de granizo está forte e seus óculos embaçam. A pessoa, debaixo do guarda-chuva que estava no suporte, está atravessando a *piazza* com uma delicadeza peculiar, evitando poças e cães, como se fosse um assassino se passando por uma dama, na direção do Largo degli Alicorni.

A chuva sibila com força no vitral coberto de hera.

Ele esvazia o balde, apaga as páginas em brasas e fedorentas no chão, as agrupa da melhor forma possível, coloca o maço debaixo dos braços e sai do *scriptorium*, agora apressado, quase tropeçando ao descer pela escada. Melhor seria se livrar delas mais tarde e deixar o Santo Ofício enquanto ainda é possível. O invasor pode voltar com uma pistola Luger ou um pé de cabra. Qualquer tipo de incidente deve ser evitado.

Em diversos momentos desta noite, ele se perguntará qual força o levou de volta à guarita do porteiro para dar uma última olhada na caixa de correio que ele havia esvaziado apenas uma hora antes.

Desta vez, encontra uma sacola de papel pardo, cheia como uma bolsa. O nome e endereço escritos à mão apresentam pequenos erros.

Hugo Flaherty
Pessoal
O Sagrado Colégio
Roma

No interior, há um envelope pequeno, que não abre de imediato, contendo o que ele acredita, quando amassa o conteúdo, se tratar de contas de rosário.

A folha de papel de aerograma branco está dobrada em quadrados cuidadosos, parece delicada como uma página arrancada de uma Bíblia. Três palavras, na mesma caligrafia, sublinhadas com tinta vermelha.

SEU
ÚLTIMO
NATAL

Dentro do envelope menor há trinta e dois dentes humanos ainda ensanguentados.

A chuva de granizo bate nas janelas de vitral.

ATO II

O SOLO

14

MARIANNA DE VRIES

Novembro de 1962

Declaração por escrito em vez de uma entrevista

Durante a guerra, eu era uma jornalista *freelancer* em Roma. Tive o prazer de conhecer Hugh O'Flaherty durante uma ópera. A peça era *Tosca*. Não me recordo dos nomes dos cantores.

Assisti como convidada de um diplomata suíço que tinha sido convidado pela sra. Delia Kiernan, esposa do cônsul diplomático irlandês. Havia outros embaixadores e enviados presentes. Não me lembro agora.

Algum tempo depois, fui incumbida de redigir uma série de artigos para uma revista de notícias norte-americana sobre os tesouros artísticos das igrejas menos conhecidas da cidade. O título seria "Roma Oculta". O monsenhor O'Flaherty, é claro, não carregava consigo um cartão de visita, mas naquela noite, de bom grado, havia escrito instruções de como chegar à Ostia Antica num pedaço de papel timbrado do Santo Ofício, que estava sendo usado como marcador no livro de Louis MacNeice que estava lendo, *Autumn Journal*. O número de telefone estava visível no pedaço de papel, então liguei.

Naquela manhã, ele estava a caminho da defesa da tese de um doutorando no Angelicum, então estava ocupado demais para conversar. Mas nos dias seguintes, ele me deixou um recado, sugerindo que eu fizesse a Caminhada das Sete Igrejas, uma peregrinação estabelecida no século XVI por São Filipe Neri. Mas mesmo que a caminhada incluísse maravilhas como San Sebastiano Fuori le Mura e San Giovanni in Laterano, não havia nada que me inspirasse a escrever. Havia muitos visitantes. Nada aqui era "Roma Oculta". Voltei a ligar para o monsenhor.

Nós nos encontramos em uma lanchonete próxima à Piazza Venezia. Quando ele olhava para você por cima daqueles óculos de armação pontuda em cima, o efeito era um pouco intimidador, como uma lanterna sendo direcionada para você em uma blitz à meia-noite. Conversamos sobre Auden e MacNeice. Nas horas de folga do monsenhor, que percebi serem escassas, por interesse, ele vinha trabalhando em uma tradução de *Diario d'autunno*. Ele afirmava que "não dominamos um idioma de forma plena até conseguirmos traduzir um poema nele". Como todo padre que conheci, tinha suas excentricidades, mas o achei acolhedor, uma companhia agradável, um homem ponderado em ambos os sentidos da palavra. Ele falou que não via problema em chamá-lo pelo primeiro nome, "se assim se sentir confortável". Não me sentia. "Ugo" foi a alternativa.

Na ocasião, eu estava envolvida em um caso de amor imprudente com um conhecido casado, mais especificamente, o diplomata com quem eu tinha assistido à ópera na noite em que Ugo e eu nos conhecemos. O caso acabou quando o homem foi convocado de volta ao escritório em Zurique. De repente, eu tinha mais liberdade e tempo.

Sou suíça de nascimento, o que significava que meu passaporte tinha que ser respeitado por todos os lados em Roma; eu podia circular pela cidade, não exatamente como eu queria, mas com bem mais liberdade do que os outros. Ao longo de algumas semanas e em dois ou três encontros, Ugo montou para mim uma lista do que considerava ser as igrejas mais interessantes, embora menos frequentadas — poderia haver uma obra de *A Madonna e a criança* de Caravaggio, talvez um afresco de Rafael ou uma peça descuidada, mas imponente, de estatuária pré-renascentista —, e eu comecei um processo rigoroso de visitá-las. A igreja inglesa na Via del Babuino era uma de suas prediletas, por exemplo. Eu nunca tinha ouvido falar dela, mas achei sua simplicidade linda. Ele conhecia cada abade e madre superiora, escrevia cartas de apresentação ou fazia ligações telefônicas preliminares um tanto furtivas solicitando assistência para mim.

— Peça para falar com o irmão Beltrano. Evite esbarrar com a irmã Fulana de Tal.

Tinha a sensação de que ele até se divertia com a maracutaia.

Eu e a equipe de fotógrafos comissionados fomos levados a torres e câmaras secretas, criptas ocultas e cofres disfarçados, cúpulas onde supostamente amantes medievais se encontravam, estantes que, ao puxar uma alavanca escondida, rangiam e abriam passagens pavimentadas de paralelepípedos que levavam ao sistema de esgoto de Roma, dali até as margens do rio Tibre. Algumas informações foram compartilhadas com a condição de que as localizações exatas não fossem expostas; outras, os guardiães insistiram, eram somente para contemplarmos "como amigos do monsenhor" e nunca deveriam ser publicadas ou insinuadas. Em uma capela, nos foi permitido ver, situada numa parede atrás de uma mesa de velas, um gradeado com espaço do tamanho do lenço de cabeça de uma mulher. Quem se espremesse para passar se encontraria numa câmara de dormir de mármore que, encantadoramente, tinha um teto de vidro e sua própria fonte minúscula. Na minha cabeça, Roma virou do avesso, se é que posso expressar assim. A cidade mais majestosa da Europa está usando uma máscara. Por trás, ela tem inúmeros segredos. Um versículo bíblico, João 14:2, passou a ter um significado ressonante. "Na casa de meu Pai há muitas moradas."

Sem saber como abordar questões remunerativas com um padre, sugeri que poderia lhe pagar cinco por cento da minha taxa pela coleção de artigos, uma proposta que ele descartou com uma risada perplexa antes de sugerir que, se eu preferisse, fizesse uma doação para caridade.

— Qual caridade? — perguntei.

— Compre um chapéu para você. É meu presente.

Doei cinco por cento para as Irmãs Azuis em prol dos necessitados de Roma, mas comprei para mim um chapéu, um fedora da Borsalino. Quanto a Ugo, ele continuou a recusar qualquer pagamento, mas uma vez, talvez duas, permitiu-me lhe comprar rifas dos hospitais, uma espécie de sorteio envolvendo corridas de cavalos. Ele nunca ganhou, algo sobre o qual ele gostava de brincar.

— Se eu apoiasse as ondas do mar, elas não chegariam à praia.

Minha série sobre a "Roma Oculta" foi bem recebida pelos leitores e, consequentemente, fez sucesso com meu editor. Não demorou para parecer que se tornaria um livro com o mesmo título. O adiantamento que aceitei foi bem generoso, o trabalho seria prazeroso. Modéstia à parte, eu me alegrei pelo fato de que meu antigo amor, que estava na Suíça com a esposa, ficaria sabendo desse sucesso e teria a paz de sua vida perturbada por isso, já que, quanto mais independente uma mulher é, mais certo tipo de homem se ressentirá dela, e o ressentimento, para esse homem, é parte do que o atrai sexualmente. Contudo, como todo autor com o coração culpado sabe, há tardes em que você deveria estar escrevendo, mas o máximo que consegue encarar é uma xícara de chá e uma caminhada. Um livro meio que agarra você pela garganta e sacode até as obturações se soltarem. Alguns escritores dominam as palavras, mas todos nós dominamos a procrastinação. O que eu queria era procrastinar o inevitável.

Eu mantinha um contato ocasional com o Ugo, até que começamos a almoçar a cada quinze dias no bar do Rompoldi, na Piazza di Spagna, ou na Trattoria Il Fantino, no bairro judeu, um lugar simples de que ele gostava. Os garçons briguentos espantavam moscas com panos de prato ou suspiravam com magnífica e vingativa tristeza para o espelho da Coca-Cola manchado de nicotina.

Tendo morado em muitos lugares, Ugo tinha o que às vezes é chamado de uma mente bem abastecida, mas seu conhecimento não tinha a organização primorosa que a expressão sugere. Nunca estive a oeste do Cabo Finisterra, mas, na escola, fui amiga íntima de uma garota criada em San Fernando, em Trinidad, filha de diplomatas, então fiquei fascinada pelas lembranças que Ugo tinha do Caribe. Ele narrava com vividez os pores do sol roxos e ocres de Porto Príncipe e com melancolia mencionava *mambos* e *houngans*. As muitas fotos dele, todas em preto e branco, me despertaram o interesse. Ele tinha uma câmera Brownie antiga que comprou numa loja de quinquilharias na Portobello Road, em Londres. Segurava-a na altura da cintura e olhava para baixo na objetiva. O som do obturador, ao ser pressionado, era capaz de acordar os mortos. Ele tinha um jeito cativante de se gabar um pouco por ser um fotógrafo amador habilidoso.

Era evidente que os pobres de Porto Príncipe o haviam autorizado a se aproximar: havia ensaios de mulheres carregando jarros de água, barqueiros em um cais chuvoso, pescadores de aparência humilde arrastando e remendando redes. As fotos que tirou na Tchecoslováquia me prenderam com uma força diferente, as mulheres camponesas impassíveis, seus filhos com olhos de seixo sem um pingo de alegria. Ele tinha muitas fotos de Nova York, com suas armações de ferro de arranha-céus ainda inacabados se estendendo pelo ar, escadas de incêndio de prédios no Lower East Side. Ele fizera um álbum completo durante um jogo da World Series com o Brooklyn Dodgers. Eu tinha uma vaga ideia do que era a World Series ou mesmo de quem eram os Brooklyn Dodgers, e, como todos os homens, o querido Ugo gostava um pouco demais de explicar, sem se dar conta de que eu não sabia porque não me interessava, e eu, sem me dar conta de que, na época, ele também tinha pouco interesse; ela falava sobre aquilo mais porque gostava de ter algo sobre o que conversar. Fingir amar os Dodgers lhe proporcionava isso.

Ugo não suportava silêncios; eles o deixavam desconfortável. Em breve, em Roma, isso se tornaria essencial.

Minhas fotos favoritas eram as de Londres, uma cidade que até hoje sinto ser mais magicamente evocada em preto e branco: as portas do Soho. A Ponte da Torre. Uma fila de cinema na Praça Leicester. Artistas numa lanchonete. Vigaristas numa luta de boxe em Limehouse. Ele conseguia te transportar para Chelsea, para a Tottenham Court Road ou para Primrose Hill enquanto você suava naquela lanchonete de operários em Roma e o avanço nazista sobre a cidade começava.

Em pouco tempo, estavam a apenas dois quilômetros dos muros. Ainda assim, Ugo e eu continuávamos a nos encontrar. Ele trazia sempre uma carteira com suas fotos, e nós as observávamos durante o café enquanto fingíamos não ouvir a artilharia ao longe, os gritos e explosões das bombas.

De fato, na tarde antes de os alemães invadirem Roma, recordo-me dele desconcertando um barman. O rapaz tinha brincado com ele no típico estilo do homem romano que acredita ter inventado a paquera e que, por alguma razão, gostaria que você o considerasse muito atraente:

— Esta bela dama é sua namorada, monsenhor?

— A irmã gêmea dela — respondeu Ugo.

A amizade era fácil, mas não tão íntima, se é que posso colocar assim. Sempre tinha a consciência de que Ugo era um clérigo católico romano ordenado, com as perspectivas e limites de sua vocação. Ele não forçava esses limites, mas, como todas as fundações invisíveis, presumia-se que fossem implacáveis, independentemente da elegância do edifício que sustentavam. Ele era, em muitos aspectos, uma pessoa bastante conservadora.

Outro elemento importante era que eu não tinha religião. Fui, com satisfação, criada ateia. Minha visão do universo era, ainda é, que não há nada pelo que esperar e nada pelo que temer; viver apenas uma vez já é milagre suficiente. Então, nos aproximamos dos muros um do outro, mas não atravessamos os portões. Em certos aspectos, foi isso o que tornou a nossa amizade uma experiência feliz.

Meu pai, natural de Roterdã, e minha mãe, nascida em Harlingen, na Frísia, eram físicos pesquisadores na universidade de Zurique. Meus pais eram surdos de nascença, então eu sabia a língua de sinais, um método de comunicação que fascinava Ugo. Ele e eu passamos diversas horas agradáveis, mas infrutíferas, na Piazza Navona. Para o espanto dos garçons, eu tentava lhe ensinar os conceitos básicos enquanto tomávamos cappuccino, mas, como acontece com muitas línguas, a língua de sinais se aprende desde o começo ou não se aprende. Após a formação do Coro, John May e Delia Kieman provaram ser bons e sensíveis aprendizes. Como May gostava de salientar, os italianos têm os próprios gestos vívidos.

— Você os vê muito bem quando atravessa na frente de um carro.

O italiano do Ugo era impecável, o melhor que já ouvi de alguém que não é italiano, cheio de vida, performático, atento à vivacidade da fala comum romana (embora amigos romanos que tivéssemos em comum o provocassem por falar a língua de forma monótona). Foi um grande prazer ouvi-lo falar no inglês claro e gracioso da Irlanda rural, cheio de tonalidade, expressividade sutil e uma seriedade amigável.

Faz parte do treinamento do jornalista notar o que é incomum. Às vezes me ocorria que Ugo, segundo seu próprio relato, havia iniciado a formação sacerdotal em idade relativamente avançada, em uma época em que a maioria dos seminaristas ia assim que se formava na escola, um fato que explica muito, mas não tudo, sobre o que é preocupante na Igreja Católica Romana. Batia a curiosidade sobre seus vinte e poucos anos, assim como a tentação de encarar esses anos um tanto melodramaticamente como os Anos Desperdiçados. Não é que eu estivesse pensando em me alistar para a Legião Estrangeira Francesa, mas seu silêncio sobre o assunto alimentava a curiosidade que supostamente deveria dissipar. Eu sabia que ele havia trabalhado como professor, mas ele oferecia poucos detalhes adicionais. Você se questionava. Isso é tudo o que posso dizer.

Entre nós, como talvez entre todos os amigos, havia perguntas que não deveriam ser feitas até que o momento fosse oportuno, momento esse que nunca chegaria ou, se chegasse, seria tão distante no futuro que nós dois seríamos pessoas diferentes, então as perguntas não importariam mais. Em uma das únicas duas ocasiões em que transgredi a lei não escrita — uma taça de vinho no almoço talvez tenha sido o estopim —, transformei minha curiosidade impertinente de escolar em uma pergunta de terrível torpeza sobre o celibato sacerdotal. Ele havia tido, na juventude, alguma experiência de intimidade física?

Ele encarou com frieza em resposta.

— Um policial não me abordaria com essa pergunta.

Quando Ugo mudava de assunto, o assunto permanecia mudado.

Até hoje, lembro-me do único momento em que ele baixou a guarda e de como fiquei surpresa com o comentário em questão, porque foi tão inesperado, tanto para ele (tenho certeza) quanto para mim. Estávamos saindo da Praça de São Pedro em uma tarde clara e fria, naquela hora do finalzinho da tarde, quando as escolas tinham terminado as aulas há pouco tempo. Ugo fora convidado para proferir o sermão em uma missa fúnebre em Santa Mônica e solicitou apoio moral da *Contessa* Landini e o meu. Sua apreensão era justificada, o sermão tinha sido fraco. Pouco depois da conclusão da missa, a *Contessa* partiu para um compromisso, e Ugo se dispôs a me acompanhar até o bonde. Muitas mães romanas e um ou dois pais ligeiramente constrangidos estavam aguardando no portão do pátio da escola pela saída de seus queridos pequeninos, que estavam mordendo, brigando e insultando uns aos outros, enquanto seus infortunados professores se moviam apressadamente como pastores tentando contê-los. Os semáforos detiveram nosso trajeto por um momento.

Ao perceberem sua vestimenta clerical, alguns dos pais acenaram com respeito cortês ou se benzeram na presença dele, um costume italiano feito com boas intenções que, acredito, ele sempre achou um pouco desconfortável. Já se sabe há um bom tempo que há certo anticlericalismo na Itália; como resultado, seu inverso também existe: um excesso não saudável de reverência pelo clero. Enquanto aguardávamos o sinal verde, observamos as brigas no parquinho, e ele me perguntou se eu desejava ser mãe.

Na verdade, ele presumia que sim, e perguntou quando eu me casaria. Não era sensato esperar muito tempo, ele acrescentou, com um olhar significativo. Na época, eu tinha trinta e quatro anos, um fato que parecia pairar no ar para ele, de alguma forma. Respondi que não era do tipo que se casa, estava suficientemente satisfeita solteira e pretendia permanecer assim pelo resto da vida.

— Então, não deseja ter um filho?

Não contei a ele que, na verdade, um ano antes, eu tinha sofrido um aborto.

— Não — falei. — Não desejo.

Ele fez o que imagino que tenha sido um gesto de descontração, mas ficou visivelmente desconcertado com minhas palavras ou minha certeza. O desconcerto, a meu ver, desencadeou a próxima fala dele.

— Eu teria adorado ser marido e pai.

Isso me pegou de surpresa. Ele raramente falava sobre si mesmo sem véus, evasões, ironias, os modos mais fáceis de esconder. Eu diria que isso mudou minha maneira de enxergá-lo. Até então, ele me parecia incrivelmente firme, imune em suas autoconfianças, impenetrável em suas escolhas, especialmente em relação à escolha principal de sua vida. Se Ugo tinha um defeito — e quem não tem? —, talvez fosse esse leve ar de superioridade aristocrática, a superioridade do eremita. Gostamos de halos em fotos antigas, mas raramente nos nossos amigos.

Mas, de repente, naquela tarde, ele se viu sem família. O que eu via como firmeza vinha de uma profundidade onde havia algo ausente. De certa forma, ele *havia* se casado. Foi a primeira vez que notei. Se fosse outra pessoa, eu o teria pegado pelo braço ou dito uma palavra gentil. O fato de ele ser padre teria feito isso parecer inapropriado, o teria constrangido, senti, ou lhe teria dado o roteiro perfeito para rejeitar o consolo, que talvez fosse o que ele queria. Mas muitas vezes desejei ter feito isso. Hoje em dia, eu teria tomado a iniciativa.

Continuamos nossa caminhada. Eu estava a caminho do bonde. Em meu apartamento, eu sabia, estava o rascunho de um artigo para o qual o prazo estava se esgotando. O tempo parecia se comprimir em uma bola. Como sempre, ele tirou o chapéu ao se despedir e trocamos amenidades por mais um minuto ou dois, creio que tentando encontrar uma ponte de volta ao que ele tinha me dito. Mas a ponte, uma vez percebida, foi destruída pela percepção. Acredito que nós dois sabíamos que nunca mais abordaríamos o assunto.

No bonde, pensei nele caminhando de volta para o quarto, sozinho. Ele ia ouvir o rádio. Eu o imaginei fazendo isso com as luzes apagadas.

Meus pais batalharam para se tornarem cientistas. Eu não acredito em fantasmas.

No fim da minha jornada, entrei na igreja próxima ao meu apartamento, acendi uma vela para o Ugo, ajoelhei-me e fiz a prece dos que não têm fé. Minha história estava atrasada. Porém, outra se revelara, na medida do possível.

Foi no outono de 1943. Em breve, os nazistas — ele pronunciava a palavra "Nazis", sem o "tas" — tomariam conta de tudo. Notei que Ugo e alguns colegas tinham a intenção de fazer algo modesto para resistir à praga, e resolvi que, seja lá o que fosse, eu ajudaria. Fui movida pela preocupação com meus pais, que os nazistas não hesitariam em matar.

Além disso, fui impulsionada por uma decisão irreversível com a qual me deparei em relação à minha vida privada, cujo ponto central era uma realidade que agora me sentia inclinada a expressar. Alguns amigos estavam a par; a maioria, é claro, não. Minha mãe, creio eu, já sabia há muito tempo, mas se convenceu do contrário. Talvez a decisão tenha sido em parte desencadeada pela nossa conversa, a minha e a de Ugo, sobre casamento, talvez pela proximidade da morte que a guerra traz consigo. Em todo caso, eu queria ser sincera. Na manhã da invasão nazista, nos encontramos a meu pedido. Eu lhe disse que tinha algo para contar, algo que queria que ele ouvisse; eu havia conhecido e amado homens e podia enxergar sua beleza singular, mas há muito tempo preferia a companhia de mulheres.

— Quem em seu juízo perfeito não preferiria? — comentou ele.

Demorou um instante para o que os ingleses chamam de "cair a ficha". Quase deu para ouvir o clique.

— Ah — disse Ugo.

Aquela monossílaba, em sua gloriosa esfericidade, foi toda a sua resposta. O assunto, uma vez trazido à tona, não foi mencionado por ele de novo.

Naquela época, Ugo residia no Collegio Teutonico, sob o braço direito da Basílica de São Pedro. O Coro, logo estabelecido, se reunia para "ensaio" num anexo deteriorado e abandonado há muito tempo do colégio, não uma ala, mas um prédio separado, um bloco semelhante a uma fortaleza que já foi um hospício para vítimas de febre e, em outra era, um alojamento para peregrinos. Corria o boato por muitos em Roma, uma cidade de contos de assombração, que o imponente edifício gótico era assombrado por uma garota de dezesseis anos que ficara grávida de um cardeal e fora banida para o convento que outrora se situara ali. A coitada da Emerenzia, como era chamada, tinha se deixado morrer de fome e fora sepultada em uma parede de paralelepípedos.

Eu costumava imaginar o que ela via durante os ensaios.

Três lances de escadas de mármore rachado, semelhantes à espinha dorsal de um dinossauro, subiam pelo torso de patamares em ruínas. Subia para um corredor longo e sombrio, com cinco metros de largura, como o corredor de uma galeria, mas com azulejos quebrados ou em ruínas e muitas das tábuas do piso de carvalho faltando. Enormes tapeçarias de cogumelos peculiares se espalhavam ao longo do lambril. Frestas envidraçadas admitiam algo que outrora fora luz, mas agora era um miasma ocre, esfumaçado e opressivo, pelo qual se podia ver, por entre cortinas densas de teias de aranha, que o corredor há muito tempo fora transformado em um depósito para estátuas de igreja indesejadas, muito quebradas ou feias para que alguém as quisesse. Contudo, ninguém conseguia se desfazer delas.

Nossas Senhoras decapitadas, Cristos com uma mão. Anjos sem asas e lascados. Profetas derrubados e cambaleantes. Discípulos e evangelistas com cavidades oculares, um Sagrado Coração sem seu halo. Mártires de gesso tortos. Sãos Sebastiões com flechas quebradas. Um São João Batista com a face de um zelador de banheiro. São Pedro se contorcendo em correntes há muito enferrujadas. Uma Maria Madalena roída por ratos, ninho de vespas em seu seio.

Lázaro roubado do México, estrangulado por cupins, em um manto de tinta descamando explorado por formigas que se infiltram. Um burro lacerado saindo de um berço de mogno. Os olhos assassinos de um menino Jesus.

No fim do corredor havia uma porta estranhamente moderna, semelhante à frágil porta de madeira de uma escola Mussolini dos anos 1930, porém caiada, de maneira precária, e, assim como os lambris, tomada pelo mofo. Ela dava para uma Sala de Simpósio antiga que continha uma mesa de madeira longa e um harmônio enferrujado com corujas e anjo entalhados.

Se nos visse, Emerenzia presenciaria um grupo estranho iluminado por lamparinas.

O Coro era composto por oito membros, incluindo nosso *Kapellmeister*, Ugo, que tinha o hábito de se sentar de frente para a porta. Delia Kiernan, Enzo Angelucci e eu costumávamos nos posicionar à direita dele, enquanto D'Arcy Osborne e John May ficavam à sua esquerda. May, um músico talentoso, cantava com sua voz grave, semelhante a um violoncelo, ou improvisava e solfejava no saxofone. Sam Derry se ocupava no harmônio, possivelmente sendo a única pessoa na história a ter feito isso com uma pistola semiautomática Mauser de 7,63 milímetros do exército alemão roubada no cinto. A oitava pessoa, de costas para a porta, era sempre minha querida amiga, a *Contessa* Giovanna Landini ("Jo", como preferia ser chamada, em referência a Jo March de *Mulherzinhas*, um dos raros títulos que foram aprimorados em sua tradução italiana, o encantador *Piccole Donne*), que gostava de contar a piada sombria de que se fosse baleada pela Gestapo, preferia que fosse nas costas para que pudesse ter um caixão aberto no funeral.

Curiosa, a família que formamos.

A mesa de carvalho comprida tinha um arquipélago de manchas antigas de tinta e arranhões, alguns que eu suspeitava ser em grego antigo. O harmônio de teclas amarelas e desgastadas gemia sob uma claraboia que não via limpeza desde que Garibaldi era um bebê. Quando um vento forte sacudia o sótão, algo comum no inverno de Roma, o harmônio soltava um gemido lúgubre de queixa, como uma morsa cutucada com uma vara. Certa noite de outubro, Sam Derry arrastou um fogão arredondado para um canto, onde o eletrodoméstico fingia, com grande coragem, mas com pouca eficácia, aquecer o ambiente. Pelo contrário, sempre que a grelha era acesa, nosso refúgio parecia mais frio. Na maior parte do tempo, ficávamos de sobretudo.

Ficou combinado entre todos os oito coralistas que perguntas sobre assuntos que não fossem o clima estavam proibidas. A ocupação nazista, a própria guerra, as atrocidades da Gestapo, a fome controlada que era o racionamento de comida, não deviam ser discutidas de forma alguma. A atmosfera antes de a música começar era de genialidade contida, como uma partida de bridge ou um jantar entre pessoas que não se conhecem muito bem e estão acanhadas, tentando ser o mais agradável possível. Se a conversa ameaçasse se desviar para uma direção que Ugo considerasse improdutiva, ele lançava um olhar ou passava os dedos pela garganta. J. S. Bach e o clima eram os temas permitidos. Se você não sabia nada sobre eles, era melhor aprender logo. Como não havia muitos musicólogos entre nós, viramos meteorologistas. Qualquer um pode ser um desses.

Na época, café em Roma era como areia no deserto da Antártida, uma fonte de agonia para os romanos, um povo muito aficionado por café, mas de vez em quando John May ou Delia de alguma forma conseguiam um pouco, e Jo Landini levava um prato de cannoli que ela fizera. O Sir D'Arcy frequentemente trazia vinho, mas não me lembro de ninguém bebendo dele. Posicionado na ponta da mesa, Ugo distribuiria as partituras, explicando o contexto das peças ou resumindo a biografia do compositor. Como se *realmente* fosse um ensaio. O que, de certa forma, era.

O que estava sendo ensaiado nos levaria a ser torturados até a morte por Hauptmann.

Em seguida, Ugo convocava o pessoal e tocava a nota principal numa gaita. À medida que o canto começava, o que geralmente ocorria dez ou quinze minutos após o último de nós chegar, às vezes com o rosto pálido e sem fôlego, subindo os degraus assombrados, sua prática era fazer uma ronda sistemática ao redor da mesa, passando de um a um, falando baixinho ou mostrando notas rabiscadas em papel higiênico, que ele rasgaria e queimaria no fogão quando as tivéssemos memorizado. Roma era, é claro, um ninho de espiões naqueles meses; a Gestapo de Hauptmann havia plantado microfones por toda parte. Era de conhecimento geral que eles tinham assumido a central telefônica, que cada operador agora era um agente da SS, cada ligação era monitorada, cada encontro com mais de seis pessoas era fotografado secretamente. Um transmissor de rádio seguro na sede nazista no bairro elegante do hotel tinha um canal direto para o covil de Hitler, o Berghof em Obersalzberg. Nas ruas e mercados perto do Vaticano corria o boato de que o próprio Himmler escutava Roma todas as noites, mudando o dial aleatoriamente. Aqui, no sótão esquecido, podíamos estar razoavelmente certos de que ninguém além de Emerenzia estava ouvindo. Se estivéssemos equivocados, cantávamos.

O *Miserere* de Allegri, Dowland, trechos de cantochão. Madrigais do início do período elisabetano e Aleluias. O repertório comum de um coro de câmara amador ou da sociedade de canto, como você poderia encontrar em uma pequena cidade na Inglaterra, mas às vezes nos aventuramos a tentar atingir a grandiosidade suprema, o *Stabat Mater* de Palestrina. O *Tantum Ergo* ocasional. Um moteto de Josquin ou um canto gregoriano, em certas semanas um coral medieval. O hino da Cornualha *Trelawny*. Aquela encantadora canção galesa, *Ar Hyd y Nos*. *The Braes of Balquhither*, uma linda balada de amor da Escócia, embora Ugo insistisse que tinha parentes irlandeses. Como uma espécie de precaução, se posso dizer assim, produzimos uma canção alemã, *Hupf mein Mädel*, mas então, certa noite, a caminho do ensaio, ouvi uma coluna nazista cantá-la enquanto marchavam pela Via Flaminia. Não repetimos aquela.

Meio que brincando, meio que falando sério, John May objetou a Bach com base no fato de ele ter sido "um chucrute". Esse John... Contudo, quando ouviu *Wenn ich einmal soll scheiden* de Matthäus-Passion, os mais magníficos dois minutos de música já criados, ele baixou o olhar em reverência e cantarolou solenemente junto, como qualquer um que já tenha ouvido deve ter feito. Não acredito em Deus. Porém, quando escuto essa peça, algo dentro de mim acredita.

Não éramos o Coro della Sistina, mas empregávamos o coração no trabalho. O *Crucifixus* de Lotti, o *Haec Dies* de Byrd. Ugo conduzia, num ritmo suave, num tenor competente, mas principalmente com uma abordagem séria. Levávamos a música a sério, do nosso jeito. Se o hino incluía harmonias, nós as praticávamos diligentemente em casa. Ele deixava claro que nossos ensaios não eram momentos de aprendizado ou prazer; nosso tempo juntos era valioso; deveria ser usado para formular planos. Portanto, você vinha para o ensaio "pronto", como os cantores profissionais dizem, sabendo sua parte tão bem que poderia cantar sem pensar nela, poderia cantar enquanto pensava em outra coisa.

No entanto, por mais que o canto fosse uma fachada e de forma alguma o verdadeiro propósito, devo dizer que eu adorava, até mesmo cheguei a depender dele. E acredito que não estava sozinha nessa. Naqueles tempos sombrios e violentos, ansiava pelo nosso ensaio semanal. Eu contava os minutos para a noite chegar.

Algum alívio espiritual, alguma libertação ocorre quando os seres humanos cantam em grupo, onde quer que seja e como quer que isso ocorra. Em um local de adoração, nas arquibancadas de um estádio de futebol, em um sótão apertado e com correntes de ar, com aviões bombardeiros zunindo acima. Quase toda música tem beleza, mas quando inclui a união de barítono e soprano, baixo e contralto, coro e solista, torna-se algo mais do que meramente bela e edificante.

A harmonia é um milagre cotidiano, alcançável. Imagine ser a primeira pessoa a pensar nisso, a tentar com outro. *Eu* cantarei isso. *Você* cantará aquilo. O resultado será algo maior do que eu ou você. E, como todos que já ouviram um canto numa sala de aula sabem bem, quando não somos cantores maravilhosos, e de fato não temos habilidade musical, cantar tem um tipo especial de sacralidade que é incrivelmente comovente. Quando cantamos, deixamos de ser insignificantes.

Cantamos com Delia Kiernan à frente, em seu soprano puro e potente. Nesses momentos, eu adorava observar seus olhos fechados, as mãos fechando e abrindo, o jeito leve e brincalhão com que ela balançava os ombros. A serenidade em seu sorriso entre os versos. Juro que quando ela cantava, todas as rugas sumiam de seu rosto. Ela parecia ter vinte anos a menos; de alguma forma se transformava na própria filha (que às vezes participava de nossos encontros). Delia já não era mais a esposa de alguém, uma mulher atribulada em tempos de guerra, mas uma pessoa imersa na luz que acreditava lhe ter sido concedida. Não é de admirar que nos refiramos à música como "uma dádiva". Muitas vezes, minha maquiagem borrava ao ouvir minha maravilhosa Delia. Não sei como me segurei para não a aplaudir.

Certa noite, D'Arcy Osborne fez isso. Ugo lançou-lhe um olhar terrível.

— Não consegui me conter, camarada. — Dando batidinhas nos olhos com um lenço. — Nos faz lembrar por que estamos vivos.

— *Bravíssima* — sussurrou a *Contessa*, também levada às lágrimas. Angelucci e Johnny May olhavam fixamente para o chão. Derry balançou a cabeça em reverência, estupefato. O harmônio soltou seu sibilo de tons graves.

Ugo circulava entre nós sob a proteção da música, explicando planos, rotas, nomes falsos, contatos, endereços que deveríamos memorizar, mas jamais registrar. Esse sargento fugitivo estava com enfisema e, até o anoitecer do próximo dia, precisava ser removido da garagem úmida em que estava alojado; aquele cabo americano só queria saber de "rabo de saia", de sexo, e precisava ser avisado para ficar na casa segura na Via di San Marcello e não sair para visitar nenhuma das namoradas que misteriosamente arranjou desde que se escondeu. Certo soldado sul-africano tinha contraído uma infecção séptica na gengiva e precisava de um dentista. Outro contraíra sífilis e morreria sem penicilina. Todos nós sabíamos de *algo*, de um elemento do plano daquela semana. Ugo era quem sabia de tudo.

No começo, os números variavam, às vezes crescendo para dezesseis ou dezessete, às vezes incluía outros padres, mas principalmente romanos comuns. De repente, as coisas ficaram muito complicadas para determinada corista; talvez a Gestapo tenha sido vista observando o apartamento dela das janelas superiores em frente ou fazendo perguntas no trabalho do marido ou na escola da filha. Nessas situações, a aposentadoria chegava cedo, como Ugo dizia. Às vezes, ele encontrava objeções, mas o Coro não era uma democracia. Não importava o ativo, ele não correria o risco. O núcleo permaneceu o mesmo, o octeto mencionado acima.

Cabia a Angelucci examinar os classificados de jornais que ofereciam hospedagem ou percorrer Roma identificando apartamentos que poderiam ser alugados com um nome falso. O Sir D'Arcy e Jo Landini foram incumbidos da tarefa de angariar fundos entre doadores simpatizantes; Sam Derry recolhia o dinheiro em segredo, geralmente disfarçado, e o entregava ao proprietário ou senhorio do esconderijo, a quem chamávamos em código de "o Benoit", o nome do senhorio em *La Bohème*. Quando o Benoit era uma mulher, parecia mais fácil, por alguma motivo. Não que fosse fácil de todo modo. A punição pelo "aluguel falso", como era chamado pelos nazistas, era a morte. Portanto, o dinheiro do aluguel precisava ser substancial.

Em seguida — essa era uma tarefa que, com frequência, eu realizava pessoalmente —, era preciso compilar um dossiê de casas abandonadas e outros possíveis esconderijos. Devo ter percorrido mil quilômetros em Roma naquele outono, protegida pelo meu passaporte suíço e meu Cartão de Imprensa Internacional, observando locais de bombardeios, bueiros, pavilhões em jardins públicos, cisternas enferrujadas, valas, bocas de lobo atrás de blocos de apartamentos, estábulos, galinheiros, viadutos, armazéns, barcaças desativadas no Tibre, um vagão de trem acidentado, fábricas abandonadas, o túnel de tráfego abandonado na Via del Traforo. Os parques estavam deprimentes: todos os bancos haviam sido saqueados para servir de lenha; poderia haver um galpão de plantas ou um conservatório em ruínas onde os prisioneiros pudessem se esconder. Roma está assentada sobre um labirinto de rochas vulcânicas, onde se encontram dezenas de pedreiras subterrâneas antigas; perguntando por aí, descobri várias maneiras de acessá-las. Sob a Basílica dei Santi Giovanni e Paolo existe uma rede de ruas romanas antigas preservadas; essas também foram incluídas na minha lista. O aqueduto escondido atrás da Escadaria da Praça da Espanha. O túnel de esgoto de mármore que, há muito tempo, atendia a um balneário. Fiz questão de me tornar amiga do engenheiro estrutural fascista encarregado de elaborar o projeto do metrô de Roma e — como posso dizer — "pegar emprestados" seus desenhos.

A falsificação era outro elemento importante do repertório. Frequentemente, enquanto o Senhor era glorificado no canto gregoriano, Ugo discretamente circulava pela mesa — você temia um pouco sua abordagem — e sussurrava que, naquela semana, precisávamos de um cartão de funcionário do Vaticano, dois passaportes suíços em nome de Franz e Heinrich de Tal, dez notas de cem francos e dois documentos de filiação ao Partido Fascista com um número de série inicial. Você tem alguma ideia?

Esperava-se que sim. Ele ficava mal-humorado se não tivesse.

John May conhecia um tipógrafo malandro em Trastevere que, como ele dizia: "faria uma Bíblia de Gutenberg para você por três libras". May era um homem bonito, mas, estranhamente, isso não era o que o tornava atraente; era o seu humor melancolicamente cômico, a confiança que, nos homens, se disfarça de autodepreciação. Quase nunca sem companhia feminina, por um tempo ele conviveu com uma *Signorina* que trabalhava como datilógrafa no escritório do prefeito. O prefeito gostava de uma boa refeição e era um daqueles cavalheiros que não examinam de perto os papéis colocados diante deles para assinar durante a sessão da tarde, especialmente quando uma encarnação da beleza romana é quem os entrega. Vários de nossos passes foram assinados por aquele prefeito, lamento dizer, sem que ele soubesse.

Havia a exaustiva e constante demanda por roupas, as quais deviam ser distribuídas sem que ninguém notasse. Ugo instituiu a prática de que cada corista aparecesse para o ensaio trazendo pelo menos uma camisa ou paletó. Você os encontrava nos brechós ou onde achasse melhor. O espólio era levado por May a uma lavanderia onde tintureiros e costureiras entravam em ação. De fato, as costureiras tiveram um papel central no Rendimento da Véspera de Natal. Mas estou me adiantando.

Roma, por motivos óbvios, tem muita prostituição masculina. Vários desses homens, correndo riscos terríveis, foram úteis para a Rota de Fuga, e alguns tiveram mortes terríveis como resultado. Quanto às mulheres dessa profissão, acho que não é exagero dizer que sua coragem e determinação, e a precisão invariável de suas informações, salvaram centenas de vidas.

Durante cada ensaio, Ugo e eu tirávamos um tempinho para avaliar o último esquema. Roma abriga milhares de instituições religiosas — mosteiros, conventos, casas de peregrinos, seminários, generalatos, colégios, abadias, igrejas independentes —, e algumas expressaram interesse em colaborar conosco, mas com a ressalva de evitar riscos desnecessários. Ugo, Derry e a *Contessa* inventaram uma espécie de cronograma, um sistema de semáforo, pelo qual um local seria trazido para o jogo.

Inicialmente, denunciaríamos anonimamente o convento ou igreja à Gestapo como um lugar onde movimentações tarde da noite haviam sido observadas. Uma semana ou dez dias depois, a denúncia era refeita com mais veemência: uma carta anônima informando que os monges atuavam como esconderijos e comerciantes clandestinos, que eram detentores de rádio ilegal ou prensa de impressão manual. Foi disponibilizado um mapa detalhado da planta do prédio e dos esconderijos; as portas da abadia seriam arrombadas pela equipe de busca de Hauptmann. Desta vez, além de não haver fugitivos, seria encontrada na escrivaninha do abade uma cópia surrada de *Mein Kampf*, com anotações calorosas feitas pela própria mão do abade. Nosso falsificador fez seis dúzias de fotos autografadas do Führer; garantimos que essas fossem exibidas em muitos dos conventos onde se relatava que os prisioneiros estavam se escondendo. Na guerra, vemos coisas estranhas, mas não se espera encontrar um retrato emoldurado de Hitler encarando você sobre a cama da madre superiora. Orquestramos para que essa surpresinha acontecesse com muitos soldados alemães.

O relatório falso poderia ser repetido quatro vezes, até que estivéssemos certos de que os alemães tinham perdido o interesse. Nesse momento, o mosteiro seria tomado por fugitivos da cripta ao campanário, e as denúncias fictícias continuariam em outros lugares.

Havia outro grupo silencioso de romanos corajosos, muitas vezes os pobres, aqueles que não tinham espaço em suas casas para esconder um fugitivo, mas que queriam nos ajudar mesmo assim. Derry e Ugo criaram um meio pelo qual qualquer morador da cidade pudesse contribuir. Caso estivesse disposto a suportar o incômodo de uma invasão da Gestapo em sua residência, pedíamos que se denunciasse de forma anônima ou que um familiar ou vizinho o fizesse. A equipe de invasão chegaria, arrombaria a porta, esvaziaria os guarda-roupas, subiria até o sótão do prédio ou desceria até o porão, mas poderia levar meia hora até descobrirem que você não estava escondendo ninguém, que a denúncia era infundada. Fazer o inimigo perder tempo era uma forma de esgotar seus recursos. Noite adentro, Angelucci já teria se certificado de que cada menino do bairro tivesse espalhado a rua com estrepes — pregos de pontas cruzadas e parafusos dobrados — para furar os pneus dos jipes e das motocicletas dos guardas alemães. Os estrepes foram uma ideia do Sir D'Arcy, uma adaptação de uma antiga arma de sabotagem romana sobre a qual ele tinha lido quando menino em sua escola ridiculamente cara e depois visto nos Musei Vaticani.

Houve dias ruins, muitos, em que os planos falharam. Traduções equivocadas. Deslizes. Sequência mal lembrada. Um Livro aterrorizado em seu esconderijo — nós chamávamos os fugitivos de "Livros" — que estava à beira de perder a sanidade e precisava ser movido rapidamente ou ser abordado com dureza, até mesmo ameaçado com julgamento em corte marcial e execução, enquanto seus colegas de sótão precisavam ser protegidos. Os Livros sob confinamento discutiam e, com frequência suficiente, chegavam às vias de fato.

Sem privacidade, com pouco espaço e ar estagnado, talvez sem lugar para se higienizar. Os desejos naturais dos jovens, sem uma válvula de escape. O rosto aquece um pouco ao relembrar o momento em que Derry nos trouxe a séria queixa de que um fugitivo havia sido visto por seus colegas de esconderijo se entregando a uma prática não desconhecida, que Derry se recusou a nomear, exceto para dizer que o homem estava "agindo feito adolescente". Foi Osborne quem, sem entender direito, pelo menos aliviou a tensão.

— Meu amigo, se todos os culpados por *isso* sofressem despejo, cada quarto na maldita Europa estaria vazio.

Nenhuma notícia, comida estragada, semanas de silêncio, rumores conflitantes. De dez a doze de colchões amontoados num mesmo cômodo. Eles não eram soldados profissionais, mas recrutas ou convocados: comerciantes, professores, carteiros, filhos de fazendeiros. O preparo deles para uma vida em esconderijo era limitado; seus olhos haviam testemunhado os horrores da batalha ou do *Stalag*. Nas histórias para crianças que desconhecem o mundo, muitas vezes se sugere que a adversidade traz à tona o melhor na pessoa, mas na guerra, isso nem sempre é verdade. A inveja e o ressentimento surgem quando os homens estão confinados juntos, intimidação, tédio, raiva, medo incessante, esgotamento de nunca dormir uma noite inteira, a fome de dividir rações entre oito que eram destinadas a um. Há inquietação sobre o andamento; quem está no comando? A hierarquia se revela uma construção fictícia.

Homens de várias nações e colônias serviram nas forças Aliadas. Se o preconceito racial começava a se manifestar, nós o detínhamos. Ugo foi enfático nesse aspecto; nenhuma desculpa foi aceita. Qualquer homem que expressasse tais preconceitos seria expulso. Certa vez, um homem do Alabama cometeu o erro de justificar um comentário chulo que havia feito, argumentando que, no Alabama, era "o modo de as pessoas falarem". Ugo disse a ele, sem rodeios, de forma clara para que qualquer pessoa que falasse inglês pudesse entender, que ele não estava mais no Alabama.

Havia outras formas de comportamento que causavam indignação em Ugo e no restante de nós. Muitas vezes, elas eram interpretadas como brincadeiras. Fugitivos que haviam jurado manter em segredo seus esconderijos jogando uma bola de beisebol de uma sacada para outra ou disparando bolas de golfe em catapultas para quebrar as janelas opostas. Usando a peruca e as roupas íntimas da dona da casa para fazer piruetas em um telhado. Dançando *galliards* uns com os outros. Beijando vassouras. Esvaziando penicos ou punhados de serpentinas caseiras na rua. Será que eles *queriam* ser pegos? Será que o tédio era tão nocivo assim? Será que, na prisão, esses homens se sentiriam mais livres?

Quanto ao Coro, convivíamos com o medo incessante de que um fugitivo chegasse a falecer — o que, levando em conta que alguns estavam feridos, tinha um ar de inevitabilidade sombria — e tivesse que ser sepultado clandestinamente em alguma espécie de cemitério de indigentes. Essas possibilidades sempre estavam presentes. Meus pesadelos eram terríveis. Eu me tornei dependente do barbitúrico metaqualona, o que os tornava mais intensos.

Havia também, é preciso admitir, o medo constante de que estivéssemos comprometidos, que um aparente apoiador, talvez até um de nós, do Coro, pudesse ser um Judas. Coisas mais estranhas já aconteceram e sempre acontecerão. Muitas vezes, ao nos reunirmos, entre os fantasmas e estátuas mortas, a Desconfiança sentava-se conosco naquela mesa comprida de carvalho. Uma hóspede difícil de expulsar. Ela nos convence de que é amiga.

Um dia auspicioso ocorreu quando a *Contessa* recebeu notícias de um informante atento sobre determinado prédio de apartamentos perto do quartel em Prati, onde sessenta recrutas alemães estavam alojados. Era costume deles lustrarem as botas no fim da noite com uma graxa muito malcheirosa — corria o boato de que um dos ingredientes era urina. O odor era tão repulsivo que os homens deixavam as botas no pátio de trás até a alvorada. Certa manhã, eles e seu *Oberstleutnant* foram surpreendidos. Um grupo seleto de vadios fora contratado por Angelucci para escalar o muro iluminado pela lua, cada alpinista carregando uma fronha que estava vazia no começo da escalada, mas pesada e cheia na volta.

— Um butim de respeito — observou o Sir D'Arcy. — De respeito.

O fantasma de John Keats soltou um gemido.

Alguns dirão que coisas muito piores deveriam ter sido feitas com aqueles soldados alemães. Se você matou um homem a sangue frio, eu vou dar ouvidos. Caso contrário, sugiro que se admire no espelho de suas convicções — mas saiba de onde vem a luz.

Não éramos paramilitares. Nosso objetivo era esconder fugitivos da tirania. Sem dúvida, tínhamos membros que também eram simpatizantes dos *partigiani* romanos, a resistência armada em grande parte comunista, um grupo que o Coro preferia não encarar. Certo ou errado, isso não era da nossa alçada, e o assunto não era debatido nos ensaios.

O que vejo é um grupo de pessoas um tanto peculiares cantando no sótão, Ugo O'Flaherty circulando a mesa, com ar sério.

Consigo visualizar aquela sala nos mínimos detalhes. A luz do luar banhando de prata a mesa antiga e cheia de marcas. A luz do fogão amarelando as teclas do velho harmônio decrépito e tingindo de roxo os olhos de Jo Landini. Às vezes, enquanto cantávamos, eu estendia a mão para segurar a dela, pois sabia que a presença de seu falecido marido era sentida naqueles momentos. As estátuas mortas, os crucifixos quebrados no patamar lá fora. O anel no dedo de Angelucci. O brilho dos óculos de D'Arcy Osborne. Em certas noites, a convicção de que Emerenzia estava observando.

Sempre senti que estava sendo vigiada.

Gravada.

Observada.

Com a luz de uma lâmpada voltada para sete rostos.

O Coro.

Juntos, mas, no final, cada um por si.

Sempre haveria a necessidade de um solo.

15

Véspera de Natal de 1943
17h47
5 horas e 13 minutos antes do Rendimento

A noite cai enquanto ele prepara uma xícara de chá de cravo, sentado sozinho em uma mesa de jardim enferrujada na horta do refeitório. Corvos pavoneiam e grasnam. A fumaça paira no ar frio.

Ao vê-lo pelas janelas, os outros padres desviam o olhar, tomam em silêncio um ensopado de focinho e pulmão, jogam damas. Não é incomum para os que seguem essa vocação se tornarem introspectivos no Natal. Quando o único lar que se tem é um quarto revestido de linóleo no final de um corredor, as festividades podem ser testes de resistência.

Às 18 horas, ele é avistado caminhando nos jardins do Vaticano. Pouco depois, visita a Escola Montessori para as crianças dos funcionários do Vaticano, onde a peça sazonal costumeira está sendo encenada. Ele conversa sobre A.S. Roma com um pai de St. Joseph, um motorista, abençoa terços para os irmãos gêmeos do pastor, ambos passando mal de tanto comer doces, permite-se ser fotografado com a tia do dono da estalagem, uma irmã que retornou da África, um estagiário de radiografia em um hospital de Nairóbi — ele esteve presente na missa fúnebre da mãe desse estagiário no ano passado, em abril.

Uma Befana esquelética, a generosa bruxa do Natal, empunhando uma vassoura, é trazida em uma liteira eclesiástica, brandindo o pesado sino de mão da escola. O *Bambino Gesù* é a boneca de uma menininha e está sem uma perna. Enquanto as freiras anunciam a *limonata*, elas chamam pelo *"nostro amico, il Monsignore"* para dizer algumas palavras, dar uma bênção. Leva um tempinho para as pessoas se darem conta de que ele saiu.

Por volta das 18h45, ele é filmado com discrição atravessando os jardins em direção à enfermaria. Está chovendo, mas ele não está usando casaco.

No saguão, ele é abordado por uma matrona de enfermagem polonesa conhecida dele há bastante tempo. Ela comenta que ele está com uma aparência terrível, insiste por um momento, o examina. Sua pressão sanguínea está 160 por 90, seu coração está "batendo como tambores". Ela o aconselha a retornar ao quarto e "evitar ansiedades", do contrário, um ataque cardíaco pode ser seu presente de Natal.

Na enfermaria, ele reza o rosário ao lado do leito de morte de um jardineiro idoso, assegurando-lhe de tempos em tempos que não há necessidade de responder:

— Posso fazer isso por nós dois, Gino. Descanse em paz.

Uma tigela de louros gelados se encontra sobre a mesinha ao lado da cama, ao lado de uma jarra feita de pedra com água da fonte que o senhorzinho descobriu atrás da Basílica com os filhos há cerca de trinta anos, numa manhã em que um buraco se abriu, na aurora, após uma tempestade, e eles escavaram na ardósia arenosa e áspera, alegres como os magnatas petrolíferos do Texas.

Enfermeiras vão e vêm em meio ao cheiro de desinfetante. O jardineiro recebe a hóstia da comunhão, com uma estranha centelha nos olhos, e passa um guardanapo embebido no cálice nos lábios ressecados e pálidos.

— *Grazie* — ofega. — Agora estou pronto para partir.

— O Senhor ainda não o quer, Gino. É indelicado chegar antes da hora.

— Estou quase lá de qualquer forma.

— Vamos voltar a caminhar até a sua fonte, meu amigo.

— Lembra o jornaleiro, *Monsignore*? Que vendia jornais na praça?

— O Angelucci?

— Apareceu para mim num sonho ontem à noite. O sujeito gostava de boxe.

— Ainda gosta.

— Gostava de boxe. Não consigo lembrar o nome dele. Eu nunca pratiquei, aliás.

— Por que não?

— *Bontà mia,* a vida já tem suas batalhas. Por que inventar outras?

— Por diversão.

— Aquele cara na praça gostava de boxe. O jornaleiro. Não consigo lembrar o nome dele.

— Essa bela enfermeira está me dizendo que você precisa descansar, Gino. Melhor não a decepcionar.

— Acho que vou tirar uma soneca.

— Tire, meu amigo. Descanse.

— Obrigado pela visita, *Monsignore*. *Buon Natale*. Adeus.

— Voltarei em breve.

— Não vai — murmura o jardineiro. — *Paesano*, você foi traído. — À medida que ele se entrega ao sono induzido por morfina.

No colégio, a caldeira continua funcionando. Tubulações cruzam o teto do quarto, emitindo seu zumbido característico; o cheiro de poeira queimada paira no ar. No calor sufocante, ele tira até as vestes e fica só de roupa íntima e meias, deita-se na cama estreita.

Apenas dez minutos.
Descanse os olhos.
Tente se acalmar.
Uma longa noite se aproxima.

Um redemoinho de hélices
corta o ar frio de Londres
Os motores tossem
uma saraivada de fumaça
e choram uma lágrima oleosa.

Ciente de que está sonhando, ele se vira, tentando acordar. O jardineiro está aqui, entre os bosques de louros gelados. As crianças do teatro natalino, com soldadinhos nazistas de brinquedo nas mãos.

Lá embaixo, o rio
serpenteia como uma frase
esculpida pelo ourives

em espirais de pensamento
uma fita de prata
num vestido de baile de juncos
espalhados numa cama de penas primaveris

Além, sobre os campos da cidade
os campos de futebol, propriedades
com casarões, feiras de gado
campos de tijolos, terras agrícolas
o milagre desigual dos novos campos florestais
florescidos e magníficos, como o balido de um cordeiro em março
enquanto o lavrador ergue o olhar,
foice em mãos, vindo de suas abelhas
no outono e na totalidade do GRIIIIIIIT...

Tremendo, lançando pulsos à frente, preso em grilhões de lençóis encharcados. Os grandes sinos da Basílica badalam oito vezes e são respondidos pelos demais sinos na cidade.

Uma certeza, como a lembrança de um osso quebrado no meio do inverno, de que ele não se encaixa aqui, nunca se encaixou.

B'long, dizem os sinos. Ribombando, tocando, com badalos do tamanho da âncora de um navio de guerra ou do tilintar de um dedal de porcelana. *B'lung*. *B'lang*. Orquestra de sinfonia de sinos. Sopros de canções de gongo exuberantes, o som agitado de Roma. Repicando. Ressoando. Retumbando e clamando, brilhando nos campanários, pombais, torres, o ondular da sinfonia dos sinos, de modo que você o sente no cóccix, o choque, a zombaria, em oratórios graves, badaladas fúnebres, lamentações, repicando, trinindo, entoando *soprani* ou jingles de flautim, trinindo o *doloroso* do baixo rotundo, sobre ossos de mártires, pedras imemoriais, pulsando esferas de ferro invisíveis, atlânticos de som a cada segundo.

Os sinos retumbam oito vezes.

O sonho se agita de novo.

Nas nuvens, um jardineiro morto, gritando, *apontando*. Mas suas palavras não podem ser ouvidas por causa dos sinos.

Na cidade, um homem entra num escritório improvisado que costumava ser a cozinha do Centro Cultural Alemão. Retirando seu boné, ele se dirige até a pia.

Sugestivos, os sinos ressoam.

Ele os enumera em contagem regressiva.

Oito.

No clima natalino, é claro, como se a canela se transformasse em som. Berlim estará encantadora esta noite, mas fria, úmida e envolta em neblina. A mãe e o pai receberão os vizinhos para um pequeno copo de *schnapps*. Um dia triste para alguns, a véspera de Natal.

O gramofone toca o *Concerto para piano em lá menor*, Op. 16, de Grieg, na gravação de Schnabel, um tanto antiquada, mas vigorosa e refinada. O barulho da água batendo no metal é reconfortante, uma indulgência para os sentidos, abafando, como sempre, os gritos das celas lá embaixo. Ele lava o cheiro de açougue das mãos. Contudo, agora percebe que se esqueceu de comprar um presente de Natal para Elise. Ele xinga sua própria estupidez e descuido.

O que ela gostaria de ganhar? Sapatos? Uma joia? Quem sabe um animal de estimação? Se ele conseguisse se lembrar do tamanho que ela veste, talvez um vestido? Ou meias. São apenas 20 horas, alguns comerciantes ainda estarão em seus estabelecimentos.

Duas semanas atrás, enquanto liderava uma equipe de sequestro em Trastevere, ele notou, em um manequim na vitrine de um ateliê de alta-costura, um vestido de baile de seda e marfim, justo e franzido, com fenda até a coxa. Uma mulher com a silhueta de Elise pareceria uma deusa com uma roupa assim. E seria uma forma de afirmar que ainda a achava fisicamente atraente, algo que ela às vezes diz que não é mais, "desde que a gravidez destruiu meu corpo". Nessas ocasiões, ele a abraça, cobre suas mãos com beijos, agradece-lhe pela força e carinho que demonstra aos filhos, agradece-lhe por ter vindo a Roma para estar com ele neste momento difícil. O vestido seria um modo de expressar seu amor.

Mas onde ela o usaria? Não é como se saíssem. A ópera é muito perigosa, muito pública, tal como fora aconselhado. Um franco-atirador partidário nos bastidores, um bombista na cabine acima. Os comunistas estão ficando imprudentes; eles não temem mais represálias.

Quem sabe em um baile na Villa Farnesina durante a visita do Führer na primavera? Cantarolando ao som de Grieg, ele lava o cheiro de ferro do sangue nos nós de seus dedos, amontoa os tecidos avermelhados, joga-os pela janela, antes de notar, na mesa de entalhe, que agora desempenha a função do que ele chama de "Mesa da Urgência", um documento que precisa de sua atenção, o dossiê agora completo sobre o padre.

Maldita seja essa datilógrafa, por que ela não foi para casa mais cedo para comemorar o Natal como ele mandou?

Agora ele vai ter que ler, e o presente de Elise terá que esperar. Uma ideia lhe ocorre. A datilógrafa ainda está aqui? Ela tem a mesma altura e estrutura física de sua mulher, talvez ela possa acompanhá-lo ao ateliê de alta-costura, experimentar o vestido? Ele a imagina de pé, com postura elegante, mãos graciosas nos quadris, com o sorriso italiano misterioso refletido no espelho comprido e estreito.

Pelo amor de Deus, homem, isso seria desrespeitoso. Seria inadequado pedir a uma mulher que fizesse algo assim. Controle-se e amadureça, você não tem dezesseis anos.

Estranho, o pensamento de fundo que assombra sua leitura do dossiê.

Os sinos e o gosto do sangue são idênticos.

RELATÓRIO DA INTELIGÊNCIA CONFIDENCIAL SOB RISCO DE PENA DE MORTE

Processo iniciado: P. Hauptmann, data ocultada. Informação adicionada: E. Dollman, 24 de dezembro de 1943.

Assunto: Hugh O'Flaherty (sobrenome na certidão de nascimento é "Flaherty"; foi verificado pessoalmente por agente do Reich, Arquivo Público, Dublin).

Data de nascimento: 28 de fevereiro de 1898; isto é, o suspeito tem 45 anos.

Local de nascimento: Kishkeam, situado no Condado de Cork, na Irlanda/Éire, mas cresceu no Condado de Kerry.

Endereço: Collegio Teutonico del Campo Santo, Via della Sacrestia, Roma. O informante confirma que o quarto do suspeito fica no terceiro andar, onze passos a partir do topo da escada, porta de número "15"; duas janelas pequenas. O suspeito faz suas refeições (frequentemente sozinho) no refeitório comunitário, no térreo, com cinco janelas grandes. Costuma caminhar desacompanhado no jardim do cemitério. O muro tem dois metros de altura; um portão que leva a um corredor. O portão muitas vezes está trancado, uma cópia da chave feita em sabão será investigada. Consulte o mapa feito à mão e a planta baixa fornecidos pelo informante. (O prédio é uma propriedade extraterritorial do Vaticano, ou seja, não é legalmente parte de Roma ou da Itália.)

Profissão do suspeito: Padre católico romano, ordenado em 1925, agora "*Scrittore*", funcionário / palestrante / diplomata da Cúria, tem o título de monsenhor. Trabalhou previamente no Haiti, em São Domingos, na Palestina, na Tchecoslováquia e em Londres. Convocado para Roma em 1934.

Campo de atuação: Departamento de Anulação Matrimonial, Suprema Sagrada Congregação do Santo Ofício e Propagação da Fé, Piazza del Sant'Uffizio, Roma, conhecida como "A Propaganda". O prédio é propriedade extraterritorial do Vaticano. Chamadas para e do telefone na mesa do suspeito são monitoradas (começaram há sete semanas), transcrições disponíveis em 36 horas.

Passaporte: Irlanda/Éire. Há suspeitas de que possa ter documentos suíços falsificados e uma *carta di identità* do Secretariado do Vaticano com nome falso, mas com sua própria foto. (O suspeito fala italiano, espanhol, francês, tcheco. Não fala alemão. É proficiente em latim e grego antigo.)

Altura: 1,88 metro.

Peso: Aproximadamente 90 quilos.

Olhos: Azuis. (O sujeito é míope, usa óculos. Foto da receita recente está anexada.)

Pele: Corada.

Estado de saúde: Registros médicos (fotos anexadas) indicam tendência a pressão alta, varizes na coxa esquerda, bronquite no inverno; por outro lado, saúde razoável. Capaz de suportar interrogatórios muito severos.

Interesses: Lê, visita galerias de arte (possui três doutorados), dirige um coro. Anda de motocicleta pelo campo ao redor de Roma. Conhecido por assistir a lutas de boxe. Não consome álcool, não fuma. Ópera, bridge, golfe, atividades que o levaram a conhecer e fazer amizade com simpatizantes do inimigo em Roma, incluindo o Sir Francis D'Arcy Godolphin Osborne (representante especial e ministro plenipotenciário britânico na Santa Sé), a sra. Delia Kiernan, cujo sobrenome de solteira era Murphy (cantora profissional, esposa do "ministro" diplomático da Irlanda, termo formal para o embaixador em exercício), a *Contessa* Giovanna Landini e seu círculo (apologistas comunistas).

Ideologias políticas: Pró-americano. Frequentador assíduo de exibições de cinema americano. Foi visitante oficial do Vaticano aos prisioneiros de guerra aliados no Stalag 369, em Trieste, e em muitos outros campos de concentração, mas elevou a moral dos prisioneiros, distribuiu livros, cigarros, partituras de músicas, aceitou cartas para postagem, em desobediência à política papal de estrita neutralidade, tentou desmoralizar os guardas. Foi disciplinado pelo Vaticano no final do ano de 1942, removido do cargo de visitante e tem sido confinado ao Vaticano desde então, mas há rumores de que desobedece às regras na calada da noite. Informantes o ouviram ridicularizar Mussolini. Presenciaram sua recusa a ficar de pé no Cinema Clodio durante a execução do hino fascista *Giovinezza*. Alega ter visitado um submarino da Marinha Britânica ancorado em Ostia em 1934. Flagraram-no com uma cópia do *Avanti*, jornal socialista um tanto questionável. Há um bom tempo suspeita-se de que tenha participação no esconderijo de prisioneiros inimigos e judeus fugitivos, em desobediência ao decreto da lei marcial seção IV, parágrafo X, passível de pena de morte.

Nos últimos meses, a participação se tornou mais intensa.

Com base em informações recentes coletadas por vigilância e outros métodos, o suspeito agora é considerado centralmente ligado a uma Rota de Fuga bem financiada, com métodos operacionais e fonte precisa de dinheiro ainda desconhecida. Os coconspiradores se referem aos fugitivos coletivamente como "A Biblioteca", aos fugitivos individuais como "Livros" e aos esconderijos como "Prateleiras". Suspeita-se de que o líder da missão seja um oficial britânico fugitivo, de possível sobrenome "Kerry", "Terry" ou "Bury" (tal como o nome de um lugar na Inglaterra). Vários substitutos em treinamento, todos italianos.

Pontos fracos do suspeito: Ainda não foi descoberto. As investigações estão em andamento. Não há indícios de que seja homossexual, molestador de crianças ou mulherengo. Não demonstra interesse por dinheiro.

Medida recomendada: O suspeito recebeu uma visita inesperada em seu local de trabalho esta noite com o intuito de gerar medo / desorientação. Aconselha-se uma monitoração atenta do suspeito por três semanas, começando imediatamente, a partir do recebimento deste dossiê, agora concluído, seguida pela detenção noturna discreta e interrogatório intensivo pela Gestapo.

Ser alvejado durante uma tentativa de fuga.

16

Véspera de Natal de 1943
20h31
2 horas e 29 minutos antes do Rendimento

No telhado do hotel em frente à Via di Porta Cavalleggeri, os vigias alemães acendem o holofote.

Pelas frestas nas persianas, o feixe entra, brilhante, formando grades de brancura química ao longo do piso de mármore e subindo pelos lambris. Ilumina o rosto do Sagrado Coração, os olhos tristes de Santa Bernadette Soubirous. A foto do casamento dos pais dele, emoldurada em lata.

Começou em meados de setembro. Todas as noites desde então. Aquele olhar inabalável, invencível. Eles roubaram a lâmpada quando saquearam os estúdios de cinema Cinecittà, transportaram-na pelas ruas como um refém, amarrada na traseira de uma carroceria; uma divindade de vidro, o farol com lâmpada de tungstênio de mil watts. O brilho confunde os pássaros, fazendo-os crocitar e assobiar a noite toda, ilumina a fachada do *collegio*, seu portão de entrada e jardim, o cemitério.

Até pouco tempo atrás, o hotel era uma *pensione* para peregrinos, agora é um bordel e um local de bebedeira. ("Ouvi dizer que a seleção de vinhos melhorou", brincou Jo Landini, sem ânimo.) Do seu quarto, ele vê a polícia fascista chegar e partir, ouve o canto melancólico e sombrio sobre *Vaterland* e trovão, o brado bêbado das canções folclóricas.

O piano Steinway roubado de um professor de música, um judeu, foi içado por uma polia numa madrugada por prisioneiros sob a mira de armas, manipulado e surrado por um brutamontes chamado Klaus antes de ser encharcado com gasolina e incendiado em forma de pegadinha. Da janela, ele viu o corajoso piano pegar fogo do outro lado da rua, a fumaça se espalhando ao amanhecer em meio ao barulho de garrafas sendo quebradas. Todas as noites desde então. O canto, os berros. O Reich é elogiado, os comunistas são denunciados. As prostitutas são maltratadas.

Em noites como essa, traz alívio imaginar os prédios de quinhentos anos ao seu redor. As igrejas e os palácios vazios. As dezenas de milhares de quartos vazios. Ele conta as rachaduras no teto de lata enquanto ouve a Algiers Italian News ou a BBC. Ter um rádio agora pode resultar em dez anos de prisão, mas a perspectiva de viver sem o objeto é insuportável. Ele finge não saber que vários seminaristas mais jovens contrabandearam seus próprios rádios ou os montaram. Ouvem jazz baixinho dentro do *collegio* na penumbra, às vezes com um cigarro ou uma cerveja meio sem graça. Não é atribuição dele saber disso.

No sibilo lastimoso das ondas sonoras, locutores falam sobre a potência de fogo e os encouraçados. Caças, pontões militares, táticas de pinça. O crepitar tece e distorce; estranhos urros interplanetários. Ouvir as palavras "Londres chamando" o consola, como uma lua cheia no mar ou o estrondo de um canhão amigo. As ruas molhadas de Piccadilly emergem em meio ao sibilo, em sépia, tingidas de melaço, uma aquarela de si mesmas, ou às vezes Kerry vem até ele, o aroma de coco do tojo na estrada pantanosa.

O pai dele, com o taco na mão, no décimo quarto buraco em Killarney, com óculos escuros e polainas, a pele queimada pelo sol de agosto e risonho.

Um fim de tarde de dezembro em que alguém foi até Glasgow para o casamento de um primo e trouxe de volta um carrinho de corrida movido a corda que zunia em volta dos pés das cadeiras o dia inteiro no feriado de Santo Estêvão, esbarrando nos sapatos dos adultos. Depois do chá, uma turma de palhaços entrou, todos com máscaras de palha e túnicas de saco, para fazer sua encenação de caça à corruíra — quando era garoto, sempre achou isso mais perturbador do que deveria ser —, mas foram detidos pelo espanto com o brinquedo zumbidor e insistente, enquanto o carrinho cutucava o gato sonolento e topava nos ferros da lareira. Um por um, eles formaram uma fila para dar corda, até que um homem chamado Mulvey, que diziam ser simplório, deu corda demais, estragando o mecanismo, e o carro nunca mais funcionou. Ele queria bater em Mulvey, dar um berro naquela cara esquisita dele. Sua mãe avisou para não chorar, pois faria o "pobre Michael" se sentir péssimo.

Do outro lado da rua, os nazistas resmungam, brigam, entoam canções folclóricas. Às vezes, ele os ouve disparando as pistolas e se pergunta contra o que estão atirando — uns contra os outros? contra a noite? contra as pinturas nas paredes? —, pois o toque de recolher esvaziou as ruas. Apenas as mulheres mais desesperadas aparecem embaixo dos postes de luz, esqueléticas, com olhos vazios, oferecendo-se por um quarto de pão, mas são afastadas pelos rapazes comilões da Juventude Fascista, os *squadre d'azione*, que estão ávidos para impressionar os alemães.

Às 21 horas, os sinos da Basílica ecoam como um imortal vingativo, provocando risos e coros de zombaria no hotel. Ele termina uma carta para um velho amigo, Moss Trant, um homem que deixou o sacerdócio para se casar, tornou-se dentista e agora mora em Detroit. Em seguida, ele revisa uma única página de anotações, memoriza os três lugares onde Angelucci deve deixar o dinheiro para comprar a passagem segura dos fugitivos — uma lixeira em Prati, um porão de carvão em Parioli, um endereço ainda desconhecido, do outro lado do rio em Campo Marzio —, rasga a página em pedaços e a engole. No percurso haverá uma parada para pegar mais dinheiro. Assim como as entregas, esse será um momento perigoso.

Ele olha para o relógio, imagina Angelucci com Derry.

A Basílica está prestes a fechar.

O que tiver de acontecer, acontecerá.

Manda um abraço para os seus pais, Moss, na próxima vez que entrar em contato com eles. Mando boas vibrações de dias melhores e as bênçãos do Príncipe da Paz para Yvette, você e as crianças. Não sei quando receberá isso, mas que o novo ano de 1944 traga a você e à sua família tudo o que desejam. Ore por mim, querido amigo, e eu orarei por você.

Seu velho amigo,
Hugh O'F

PS.: Estou falando sério sobre o pedido, Moss. Tire uma noite para rezar um terço por mim. Sinto que estou em perigo iminente ou que corro perigo com esse tempo. Se algo acontecer, quero que saiba que, no fim, estarei pensando em nossa amizade e em todos os bons momentos que compartilhamos, e que te amei muito, como a um irmão.

17

Véspera de Natal de 1943
21h17
1 hora e 43 minutos antes do Rendimento

Ele fecha as janelas com pressa, apaga a vela. Na luz filtrada pelas persianas, ele desmonta o rádio improvisado, escondendo a bobina na mola da cama e a válvula atrás de um livro, *Notas do subsolo* de Dostoiévski.

Formando uma bola com a corda de fuga toda emaranhada que mantém escondida sob o guarda-roupa, ele a coloca sobre o travesseiro e a cobre com um lençol. O travesseiro se transforma num corpo; ele adiciona cobertores, uma colcha. O resultado não enganaria ninguém que entrasse no quarto, mas se alguém espiar da porta, vai parecer que a pessoa na cama está dormindo.

Ele desenrosca a tampa da garrafa de xampu, espalha vinho de altar ao redor; um silêncio repentino, e ele ouve as gotas pingando no chão. Este não será o primeiro cômodo de um seminário a exalar esse aroma. Assim, qualquer observador pensará que o dorminhoco está bêbado. Levantando as duas tábuas do chão, ele pega a mochila de lona.

Faz o sinal da cruz.

Sai do quarto.

A cada momento do que está por vir, ele vai precisar de sorte para passar despercebido. Até mesmo ao descer as escadas precisará de sorte. Com muita prática, tem o cuidado de evitar as tábuas que rangem ou fazem barulho, de fazer malabarismos quando necessário e de não tossir.

No corredor, ele coloca a carta endereçada a Trant na caixa de correio dos moradores, que está cheia de cartões de Natal e pacotes pequenos. No relógio de parede a corda badala com seriedade anunciando as 21h30. Todos na casa estarão em oração privada noturna.

Adentrando o cubículo sob a escadaria antiga, onde o telefone para uso dos moradores está montado na parede, ele puxa a cortina frágil para fechá-la. Se o telefone tocar agora, tudo estará perdido. De alguma forma, nessas noites, nunca tocou, mas não se pode abusar da sorte por muito tempo. Suando, ele tira o canivete do bolso. Três sobretudos estão pendurados na parede atrás do assento. Ele os separa. Levará dois minutos e meio para remover os oito parafusos no painel.

Ele começa a trabalhar.

Canos batem na parede. Em algum lugar da casa, acima dele, um homem está rindo. Ele se atrapalha, derruba o terceiro parafuso, curva-se para procurá-lo embaixo do banco e, enquanto faz isso, é atingido por uma cólica estomacal.

O telefone toca.

Como uma taça de vidro se quebrando no corredor quieto e escuro.

Ele tira o fone do gancho.

— *Pronto?* — murmura.

— *Mi chiamo Silvia* — diz a moça. — *Posso parlare con Maria Elena*?

— *Non è qui.*

— *Ma...*

— *Mi dispiace, Lei ha sbagliato numero.*

Sua voz assume uma urgência triste, ela precisa falar com Maria Elena. Por uma brecha na cortina, ele observa enquanto a gata caminha com altivez pelo corredor, olhos amarelos, imperiosa, altiva. A pessoa desliga. O vento balança a casa. Ele coloca o fone de volta, só que um pouco fora do gancho, para que o telefone não volte a tocar.

Ao retirar o último parafuso, ele remove o painel, entra no espaço apertado, sentindo o cheiro de gesso antigo e umidade. Tão silencioso que consegue ouvir o som dos esquilos fugindo. Recolocando o painel no lugar, ele acende a ponta da vela com um fósforo que trazia no bolso.

Quatro metros o levam a uma encruzilhada onde o espaço apertado se abre para um corredor de paralelepípedos em declive, o som de água pingando ecoa ao redor. Num nicho, na parede de tijolos, está sua lanterna elétrica. Ele a liga — a bateria está fraca — e segue adiante na escuridão.

Ao descer o poço pela escada de ferro na parede, ele adentra um sistema de porões que não vê luz há setecentos anos. Antigamente, os servos do Vaticano moravam aqui entre as despensas e as adegas de vinho, as câmaras de gelo, os tonéis e os barris do tamanho de navios; não há nenhuma planta deste labirinto, pelo menos nenhuma que ele já tenha visto. Nem mesmo as equipes de trabalhadores romanos que vieram para reforçá-lo após um desabamento há trinta anos foram capazes de contar esses corredores.

Ao passar por uma gruta, ele dá uma espiada. Três homens vestindo uniformes esfarrapados da Força Aérea Real estão jogando cartas à luz de uma vela. O sargento o saúda sem dizer nada; ele faz um gesto para o homem ficar em silêncio, e o sargento assente com seriedade, voltando ao jogo como se o intruso fosse apenas uma sombra.

Olhos ocultos atrás das grades.

Sinais de positivo das alcovas.

Redes e mantas emboladas.

Uma versão em giz da bandeira dos Estados Unidos numa parede da caverna.

Alcovas onde se ouve um sussurro.

Logo, ele se encontra sob o pátio de paralelepípedos que separa o colégio da Basílica. Acima, ele sabe que os guardas suíços estarão de plantão, a luz sobre o telhado do hotel conquistado destaca o azul, o vermelho e o laranja de seus uniformes. O cansaço o domina e, mais uma vez, a pulsação da cãibra no estômago é sentida em meio ao medo intenso; ainda não é tarde demais para desistir. Um instante. Ele prossegue.

Líquen em lajes úmidas. Tapetes de ervas daninhas brancas e felpudas. Deve haver ratos aqui, mas em todos esses meses ele não viu nenhum; talvez por nunca terem visto a luz, tenham medo de sua lanterna. O feixe amarela o gesso, os brasões antigos, as caveiras e os ossos cruzados, uma escultura de Rômulo e Remo numa tampa de bueiro antiga. Ele se aproxima da porta de carvalho em que alguém esculpiu séculos atrás um desenho obsceno: Gula Forçada a Beber pelo Diabo. As dobradiças estão enferrujadas a ponto de virarem pó; ele força a porta para abri-la. Por trás dela, como numa mina, um corredor ventilado se estende até a cripta fria e sombria de papas esquecidos, seus nomes estranhos gravados nos caixões de mármore.

Atravessando o sepulcro, a lanterna enfrenta dificuldades, seus suspiros se tornam esferas de vapor, e ele desliza por trás do sarcófago de Pio II, um espaço apertado e doloroso que só dá para atravessar ao inspirar o mais forte possível. Passa pelo aperto, entra numa abertura parecida com a cripta de um sepulcro megalítico, depois adentra um duto e segue para uma cripta menor e mais baixa, onde uma tripulação pirata de cardeais desonrados dorme seu último sono. O quarto caixão de mármore tem uma tampa falsa de compensado pintado; ele a remove, entra nele, desce lentamente pela corda enrolada ao longo do piso falso e segue por um corredor com luz entrecortada pelo voo de morcegos.

Depois de percorrer trinta e dois metros, ele chega a uma encruzilhada em forma de x. Em seguida, avança onze metros para o oeste.

Ele bate quatro vezes em um tubo quebrado.

Três batidas são ouvidas em resposta.

Ele dá mais uma batida, apenas uma.

— Beethoven — diz.

— Boa noite, padre — responde o eco.

Atrás dele, a cortina preta se abre.

Os antigos romanos acreditavam que os fantasmas se pareciam com pessoas vivas, só que mais cansadas. A figura que abre a cortina tem essa aura assombrada. Sob a luz da vela, Sam Derry está cinza como porcelana antiga, parecendo exausto e frágil, como o herói imperfeito na última cena de uma tragédia, vestido com trajes militares. Sem camisa, mas com a jaqueta cáqui de oficial, bandagens em torno do abdômen, calça térmica, botas da Wehrmacht roubadas.

Cinco meses atrás, ele saltou do trem de prisioneiros em movimento em direção a um desfiladeiro; até hoje continua mancando. Ele dá uma estremecida e faz uma careta, como quem afasta um mosquito. Seu cabelo, que lembra Percy Shelley, está molhado e desgrenhado, os óculos consertados com arame. Embora não seja religioso (é membro casual da Igreja Anglicana), ele está usando uma medalha de São Cristóvão em volta do pescoço musculoso, um presente da estudante de medicina genovesa que, quatro noites atrás, fez sua cirurgia de apendicectomia, já que não havia cirurgião disponível, e que, nesta madrugada, o ajudou a se esconder no piso secreto do caminhão de lavanderia que o trouxe de volta para este lado da fronteira do Vaticano.

— Major Derry. Como vai?

— Não tenho do que reclamar, padre. E o senhor?

— Firme e forte.

— Não parece.

— Nunca parece.

Trocam um aperto de mãos e, em seguida, se abraçam.

— Você nos deixou preocupados, Sam. Achei que você já era.

— As coisas que preciso fazer para chamar atenção por aqui.

Ele gosta do jeito peculiar de falar e do humor sombrio de Derry, assim como de sua seriedade. É fácil entender por que ele foi nomeado comandante pelos homens no campo de prisioneiros. Sua serenidade deve ter deixado os guardas desconfortáveis.

— Como vai a dor, Sam?

— Fica pior à noite por algum motivo, então dormir é difícil. Mas me deram um monte de sedativos para levar para casa. Também tem o gim. Então, estou mantendo a compostura. Por falar nisso, você ou o excelente May podem arranjar uma garrafa de desinfetante, nem que seja um limpador de piso, e um pedaço de gaze e uma agulha? Preciso manter o ferimento limpo. Para quando eu retirar os pontos.

— Claro.

— Traga assim que possível, padre. Um caso de sepse pode complicar as coisas.

— Desculpe pela demora, aliás.

— Ah, minha agenda social não anda muito cheia ultimamente, padre, não se preocupe.

— Não me preocupei.

— *Molto bene.* A Cidade Eterna se mantém de pé?

— O pão e o óleo sumiram sem deixar rastro. Ouvi dizer que talvez tenha arroz. Um ousado açougueiro no Mercato Rionale quase foi linchado por admitir que tinha um quilo de *guanciale* escondido atrás do balcão. Ah, esqueci. Um banquete de Natal.

Dos bolsos, ele tira um pãozinho, um pedaço de queijo envolto em uma página do *Corriere della Sera* de ontem, um maço de cigarro Woodbines e uma garrafa de uísque escocês.

— Maravilha — diz o inglês. — *Grazie mille,* padre. Tudo bem se eu não fizer cerimônia?

— Manda ver.

— Em frente, soldados de Cristo. — Ele abre o uísque, toma um gole.

— Já tomou um arzinho, Sam?

O inglês nega com a cabeça.

— Tentei esta manhã por volta das 11 horas, mas os jardineiros estavam por perto. Deu para vê-los pela grade, não gostei das foices mal-encaradas. Achei melhor passar algumas horinhas com meus próprios pensamentos e minha gramática italiana.

— E como foi?

— Divertido o bastante.

— Apresente-se para mim, então. Se tiver coragem.

— *Mi chiamo Samuele Derry e sono inglese. Buona sera.*

— Tem que botar um pouco de *gingado* nisso, Sam. É por isso que os italianos falam com as mãos, estão se conduzindo.

Derry solta uma risada rouca, enquanto mastiga o pão.

— Estou achando que nunca vou conduzir. No máximo uma bicicleta. Ah, esta tarde terminei de ler o Marcus Aurelius que você trouxe na semana passada, tem um monte de coisas estranhas nele. Mas também é um bom material para reflexão.

— Tenho apreço pelo velho Marcus.

— Não me surpreende que tenha.

— Por quê?

— Parece que ele era irlandês. Com um nome desses, O'Relius, só pode ser.

— Sam, depois da guerra, faça o favor de não virar comediante.

— Teve uma frase dele que me impressionou e achei que valeria a pena colocá-la num pôster no metrô ou em algum outro lugar. "Imagine-se morto. Agora, volte e viva sua vida."

— Vamos conversar sobre isso mais tarde. O tempo está curto. Como vai o seu aluno?

— Venha ver.

Derry o conduz por um corredor revestido de rochas, agora pelo interior de uma caverna alta, alagada e iluminada por tochas, sobre a qual uma ponte de paletes amarradas foi pendurada. Subindo um barranco de telhas escorregadias, em direção a uma alcova do tamanho de uma cela.

Angelucci está sentado na estreita saliência do afloramento, fumando um cigarro atrás do outro. O brilho do cigarro avermelha seus olhos cintilantes enquanto ele murmura para a própria sombra, como um ator ensaiando suas falas.

Atrás dele, na parede da caverna, há uma placa de lata da cerveja Peroni e um pôster de Jane Russell com um suéter justo. De alguma forma, uma lâmpada elétrica foi conectada a partir de um cabo. O balde de gelo desgastado, usado como cinzeiro, está transbordando. Peças úmidas de roupas malcheirosas foram penduradas nas rochas para secar perto de um monte de brasas esbranquiçadas e crepitantes. Uma chaleira solta um apito desconexo.

— Enzo.

— *Monsignore.*

— Preparado?

— Claro.

— Está por dentro de tudo?

— De tudo e mais um pouco.

— Você parece nervoso.

Ele dá uma tragada no cigarro, os olhos se arregalam.

— Não estou.

— Devia estar.

Ele dá de ombros.

— Então eu estou.

— Você contou para alguém?

— Não.

— Para a sua mulher?

— Está maluco?

— Ela acha que você está onde, então?

— Bebendo com a rapaziada, jogando cartas.

— Ela não se incomoda?

— Não perguntei o que ela achava.

— Enzo...

— Se precisar de conselho sobre a Imaculada Conceição, eu aviso, *Monsignore*. Agora, sobre minha garota, pode deixar comigo, beleza?

Derry solta uma risadinha, junta as mãos, acende um cigarro e, com um movimento do queixo, faz anéis de fumaça. Um sopro da brisa traz o murmúrio da água corrente para dentro da caverna e as chamas das velas bruxuleiam, iluminando as fendas com uma luz purpúrea. Angelucci está com uma expressão que nem os amigos gostam de ver, um sorriso desafiador e ríspido que pode mudar a qualquer instante.

— Parece preocupado, *Monsignore*. Para quem tem Deus do lado. O que está te incomodando tanto? Está com dúvidas?

— Recite a rota, Enzo. Sem interrupções.

Com uma paciência encenada e exagerada, Angelucci fecha os olhos, levanta o rosto para o *teto* gotejante, começa a recitar a rota como se fosse um mantra, com a fala monótona, decorada e sem empolgação. Conta os nomes das ruas e becos nos dedos, como se, caso faltassem dedos, faltariam becos, agora olhando fixamente para o ícone de Jane Russell meio reclinada, como se a lista estivesse sendo dedicada a ela em forma de homenagem. O circuito é tão detalhado que leva quatro minutos para recitar. Ele não hesita nem gagueja. É perfeito.

— Depois para casa. — Ele sorri, desafiando. — Para a minha esposa.

— A Via Orsini está interditada — refuta Derry. — Qual é a alternativa? Rápido.

— Sigo na Farnese e depois viro à esquerda. Mais fácil impossível.

— Os chucrutes barricaram a Ponte Cavour.

— Eles nunca fariam isso.

— Digamos que sim.

— Vou pelo cais. Dou um jeito. Desde quando virou uma competição?

— Assim não vai dar certo.

— *Madonna mia, sou romano*, conheço *minha própria cidade*. Será que dá para me deixar *respirar* um pouco? Por Deus Todo-Poderoso, vocês dois são piores que a Gestapo. Olha o jeito que vocês me *encaram, Monsignore*. Se acalmem.

— Daqui a três horas, sou Hauptmann e estou entrando na Lungotevere Michelangelo, te abordando. Mostre o seu cartão. Diga o seu nome.

— A gente já falou sobre isso *cem vezes*, Derry. O está acontecendo, ficou surdo?

— Diga o seu nome agora, Enzo. Ou o Rendimento está cancelado.

— Francesco Lynch.

— Só isso?

— Como assim?

— Eu sou Paul Hauptmann, seu imbecil ignorante, a sua vida e a dos seus amigos estão nas minhas mãos. Se não me chamar de senhor, vou fazer você sangrar por três dias até morrer.

— Lynch, *senhor*. Francesco.

— Profissão?

— Operador Técnico, senhor, na Rádio Vaticano, senhor.

— O homem neste documento é mais velho que você.

— *Con rispetto*, esse sou eu, senhor.

— Não me parece.

— Sou eu, sim.

— Qual é o segredo para você se manter tão jovem?

— A sua esposa sentando na minha cara.

— Enzo...

— Deixei a barba crescer, senhor, desde que a foto foi tirada. Dizem que me dá um ar mais jovial.

— Que coisa estranha.

— Eu parecer mais jovem, senhor? Ou ter deixado a barba crescer, senhor?

— Os dois.

— As lâminas de barbear estão escassas desde o racionamento, como o senhor bem sabe.

— Data de nascimento?

— Sete de dezembro de 1922.

— Onde?

— Na Bolonha, senhor.

— Conheço bem a Bolonha, passei um tempo lá. Qual rua?

— Milazzo.

— Não existe Via Milazzo na Bolonha — diz o monsenhor. — Você está nos enganando. Por quê?

— Com todo o respeito, senhor, tem sim, fica na Via dei Mille.

— Endereço atual?

— Meu prédio foi destruído por um ataque aéreo, então estou morando num depósito, na estação de rádio, até me restabelecer. Tem um número de telefone para entrar em contato com o meu chefe, o padre Rainaldi, senhor. Ele é bem influente no Partido.

— Casado?

— Sim, senhor.

— A sua esposa também mora neste depósito, como você o chamou?

— Ela voltou para a casa dos pais, senhor.

— Ouvi dizer que ela é uma puta — diz Derry. — Quanto ela cobra por hora?

— A piada do senhor é engraçada, senhor. Obrigado pela piada.

— Aposto que ela iria gostar de um alemão de verdade que pudesse satisfazê-la, em vez de um italiano presunçoso e estranho.

— Acho que o senhor está certo. Quem não gostaria?

— Onde fica a Rádio Vaticano em relação à Catedral de São Pedro?

— São Pedro não é uma catedral, mas sim uma basílica, senhor. A estação de rádio fica a cinco minutos de caminhada daqui. Nos jardins do Vaticano.

— Qual é a sua cidadania?

— Meu passaporte é do Vaticano, senhor. Sou legalmente neutro.

— Por que está desrespeitando o toque de recolher? *Endireite-se quando um oficial do Reich estiver falando com você, seu italiano filho da puta.*

— Com todo o respeito, senhor, existe uma exceção no artigo 9: "necessidade tecnológica". O equipamento da estação deu defeito, e é minha responsabilidade resolver.

— Às 2 da manhã? Acha que sou idiota?

— Só preciso de um metro de cabo elétrico, senhor, e um fio de cobre. Encontro eles em qualquer obra ou depósito de materiais de construção, senhor. O assunto é urgente.

— Tenho certeza de que os canteiros de obras e depósitos de construção estão fechados para o Natal.

— Pode ser que nem todos, senhor, é minha obrigação verificar.

— Como pode ser tão urgente que você se atreve a ignorar o toque de recolher?

— Nós, da rádio, vamos transmitir a mensagem de Natal do santo padre ao meio-dia de amanhã, como o senhor já deve estar ciente. O Duce citou o fato em seu artigo no *Regime Fascista* da manhã de quarta-feira, como o senhor deve ter lido. Quarenta milhões de pessoas vão estar sintonizadas em todo o mundo. Cancelar a transmissão seria um constrangimento enorme para a Itália e para o Duce.

— Dei uma lida no *Regime Fascista* da quarta-feira e não vi nenhum artigo desse tipo.

— Senhor, tenho uma cópia aqui no bolso. Se quiser, posso mostrar.

Do seu paletó, Angelucci tira a folha de jornal recortada, entregando-a com a seriedade de um jogador de pôquer mostrando um *royal flush*.

— Acha que isso foi uma boa ideia, Enzo?

— Quem está falando agora, senhor? Hauptmann ou você?

— Se fosse o Hauptmann, já teria metido uma bala no seu bucho no segundo em que você mexesse no paletó, seu tonto. Siga o roteiro. *Não improvise.*

— Sabia que você ia dizer isso. Vire o papel.

Escrito no verso, na caligrafia do Angelucci: "ME DÊ A OPORTUNIDADE QUE MEREÇO."

— São os espertalhões que fazem as pessoas morrer, Enzo. Eu já te falei isso antes.

— Nesse caso, não há com o que se preocupar, *Monsignore.*

— Sam, o que acha?

— Não é da minha alçada, padre. A decisão é sua.

— Qual é a sua intuição como líder da missão? Ele está pronto?

— Já discutimos isso umas vinte e quatro vezes. Eu voto por incluí-lo.

— O carregamento já está aqui, né?

— A última remessa chegou esta tarde. Eu a mandei lá para cima, como combinado. Francesco, esclareça para o senhor padre onde pode encontrar a remessa.

— No décimo quarto cantinho, no vestiário perto da porta de saída do *Musei*, uma bolsa de carteiro, de lona, as notas estão embrulhadas em montes de cinco mil cada, eu poderia recitar tudo isso *de olhos fechados.*

— Trinta mil dólares americanos — diz Derry. — Acredite, padre, tive tempo de contar cada um deles. Os cinquenta restantes ele pega no caminho.

— Sinto que deveríamos adiar, Sam. Parece absurdamente arriscado.

— Não é o ideal — admite Derry. — Mas os chucrutes podem invadir o Vaticano a qualquer momento, sem aviso. Aí é o fim da nossa querida turma Do Ré Mi, e provavelmente estamos fritos. Junto com cada prisioneiro fugitivo em Roma.

— Adiar *não* é uma opção — conclui Angelucci. — Vamos seguir o plano.

— Não devemos nos prender a um plano só porque é um plano — afirma Derry. — Isso é o catolicismo falando mais alto em você.

— Vá para o quinto dos infernos.

Algo se agita nas sombras. Os três homens param de falar, Derry põe a mão no coldre interno e saca sua pistola Webley.

Um estorninho perdido bate suas asas pela cripta, piando em pânico, e entra em uma grade.

Derry acende um cigarro no que já está aceso, a chama ilumina os contornos de seu rosto, revelando as cicatrizes e os dentes quebrados que ganhou de seus captores no Campo 21. Durante a viagem de trem, ameaçaram-no com uma morte que faria o cabelo dos seus filhos ficar branco só de ouvir falar. Não que alguém fosse ficar sabendo, o torturador principal lhe garantiu: "O que sobrar de você será jogado no ralo."

Angelucci o encara. A água gorgoleja nas rochas.

— Eu vou junto — informa Derry. — Tomo umas duas doses de analgésico.

— Sam, você mal está conseguindo andar. Essa é a pior ideia de todas.

— Por quê?

— Se um de vocês fosse pego pela Gestapo, talvez conseguisse resistir. Mas dois, não.

— Diminuiríamos as chances deles pela metade.

— Dobraríamos as chances deles.

— Sou forte como granito — garante Angelucci, baixinho. — Odeio aqueles filhos da puta miseráveis. Não há cinzel capaz de me quebrar. Se acha que vou permitir que esses manés me peguem, na minha própria cidade, está completamente enganado. São um bando de inúteis. Zeros à esquerda. Vou entrar pelos buracos de suas trancas. Feito fumaça.

— Toma — fala Derry, entregando sua pistola.

— Não vou precisar dessa arminha de brinquedo.

— Pode ser que precise.

Angelucci nega com a cabeça.

— *Buona fortuna,* Enzo — deseja o inglês. — Independentemente do que aconteça.

— Não atendo por Enzo. Me chamo Francesco Lynch. — Ele encara. — Achou que me pegaria desprevenido, *inglese*? Se esforce mais um pouquinho.

— Boa sorte, Francesco Lynch. Espero que nos vejamos amanhã.

— Não se eu te vir primeiro. *Andiamo.*

18

A VOZ DE ENZO ANGELUCCI

8 de novembro de 1962

Retirada da transcrição da entrevista de pesquisa da BBC, fita 3, conduzida em Bensonhurst, na cidade de Nova York

Naquela noite, eu estava em ótima forma.

No auge da minha vida.

Fazia dois meses que eu pegava pesado no treino.

No prédio onde morávamos, tínhamos uma escada bem em frente à nossa porta, pendurei uma corda de vinte metros com nós do oitavo andar até o saguão. Em dezessete segundos, eu subia até o alto. Meu vizinho, Mike Festa, amigo do meu pai, costumava cronometrar para mim. Na semana do Natal, já subia em onze.

Agachamentos. Abdominais. Emagreci quatro quilos. Fiquei mais forte. Se o desempenho caiu? Eu e minha esposa não tínhamos nossa intimidade há três noites. Éramos jovens. O tempo não podia cair.

Subia descalço as escadas correndo sem acordar ninguém. Subia esses degraus tão silenciosamente que nem um *morcego* ouviria. Um cara chamado Crivella morava no quarteirão, um bom saltador, aquele cara. Começou a me dar aulas, traçando distâncias ali mesmo na rua. Ele não sabia que era a distância entre dois telhados.

Veloz? Eu seria capaz de pegar uma mosca entre os dedos, sem matá-la.

Era tudo para mim, a oportunidade de ter minha vez de brilhar.

Aguentava segurar duas panelas de água paradas por quarenta minutos, sem vacilar. Acha que é fichinha? Tente fazer isso durante cinco minutos, então.

Tínhamos dito *arrivederci* a Derry. Eram 22h45, por aí. Percebi que ele não estava totalmente confiante, queria estar à frente do Rendimento. Mas o que ele podia fazer? Não tinha escolha. Estava com um buraco na barriga tão grande quanto um relógio solar e a mente cheia de morfina do mercado clandestino.

O coração batia forte contra o peito quando eu e o monsenhor adentramos o túnel. Ele avançava como um trem, você precisava vê-lo, andando na frente, instigando o tempo todo, sussurrando sobre o ombro: "Mais rápido, Enzo, mais rápido, *Più veloce, andiamo*", e chegamos a um trecho onde era preciso rastejar por uma grade de tubulações de esgoto velhas que pareciam duas cobras. Eu estava pensando na minha mulher, imaginando-a em casa com o bebê. Se a Gestapo não me matasse, ela faria o serviço.

Em alguns pontos, podíamos contar com aquelas cordas-guia, como no convés de um navio. Mas em outros lugares, nada. Só a escuridão. Como raios ele sabia aonde estava indo eu não fazia a menor ideia. Aquele cara era igual a uma toupeira. Igual a um escavador de túneis. Acho que ele tinha estudado tudo, visualizava o mapa na cabeça. Ele e Derry conheciam a necrópole como a palma da mão, até de trás para frente. Como se reconhecessem cada canto. Como se tivessem *construído* aquela maldita toca.

Logo me deparei com um poço de elevador, desses antigos, com estrutura em grades, preto. Entramos e escalamos os ferros até o andar seguinte. Em seguida, estávamos em algum porão, com caixas e engradados de madeira. Lâmpadas elétricas encaixadas em bocas. Será essa a palavra certa?

Havia sinalizações de Saída de Emergência nas paredes, baldes de sujeira, carrinhos de limpeza dos zeladores. A pintura dava uma sensação industrial, com uma tonalidade verde-azulada brilhante por todo lado, além dos extintores e baldes de incêndio. O lugar cheirava a mijo de gato e velhos solitários. Tinha um machado dentro de uma caixa de vidro, na coluna.

Sempre imaginei que seria como se eu fosse Sugar Ray entrando no Madison Square Garden. O meu nome prateado escrito nas costas, as luvas com as cores da bandeira, avançando pelo túnel e socando o ar. A multidão, os flashes, os gritos, os aplausos, "lá vem o herói". Idiota estúpido. Não houve flash, não teve nenhuma *ring girl*. Ninguém estava dando tapinhas nas minhas costas, me secando com toalhas. O único consolo que tinha era o *Monsignore*. Eu estava assustado. Não era como uma noite no Garden.

Ele me entregou um envelope, e eu pedi a sua bênção. Por mais comunista que eu fosse. Quem liga? De graça, até injeção na testa.

Se quer saber a verdade, achei que isso ia melhorar o dia dele. Aí ele soltou aquelas palavras em latim e fez o que precisava ser feito. Não senti diferença nenhuma. Mas essa não era a questão. Se alguém quer te dar algo, você aceita de bom grado. Às vezes é tudo o que a pessoa tem a oferecer.

O que ele oferecia era a própria consciência, ele queria sentir que dera o melhor de si. É aí que nos diferenciamos dos animais, o desejo de fazer mais do que o mínimo possível para escapar impune.

Ele disse:

"Enzo, permaneça onde está por vinte minutos *exatos*. Em seguida, abra o envelope. São algumas instruções de última hora. E seja valente."

Ele me deu um abraço apertado. E eu retribuí. É claro.

Porque eu amava o cara demais. Por mais que ele me deixasse maluco da cabeça.

Vi uma vez num filme de Dick Powell um tira falando sobre a mulher do bandido: "Essa mulher faria até um bispo perder a compostura e chutar um vitral de igreja". A pessoa que escreveu isso deve ter se deparado com o *Monsignore*.

Depois que ele partiu, fiquei ali parado por dez, quinze minutos, como instruiu. Nunca vi o tempo se arrastar tanto. Havia um relógio na parede do porão — ainda consigo visualizá-lo perfeitamente, como se fosse hoje. Cara, o ponteiro dos segundos daquele relógio se arrastava como se estivesse grudado.

Eu me aproximei para ver o machado de emergência na caixa de vidro na parede. Pensando se devia pegar, quebrar o vidro, se ele podia vir a ser útil. Tinha umas palavras gravadas no cabo, então pelo menos eu já sabia onde estava. "Propriedade do Musei Vaticani". Eu estava embaixo do museu, bem ao lado da Basílica. Uma série de coisas malucas passou pela minha cabeça, num verdadeiro turbilhão. Meus pais, meus filhos. Claro, minha esposa. Os pais *dela*. Nunca foram com a minha cara. E a recíproca é verdadeira.

E aí fiquei pensando, será que consigo pegar aquele machado e descer o sarrafo na cara de alguém? Angelucci, ou Francesco, tanto faz o nome, será que você teria coragem de matar alguém, por mais que fosse um nazista, com um machado? Grandalhão, você acha que conseguiria? Quem você pensa que está tentando enganar? Certa vez, sua avó disse para torcer o pescoço da galinha. Lembra o tremor nos seus dedos? O que diabos pensa que está fazendo, prestes a conduzir um Rendimento desse jeito? Você não conseguiria conduzir nem uma bicicleta. Você é fraco. E se esse Hauptmann te pegar? Ele sabe como fazer você morrer bem devagarinho. Você vai rogar pela morte. Ele não vai parar até que tenha terminado o serviço. Vai te esvaziar como se fosse uma mala.

Quando estou com medo, faço isso: imagino o mundo inteiro. Era um hábito do meu velho quando ele ficava preocupado. Começando bem aqui em Roma, indo para o norte, passando por toda a Europa, Noruega, Inglaterra, depois até o Ártico e, então, pelo Canadá. Passando pelos Estados Unidos, por Chicago, pelos Grandes Lagos que vi no globo na escola, cruzando os oceanos, depois Austrália, China, Birmânia, vastos mares cheios de ilhas, todos esses outros lugares que eu nunca verei e onde as pessoas de lá também nunca me verão. E daí? Tem gente que mora em iglus, tendas, cavernas, mansões em Los Angeles, cabanas de barro em ilhas. Eles não estão nem aí para você, *stronzo*, você não está nem aí para eles. Todos têm seus problemas, e você tem os seus. As pessoas brigam, se divertem, se viram. Estou te dizendo, Angelucci, você não é nada, é um grãozinho no traseiro do mundo, você não é ninguém. E de certa forma, quer saber? Está tudo bem desse jeito. O mundo está aí faz tempo, não tem intenção de ir a lugar nenhum, *vaffanculo* os nazistas, se pegam você, já era. Pelo menos você morreu lutando. Vamos nessa.

O sino toca. Primeira rodada, entra dando socos, solta a mandíbula.

Veja bem, eu também era jovem e burro. Queria participar. Ser o valentão. Aguentei até dezenove minutos e meio antes de abrir aquele envelope. Lá estava, na caligrafia dele. Cara, não vou esquecer isso nunca.

Chorei. Feito um bebê. O cara esmigalhou meu coração em dez pedaços.

"Enzo, você é um herói. Mas não está pronto. Talvez em outra ocasião.

Volte para casa por um caminho diferente.

Cordialmente,

GOLFE"

19

Véspera de Natal de 1943

23h

O Rendimento

Com o capuz de monge sobre a cabeça, ele abre a janelinha, entrega-se ao vasto, gélido e ressonante silêncio e parafusa a grade atrás dele.

A noventa metros de distância, sobre um pilar próximo aos degraus do altar, a lâmpada escarlate emana seu brilho no alto suporte de prata.

A luz da tocha ilumina os candelabros de mármore cinza-fumaça à medida que ele atravessa a Basílica, apressando-se ao longo da nave. Passa pelas capelas laterais de madeira de pau-rosa à penumbra, pelos confessionários e pelas bandejas cheias de ofertas, pelas mesas de ferro baixas com velas apagadas.

Passa pelos olhos apavorados dos mártires, pelas mãos entrelaçadas de virgens. Espadas empunhadas, serpentes esmagadas, piras flamejantes. O órgão, com seus tubos sibilantes, repreende em murmúrios sua audácia enquanto o teto se estende sobre cem sepulturas em silenciosa observação. À medida que ele passa, os candelabros e as prateleiras de velas projetam sombras. A Nossa Senhora de mármore com semblante austero segura o filho ferido.

Ele caminha sobre os paralelepípedos polidos pelo roçar das sandálias dos peregrinos. Passa por lápides cujos nomes foram há muito apagados. A luz do luar ilumina os índigos e ocres dos vitrais, os roxos, o dourado flamejante do púlpito. Tão silencioso que pode ouvir o roçar do capuz. Fantasmas contemplam o além.

É uma afronta diante de tal imensidão ser a única criatura a respirar em uma fortaleza do tamanho de um estádio. Bancos compridos foram dispostos para a Missa Solene de amanhã; a alta cruz preta, os bancos compridos e vazios, os fariseus que apontam e encaram, as mãos perfuradas por pregos. Algo nos castiçais e nas lanças romanas pintadas no afresco parece evocar uma câmara de execução.

Lá fora, rajadas de vento. Os tubos enormes do órgão gemem. Páginas de 10 mil livros de orações folheiam nos bancos. Ele se vê de cima, como um grão de areia num Coliseu, vê a raiva insultada de Angelucci, Derry andando de um lado para o outro, fumando lá no fundo, a *Contessa* em silenciosa oração. Delia Kiernan bebendo. Marianna digitando. D'Arcy Osborne e May em completo silêncio.

Atravessa o aroma persistente do incenso e da cera de vela, o perfume mais fresquinho da chuva, como um segredo que se recusa a ser ignorado. Ele se ajoelha diante da lâmpada vermelha, apressadamente, tremendo, agora seguindo em direção aos degraus e adentrando as sombras da sacristia, onde os paramentos de seda pesados pendem dos corrimões, balançando com a brisa, e o aroma de vinho do altar, semelhante a xerez, torna o ar mais denso. Os aparadores escuros refletem a luz da lua. Um despertador tiquetaqueia.

As portas cravejadas do tabernáculo. Um banquinho medieval. Dois guarda-roupas parecendo caixões colocados na vertical.

Ao abrir o primeiro, ele se depara com uma reclamação de cabides faladores; no segundo, o terno cinza, o chapéu *homburg* e o sobretudo. Ele troca de roupa às pressas. Na quarta Bíblia, na décima primeira prateleira, perto do ostensório, uma chave está escondida, a qual ele retira e usa para abrir a porta da escadaria.

No alto dela, o portão da Capela Sistina está trancado; do bolso do paletó, ele pega uma cópia da chave de madeira que abre o cadeado. A chave é comprida e fina e precisa ser girada com muito cuidado ou vai quebrar.

— Imagine que é feita de água — disse o ladrão de cadeados para May.

Enquanto a chave vira, ele reza, sente o clique pesado; apressa-se para a sacristia da capela. Acima dele, na escuridão, a Criação, o dedo de Deus estendido para despertar Adão. O inferno atrás do altar, tridentes vermelhos, peles esfoladas, a casa de tortura obscurecida pela idade e pela noite.

A dois quilômetros acima daquele teto os bombardeiros pesados zuniam. Ele estaca, incerto, a fim de ouvir.

A Luftwaffe está voltando para a base? A RAF? Os americanos?

A aeronave faz ele pensar em seu quarto, com o emaranhado de corda no travesseiro, a luminária de chão iluminando as persianas. Mas é crucial se apressar, o plano precisa ser seguido. A ronda dos guardas de segurança os conduzirá pela Basílica em sete minutos. Em seguida virá o octeto de monges idosos e silenciosos, incumbidos de preparar o altar para a Missa de Natal.

Ele sobe a escadaria que dá acesso aos Musei Vaticani, percorre os corredores longos e estreitos, atravessa a Sala di Mappa, repleta de mapas dos oceanos e terras conhecidas do mundo, molduras, monstros marinhos, lendas, lemas, e então adentra a Sala Rotonda poeirenta, com manuscritos em estojos de vidro, relicários rubis e cálices.

Obras-primas protegidas por cordas, placas de "PROIBIDO TOCAR". Uma tapeçaria onde os olhos de Cristo o acompanham pelo corredor. Nichos de bordado e renda.

Ele passa pela esquina onde dizem que Michelangelo morou por sete anos, além dos torsos de mármore retorcidos, dos caçadores gregos castrados, das deusas nuas sem braços, das urnas de cor lápis-lazúli do tamanho de bondes, um cisne violando a rainha espartana.

A luz da lanterna que carrega pisca, como se quisesse se apagar. Ele a desliga e segue à luz da lua que ilumina as janelas longas do jardim encantado do Vaticano.

Homens conversam.

Ele ouve o murmúrio e as risadas abafadas dos seguranças em sua ronda e se esconde atrás de uma pilastra de alabastro enquanto passam. Dois minutos foram desperdiçados. Ele opta por um atalho.

Pela porta lateral, entra no budoar dos apartamentos papais antigos e sai no corredor cerimonial. Com a cabeça voltada para baixo e as mãos escondidas nas mangas dos hábitos, o grupo de oito monges descalços e vendados se aproxima lentamente; à frente, três freiras com velas acesas cantam uma Ave Maria, e uma abadessa carrega um Cristo de gesso com metade de sua altura.

Recuando para a escuridão, ele espera.

Et benedictus fructus ventris
Ventris tuae, Jesus...
Ora pro nobis
Ora pro nobis...

Apressa-se pelo Museo Gregoriano Egizio. Passa por múmias e máscaras mortuárias de faraós com cabeças de cão. *Pais-ninguém*, íbis, uma esfinge careca e sorrateira, painéis irregulares de hieróglifos rachados. Entra no hall de entrada de mármore, passa pelas bilheterias e cabideiros. Ao entrar nos banheiros públicos femininos, ele verifica cada cabine antes de abrir a sala de limpeza nos fundos.

Vassouras em baldes de metal.

Macacões pendurados em ganchos.

Na porta, em verde fluorescente, está escrito *"Uscita di Emergenza"*.

Ele dá um empurrãozinho.

A porta se abre.

A noite tenta se infiltrar, fria e estranha.

Pegando um palito de fósforo da caixa no bolso, ele o coloca de tal forma que a porta, pesada feito chumbo, fique ligeiramente entreaberta. Ele sai para a rua.

O dinheiro!

Volta rapidamente pelos lavatórios, espreita pela alcova que Derry mencionou. Mais uma vez, ouve os seguranças conversando e, mais uma vez, se retira para uma longa e estreita antessala sem janelas.

Na escuridão ecoam sons estranhos — ofegos, um gemido. Uma jovem, com o vestido aberto, recostada contra um sarcófago, um segurança ajoelhado à sua frente, os dois instigando e sussurrando, os dedos dela nos cabelos dele enquanto ela estremece.

O que o deixa chocado não é só o que vê, mas as palavras que trocam.

Sì.

Sì.

Dio.

Sì.

Aperta o passo da antessala até o saguão.

Desorientado, entre as estantes onde os peregrinos guardam casacos e chapéus, ele avista o saco de pano dobrado.

Minutos depois, depara-se com outro momento crítico, pois não há como ver a rua, não há nenhum meio de saber o que o aguarda.

Um patrulheiro. Um nazista. Uma rajada de balas.

Ele deixa o cômodo.

A noite exala amargor.

O sino de um bonde ressoa.

Pardais imitam uma máquina.

Vindo de algum lugar ao longe, o alvoroço de jovens.

Um rato sai correndo do pé de uma árvore municipal e entra numa boca de lobo quebrada sob um mural do Duce do tamanho de uma casa.

O silêncio toma conta da rua, como se estivesse obedecendo a uma ordem.

Com pernas bambas, ele atravessa a Via dei Bastioni di Michelangelo. Entra pela porta do açougue, tentando se acalmar. Derry uma vez lhe disse que contar de trás para frente diminui a frequência cardíaca.

Contando de cem para trás, pisca os olhos com força. Das janelas, avista os aventais, os ganchos e os cutelos reluzentes, o pesado volume de bronze da caixa registradora. Num quadro-negro ao fundo da loja, onde o açougueiro registra os preços com giz, alguém desenhou um cartum obsceno.

O casal no museu reluz e se contorce, tremem, dizem *sì* com fogo.

O caminhão da limpeza passa devagar, jogando água para todo lado, o cheiro do desinfetante invade seus olhos e sua garganta, deixando-o enjoado, e ele engole em seco, quase vomita, tosse nas luvas, torcendo para que os homens no caminhão não tenham ouvido acima do barulho ensurdecedor do motor.

O caminhão desacelera até parar, as janelas pretas se abrem, e o veículo treme como se estivesse digerindo o lixo no fundo, luzes vermelhas piscam nos espelhos atrás do balcão do açougue. Nos nomes borrados das carnes, numa estátua do Menino Jesus de Praga.

O motorista com máscara preta desce da cabine, enquanto seu aprendiz, com touca balaclava, desce da plataforma traseira. Eles varrem as pedras da calçada com vassouras sujas e compridas; o homem mais velho assobia uma canção folclórica, o outro murmura blasfêmias. Limpam os postes telegráficos com um pano enrolado numa vara, ajoelham-se para raspar chicletes de um bueiro. O motor do caminhão ronca. Lâmpadas escarlates estalam. Um velho gari canta sobre o mar:

Andiamo a vedere la spiaggia
mentre splende la luna piena

Ele observa à medida que os garis se aproximam da entrada em que ele se encontra. Agora tão perto que consegue ouvir seus gracejos.

As pessoas são uns animais. Olhe só essa imundície. Virgem Santíssima, o fedor dessa lata de lixo é pior que o seu bafo. Feche essa matraca e vai limpar, seu jumento.

No andar de cima do açougue, no terceiro andar do prédio, uma janela é aberta com força e uma mulher grita para os perturbadores.

— Olhe aqui, *deficienti*, hoje é véspera de Natal, precisam fazer esse tumulto todo? Vão para as suas favelas e deixem as pessoas de bem em paz.

O gari mais velho, disfarçando a mágoa com um sorriso irônico, responde em alto e bom som.

— Por que a senhora não é casada? Ah, acho que já sei a resposta. Estou te fazendo um favor, senhora. Cale essa boca.

Logo sua censura se converte em uma encenação feita para divertir seu aprendiz. *Vá à missa amanhã, minha senhora, e reze por uma cara nova. Essa que você tem aí faria até sino trincar.* Ele se diverte nesse papel que se autoconferiu, o Cara Que Fala o Que Pensa. Mas, depois de uma risada forçada, o jovem perde o interesse. Na calçada, ele encontra um cigarro quebrado, afasta sua balaclava para o lado, acende-o com um isqueiro Zippo, fuma com vontade, olha para a lua, esmaga o cigarro e volta ao trabalho.

Varrendo despreocupadamente, com firmeza, do lado de fora da *trattoria*, da mercearia, da tabacaria que teve suas janelas quebradas porque o proprietário era judeu, do lado de fora da loja de ferragens onde bilhetes de loteria são vendidos sob o balcão, depois o bar, a agência de viagens fechada, o escritório da American Express. Lentamente, languidamente, lentamente, languidamente, a lentidão alimentando a languidez. Ele interrompe o trabalho com a vassoura, como um cantor com seu microfone, sussurra a frase de uma música romântica de Hollywood, esticando a mão no ar.

O Sinatra da calçada, a estrela de uma Manhattan imaginada. Caminha languidamente em direção à porta do açougue, languidamente, lentamente, como um baterista tocando com baquetas vassourinhas, fazendo *doobie-doo, lá-lá-lá*, agora cuspindo no chão que acabara de fingir varrer. Mais perto a cada segundo, até entrar pela porta.

Olhares gélidos e curiosos espreitam pelos buracos da máscara.

Sem piscar.

Sem demostrar emoção.

Parecendo duas lanternas.

Passa-se um século.

— Antonello — berra o jovem.

— O que foi? — pergunta alto o velho gari.

— Nada — grita o mais novo, o olhar fixo no homem parado na porta. — Pelo amor de Deus, vamos logo. Já enrolamos demais por aqui.

— Bando de moleques folgados. Se o trabalho fosse se deitar na cama, vocês dormiriam no chão.

— Precisamos voltar para o depósito.

Ele se vira, deixa a entrada, lança uma pedrinha pela rua com sua vassoura, sobe na cabine e espera seu capitão desajeitado se juntar a ele, o que acontece com um alarde de despedidas denunciatórias sobre a mulher no apartamento acima.

— *Puttana* — grita.

— *Cornuto* — grita ela mais alto.

— Vá arranjar um marido. *Cale essa boca.*

O caminhão dá um tranco ao ligar, tossindo com violência, como se estivesse enfrentando uma tempestade. Por precaução, o motorista aperta com força a buzina enquanto avança centímetro por centímetro. Ele não faz ideia de que há um terceiro passageiro a bordo, um homem na plataforma traseira, segurando firmemente nas alças, sentindo a vibração por todo o corpo e o rosto coberto de sujeira.

Às vezes, o cheiro fétido do lixo invade tudo, e o caroneiro se vira meio que de lado, engolindo a noite. Passam por igrejas e praças vazias, entre bandeiras com suásticas e postos de metralhadoras.

No bloqueio da estrada, o caminhão é liberado, os guardas alemães riem do cheiro. Beliscam os narizes, fazem gestos de vômito. Homens de meia-idade, com aquela estranha empolgação nos olhos. Seis dos sete serão ceifados em março, explodidos por uma bomba partidária na Via Rasella. O sétimo perderá a audição e a visão.

Passam por palácios, mosteiros e uma boate fechada. Fontes que borbulham há 3 mil anos. Passam por um convento onde quatrocentos olhos estão vigiando. Seguem por uma viela da Via Segundo.

Viram à esquerda em direção a um pátio cercado por arame farpado, imundo, invadido por gaivotas, onde uma dúzia de caminhões semelhantes estava estacionada em fila desorganizada, o fedor verde-azulado quase visível. Os dois garis descem, tiram suas vassouras e baldes encharcados do caminhão e se dirigem à cabana de ferro corrugado próximo aos portões traseiros tortos.

O pátio está silencioso.

Ele levanta a gola do casaco e parte.

Atravessa o mau cheiro enjoativo, o zumbido de 1 milhão de moscas, segue por um passadiço até a Via Agazzari.

Mais uma vez se ouve o zumbido dos bombardeiros, indo ou voltando.

Ele atravessa a rua, dobra numa viela estreita atrás da Via Alessandri, passa pelo pátio cravejado de balas de um hotel abandonado. Sobe as escadas de madeira deterioradas, passa pelas cozinhas devastadas, onde pias, torneiras e geladeiras foram arrancadas à força por saqueadores, passa pela despensa feita de banheiro por moradores de rua, além de líquens vermelhos esquisitos brotando em azulejos chamuscados, atravessa o saguão circular vandalizado e o salão de baile destroçado e fedorento, com um contrabaixo de orquestra carbonizado e lustres estilhaçados, mesas de vidro viradas e pilhas de cadeiras de veludo apodrecidas, passa por uma fileira de portas de quartos, com a tinta desgastada pelo fogo, portas com polainas murchas e saltos derretidos ainda do lado de fora para o engraxate, segue ao longo de um corredor onde cotovias fizeram ninho e algum predador arrancou pedaços de seda mofada dos lambris, emerge pela escada de incêndio tremeluzente na Via Vittoria Aleotti.

Uma Mercedes preta passa.

Depois, um bonde vazio.

Anda cinquenta metros para o sul antes de se espremer entre dois prédios, depois atravessa o terreno sujo em formato de Z atrás deles, onde bicicletas antigas, correntes, barris de cerveja e rodas de carrinhos de bebê estão jogados. Passa por rolos de fiação podre, feixes de tubulação de radiador, o chassi de um Fiat desmantelado para pegar as peças. Um mendigo dormindo em uma rede entre árvores desfolhadas.

Passa por becos e vielas, atravessa um terreno baldio.

À medida que se encaminha para o passadiço chamado Vicolo Cozzolani, tão estreito que nem mesmo aparece em mapas, o vento sopra com força. Ao atravessar a entrada da Academia de Cavalaria, ele diminui o passo ao se aproximar de cada poste de luz, acelera ao passar, recordando as palavras de Derry após um Rendimento que teve que ser abortado. *Fuja da luz, ela é sua inimiga. Quando sua sombra aparece, é sinal de encrenca certa.*

Agora, enquanto se apressa, a sombra começa a sussurrar.

É a sua própria vaidade que te condena. O que você pensava que estava fazendo, brincando de ser Deus? Derry é um herói; você é só um impostor, um palhaço. Quando pegarem você, e vão pegar, esse colar estúpido não vai livrá-lo. Todos aqueles prisioneiros serão torturados até a morte. E você também. Como uma oferenda ao seu orgulho.

Via Stolto. Via Tonto. Via Balordo. Via Morte.

Você está tropeçando pela Rua da Morte. Cego igual uma toupeira.

A Contessa *teve uma ideia, mas você a descartou sem dó nem piedade. Não gostou quando alguém contribuiu com algo útil? Os mendigos receberiam dez liras por cada lâmpada de rua quebrada; desse jeito, poderiam criar um trajeto completamente escuro pela cidade. Só que o monsenhor não* deu ouvidos. *O monsenhor é que sabe das coisas. É o monsenhor que conduz tudo. Baixem suas cabeças.*

A voz-sombra continua a provocação, sem lhe dar trégua. Ele vira em direção à rajada de vento que sopra do rio.

Que trecho perigoso esse agora, na longa e larga avenida. Butiques de alta costura, joalherias, alfaiates, hotéis de luxo. Uma torre de metralhadora alemã sobre altas estacas pretas na interseção nordeste, a sessenta metros de distância. Ele avista os três soldados na torre de vigia.

Silhuetas contornadas pela luz da lua.

Binóculos noturnos reluzindo.

Dobrando a esquina, numa rua lateral cheia de blocos de apartamentos de elite. Há carros reluzentes sob plátanos. Leões de pedra rampantes acima das fasquias das janelas.

Os painéis cor de cobre dos sinos brilham. Em uma tampa de bueiro, lê-se a sigla "SPQR".

Um bebê chora, mas se acalma quando ele passa.

Os miados de gatos no frio, o sussurro de folhas agitadas. Algo fervilha em seu estômago. Ele confere a hora no relógio. Uma hora e dezessete minutos. Depressa.

Lá em Kerry, já devem ter feito a procissão de cinco quilômetros partindo da capela, devem estar a caminho da Missa do Galo. A geada deve estar cobrindo os sacos de soda cáustica perto da portinhola do estábulo. Sua mãe deve estar preparando chá na panela de alumínio que comprou em Limerick. Ele imagina o cheirinho de bordo do lago próximo aos campos alagados no inverno. Uma leve camada de geada nas bagas do teixo, que seu pai avisou serem tóxicas.

Está vendo essas lembranças? Pare de andar. Renda-se.

Você se lembra daquela noite em que não conseguia dormir e desceu de fininho para tomar um gole de leite?

Cabeças abaixadas, palavras sussurradas, papai e mamãe rezando. A lâmpada votiva diante da imagem do Sagrado Coração fazendo os mostradores do rádio brilharem na cor vermelho. O pão já estava assado; o ar sobre a tábua de amassar era como gaze. A cozinha cheirava a farinha, como uma confeitaria.

A doçura daquele leite, a leve reprimenda do pai, os bezerros agitados pela luz das estrelas. Sua mãe indo buscar leite para os dois.

Você e o papai no quintal, ele fumando um cigarro da marca Players, a mamãe aceitando uma tragada de vez em quando como uma garota do lado de fora de uma pista de dança. Ele estava contando as histórias das estrelas para você, o Caçador, o Arado. Nuvens em formato de barbas passavam ao lado da reluzente lua em formato de moeda. Cantos de pássaros e cavalos relinchando. Vocês três passaram uma boa hora ali, ou pelo menos era o que pensavam, mas o relógio da mamãe indicava apenas dez minutos. Na escuridão azul-Índia, na penumbra azul-sedosa, enquanto vocês se maravilhavam com o assobio de um par de melros obstinados que se recusavam a voltar ao ninho.

O Natal em que você completou catorze anos.

— Se Deus quiser, você terá noites tão lindas como esta com seus próprios filhos — disse o papai. Você não quis contar, mas já sentia que seria padre. Não haveria filhos, esposa ou lar. Isso te assustava, não é? Não podia contar a ninguém.

Na mesma cozinha agora. Dois idosos rezam juntos.

O nosso filho é padre lá no Vaticano.

Chega dessa loucura.

Dê meia-volta.

Vá para casa.

Cresça.

Ainda é possível reviver aquela noite do leite.

Sou sua sombra.

Você nunca vai fugir de mim.

Pare de andar.

20

A VOZ DE JOHN MAY

20 de setembro de 1963

Retirada da transcrição da entrevista de pesquisa da BBC, em Coldharbour, Poplar, East London

Lá em Londres, você precisa passar numa prova se quiser ser taxista. É tipo separar o joio do trigo. Eles chamam de "O Conhecimento".

Demanda três anos de ralação e prática. Chega como quem está só de passagem. Você *sonha* com as ruas, as estações de trem, as casas geminadas. Há quinhentos hotéis em Londres, você tem que saber o endereço de cada um. Cinemas, estádios de futebol, teatros. Tudo isso. Há 20 mil ruas em Londres. Não é moleza.

Sua patroa pira por tê-la arrastado para tudo isso. Você pede: me faça perguntas cabulosas. Tente me pegar.

Aí chega a manhã em que você mostra do que é capaz. Você está de banho tomado, limpinho, penteado, impecável, pronto para tudo o que vier pela frente.

Você está lá, na frente do examinador, e o cara com um mapa de Londres do tamanho de uma mesa. Todo beco, viela, rua secundária, beco sem saída, ruas que você nem sonha, onde ninguém jamais foi. Ruas que nem *existem*. Ele é sério, não gosta de papo furado, é um taxista experiente e veterano, um profissional. Pergunta qual é o percurso de Piccadilly Circus para Brickfields Terrace, em Maida Vale. Um começo legal e simples. Deixa você envolvido.

Você responde que é preciso virar à esquerda, depois à direita, dar a volta no parque, dobrar de novo à direita, à esquerda, depois seguir para o norte, e oeste, e então seguir reto pela rua que preferir — só que não pode ir pela Queensway porque está em sentido único agora —, então é só virar na Westbourne Gardens e você chega lá.

Você não tem nenhum mapa, só o que está na sua cabeça. Ou você se lembra ou está ferrado. O jeito mais rápido de ir da Rupert Street até Craven Hill Mews. Achou fácil? Só que agora ele está lançando bolas curvas. Cuidado!

Estou na estação Royal Oak, preciso ir à alfaiataria na Duke Street, em St. James, depois a Caulfield Gardens, em Earls Court, estou indo buscar a patroa, e depois na Cropley Street, em Shoreditch. Na hora do rush.

"O Conhecimento", como falei. Classifica os seus adversários.

Era assim que o padre via Roma.

Avenidas, becos, parques, trajetos de bonde. Quase mil igrejas. Juro que ele conhecia todas. Em Dublin — em qualquer parte da Irlanda —, as pessoas dão orientações pelos pubs. "Vire à esquerda no John Grogan's e, em seguida, dobre à direita próximo ao Palácio." O Padre orientava desse jeito, só que pelas igrejas em Roma.

"Siga reto na direção de Santa Maria e atravesse a rua atrás de Sant'Ivo alla Sapienza."

Não me pergunte como ele aprendeu. Mas aprendeu. Ninguém ficava de gracinha com o Hughdini.

Além disso, um andarilho. Adora bater perna por aí. Não havia uma pedra de paralelepípedo em Roma que ele não conhecesse. As pessoas *nascidas* lá o paravam na *piazza* para perguntar a melhor rota de Trastevere para Prati. Eu costumava dizer a ele:

"Se não fosse pelo seu voto, você daria um excelente taxista."

Ele ficava radiante.

"Talvez ainda não seja tarde demais, John."

Nas horas em que ele ficava entediado ou não conseguia dormir — segundo me contou —, ficava acordado dirigindo seu táxi do Palácio de Buckingham até Deptford e, depois, retornava.

"Geralmente resolve o problema."

Estávamos pescando quando ele me disse isso, num dia que passamos no interior, eu, o Sir Frank, a *Contessa* e o padre. A srta. de Vries e Delia chegaram depois. Em Ostia, perto do mar. Um quinteto de cordas tocava no coreto. Um carrossel girava num parquinho de diversões. Crianças corriam. Foi um dia quase normal. Delia soltou a voz com a música *Danny Boy*, e as meninas se debulharam em lágrimas. Já o monsenhor cantou *Take Me Back to Blighty* com um sotaque *cockney* de dar pena. *Take me over there, Drop me anywhere, Put me on the train for London town.* Peguei no pé dele. Chamando-o de "Aitch" só para tirar sarro. Ele me chamou de "Johnjoe", como fazem na Irlanda. Foi um dia muito bom.

Engraçado, ele só ficava com insônia em Londres, nunca em Roma. Acho que Londres era como uma mãe para ele, uma fonte de conforto. É assim com os irlandeses. Eles se sentem livres aqui.

Outra coisa, ele era na dele. Pé no chão. Não dá para notar pelas fotos, mas o padre era durão. Como dizem de onde eu venho, ele tinha culhões. Eu estava pensando em Shackleton antes, os pobres coitados na Antártica, cujo navio baleeiro era revestido com uma madeira da Guiana chamada *greenheart*, tão dura que não dá para martelar um prego nela. Assim era o padre. Um verdadeiro *greenheart*. Um tipo clássico, íntegro, que não aceita desaforo. Seu jeito de vestir transmitia o mesmo. Sim, é verdade. Nas fotos, ele está sempre com a roupa de padre, é claro, mas quando está fora de serviço, à paisana, é outra história. Sobretudo de lã na cor caramelo e chapéu trilby preto. Tudo isso. Sapatos em que dava para fazer a barba se olhando. Elegante. Corajoso.

Cabelo cortado baixinho nas laterais a cada quinze dias, alisado e estilizado, modelado com pomada. Um sujeito maltês que conheci quando éramos crianças pegou sete anos em Pentonville por um assalto em Mayfair, mas quando saiu, foi tratado como realeza, o rei do pedaço. O padre tinha nuances parecidas. Uma boa fachada.

Se o avistasse lá por Whitechapel, você diria: "Que sujeito!" E era melhor não mexer com ele, podia ter uma navalha escondida na manga. É estranho falar isso sobre um homem de sua profissão, mas ele andava como o que os italianos chamam de *il capo dei capi*, um chefe mafioso.

Era desse jeito que ele se expressava:

"Não tenho medo de absolutamente nada."

Sabe, naquela noite, tenho certeza de que ele ficou com medo. Não gosto nem de lembrar disso.

Será que podemos parar?

"Que a ponte esteja aberta, que a ponte esteja aberta, que a ponte esteja aberta", pede ele em oração.

A identidade foi falsificada com maestria e a foto é legítima, mas isso não será o suficiente. Se ele for parado, haverá perguntas.

Quem é o seu pai? Em que cidade ele nasceu? Quando é o aniversário do seu irmão? Você é casado? Com quem? Quantos anos tem a sua mãe? Você torce para que time de futebol? Quem é o capitão do time?

Cada estrangeiro do Coro recebeu um pseudônimo, caso fosse precisar de um. Delia Kiernan era Mary Lavelle, o Sir D'Arcy era Robert Melmoth. May virou Kenneth Oliver, o mordomo de um cardeal difícil. ("Não está muito longe da verdade", disse ele.) Marianna era Ann Brunner, uma atriz e dramaturga, que dizia preferir a si mesma.

Pelas manhãs, ele e Derry ("John Atkinson", bibliotecário do Vaticano) trabalhavam uma hora só treinando os pseudônimos. Lapidar suas histórias para que ficassem perfeitas requeria atenção aos detalhes. A data do primeiro comício fascista que frequentei, a cidade, o amigo que me acompanhou, a duração do discurso do Duce. O número de guarda-costas, os motivos pelos quais me juntei ao Partido, os nomes das empresas que incendiei, seus endereços.

Numa noite de ensaio, ele fez os coralistas imaginarem seus pseudônimos se encontrando em uma sala, mandou que cantassem como suas Outras Personalidades, *in character*. Depois, cada pseudônimo foi submetido a um interrogatório público por Derry, com sua meticulosa agilidade. A *Contessa* saiu do ensaio. Houve uma discussão acalorada:

— Que idiotice é essa, Hugh? Não estamos organizando uma *operetta*, estamos correndo contra o tempo.

— Pelo amor de Deus, Jo, se acalme, temos *trabalho* a fazer.

— Pare de vir com esse papo de Deus para cima de mim! Você fala como se fosse o *criador* Dele.

O cansaço, o medo e a conexão virada do avesso transbordou.

— Por que você insiste em dar uma de diva o tempo todo?

— Você não sabe *nada* sobre mim, Hugh, nunca soube.

— Como pode falar desse jeito com alguém que se importa com você?

— Se importa? Como assim, *se importa*? Vou virar um fantoche no seu teatro, despojada até do meu nome, do meu propósito, porque você acha que é o certo?

— O seu nome é o que pode ser o motivo do seu *fim*. Será que não *vê*?

— Que *seja.*

— Como é?

— Me chamo Giovanna Landini e carrego o sobrenome do meu marido. — As palavras dela, frias e serenas, pareciam cortar o ar empoeirado. — Vou carregar até o fim, quer venham nazistas, bandidos ou padres. O nome que adotei livremente é meu. *Está me ouvindo*?

— Tem alguém lá longe, a mais de cem quilômetros de distância, que não está te ouvindo, mulher. *Por que não grita um pouco mais alto*?

— As pessoas te chamam de "padre", mas você *não* é meu pai, Hugh.

— Graças a Deus.

— Você não vai me converter. Bote isso nessa sua cachola.

— *Pelo menos eu tenho uma.*

— Quer ter a última palavra? Fique à vontade, *monsenhor.* Não me diga o que sou, ou quem sou, nunca mais. Isso quem decide sou *eu.*

— Vejo muito bem quem você é, não se preocupe.

— Hugh. — Foi Delia quem falou, gentil. — Vamos dar uma relaxada nos ânimos. Estamos cansados. Não é nada pessoal. Vamos lá. De volta ao trabalho. Jo, querida, tenho água numa garrafinha lá fora. Enxugue esses olhos, isso aí minha querida. *Andiamo.*

Uma hora depois, após os pedidos de desculpas mútuos e o prosseguimento do ensaio, a discussão ainda se fazia presente entre eles, como um estranho no recinto. À meia-noite, eles se cumprimentaram com um aperto de mãos, depois se abraçaram, contendo as lágrimas.

"Que a ponte esteja aberta, que a ponte esteja aberta."

Ao dobrar à direita na Piazza Corelli, ele incorpora sua Outra Personalidade e a sente cobri-lo como um manto.

Marco Mancuso, tradutor, secretariado do Vaticano, nascido em Glasgow, na Escócia, de uma família de imigrantes italianos, mudou-se para Milão em 1933, filho de Gianluca (que significa "dádiva de Deus") e Elisabetta. Um irmão, Giancarlo, falecido, e duas irmãs, Catalina e Elena. Sem afiliação política registrada, mas um grande simpatizante do fascismo. Solteiro, ex-seminarista, deixou o seminário um mês antes de ser ordenado, cunhado de um funcionário de um partido menor em Brindisi. O técnico da equipe italiana na Copa do Mundo de 1934 foi Pozzo; o meio-campista foi Bertolini.

Abertos ilegalmente, os últimos cafés estão fechando. De um quarto no andar de cima, ouve-se o berro desafinado de um tenor medíocre arruinando a música *E lucevan le stelle*, em contraste com os pedidos insistentes para ele parar. Dois bêbados seguem cambaleantes pela calçada como se estivessem em corda bamba. Nenhum estabelecimento licenciado em Roma pode ficar aberto após o toque de recolher, mas na Itália, como em muitos lugares, sempre há exceções. O gerente tem influência. O magnata traz sua amante. A propina foi generosa. Caso se recuse, vamos explodir você.

Ao atravessar os trilhos do bonde, ele titubeia e, por acaso, ergue o olhar.

Uma mulher na janela está observando.

O brilho do cigarro, avermelhando, perdendo intensidade.

Ela dá uma mordida no polegar, um gesto de desprezo, para alguém atrás dele na *strada*.

A sensação de desconforto é tão intensa, é como esbarrar em um odor desagradável. Quando ele olha para trás, não vê ninguém.

O vento sopra forte, fazendo folhas de jornal antigo voarem pela *piazza* feito pássaros esquisitos.

Ao longe, os *Musei*, a cúpula imponente da Basílica de São Pedro.

Um canhão Stug passa, vazando óleo.

Marco Mancuso segue adiante.

No cais, encarando o início de uma tempestade, ele joga um maço de cigarro Lucky Strike cheio de notas de cem dólares numa lixeira marcada com uma clave de sol — primeira entrega feita, quase na hora certa — enquanto passa pelos portões trancados de uma casa capitular agostiniana, onde sete paraquedistas fugitivos estão escondidos há um mês.

Do outro lado da rua, acima da padaria, estão dois artilheiros da retaguarda de Iowa e um piloto de um bombardeiro B-26 Marauder de Nova Orleans, cujo dente siso ulcerado está lhe causando muita dor. Algo terá que ser feito por ele. Mas não esta noite.

Na adega, debaixo de uma *trattoria* na Via Geminiani, há três; no sótão, acima de uma loja que vende vestimentas sacerdotais e cálices finos, nove; atrás de uma parede falsa, em uma galeria de arte na Via Bellini, um; no porão de carvão de uma tabacaria, dois.

Há dezessete no dormitório dos peregrinos do Mosteiro dos Capuchinhos em Borgo Scarlatti; nove nos aposentos dos monges, quatro debaixo das cozinhas. Dois no quartinho dos fundos de um alfaiate entre os manequins e carretéis, sete no depósito de frutas. Nove nos terrenos do Palazzo Leoncavallo, dois em uma oficina mecânica atrás da Via Palestrina, três em um barco turístico semi-afundado ancorado no Tibre. Quinze no apartamento de três quartos de uma viúva maltesa e seus filhos, que todos os dias abrem mão da comida para alimentá-los.

Homens se passando por frades, dormindo em prateleiras de granito nos campanários. Em acampamentos improvisados nos telhados, entre as chaminés e os pombais. Com lâminas de baioneta em suas batas ou foices sob os travesseiros. Homens com pistolas escondidas e uma bala restante. Fazendo garrotes com fios de piano, facas com cinzéis. Homens se virando debaixo de pontes, em bancos de praça, em poços de esgoto, em bondes enferrujados, em bilheterias queimadas e cemitérios tomados por hera, em ônibus batidos em ruas laterais. A tropa dos sótãos.

Ele tem a sensação de que todos estão desfilando atrás dele agora, pelo Corso Paganini, clamando para serem notados.

O clarão de uma lanterna na janela mais alta de um prédio de apartamentos na esquina é respondido por um telhado várias casas abaixo da rua. Três clarões, quatro. Quatro clarões, três.

Derry mandou mensagens urgentes avisando para pararem; esse comportamento está colocando todos os fugitivos em Roma em perigo. Mas os homens que estão em perigo nunca param por muito tempo.

Janelas altas lançam mensagens em código Morse numa praça deserta, através das amplas margens do rio, a noite inteira. Se um nazista descobre seu paradeiro, cem de seus camaradas morrerão. Mil poderiam morrer. E você também.

Param de mandar sinais por uns dois dias. Mas logo voltam como as ondas do mar.

Incentivos para manter o ânimo elevado. Piadas obscenas. Pedidos de notícias. Resultados esportivos. Conversas grosseiras. Insultos brincalhões.

Como é que eles se encontram? Ele não faz nem ideia. Certas noites são piores — "Pelo amor de Deus", resmunga John May, "parece a Times Square no Ano Novo" —, mas, em todas as noites, você perceberá se seus olhos estiverem minimamente abertos, as estrelas cadentes enviadas pelos apavorados.

É a única coisa que ele já viu fazer Derry perder a paciência. Que estranho ouvir o inglês xingar.

— Esses canalhas não percebem o que estão *fazendo*? Será que não *sabem*? *Idiotas* do caralho. Merecem levar um tiro, esses egoístas. Para que se dar ao trabalho?

Ele sabe que se confiscasse as lanternas, sinalizariam com fósforos. Acenderiam fogueiras nos telhados que os abrigam. Ele já aceitou isso, e deseja que Derry também o faça; ir contra isso é como desafiar a gravidade. Um voto de silêncio, como a maioria dos votos, não é viável o tempo todo. Ele segue apressado sob as brincadeiras das luzes.

Uma garota de programa observa quando ele passa pela Via Boito, sob a sombra de cacos de garrafas quebradas nas paredes. Movendo-se rapidamente, com a cabeça baixa, como se essa postura ocupasse menos espaço, ele parece, ela dirá depois, "um homem com um alvo nas costas".

Cadê os Aliados?

Quando será que vão aparecer?

Eles não vêm, diz a sombra dele. *Você sabe disso.*

Acha que engana quem? O seu Deus fraco e assassinado? Derry pelo menos é um homem, você não é nem sequer uma nota de rodapé. Com medo de viver a vida. A choramingar por trás de votos. Essa sua missão tola não significa nada. Já é tarde demais.

Ele mergulha numa Ave Maria às cegas, com medo.

Uma oração de trincheira, *a minha favorita, vá em frente, tolo iludido. Direi as palavras* com *você, são só imitação, uma risada de tontos. Os seus grunhidos não servem para nada, são apenas barulho, são* música de péssima qualidade. *É como um macaco atirando merda nas grades da jaula.*

Eu já estava aqui bem antes de você chegar. E estarei aqui quando já tiver partido.

Metamorfo, é assim que me chamam.

Mutante.

Vira-casaca.

Não sou a sua sombra. Você que é a minha.

Ele vê o próprio reflexo ao passar pelas janelas da oficina do amolador de facas. Chuviscos atingem a vidraça suja de poeira.

Ele vira à esquerda na Via Martucci.

O sangue no estômago congela.

A barreira está montada de um lado a outro da rua. A nuvem de uma braseira sibilando sobe na escuridão cinzenta e invernal. Um lampejo dourado-sépia atravessa os tijolos altos do céu e as laterais de um caminhão de caçamba aberta.

Fumaça sai do escapamento. O motor do Stug ronca baixinho.

Ele enxerga, na carroceria do caminhão, uma dúzia de prisioneiros intimidados, com os pulsos algemados, mãos para cima, cabeças abaixadas. Um Rottweiler velho e acorrentado rosna diante do seu treinador enquanto o homem acende um cigarro na braseira. É dada uma ordem para os prisioneiros se ajoelharem — *knien*! —, mas alguns não entendem ou estão petrificados demais para se mover, então o treinador e seus companheiros os golpeiam com cassetetes, e o cachorro levanta a perna em direção a um pneu.

Já era tarde demais para se enfiar por uma porta. E se ele corresse?

Não dava tempo.

Um pugilista peso meio-médio de feições escuras e com a cabeça igual à de um tubarão cabeça-chata o avista primeiro e sinaliza com calma, sem pressa.

O cachorro puxa a coleira, agora vira a boca encharcada, tentando morder a corrente grossa como se fosse corda.

O hálito do soldado fede a queijo azedo, a café velho e amargo.

— Sobrenome?

— Mancuso.

— Nome.

— Marco.

— Documento de identidade?

Ele mostra.

O soldado dá uma rápida conferida na foto em meio às sombras incandescentes, murmurando para si mesmo em algum dialeto alemão obscuro, agora avalia cuidadosamente o andarilho noturno e repete o nome "Mancuso" como se assim pudesse pesá-lo numa balança. Com um grito, ele chama um colega mais jovem, que examina o documento. Trocam um olhar prolongado. Seguram o documento virado para a luz da lua.

— Você sabe que tem toque de recolher — diz o pugilista.

— Estou isento no momento. Como pode ver.

— Aonde vai?

— Pegar um remédio.

— Como é?

— O senhor deve ter notado que o cardeal Hinsley de Westminster está fazendo uma visita de cortesia particular ao Vaticano com o enviado papal de Nairobi, acompanhado de sua irmã e seu pai. O cardeal adoeceu esta noite com suspeita de malária. Não havia médico disponível, mas um benfeitor na cidade tem quinina. O criado particular de sua eminência me pediu que fosse pegar.

Na hora da mentira, como diz Derry, você tem duas opções que podem dar certo. Simplificar ou complicar. Depois, é só se ater à sua escolha.

— Você vai demorar muito, Mancuso?

— Duas horas no máximo.

— Certifique-se de que não passe disso. Pode ir.

— Quem são aqueles prisioneiros?

— Violadores do toque de recolher. Pessoas indesejadas.

— E agora, o que vai ser deles?

— Vão dar uma voltinha.

— Onde?

— Em um lugar que não é da sua conta. Se manda.

Ao passar pela traseira do caminhão, ele ouve uma palavra sussurrada em italiano.

— *Salvami.*

Não há nada que ele possa fazer.

Se parar, a coisa toda vai por água abaixo.

— Me salva.

As estrelas cintilam.

Ele mantém o passo.

"Que a ponte esteja aberta, que a ponte esteja aberta, que a ponte esteja aberta", pede em oração.

21

A VOZ DE SAM DERRY

27 de setembro de 1963

Retirado da transcrição da entrevista de pesquisa da BBC, realizada em Newark-on-Trent, Nottinghamshire

Sete semanas antes, um informante nos inteirou, acho que pela srta. de Vries, de que, na noite de Natal, entre meia-noite e 2 da manhã, alguns pontos estratégicos nos arredores de Roma ficariam desguarnecidos pelos chucrutes ou seriam apenas esporadicamente patrulhados.

Ela era datilógrafa na sede nazista, a moça de quem estou falando. Ela não tinha como ter certeza absoluta, não conseguiu entreouvir toda a ordem dada por Hauptmann, mas durante uma pausa para fumar no pátio, um dos oficiais juniores da Gestapo pareceu confirmar. As pontes importantes seriam bloqueadas, mas não a Ponte Sant'Angelo.

Essa informação ficou martelando na nossa mente.

Uma ponte sem barricadas pode, é claro, representar uma grande oportunidade. Contudo, na guerra clássica, pode ser uma armadilha.

Informações anteriores dessa jovem mulher, por vezes, se mostraram pouco confiáveis. Na verdade, o Sir D'Arcy até chegou a se questionar se ela era uma traidora, uma fascista. Nunca fui de confiar em informantes que não conheci pessoalmente, mas, claro, não dava para simplesmente levá-la para o Vaticano para bater um papo descontraído regado a chá, e qualquer outro lugar poderia ser fatal para ela. No fim das contas, acho que só nos restavam nossos instintos.

Lembro-me bem do padre insistindo:

— Ela é um perigo, Sam. Um perigo bem sério.

— Quem diabos não é, se parar para pensar? — raciocinei.

— Ela não é digna de confiança — frisou.

Ficamos nesse impasse, como uma luta de boxe. A discordância, na verdade, ameaçava se tornar uma discussão acalorada, cheia de acusações. No fim, com o tempo escasso, concordamos em decidir nas cartas. O monsenhor tirou um três, e eu tirei a Dama de Espadas. O plano seria reformulado com base nas informações da jovem.

— E se não der para atravessar o Tibre, Sam?

— Abortamos a missão.

— Simples assim?

— É uma jogada arriscada, reconheço.

— Muito mais do que isso.

— Do meu ponto de vista, eu diria que sim. Afinal, minha vida está em jogo.

— Não só a sua. — Não, imagino que não.

— Não podemos confiar nela.

— Veremos.

No fim das contas, você só sabe de verdade uma coisa sobre informantes: eles são informantes. É como confiar em um mentiroso comprovado, não se surpreenda se mentirem. É algo que fazem bem, têm prática nisso. Fica cada vez mais fácil descumprir com a própria palavra. Eles sabem bem como é e isso não é tão ruim assim. O menino que gritava "lobo!" e tudo mais. Aquela velha história.

Então, aqui há uma ponte. E aqui há uma história.

Ele segue tranquilamente pelo Vicolo Sgambati.

"Que a ponte esteja aberta."

Com a adrenalina a mil, ele se apoia no ponto de ônibus, se concentra, conta até cinco, vira a esquina.

À sua frente, os refletores, o trio de carros blindados com suas suásticas vermelhas e pretas. Silhuetas ampliadas de cavalos da polícia no muro distante do rio.

A informante tinha se enganado. Ou mentido.

Mais à direita, o curso do Tibre faz uma curva repentina e abrupta, e ele percebe que a Ponte Vittorio Emanuele II também está bloqueada, por um Panzer, assim como a Ponte Umberto a poucas centenas de metros à sua esquerda.

Descendo pelas escadas escorregadias e tortuosas até a trilha ribeirinha, sente o cheiro forte de umidade e musgo apodrecido e molhado. Vê uma fila de postes de amarração na escuridão gorgolejante, ouve o coaxar entrecortado dos patos.

Será que dava para nadar? Uns cem metros? Duzentos? Mais?

Tente, debocha a sombra. *Adoraria ver você se afogar.*

Na correnteza das águas escuras diante dele, um monte de barcos e jangadas amarrados, bancos improvisados feitos de tábuas e caixotes de peixe serrados. Três botes infláveis, agrupados nas ondulações.

As cordas, grossas e molhadas, entre seus dedos frios e inexperientes. Quanto mais ele tenta, mais elas se embolam. Os barcos velhos balançam, zombeteiros.

Agora ele avista, bem à sua direita, dois soldados descendo a escadaria sob a ponte, rifles nos ombros, com as bordas do capacete preto abaixadas. Atrás dele, entre as lajes de um muro antigo de aterro, uma fenda com altura e largura de um homem; ele recua para dentro dela, aguarda.

O burburinho da conversa aumenta à medida que se aproximam.

Ele prende a respiração.

Eles não devem estar a mais de vinte passos; ele ouve a palavra "*Hurenhaus*", seguida por uma explosão de riso engasgado e tossido. Um cigarro é aceso; ele consegue sentir o cheiro do enxofre do fósforo. Param com as costas viradas para ele.

Começam a se beijar.

Esfregam-se, tocam um ao outro, fingem gemidos e retomam a patrulha quando um ônibus vazio passa, lá em cima, no cais varrido pelo vento.

Estão a trinta metros dele agora, somem na escuridão. Ele entra num bote sujo, o mais próximo, preto, com "Santa Maria" pintado na proa por um amador. O bote balança de um jeito nauseante, fazendo-o estender os braços e os agitar.

Ajoelhado, ele volta a tentar afrouxar a corda; ela resiste. Do bolso, ele tira sua lanterna, quebra o vidro, começa a serrar o nó, mas é tão grosso quanto uma raiz de carvalho, não se desfaz.

Mais adiante no caminho, os soldados reaparecem, rifles nos ombros, andando devagar. Ele se desequilibra, cai para frente, braços ao lado do corpo, com o rosto a centímetros da lama salgada. Passados dois minutos longos, ouve o som pesado das botas à medida que passam, e o tilintar de uma fivela, e o arrastar de um rifle ao raspar na parede à beira do rio.

Ao espiar, ele os vê subindo as escadas de pedra tortas até a ponte. Quanto tempo até a próxima ronda?

Um *splash*. Forte e gelado. Como se alguém tivesse atirado uma pedra no Tibre.

De novo, um *splush*, seguido de uma enxurrada de respingos. Uma pedrinha bate no bote. Outra aterrissa atrás dele. A lua emerge de trás de uma cúpula.

Observando por um buraco na lateral do bote, ele vê uma chuva ininterrupta de pedrinhas sendo arremessadas da margem.

Agora, um sinal de lanterna. Três pontos e um traço. Os primeiros acordes da *Quinta sinfonia de Beethoven*.

A senha usada pelos membros do Coro na porta da sala de ensaio. Derry a escolheu porque todos a conheciam, o sinal era inesquecível.

Mais uma vez surgem os feixes. Três curtos e um longo. O brilho amarelo penetrante atravessa a escuridão do outro lado do banco, onde fica uma fileira de barracos ou armazéns em ruínas, vaga demais para ser discernida.

Levantando-se, ele agora vê, emergindo da sombra, a proa preta de um esquife sendo remado com firmeza em sua direção, o remador curvado, se esforçando, de costas para ele. Ouve-se um rangido estranho quando os encaixes dos remos cedem e giram. O esquife entra num redemoinho, faz uma volta repentina e furiosa. O remador cobre a cabeça com uma balaclava antes de continuar, remando com força, tossindo grunhidos arquejantes para o Tibre enquanto o enfrenta e vence.

Um engodo? Uma armadilha?

A sombra dá uma risadinha.

Quem te deu esse três de ouros? Eu tenho todas as cartas.

Ele lança um olhar para a ponte, onde um *Panzerkampfwagen* está se posicionando.

— Padre — sibila a voz vinda do barco. — Mexa-se. Suba a bordo.

Uma série de murmúrios é ouvida quando a figura rema mais para perto.

— Bom dia, Aitch — sussurra.

22

A VOZ DE JOHN MAY

20 de setembro de 1963

Retirada da transcrição da entrevista de pesquisa da BBC, em Coldharbour, Poplar, East London

Olha, o Tibre não é um rio em que você vai querer se arriscar nadando. Dá até para revelar filmes no Tibre. Mas nadar, esquece.

Não quero me prolongar neste episódio em particular. Tive minhas fontes, só isso. Vamos prosseguir.

Olha, não tem nada de misterioso, é só uma questão pessoal. Digamos apenas que tinha uma moça em Roma e é isso.

Ela era caixa no banco onde a embaixada fez nossas contas. Elas precisavam estar registradas em nomes falsos, algo que ela devia saber bem — a conta da Rota de Fuga era Vincento Bianchi e Companhia —, mas ela nunca fez perguntas, só dava sorrisos radiantes. Foi assim que nos conhecemos. Não, não vou dizer o nome dela. Melhor não. Acredito que ainda esteja viva.

Cara, aquele sorriso dela faz você derreter até o chão.

Eu diria que ela tinha uns trinta anos. Nunca perguntei. O marido dela estava ocupado, já que estava num campo de prisioneiros na época. É o que dizem, né? Guerra é guerra.

Eu não era nenhum galã de cinema, é bom deixar claro. Mas ela era uma verdadeira beldade. Tipo a atriz Laura Nucci, com aqueles olhos castanhos nos quais você se perderia facinho. Ela era uma mulher adorável. Eu admiro o povo italiano. Você sabe o que esperar deles. Têm um amor natural pela vida. Não ficam de mi-mi-mi. São pura exuberância.

Então, na tarde da véspera de Natal, combinei de ir vê-la, às escondidas, o plano era fazer uma comemoração discreta. Eu tenho meus truques para circular pela cidade durante o dia. Identidade falsa. Nome falso. Não importa. Eu estava com uma garrafa de espumante, uma caixa de chocolates bacana e os instintos naturais da estação. Bom, a gente deu uma dançadinha, tomou uma bebidinha, e uma coisa foi levando à outra. Como sempre acontece.

Mais tarde, estávamos deitados na cama, ouvindo um disco, e ela mencionou que ouviu dizer que os Teds iriam fechar a ponte naquela noite.

"Teds" era como os romanos se referiam aos chucrutes.

Chiedo scusa? Como assim, amor?

Bloqueio na ponte. Ela ficou sabendo por uma amiga, uma moça que trabalha no salão de cabeleireiro tingindo perucas. Ao que tudo indicava, a notícia já havia se espalhado pelo bairro. Em seguida, fui convidado a dormir lá, com ela. Nós comemos e colocamos um disco da Ella de que ela gostava antes de dar o fora, antes que a irmã e a horda de pirralhos chatos aparecerem de manhã para levá-la para a igreja, seguidos pela mãe dela.

Sumi, tem certeza?

Sobre passar a noite lá?

Não, sobre aquela ponte maldita.

Sì, sì, aquela moça do salão de cabeleireiro soube pelo irmão, e o irmão soube por um tal de Pierluigi, e esse Pierluigi soube por um tal de Massimo. Os Teds vão barricar aquela ponte hoje à noite, pode apostar.

Pois é, aí aquilo ficou martelando na minha cabeça. Tive um pezinho no plano. Depois que Derry ficou doente, ficou óbvio que o mensageiro seria o Angelucci, de quem eu gostava. Não era preciso ser nenhum vidente ou coisa parecida; estava na cara que ele ia ter que atravessar o rio em algum momento e ele não tinha asas.

Então, o que eu fiz foi ir até lá e ficar esperando, simples assim. Não estava esperando confusão. Só fui dar uma olhada.

Naquele silêncio, dava pra ouvir rato mijando em algodão.

Foi escurecendo cada vez mais. O céu negro que nem sola de bota. O coração batia que nem louco, e eu estava congelando até os ossos. Fazia tanto frio que nem sentia mais os dedos. Só me lembrei do meu herói Shackleton e dos pobres coitados na Antártica. Já vi uma foto do navio deles, num livro que o Sir Frank estava lendo. O navio deles no gelo. Encalhado lá. Parte o coração. O capítulo se chamava "Cercados".

Fiquei pensando na *mia lei*, lá no apartamento, a algumas ruas dali, numa cama grande e macia com mais travesseiros do que você pode imaginar. Vestindo os pijamas de seda verde que lhe dei. *Madonna mia*. Não me importaria de estar cercado lá.

Tínhamos planos para aquela noite. Não ia rolar. Estava morrendo de fome também, não tinha comido nada desde que almoçara um restinho esquentado de macarrão à bolonhesa feita de carne enlatada, que tive que fingir que gostava se quisesse evitar problemas. Então, a coisa não estava nada boa. Nem de longe.

Fiquei esperando e esperando, e de repente, pimba!

Reconheci o jeito de andar. Achei que estava ficando maluco. Meu Jesus Cristinho. Era o padre.

Lá estava ele, do outro lado do Tibre, andando para lá e para cá na passarela que nem um bobo. E os Teds ali na ponte, bem pertinho.

O que aconteceu com Angelucci? Para onde a gente está indo?

Joguei umas pedras, mas ele não me viu, aquele cego de uma figa. O que eu poderia fazer? Não podia gritar. Tentei chamar atenção com a lanterna, mas nem assim ele viu. Agitei os braços. Pulei feito louco. *Torcendo* para que me visse. Lá estava eu, dançando o maldito fandango do outro lado do Tibre, e o cara nem olhava na minha direção. Cego de uma figa.

Notei uma movimentação na ponte, vi luzes se mexendo. Corri até o barranco atrás de mim.

E o que vi em seguida? Dois alemães descendo as escadas, só isso. A coisa estava feia para ele, era o fim, *arrivederci*, mas eles passaram reto e foram embora, e o padre entrou num barco.

Não seja tolo, Aitch. A correnteza está muito forte.

O padre é grandão, mas não tem força para remar. De onde eu venho, a gente fortalece os braços desde pequeno. Não se ganha briga com mão fraca.

Eu tinha visto aquele esquife, uns dez metros adiante, e conseguido soltar as cordas. Mas naquela hora, não tinha nem remo, diacho.

E aí, o que se podia fazer? Remei pelo maldito Tibre usando o banco do barco. Juro. Foi o que aconteceu.

Eles estavam com problemas no tanque, a torre não parava de girar. Um enguiço nas engrenagens. Isso é comum nos Panzers, muitos deles estiveram no deserto, cheios de areia. Então, todos estavam de olho nisso, chucrutes iam para lá e para cá. E eu me esgueirei pelo Tibre. Levei o padre. Ajudei ele a atravessar.

Ele ficou muito abalado. Mas insistiu em continuar. Perguntei aonde ele ia, mas ele não quis dar muitos detalhes. Disse que era "informação restrita", essas coisas. Ele cortou a mão em vidro quebrado, perguntei se estava bem, ele disse que pegaria um curativo mais tarde, "com o Lonnie", se precisasse. Não fazia ideia de quem era Lonnie, e no Coro, a gente não perguntava. Ele não devia ter mencionado nome nenhum, foi um deslize.

Não, não me ofereci para acompanhá-lo, para ser sincero. Nem pensei nisso. E ele não teria aceitado, mesmo se eu quisesse. Ele deve ter me agradecido umas doze vezes, e lá se foi sozinho. Ele insistiu. Eu implorei para que não fosse, mas ele não era fácil de persuadir. Então, voltei para o apartamento.

Não, não vi isso como nenhum ato heroico. Nada disso. Se um amigo seu está em apuros, você vai lá ajudá-lo.

Sabe, as pessoas estavam no Coro por variados motivos. Algumas por razões religiosas — sem querer ser chato, estamos falando de Roma, né? — e outras sabe-se lá por quê. Políticas. Patrióticas. Idealistas do coração mole. Quanto a mim, eu não me encaixava em nada disso.

Ouso dizer que alguns eram comunistas, outros trabalhistas, outros conservadores. O Sir Francis D'Arcy Godolphin Osborne? Não era da famigerada Old Kent Road. Nunca perguntei quais eram suas opiniões políticas, são todas iguais na prática. Na minha opinião, não há motivo para as pessoas precisarem gostar dos países dos outros. Veja os galeses. Nem gostam do próprio país. Qual foi a primeira coisa que eles clonaram quando chegaram na Austrália? Chamaram parte dela de "Nova Gales *do Sul*".

Não estou nem aí para a igreja que você frequenta, ou se não frequenta nenhuma. Sinagoga, capela, metodista, o que lhe der na telha. Quanto a mim, estava no Coro por um motivo e apenas um.

Não vou mentir para você, querida. Fritz não é lá minha praia.

A gente não devia dizer, mas com a minha idade, a gente acaba deixando escapar.

Engraçado, eu tinha outras convicções na minha juventude. Depois que montei o trio de jazz, a gente conseguiu uns shows na Alemanha, uma noite ou duas juntos, fizemos uma turnê. O dinheiro era bom, pagavam na hora, ouviam, aplaudiam, tudo tranquilo. Povo muito educado, nunca deu dor de cabeça. Os outros caras iam embora assim que podiam, eu ficava livre, sem compromissos, ficava mais um dia ou dois, dava umas voltas. Certo dia — a gente tinha feito a abertura para Nat Gonella e os Georgians —, eu estava em

Düsseldorf, uma boa e velha parte da cidade, e entrei sozinho em um restaurante de peixes. Pedi uma bela porção de *Seezunge mit Mandeln*, chucrute, picles, um pouco de salada de repolho, boas alcaparras, pão preto. Feito com capricho. De respeito. Com meia garrafa de Weissburgunder, um maço de cigarros, enquanto lia um artigo sobre Coleman Hawkins que estava esperando para ler. A neve caía com força lá fora, a ideia era relaxar até o trem chegar. Mas aí ouvi um barulho, do lado de fora.

Um bando de imbecis de *Lederhosen*, gritando com todo mundo. Cantando *Die Fahne hoch*, com uma bandeira grande com o símbolo da suástica. Eu achei engraçado, tipo os dançarinos de Morris na minha terrinha. Tontos. Um pouco patéticos. Meio extintos. Mas logo começaram a ficar mais agressivos. Cuspindo nas pessoas mais velhas que passavam. Eu não entendia alemão. Mas sabia o que "*Juden*" significava.

Eu me virei para o garçom, um senhorzinho de terno, e perguntei o que estava acontecendo, se era uma maldita piada de mau gosto. Ele respondeu:

"Isso é o futuro, *mein Herr*."

Sou do East End de Londres. Me diz, o Hermann está falando sério? Recebi duas palavras em resposta. Uma com três Fs.

Não foram os quakers que jogaram bombas em Whitechapel. Todo mundo sabe quem foi.

Ah, tenho certeza de que deve ter pessoas boas. Bom, tinha. Antes de matarem todos.

Os chucrutes são assim; apenas cumprem as ordens.

Perdoar o inimigo, virar a outra face? Vai te catar, querido. O John não. Se me morder, mordo duas vezes de volta, esse é o meu lema.

Não sou britânico, pelo menos não originalmente. Não sou inglês. Sou londrino. Venha para cima de mim ou dos meus e vou te perdoar com uma metralhadora. Colocou uma faca na garganta da minha mãe? É melhor torcer para ser atingido por um raio. Aposto o meu aluguel que vou te pegar uma noite dessas.

Os chucrutes estavam com sorrisos estampados nos rostos naqueles dias. Com todo aquele papo de paz e recomeço. Conversa para boi dormir. Deixei quieto. Não caí na deles.

De vez em quando, meus netos me perguntam o que eu fiz na guerra. Falo para eles que em toda oportunidade que surgiu de atrapalhar um alemão, eu aproveitei.

E eu falo para eles que deveriam fazer o mesmo.

É assim que eu penso.

Nem de graça daria um pedaço de Whitechapel por toda essa maldita Alemanha. Seja bem-vindo, Ted. Vá se ferrar.

Então, foi assim que aconteceu. Estava de volta no apartamento com *mia bella amore*. Só que logo comecei a sentir um incômodo, ele estava lá fora sozinho com os Teds, os fascistas, sei lá com quem mais. Fiquei muito incomodado. Ele estava sozinho. E quem era aquele "Lonnie" que ele mencionou?

Quando parava para pensar, refletia que podia ser a última vez que o tinha visto. Devia ter ido com ele, ou impedido ele. Mas não fiz isso.

Foi tudo tão rápido. Eu não estava com a cabeça no lugar. Depois, só fiquei me sentindo perturbado. Foi um tormento.

Eu não tinha como contatar Derry. Angelucci não tinha telefone. Eu até poderia ir atrás do padre, mas não fazia a mínima ideia para onde ele tinha ido, quem eram seus alvos. Fiquei me lamentando por não ter ido. Mas sei que ele não teria deixado. E me xinguei por não ter feito ele desistir de tudo, voltar para o apartamento, se esconder.

Mas isso era besteira também. Ele era teimoso, o padre. Teimoso que nem uma mula, deixava todo mundo irritado. Típico irlandês maldito. Vivia no próprio mundinho. Pedir a ele que fizesse o que era sensato, o que era óbvio? Era como enxugar gelo.

Aí me ocorreu, de repente, o bairro para onde ele estava indo. Não foi "Lonnie" que ele mencionou antes, foi "Blonnie". Vou te contar, fiquei sentado naquela cama como um vampiro sob o efeito de metedrina. "Blonnie" é a filha da Delia.

Pedi à *caríssima* um mapa de Roma, mas ela não tinha um no apartamento, então pegamos caneta-tinteiro e papel de carta de uma gaveta. Engraçado me lembrar disso, mas ela não encontrava tinta de jeito nenhum, então me deu um lápis de sobrancelha, era tudo que tinha. Ainda me lembro de nós dois lá, sentados, completamente nus, esboçando os bairros, enquanto ela me dizia os nomes das ruas.

Agora tinha certeza de aonde ele estava indo.

Sabe o que eu fiz? Pedi a ela que fizesse uma ligação. Se a voz for de mulher, de uma italiana, os chucrutes não vão desconfiar tanto. Pedi: "Fale mais rápido, amor. Italiano é difícil de entender quando é falado rápido". Era uma loucura, um impulso. A ideia toda foi loucura do início ao fim, entende? Mas não tinha jeito. Tinha de ser assim.

Contei qual era a senha. Ela fez a ligação. Prestei atenção nos dedos dela enquanto ela girava o disco, era como se estivessem em câmera lenta, e aguardei atenderem, pensando que isso poderia ser o maior erro da minha vida.

Se fizesse a ligação, duzentos prisioneiros poderiam estar mortos até o dia seguinte.

Uma parte de mim torceu para que não atendessem.

Mas atenderam.

Juro que não preguei o olho pelo resto da noite.

A incerteza era uma tortura.

Sempre é.

Ao sair do bote, ele agradece May silenciosamente e gesticula para que o outro siga em frente, o que, após um ou dois momentos de protesto, May faz, afastando-se, com as mãos nos bolsos, descendo pelo caminho, em meio às impurezas do frio, enquanto o Panzer na ponte avança um metro, com as engrenagens rangendo.

Com as mangas encharcadas, ele sobe os degraus, atravessa o cais, segue pela viela ao lado da peixaria, uma *passaggio* sinuosa e estreita com portas de armazém.

Dezenove minutos atrasado.

Ele começa a correr.

Derry costumava dizer que correr à noite sempre levanta suspeita. Nenhum corista em um Rendimento deve correr, a menos que esteja sob ataque.

Vinte minutos de atraso é um ataque.

Seus pés lhe soam como os estalos de um chicote ao atravessar a *piazza*, com a cabeça baixa. À frente dos destroços das bancas de *souvenirs* fechadas e das bancas de jornais cobertas por lonas está a estátua de um general esquecido, sobre um pedestal com marcas de agressões de martelos e foices, e a fonte ri da palavra obscena escrita no abdômen do querubim.

Escorrega, mas consegue se equilibrar.

Ghiaccio.

Gelo.

Abre um corte na maçã do rosto.

A cabeça fica cheia de asteriscos.

De repente, uma dor. Uma sede tão intensa que parece que ele está no deserto, e o eco do seu uivo reverbera por todo lado.

A borda da fonte o acertou no queixo quando ele caiu! Dor de novo, ardente, como um porrete na espinha. A dor cruzando a mandíbula e os ossos do crânio. Luzes minúsculas e incendiárias, o som audível de seus olhos se mexendo, a *piazza* vai sumindo e escurecendo, o *peso* daquele palavrão. O brilho do general em seu cavalo reluzente.

Não me deixe desmaiar.

Você está desmaiando, provoca a sombra.

A sede luta contra a náusea. O sangue sobe para a garganta.

Apoiando-se no cotovelo, ele vomita, a perna direita da calça está rasgada do tornozelo ao joelho, um arranhão do tamanho de uma mão desce pelo calcanhar. Consegue se levantar. Lava a boca na água amarga da fonte que o fez cair. A dor o agarra pelas costelas, retorce sua coluna, mas ele consegue mancar adiante pela *piazza* de granizo escorregadia, passando por uma igreja cujo nome ele sabe, mas a queda o fez esquecer, em direção à rua escura e estreita que é o local de encontro, com prédios residenciais altos de ambos os lados, varais de roupas penduradas de um lado a outro do caminho.

Três, quatro segundos.

Ele sabe que foi visto.

Um rapaz na escada de incêndio assobia, joga uma pedrinha em meio à escuridão, e ela cai fazendo um barulhinho perto do pináculo no telhado da casa em frente.

Lá, uma garota espreita pela beirada, agora assobiando de volta.

A sombra solta um risinho de escárnio.

Mergulhos noturnos. O cheiro de carvão.

23

MARIANNA DE VRIES

Novembro de 1962

Declaração por escrito em vez de uma entrevista

A primeira entrega foi em Prati. Eu morava na extremidade da região de Parioli e me ofereci para receber a segunda. Além do perigo e da ansiedade havia o fato de que o Coro não se reunia na semana antes do Rendimento. Então, você se baseava na confiança e seguia seus instintos. E o plano que repetia para si mesma.

Quando deu a hora marcada, saí do meu apartamento, deixando a porta da frente entreaberta, conforme combinado, e desci as escadas, nos fundos, usadas pela empregada até a despensa comunitária de carvão ao lado da sala das caldeiras.

Para ocupar meu tempo nas horas anteriores, li *Romeu e Julieta*.

— Diante de mim — diz o sr. Capuleto. — Está tão, tão tarde que em breve poderemos chamá-lo de cedo.

Essa frase ficou grudada na minha cabeça.

Já era 00h45 da manhã de Natal, mas alguns dos meus vizinhos estavam com rádios ligados, outros discutindo. Se eu fosse descoberta, o que achava improvável, planejava dizer que meu quarto estava insuportavelmente frio e que achava que o aquecedor da casa tinha desligado. Por isso, mantive o radiador desligado o dia todo e a noite toda, na verdade, quebrei suas válvulas com uma chave de fenda. O apartamento estava tão frio que o gelo se formava nas partes internas das janelas, algo que eu nunca tinha visto em cinco invernos romanos.

Desci sorrateiramente, com os dentes batendo, enrolada num cobertor, em direção à escuridão. Encontrei a chave da despensa de carvão, na moldura sobre a porta, onde eu sabia que o zelador a guardava — ele não morava no prédio. Destranquei a fechadura, entrei e esperei.

Estava empoeirado, difícil de respirar, gelado até doer. Na rua, alguns infratores do toque de recolher passavam, mas não havia sinal ou som de Angelucci. Pelos passos, percebi que todos os transeuntes eram mulheres ou homens mais franzinos que o Enzo. Um Stug passou roncando, desacelerando à medida que passava pelo nosso prédio. Seu terrível guincho gutural e a tripulação gritando em alemão me deixaram apavorada. Onde estava Enzo? O plano tinha sido elaborado nos mínimos detalhes, e ainda assim Angelucci, depois de Derry, o homem mais confiável do Coro, não estava aqui. Às vezes explosivo, sim, mas era apenas fachada. Se Angelucci se comprometia com algo, estava feito, sem dúvida. O que teria dado errado? Comecei a temer o pior. Apesar de estar numa adega de carvão, tive que fumar alguns cigarros, mas fui cuidadosa na hora de apagá-los.

Por fim, uns trinta minutos atrasado, ouvi um ruído no cano no teto. Isso significava que a garota que estava vigiando do telhado tinha visto Angelucci virar a esquina. Com certa dificuldade, rastejei sobre o monte crepitante de antracito até a escotilha do carvoeiro na parede e a empurrei alguns centímetros para abri-la.

Ouvi um homem se aproximar. Sem dúvida, não era Enzo. Um pressentimento ruim me dominou como um monstro. Será que eu deveria seguir o plano? Havíamos sido traídos? Será que aquele sujeito era um nazista, um informante? Pronta para fugir da despensa, ouvi uma palavra curta e rouca.

— *Sol.*

Meu codinome de corista.

Não consegui identificar quem estava falando, só sabia que não era Angelucci. Um sentimento estranho me invadiu. Era, entre todas as pessoas, Ugo, mas minha razão, mesmo abalada, me dizia que isso não poderia ser verdade. Ele estava no Vaticano, certamente, caminhando em seu quarto. Tudo isso se deu em questão de segundos. Eu precisava tomar a decisão mais arriscada da minha vida.

Quando percebi que o homem estava a dois metros de distância, aproveitei a chance e empurrei a escotilha ainda mais para abrir, até onde dava. Sem dizer nada, ele soltou a bolsa, e eu a enfiei dentro de uma fronha que tinha trazido no bolso do roupão. Saí da despensa, tranquei a porta, devolvi a chave ao seu lugar sobre a moldura e subi de volta em meio aos sons noturnos da casa, até meu apartamento.

Luigina, a menina do telhado, estava agora no meu quarto, com um rapaz bonito que eu havia visto pelo nosso bairro, mas não o conhecia pelo nome. Aguardaram enquanto eu tomava um banho rápido (com água fria) e vestia roupas limpas, e então, ao meu sinal, me acompanharam até o banheiro.

O rapaz, que eu diria ter dezessete anos, vestia um macacão azul de operário. A garota o chamou de "Eugenio", mas em outro momento o chamou de "Beppe", então pelo menos um desses devia ser um *nom de guerre*. Sem dizer nada, colocamos a maleta suja na banheira vazia e esvaziamos seu conteúdo, organizando os dólares em pilhas cuidadosas, que amarramos com elásticos. Ajudei a garota a esconder três das pilhas nas suas roupas de baixo; o rapaz pegou quatro, colocando-as nos bolsos grandes e folgados costurados nas coxas e nas panturrilhas da calça. Sacando uma faca de mola, ele habilmente cortou a maleta em pedaços, e os jogou de dois ou três pela janela, passou outras pilhas para a garota, e então saíram pelo telhado de onde vieram. Escondi as pilhas restantes dentro da caixa de descarga do banheiro e joguei minhas roupas sujas de carvão fora.

Nos dias seguintes, distribuí os dólares, cem ou duzentos de cada vez, em notas pequenas, entre os contatos que eu sabia de cor após muitas noites, com base na lista de Derry e Ugo. Foi só uma questão de deixar envelope com nome falso para o barman em uma lanchonete perto da Fontana di Trevi, de dobrar duas notas de cinquenta dentro de uma cópia da *Divina comédia* e devolvê-la à prateleira nos fundos de uma livraria antiga numa ruela perto da Scala Santa. Uma freira carmelita idosa que visitava o Coliseu ficou próxima a mim enquanto nosso grupo improvisado ouvia o guia descrever as maravilhas já tão conhecidas: 80 mil romanos gritando, brandindo punhos, comendo entranhas ainda quentes, a inundação da arena para espetáculos navais. A freira retornou ao convento com trezentos dólares que não tinha quando chegou e um artilheiro canadense que escapara disfarçado de monge.

No domingo, participei da missa seis vezes, cinco pela manhã e uma à noite, algo incomum para uma ateia. Conforme acertado, entreguei envelopes cheios quando passavam as coletas, sendo os sacristãos, em cada caso, amigos do Coro que tinham instruções de onde distribuir o dinheiro: no fim das contas, quase tudo seria usado em subornos e documentos falsificados, para tirar os fugitivos de Roma e escondê-los no campo.

Foi um domingo interessante. Bom, na verdade, não foi bem assim. O nível avassalador de tédio foi interessante. Isso me fez desanimar do canto gregoriano para sempre. Além disso, cada um dos seis padres pregou um sermão baseado na leitura designada do Evangelho para aquele dia, e todos diferiram em suas interpretações, em alguns casos, de forma notável, assim como nas durações necessárias para apresentá-los, um bom homem precisando de cinco minutos, outro, de meia hora. Isso me fez questionar o que aconteceria se um pecador se confessasse dez vezes a dez confessores diferentes, contando os mesmos pecados. Será que a penitência seria diferente a depender do ouvinte, do humor, da idade, da qualidade do café da manhã? Acredito que sabemos a resposta. Wittgenstein (se não me engano) certa vez expressou de forma bem direta: sobre assuntos dos quais não há nada a dizer, é mais sábio não dizer nada.

Certa manhã, enquanto ia encontrar uma fonte para um artigo que estava preparando, notei o garoto do telhado, agora do lado de fora de um bar no meu bairro, mas seu olhar passou reto por mim, como se eu fosse um fantasma. O curioso foi que ele estava com um grupo de jovens cantando o hino fascista enquanto derrubavam uma sequência de dominós com desinteresse. Fiquei alarmada e, por um ou dois dias, me perguntei se tínhamos sido comprometidos.

Cada passo na escada do meu prédio me deixava tonta de medo. Se uma mulher me encarasse na *piazza*, eu sentia vontade de sair correndo. Uma atendente do balcão no escritório da American Express me pediu, de forma um tanto indelicada, para soletrar outra vez o meu sobrenome e depois pareceu conferi-lo em alguma lista que tinha em um arquivo; comecei a suar muito, senti dor de cabeça e isso persistiu durante o dia todo. Em tempos de guerra, o pânico se espalha, especialmente, diriam alguns, quando se vive sozinho. Mas talvez seja pior para os casados.

Certa noite, voltei de uma caminhada e me convenci de que alguém tinha mexido na máquina de escrever durante a minha ausência, que as folhas de papel carbono na minha mesa tinham sido mexidas e examinadas, que um armário com remédios e itens pessoais no banheiro tinha sido aberto e revirado. Pareceu-me haver marcas de dedos por toda a porta espelhada, que o apartamento inteiro cheirava a suor vencido e fumaça de charuto. O travesseiro onde eu guardava minha camisola havia mudado de lugar, eu tinha certeza. Talvez estejam até me observando agora.

Será que havia uma câmera escondida, um microfone? Um pequeno buraco de espionagem perfurado na parede? Nenhuma paranoia chega aos pés daquela que cresce quando tememos que nossa privacidade seja violada. A Gestapo era totalmente capaz disso, como Ugo nos alertara há tempos. "As paredes têm ouvidos", era o que ele sempre dizia.

Ao tentar dormir, as fotografias que temia terem sido tiradas por equipes de inteligência vieram à minha mente, me tiraram o sono. Sussurros estranhos e olhares zombeteiros assombravam minha insônia. Em pouco tempo, eu estava pensando em *me* esconder ou sair de Roma, tão forte era minha certeza de que havíamos sido enganados e traídos. Na verdade, eu teria feito isso se não fosse pelo fato de que nós, do Coro, havíamos combinado de não nos comunicar por uma quinzena inteira após aquela noite, e eu não queria colocar meus amigos em risco ou desaparecer sem que soubessem, pois isso poderia aumentar as suspeitas.

Durante toda aquela semana interminável, o garoto assombrou os meus pesadelos. Até o procurei pelo bairro, determinada a algum tipo de confronto maluco. Uma mulher adulta perambulando pelas ruas, espiando pelas venezianas como se fosse alguma lunática em um romance gótico ou uma intrometida bisbilhoteira. Não faço ideia do que deveria ter dito a ele, talvez nem soubesse naquele momento. De todo modo, minhas andanças não me levaram até ele.

Na véspera de Ano Novo, fiquei sabendo — não quero dizer como — que o rapaz era secretamente comunista, um infiltrado nas fileiras fascistas. Tínhamos lhe dado 8 mil dólares. Torcia para que meu informante estivesse certo.

O buraco do carvão foi a segunda das três entregas que o pobre Ugo tentaria fazer naquela noite, uma noite em que eu temia que o dia nunca raiasse. Quando penso nisso, me lembro da garota, que um dia se tornaria uma atriz famosa, e do rapaz, que seria torturado e morto pela Gestapo no primeiro mês do novo ano, seu corpo jogado perto dos fundos do Stadio dei Cipressi, que posteriormente foi chamado de Estádio Olímpico. Enquanto houver estrelas no céu, os cinco anéis do símbolo olímpico sempre terão um significado especial para mim: aquele rapaz, sua rebeldia, sua serenidade, sua bravura, seu amor por sua pátria grandiosa.

Acho que nunca vou esquecer o frio que fazia no meu apartamento naquele final de dezembro. E o medo de não saber o que aconteceria.

Foram alguns poucos dias que mudaram minha vida. Refleti bastante.

Se eu sobrevivesse à guerra, decidi que tomaria novos rumos. Voltaria para a universidade e retomaria os estudos que deixara de lado quando estava nos meus vinte anos. Acabaria com o que particularmente sabia ser minha dependência de barbituratos. Escreveria de maneira diferente. Viveria como eu mesma.

O amanhecer podia ser imaginado, mas ainda era noite.

Não tive notícias de nenhum membro do Coro.

Então, veio o medo de que todos os meus amigos estivessem mortos.

Será que o Ugo estava vivo?

Será que alguém estava?

Ele se agacha atrás de uma fileira de caçambas enquanto um grupo de cinco escavadeiras nazistas blindadas passa roncando pela beira do cais.

Lá na frente, como uma muralha, ele vê um conjunto de armazéns escuros. Atrás dele, a brisa fétida do Tibre.

Ele entra no Campo di Giuliani, hesitante, com os olhos latejando.

No alto de uma *loggia* de pedra, ao longo de um telhado comprido e coberto de hera, um flautista, um Moisés idoso de barba branca, como em uma pintura de Rafael, vestindo smoking e capa puídos. Ao lado dele, um tenor de ombros caídos canta *Una furtiva lagrima*, com mãos estendidas extraindo lágrimas do ar. Bem ao longe, do outro lado da *piazza*, numa janela superior iluminada por velas, uma jovem com máscara de arlequim os acompanha ao piano. Os acordes brilhantes e claros e os arpejos suaves ecoam nas antigas pedras frias.

Todas as outras janelas que dão para a *piazza* estão fechadas. Os moradores devem conseguir ouvir, mas ninguém está prestando atenção, a menos que estejam ouvindo debaixo das cobertas, no mundo dos lençóis. Talvez não se importem em ficar acordados.

Un solo istante i palpiti
Del suo bel cor sentir.

I miei sospir, confondere
Per poco a' suoi sospir!

Paralisado pela fragilidade, ele olha de baixo de uma marquise enquanto a ária começa a soar, cada vogal precisa como uma lâmina, o arrulho da flauta como o chamado de uma pomba ao amanhecer através do orvalho dos *Ss* do tenor. Fulgura, desenrola-se em direção ao suspiro de seu clímax, e a pianista o flautista e o tenor se curvam rigidamente, primeiro uns para os outros, depois para a *piazza* vazia, antes de se retirarem para a escuridão de onde vieram.

O estalar das persianas sendo fechadas. Depois, o canto dos pássaros. Depois, o silêncio.

Aconteceu?

Deve ter acontecido.

Não há ninguém nas janelas.

A música abriu algo que ele queria deixar fechado, adiado.

Ele desliza em calçadas escorregadias, tropeça, se equilibra.

Um garoto escala uma corda de varal a cinco andares de altura em um beco.

Dois irmãos, no pátio, cortam o cabelo um do outro à luz de velas.

Um rato encara um campanário de dentro de uma melancia roída.

A luz da lua ilumina lápides.

Lobos esculpidos em pedra acima de uma entrada.

Uma mulher na sacada ouve os sussurros do amante, eternamente a oito passos de distância, na janela oposta.

24

A VOZ DE SIR D'ARCY OSBORNE

14 de dezembro de 1962

Entrevista com um pesquisador da BBC, gravada na Via Giulia, nº 66, em Roma

Com todo o respeito, não é que eu esteja sendo evasivo. Quando a gente assina a Lei de Segredos Oficiais, é para a vida toda. Então, você vai entender que há um limite para o que alguém poderia contar — ou seria permitido contar, mesmo agora, após um tempo considerável ter passado — sobre como os fundos foram providenciados para a missão empreendida pelo monsenhor na noite da véspera de Natal de 1943. A confidencialidade entre países existe por razões legítimas.

Eu arriscaria dizer que as pessoas vão tirar suas próprias conclusões sobre o assunto. Algumas verdades serão tão óbvias que nem valerá a pena negá-las. Por exemplo, não seria exagero afirmar que a maior parte do dinheiro foi, vamos dizer assim, trazida para a Itália por meio dos escritórios de vários embaixadores neutros ou simpatizantes, inicialmente em quantidades pequenas.

Também será óbvio mencionar que havia pessoas envolvidas. Essa parte da questão foi coordenada por mim. Como inglês, sou livre para falar com quem eu quiser, desde que não viole nenhuma lei do meu reino.

Por conta das variações cambiais e, como posso dizer, da destreza que se pode encontrar na minha querida Itália, houve uma falta de fundos, que surgiu no último minuto. A *Contessa* não se importará que eu registre que foi ela quem, por assim dizer, veio ao resgate. Acredito que a venda das joias que o falecido Conde deu àquela boa mulher estava inclusa, mas nunca nos foi totalmente revelado, por boas razões. Quero salientar que isso foi extremamente arriscado para minha amiga, a *Contessa*. A SS monitorava de perto as contas bancárias de todos que não eram fascistas. A consequência por colaborar com os Aliados era a morte.

Por volta dessa época, tomei conhecimento, não desejo dizer exatamente como — e mais uma vez, peço desculpas pela minha evasão, ficará evidente mais para frente que os serviços de inteligência e contraespionagem estavam envolvidos —, que Hauptmann, o comandante da SS em Roma, estava trocando telefonemas com notável regularidade com o próprio Himmler. Esse fato me deixou bastante desconcertado.

Todas as noites, às vezes até duas vezes por noite, o *Reichsführer* — afinal, o segundo homem mais poderoso do império nazista — destilava sua fúria em Hauptmann e seu detestável vice, Dollman, porque, na percepção do *Führer*, os fugitivos aliados estavam circulando por Roma à vontade — "como prostitutas em uma *Bierkeller*", que lembro ter sido uma frase perturbadora. Ele advertiu Hauptmann que, caso a situação não fosse resolvida rapidamente, a insatisfação do *Führer* poderia se tornar mais intensa, na verdade, Hauptmann estava na mira de Hitler.

Já se sabia há algum tempo que Hauptmann estava desenvolvendo o que o renomado professor Freud chamaria de "complexo" em relação ao monsenhor. Tínhamos uma informante na sede da Gestapo, uma jovem corajosa, de fato uma heroína, que não desejo nomear ou dar qualquer detalhe que possa identificá-la. Não confirmo nem nego que ela era alemã. Não direi absolutamente nada sobre ela, exceto que nos contou que, entre outras coisas, o nazista andava pelo escritório resmungando sobre "aquele maldito padre" e encarando as fotografias das vigilâncias como se quisesse tacar fogo nelas. Eu informei o monsenhor dos fatos, mas, talvez como outros de seus compatriotas, se me permite dizer, ele nem sempre era do tipo que aceitava os fatos.

Essa era a questão.

Os povos celtas — e a gente os admira muito — são grandes bardos. Mas racionalistas? *Satis dictum*.

Quero deixar registrado que o monsenhor tinha uma visão muitíssimo clara do perigo que enfrentava na noite da véspera de Natal de 1943. Qualquer insinuação contrária é, sendo bem sincera, balela. O que quero dizer é que uma insinuação dessas seria completamente infundada. Eu o alertei, e ele estava ciente do perigo.

Essa é a minha palavra solene. Depois disso, pessoas mais inteligentes do que eu podem acreditar no que quiserem. Como o Sr. Orwell supostamente disse (embora eu nunca tenha encontrado a referência): "Certas ideias são tão estúpidas que somente um intelectual poderia acreditar que são verdade". Como o Sr. Orwell estudou em Eton, sempre poderemos confiar nele.

Não muito tempo após o início da série de telefonemas raivosos de Himmler, os judeus desafortunados do gueto, cuja maioria eram romanos muito pobres e trabalhadores, receberam a ordem de Hauptmann de juntar uma quantidade absurda de ouro para evitar a deportação para os campos. Com muito esforço, esse montante foi arrecadado. Mais uma vez, a *Contessa* esteve envolvida, pelo menos indiretamente, ou é o que tenho motivos para acreditar. Era óbvio que as coisas estavam agora se desenrolando muito rápido.

Nunca mencionei antes — somente o monsenhor e Derry sabiam na época — que os nazistas haviam tentado me comprometer. Isso ocorreu numa tarde alguns meses antes do Natal, diria que em meados de outubro, talvez depois. Eu estava lendo o *Times* enquanto tomava um gim com água tônica em uma lanchonete pequena que eu gostava sob a colunata da Praça de São Pedro, com uma cópia vencida havia duas semanas que meu camarada May de alguma forma conseguiu arranjar. As palavras cruzadas não precisam estar atualizadas.

Na lanchonete, era tradição passar um tempo apenas observando ao redor e tentando aproveitar o fato de estar ali. Os italianos são um povo muito social, acolhedor e expressivo. Faz parte da cultura, da identidade, ser comunitário. Comerem juntos é fundamental. Eles se cumprimentam com beijos, se abraçam. Homens, mulheres, jovens e idosos. Eles expressam seus sentimentos, suas emoções, de uma forma que geralmente não fazemos na Inglaterra. Para mim, isso torna a vida italiana mais encantadora e inspiradora. Então, era isso que eu estava fazendo. Absorvendo a cena. De repente, houve uma interrupção.

Um sujeito de aparência meio duvidosa, com jeito de cafetão, se aproximou e perguntou se *mein Herr* se importaria de dividir a mesa. Como ele já estava fazendo isso, com os cotovelos apoiados no jogo americano, não havia muito o que dizer. Ele não se apresentou, mas eu sabia quem era. Dollman, o vice de Hauptmann.

O cigarro era fino e preto, com a ponta dourada. As abotoaduras eram miniaturas de máscaras teatrais, uma Tragédia abatida e sua prima sorridente.

Logo em seguida, ele pediu um cappuccino, mais uma falha de bom gosto. Os italianos, com razão, veem essa bebida como apropriada apenas para o café da manhã. Nenhum romano refinado a pediria depois das 11h. De todo modo, como o garçom lhe disse, não havia café disponível em lugar nenhum da cidade devido ao racionamento. Dollman tirou do bolso um frasco de comprimidos e entregou ao homem.

"Dentro tem três colheres de chá de café Costa Rican Arabica cem por cento. Faça um cappuccino para mim. Depressa."

Fingindo que uma ideia acabara de lhe ocorrer, ele direcionou seus olhos preguiçosos para mim. Poderia ter a honra de me pagar uma xícara de café como seu vizinho?

"*Nein danke*", respondi.

"Mais tarde, então", falou, deixando outro frasco de comprimidos ao lado do meu pires. "É uma lembrancinha para o *mein Herr*."

Ele falava com um sotaque alemão refinado que destoava de sua aparência e jeito de malandro. Reparei que as unhas dos seus dedos cheios de anéis estavam descuidadas, e as botas, de aparência cara, não tinham sido polidas desde a queda da República de Weimar. O nome dele fazia jus à sua maneira curiosa de se movimentar,[1] lembrando bastante os movimentos de uma marionete, balançando a cabeça com frequência, como se suas cordas estivessem sendo puxadas. Um fedor sulfuroso de algo que suponho ser colônia ou pós-barba se espalhou, competindo com outro odor menos agradável. Ele pelo menos estava de gravata, ainda que chamativa ao extremo, como um pedaço rasgado do corpete de uma artista durante um striptease. Tirando os olhos tristes de cor de ferrugem, um tanto sifilíticos, mas pensativos, ele era como um daqueles sujeitos que ficam rondando a porta dos fundos de uma boate em Berlim, sendo incomodados por mosquitos e jazz.

Gostaria de um cigarro? O *Times* de Londres estava interessante hoje?

Neste momento, fiz um sinal para pedir a conta.

"Está gostando da sua nova vida no Vaticano, *mein Herr*?"

Uma pergunta reveladora. Ele sabia exatamente quem eu era.

Deixei claro que morar no Vaticano estava sendo satisfatório por ora.

"Sim, vocês ingleses têm uma queda por monarquia", respondeu.

1 A tradução literal de "Dollman" seria "Homem Boneco". [N. da T.]

"O senhor está dentro dos limites de um estado independente e neutro", lembrei-o. "Se o senhor está participando das hostilidades atuais ou é algum tipo de agente do Eixo, sua presença aqui sem autorização prévia por escrito das autoridades do Vaticano é proibida pela lei internacional. Devo pedir que retorne a Roma. Lá. Tenha um bom dia. Se não o fizer, terei que prendê-lo."

"Um acordo entre cavalheiros experientes, Sir D'Arcy", retrucou. "É tudo que desejo. Será que poderia me conceder um instante?"

Uma mosca-varejeira gorda e cansada estava rastejando pela toalha de mesa xadrez vermelha, e enquanto meu intruso aguardava minha resposta, ele apontou para ela com o dedo manchado de nicotina e sorriu para mim com dentes assustadoramente parecidos com porcelana.

"'Preste atenção nesta pulga e preste atenção nisto, veja como é insignificante aquilo que me negas.' Isso é um soneto do seu clérigo e poeta inglês, Donne, se não me engano. De um poema de sedução. É isso mesmo?"

Falei para ele que não sou muito de discutir literatura com estranhos (apesar de, na verdade, até fazer isso quando surge a oportunidade), que ele devia falar o que quisesse e, depois, dar o fora. Um diplomata às vezes precisa aguentar pessoas que a gente preferia dar um tapa na cara. É para isso que existe a diplomacia, afinal de contas. Podia até sentir certa apreensão, claro, mas não ia dar a ele o gostinho de perceber. É bem provável que ele tivesse uma pistola Luger na axila; todos os homens da Gestapo carregavam uma. Mas seria difícil até para um bárbaro atirar em mim na Praça de São Pedro. Pelo menos durante o dia.

"Queria conversar com você sobre outro clérigo", disse ele.

"O que não falta é um desses em Roma", retruquei, desviando do assunto que nem uma cabra-de-leque, se me permite dizer.

"Nem todos são tão problemáticos como esse, *mein Herr.*"

Afirmei que não fazia a menor ideia de onde meu visitante indesejado queria chegar. Ele só concordou de um jeito bem tranquilo, como um péssimo ator, e murmurou:

"É claro."

Daí ele tirou do bolso interno o que achei que era um cartão e o empurrou pela mesa enquanto mexia nos palitos de dente num copo de xerez e franzia os olhos para o cardápio que um garçom tentava entregar, como se receber um cardápio num café fosse um evento de estranheza inexplicável.

O cartão era, na verdade, uma foto razoavelmente nítida do monsenhor, da *Contessa* Landini e de mim, na área do *green* do décimo oitavo buraco em Viterbo. Foi tirada de longe, de uma janela, do que eu deduzi ser o clube. O monsenhor estava com um taco de golfe sobre o ombro, como se estivesse segurando um rifle; ele estava mais robusto naquela época. O racionamento o fez perder um peso considerável. A *Contessa* estava com a cabeça jogada para trás, gargalhando com despreocupação, algo que não me lembro de ter testemunhado. Estranho como certas coisas nos impactam em momentos de estresse.

"Estamos em uma enrascada daquelas, como se costuma dizer, em 'maus lençóis'", disse o chucrute, todo feliz por conhecer a expressão. "Um dilemazinho, sabe como é, meu caro?"

"Como assim?"

"Afinal, existem leis. Convenções internacionais. A Alemanha não ajuda os prisioneiros de guerra alemães no seu país a escapar."

"Acho difícil que eles queiram."

"É uma questão de matemática. Também de perspectivas. O que é felicidade para um, pode ser um problema para outro. Muito depende do ponto de vista. Por isso, o consenso deve ser buscado em todas as coisas, não acha?"

"Prossiga."

"Está bem claro que há uma Rota de Fuga em operação, ilegalmente, dentro do Vaticano. Concorda comigo?"

"Se eu concordo que está bem claro?"

"Se você concorda que uma rota está sendo operada?"

"Nunca ouvi falar de algo tão vulgar quanto uma Rota de Fuga sendo operada no Vaticano. Pode esclarecer um pouco mais, se assim desejar?"

"Acreditamos que esta seja uma foto de três dos seus líderes. A Santíssima Trindade, por assim dizer."

"Eu diria que são três conhecidos, descontraídos, jogando golfe."

"Caro senhor, eu não acredito que seja o caso."

"Não dou a mínima para o que você acredita."

"Admirável", disse ele com uma expressão facial que acredito que deveria ser um sorriso. "A independência mental britânica, não é mesmo? A recusa à convenção. Isso se estende a outras áreas, outros *aspectos* da sua vida, acho eu, *mein Herr*. Sua vida noturna em particular. Não é verdade?"

"O senhor é o especialista."

"Não é crime gostar de cavalheiros, *mein Herr.* Bom, tecnicamente falando, sim. Ser 'de uma estirpe diferente', como dizem os ingleses. Você tem amigos e colegas homossexuais. Quem não tem, afinal?" Ele deu uma risadinha. "Estamos no Vaticano, não é? A Cidade dos Rapazes."

"Você consegue deduzir tudo isso de uma foto de três pessoas jogando golfe? Espantoso. Já pensou em se tornar um vidente em uma barraca de charlatões?"

"Sim, as evidências são indiretas. Mas mais será descoberto. A proposta que lhe faço agora, e, se desejar, aos seus colegas, é que permitamos que certo número de fugitivos aliados siga seu caminho. 'Para bom entendedor, meia palavra basta', como dizem. Desde que nos devolvam cinquenta ou sessenta por semana para que possam retornar imediatamente aos acampamentos. Dessa forma, mantemos nossa honra."

"Qual seria o destino dos que retornassem?"

"Ejecução."

"Sua pronúncia é uma lástima", falei. "Quis dizer 'Execução'?"

"Quero dizer, ser baleado. Ou enforcado."

"Você chamaria esse acordo de honroso?"

"Guerra é guerra, *mein Herr.*"

"É?"

"Estamos todos no mesmo barco. Vamos, vamos tomar um café e conversar."

Peguei e abri o frasco de pílulas, despejei o café moído na minha mão em forma de concha, respirei fundo. Era rico, com sabor de cereja, suntuoso, finamente torrado, com notas de sândalo com chocolate, uma mistura verdadeiramente requintada. *Puff,* soprei em seu rosto.

"Seu batom está borrado, querido", falei. "Acho melhor ir retocar."

Ele respondeu com uma enxurrada de obscenidades que não repetirei.

Nisso, eu me levantei e chamei carinhosamente dois guardas suíços que estavam patrulhando por perto, dois cavalheiros pitorescos em seus trajes medievais peculiares, mas bem conhecidos em Roma por carregarem submetralhadoras Thompson escondidas em seus mantos e não terem medo de usá-las se forem informados de que o papa ou seu Estado estão sendo atacados. À medida que se aproximavam, dando-me uma versão cautelosa do seu cumprimento de punho-na-testa, o chucrute se levantou da mesa e atravessou depressa a linha de fronteira, onde ficou por um momento e abriu o seu sorriso de marionete na minha direção antes de se afastar pelo canteiro de obras da Via della Conciliazione.

Os guardas perguntaram se eu queria denunciá-lo, mas disse para não se preocuparem com gente da laia dele. Um dia, algum romano ofendido acertaria as contas com ele frente a frente, eu sentia que sim. Não era lá um pensamento dos mais diplomáticos. Está vendo?

Ao voltar para meus aposentos no Vaticano, passei um tempo andando de um lado para o outro e fumei um cigarro, com certa raiva e com o desejo de vingança. Mais uma vez, esses não são traços a se propagarem em um enviado de Sua Majestade. Mas eles se enraizaram profundamente naquele dia.

Contudo, em certo aspecto, aquele arrivista miserável me fez um favor. Diria até que, sem sua tentativa de me corromper, não sei se teria me permitido ficar muito envolvido na Rota de Fuga. Mas aí eu pensei: que cara de pau. Que *cara de pau* daquele desgraçado. Isso me corroeu durante toda a tarde. Me deixou furioso.

Eles matariam todo judeu, todo cigano, todo artista. Se por acaso chegassem a Londres, iriam direto para Soho e assassinariam alguns dos meus amigos mais próximos. E então, me assassinariam.

Acredito que você sabe do que estou falando.

Parecia vislumbrá-los, um por um, antigos colegas de turma, colegas de trabalho, companheiros. Homens decentes, bons, bem-humorados, leais, corajosos. Alguns haviam lutado por sua pátria, pela decência de muitos de seus valores, pelo nosso sistema de governo parlamentar, pela nossa falta de ódio aos nossos oponentes. Longe de ser perfeitos, mas com muita vontade de melhorar.

As risadas e as noitadas que passamos juntos nos bons tempos.

Eu disse "não". Seu filho da puta.

Não sem resistir.

Procurei o monsenhor e disse para ele me incluir, por assim dizer. Claro que eu já sabia da Rota de Fuga, tinha, arrisco dizer, ajudado em pequenas questões, mas oficialmente fazia de conta que não via para manter certa, digamos, negação plausível. Mas não mais. Ele estava orando no jardim do *collegio*, pelo menos foi o que presumi. Sentado em um banco com uma Bíblia nos joelhos.

Conversamos por um tempo sobre missões já executadas, o esconderijo de prisioneiros em tal convento, o transporte de fugitivos ou suprimentos médicos à noite. Depois falamos sobre uma missão que estava por vir. Um Rendimento.

Após cerca de uma hora, um sujeito de macacão de jardineiro apareceu no caminho e me foi apresentado como major Sam Derry, da Artilharia Real, "os *Gunners*", meu regimento antigo, um fugitivo escondido nas *scavi, as escavações* do Vaticano.

O que me pegou de surpresa foi a rapidez com que ele e o monsenhor me contaram tudo. Eles e um colaborador na cidade estavam juntando dinheiro há algum tempo. Havia muitos prisioneiros escondidos, eles precisariam ser retirados de Roma e levados para o campo, antes da chegada esperada de grandes reforços nazistas no início do Ano Novo. O dinheiro para isso seria entregue na noite da véspera de Natal.

Haveria três entregas, a menor em Prati, a média em Parioli, a maior em um local ainda não escolhido. O trajeto completo seria uma caminhada de catorze quilômetros e meio. A prisão resultaria em tortura prolongada e morte. Derry se prontificou para a missão.

Uma parte medonha do procedimento foi o que fizemos em seguida. Descobri que, na Bíblia sobre os joelhos do monsenhor, ele destacara vários nomes com tinta vermelha, os quais Derry estava memorizando, em suas versões italianas. Luca. Paolo. Marco. Matteo. Giuseppe, Elisabetta. Pietro, Stefano.

Perguntei por que ele estava fazendo isso.

"Se eu acabar indo parar no Clube Hauptmann, senhor."

"Perdão?"

"Uma gíria que os rapazes usam para se referir à sede da Gestapo, senhor", disse Derry, com uma calma que me deixou perplexo. "Chamam de Clube Hauptmann, ou de Porão de Dollman. Se eu for torturado, quero ter nomes reais para entregar. Para não trair meus amigos. Todos os dias, venho aqui me encontrar com o monsenhor para estudar. Ele é daqueles professores que pegam pesado, sabe?"

Sentamo-nos sob os ciprestes, o monsenhor, Sam Derry e eu, enquanto os rouxinóis iam e vinham, e o sol romano brilhava, Derry recitava os nomes, e eu o testava para ver sua desenvoltura ao falar os endereços fictícios. Em determinado momento, eu perdi a compostura, deixei as emoções tomarem conta. Com ternura, o monsenhor segurou minha mão e sussurrou:

"Força, camarada."

"Ânimo, senhor. Somos *Gunners*", disse Derry.

Contei-lhes algo que era verdade, que sentia saudades do meu irmão na Inglaterra. Mas que os amava como irmãos e sempre os amaria. Até o fim dos meus dias. E, se possível, além.

Eles me disseram que isso era reconfortante, e continuamos. Falando nomes e endereços, ao som dos pássaros.

25

Ele dobrou à esquerda na Via Boccherini, passando por uma abertura na cerca de arame farpado, seguindo seu caminho pelos destroços. Avisos alertam que a escola em ruínas pode desabar a qualquer momento; vagabundear ou se envolver em "comportamento imoral" é passível de pena de morte.

A cratera deixada pelo foguete está transbordando água suja e oleosa, com pedaços de gesso cobertos de mofo e caixas quebradas. A explosão da bomba despedaçou o prédio em metades diagonais, a escadaria central em espiral agora está exposta, meio desabada, as pias destroçadas e as caixas d'água dos banheiros explodidas, enegrecidas pela ferrugem. Chocantemente, uma raquete de tênis infantil balança em uma janela.

Grafites cobrem cada milímetro dos muros marcados pelos estilhaços: *"Viva l'Italia!", "Morte al fascismo", "Roma '27", "Libertà, sempre!"* Dos sete contrafortes de carvalho trazidos para reforçar o frontão, seis tiveram seus suportes de ferro fundido roubados por saqueadores; o sétimo foi atacado com uma motosserra. Cartas francesas descartadas estão espalhadas em meio a montes de vidro quebrado, como águas-vivas lançadas à costa.

Uma freira fantasmagórica cantarolando o alfabeto emerge dos destroços, mas ele pisca para afastar a lembrança, se é que isso é uma lembrança.

— *Hände hoch*! — vocifera a voz atrás dele. — Mãos ao alto. Não vire.

Seus braços parecem chumbo quando ele os levanta. Com a mente a mil. O estômago fervendo. Entre os destroços, um estorninho chilreia e um vira-lata se esgueira. Passos de botas ecoam pelos escombros.

— Fique de costas para mim — fala agora em italiano. — Afaste os pés.

A voz é incisiva, com sotaque da região, revoltante em sua confiança. Uma mão cuidadosa e investigativa tateia os bolsos traseiros de sua calça. Uma pistola pressiona suas costas. Os dedos exploram seu casaco.

— Ande três passos à frente e se ajoelhe.

Arrepios percorrem sua mandíbula. Se preparando para o disparo, ele fala.

— Estou disposto a andar para frente, mas não a me ajoelhar.

— Você vai fazer o que eu mandar.

— Em relação a isso, não.

— *Mi scusi*?

— Tenha respeito por alguém com o dobro da sua idade, seu tosco ignorante. Ou farei o que seu pai deveria ter feito.

Uma raposa sarnenta de três patas sai dos escombros, gemendo de fome ou dor.

Com um rugido, ela explode, sangue respinga na alvenaria. O estampido da pistola se faz ouvir. A voz suspira.

— *Allora*. Fique de pé. Agora, vire-se para mim, *devagar*. Se tentar fugir, receberá o mesmo tratamento.

Ao se virar, ele se depara com um grandalhão de vinte anos, de bigode e olhos de porco, vestindo o uniforme verde-oliva da polícia fascista. Robusto, de braços longos, experiente em brigas, um martelo humano à procura de um prego. A falta de expressividade nos olhos lembra as janelas quebradas do terreno bombardeado.

— Vovô — debocha o rapaz —, por que não está usando a insígnia do Partido?

— Vesti-me às pressas. Se é que isso é da sua conta.

— Como a perna da sua calça se rasgou?

— Escorreguei no gelo.

— Você escorregou?

— Isso.

— Você sabe qual é a punição por descumprir o toque de recolher.

— Minha profissão me isenta disso.

— Sua fala é meio engessada. Não é italiano, né? De onde você é?

— Essa informação está no meu documento de identidade, que você vai encontrar pendurado num cordão no meu pescoço, dentro da camisa.

O fascista estica o braço e o encontra, lê as palavras mentirosas à luz da tocha.

— Mancuso — lê. — Que raio de nome é esse?

— Diga-me você.

— Temos relatos de atividade comunista na cidade esta noite. Partidários, terroristas, atacam-nos como covardes na escuridão. Sabe de algo sobre isso, senhor supostamente chamado Mancuso?

— Perdão, mas como é que é um comunista mesmo?

— Tem um espelho aí? É só dar uma olhada.

— Não ligo pra essas coisas. Só foco o meu trabalho.

— Aqui diz que você cresceu em Milão. É verdade?

— É o que diz aí.

— Torce para que time de futebol?

— O Inter.

— Qual o nome da igreja onde fica *A última ceia*?

— Santa Maria delle Grazie.

— Que mentira. Esta identidade é falsa.

— Por que você diria uma coisa dessas?

— Você não é italiano. Nota-se pelo seu sotaque.

— Eu não disse que sou italiano. Não sabe ler?

— Você vai comigo para a delegacia. *Andiamo.*

— Virgem Santíssima, criminosos degenerados estão à solta na rua. Não faz nem dez minutos, na Via Peri, passei por uma prostituta mostrando abertamente o corpo. Meio despida na entrada de casa. Em plena véspera de Natal. Você me disse que tem insurrecionistas comunistas e assassinos soltos por aí. E quer prender um homem inocente fazendo seu trabalho? *È bene*, já aguentei demais, vamos para a delegacia. Vamos ver o que seus superiores têm a dizer sobre esse desperdício de tempo.

— Está se achando mais esperto do que eu?

— Acho que até um saco de pedras seria.

— Todo cheio de si, né? *Professore Partigiano.*

— Deixa eu te falar uma coisa, filho, antes que você se envergonhe mais. Hoje fui um dos poucos convidados para um casamento na Basílica de São Pedro…

— Grande coisa.

— A noiva era filha do Traetta, sim, o oficial fascista. Um amigo próximo, desde antes de você nascer. Me leve até a delegacia, vou ligar para ele de lá.

— Duvido. Como é que ela se chama?

— A minha afilhada se chama Alicia.
— Você é padrinho da filha do Traetta?
— O nome do marido dela é Luca.
— Qualquer um poderia saber disso. Você está tentando me enganar. Para *trás.*
— Na minha lapela, tem uma cópia da Ordem de Serviço. Assinada e datada pelo casal e também pelo Traetta.
— Pegue. *Bem devagar.*
Assim ele o faz. Entrega ao outro.
— Pronto. Viu só? Você cometeu um erro. Amanhã vou ligar para o Traetta para elogiar seu esforço e dedicação.
— Diga "Malditos sejam os judeus".
— Por que eu diria uma coisa dessas?
— Porque eu mandei.
— Isso não justifica. Outro sujeito poderia mandar eu dizer "Maldito seja o Duce".
— Quê?
— Você me ouviu muito bem.
— Retire esse comentário.
— Que comentário?
— "Maldito seja o Duce".
— Olha aí. Acha sensato dizer uma coisa dessa? Alguém pode estar ouvindo e te delatar.
O fascista estende um dedo, toca o botão superior do casaco listrado do padre.
— Mancuso, o Cabeção. É grande a queda dos grandões.
— Encoste em mim de novo, filho, e vai ver o que é bom pra tosse.
— Está me ameaçando, professor?
— Ameaçando, não. Avisando.
Ele encosta no padre de novo.
Mancuso se lança para a frente.
Agarra o dedo indicador, dobra-o *com força* em direção ao pulso, e o rapaz solta um grito de dor, cai para o lado, agitando os braços, consegue de alguma forma recuperar o equilíbrio, tira a pistola do coldre embaixo do braço, mas não consegue desengatilhar. Com os olhos revirando, cambaleia, jorra blasfêmias e afirmações, Mancuso o acerta de novo, um golpe defensivo nas

têmporas, mas o fascista se esquiva, girando, eles estão em um abraço feio de lutadores, em meio ao cheiro de roupa não lavada e cabelo sujo de pomada modeladora, à medida que ele tateia em busca do cabo da pistola, morde a orelha de Mancuso, com as pontas dos dedos se esticando em direção aos olhos.

Uma figura mascarada surge da escola, segurando uma peça de andaime nas mãos enluvadas. Quando o fascista se vira em direção aos passos, é atingido com força no peito, recuando para trás em direção a um monte de tijolos e telhas derrubados, e o agressor o agarra pela traqueia, dando-lhe um golpe forte entre as pernas, e o fascista cai, regurgitando, ofegante de agonia, enquanto a figura desfere um chute em sua cabeça.

Um grito em alemão vem da ruela:

— *Mãos ao alto ou atiramos!*

A figura sai em disparada, escalando o muro destroçado.

Da rua saem três soldados alemães, com uma lanterna, rifles apontados.

— Que confusão é essa? Não se mexam. Levantem as mãos.

— Eu me chamo Mancuso. Vi esse policial sendo espancado quando passei e corri para ajudá-lo. Ele precisa de uma ambulância, teve uma concussão. Tem um rádio aí? O agressor dele fugiu naquela direção.

Dois soldados correm em direção ao muro. O terceiro solta um suspiro prolongado.

— Seu documento de identidade, *bitte*? — pede.

26

A VOZ DE DELIA KIERNAN

7 de janeiro de 1963

Entrevista de pesquisa da BBC, gravada em White City, Londres

No inverno romano, as construções sofrem bastante. A embaixada, uma *villa* antiga sem sistema de aquecimento e com canos barulhentos tão velhos quanto a sua avó, estava passando por uma reforma muito necessária naquela época. Eram baldes para tudo que é lado nos corredores, tínhamos tantos vazamentos no telhado que perdemos a conta. Um cano estourou na despensa. Saíram ratos do tamanho de pôneis. A piscina virou gelo e nos deixou P da vida, desculpe o linguajar, porque o mosaico no chão rachou e o *caementicium* foi para o brejo.

Meu marido sentiu que era melhor ficar lá mesmo, no quartinho dos empregados, que era praticamente um armário; dava para colocar uma cama de campanha e só. Eu e Blon, nossa filha, arrumamos um apartamento na cidade para essas dez semanas. Foi lá que eu passei a véspera de Natal.

Foi uma noite daquelas em que você nem pensava em colocar uma garrafa de leite do lado de fora. Chuva de granizo. Frio cortante. Rajadas de vento. Meu pai costumava brincar que a chuva é o sol em forma líquida. Na véspera de Natal, era só depressão líquida.

Lá pelas 2h30 da manhã, ouvi uma batida forte à porta da frente, parecendo um exército de demônios enfurecidos. Quando abri a porta, dei de cara com Hugh, solitário, piscando para mim feito um farol, sem parar, como se estivesse tentando me sinalizar algo urgente.

"Boa noite, *Signor* Mancuso", falei, com toda a calma possível, apesar do medo me deixar abalada. "Imagino que tenha vindo pegar a garrafa de quinino, como combinado, estou certa?"

Ele fez uma careta.

"Agradecido, sra. Kiernan, de coração", disse ele.

"Que tal dar um pulinho lá dentro?", perguntei. "A noite está fria, não acha? Aceita uma bebida para dar uma esquentada antes de ir?"

Foi quando os três nazistas apareceram na varanda. Bom, talvez não exatamente nazistas, três soldados alemães, recrutas, eu diria.

Um pela direita, o outro pela esquerda. Estavam ali esperando, escondidos, de um jeito que eu não conseguiria vê-los, mas eles podiam ouvir tudo o que eu dizia para Hugh, ou ele para mim.

Com pistolas empunhadas.

Calados.

Dois deles eram uns sujeitos sem graça, que Deus e a Virgem Santíssima os guardem, mas o terceiro, o superior deles, era um verdadeiro espanto. Um rapaz com cara de peixe, ombros encurvados, dedos grossos como salsichas, tão feio que fazia cebola chorar. Tinha uma cara de enterro.

"Boa noite, cavalheiros", cumprimentei. "Ou um *Guten Morgen* adiantado, eu diria. Como posso ajudar os excelentíssimos?"

Não abriram o bico.

"Imagino que sejam conhecidos do amigo do meu marido, o *Signor* Mancuso?", perguntei. "Bom, agradeço por acompanhá-lo até minha porta, muito atencioso da parte de vocês. Roma anda um caos, cheia de roubo e crime, né? Dá até medo de sair de casa."

Eles me encararam, depois Hugh e, depois, um ao outro. Belos exemplares da super-raça. Três sábios. Mas é bom ter bastante cuidado ao lidar com os idiotas. A idiotice tem lá sua malandragem, senão já teria sumido há muito tempo. A idiotice é como um tubarão. Sobrevive.

A questão era fazer Hugh entrar na casa sem levantar mais suspeitas, o que não seria fácil, pois ele já estava nervoso demais. Além disso, eu precisava pensar rápido. O Natal não é uma época fácil para mim, de modo que acabei tomando uns conhaques para tentar pegar no sono. Se soubesse, não teria bebido, porque meus pensamentos ficaram uma bagunça. Naquele momento, começou a nevar.

Era uma noite suja e amarga, a neve era daquela que ensopa as roupas, e os soldados estavam pálidos de tanto sofrimento. Dava para sentir aquele cheiro horrível que vem de meias sujas quando a umidade se infiltra pelas botas. Um deles me perguntou num inglês bem sofrível e sem jeito se podia entrar por um instante e usar o banheiro. Foi quando a solução me ocorreu.

"Por que vocês *todos* não entram?", convidei, ligeira que nem bala. "Ganhei café de presente de Natal, posso preparar bem rápido."

"Acho que isso não seria apropriado, Delia." Quem disse isso foi o Hugh. "Esses homens estão fazendo ronda. Precisam cumprir com o dever deles."

"Ah, Marco, não seja tão ranzinza, é véspera de Natal", comentei. "Deixe os rapazes entrarem e ficar perto da lareira por uns dez minutinhos, só para esquentar esses ossos, pobrezinhos."

Ah, o olhar assassino que ele me deu. Mas eu sabia o que estava fazendo. Ou pelo menos, achava que sabia. De todo modo, já estava feito.

Os três começaram a conversar em alemão por um minuto e, em seguida, todos os quatro entraram na casa. O sujeito que precisava aliviar suas necessidades se retirou para o lavabo abaixo do patamar da escada. Blon, que desceu as escadas naquele instante, me ajudou a pegar os sobretudos encharcados dos outros dois e os penduramos lá embaixo, na área de serviço. Dei uma piscadela para ela ficar calma.

"Tem um cavalheiro alemão no banheiro, querida", avisei, pois não tínhamos tranca no cômodo. "E me permita apresentá-la ao Sr. Mancuso", falei, referindo-me a Hugh, que ela conhecia bem o bastante para tratá-lo como um tio. Ela assentiu enquanto o cumprimentava com um aperto de mão.

Blonnie tinha completado dezenove anos em outubro e era o que costumavam chamar de deslumbrante. Os italianos têm uma expressão, *fare bella figura,* que significa estar impecável o tempo todo. Era assim que ela estava: confiante, no controle. Ela venderia uma cama de casal até para uma Madre Superiora. Blon herdara toda a beleza do pai e um pouco do espírito desafiador das mulheres da minha família, mas era a pessoa mais encantadora que eu já conhecera. O pai dela costumava dizer que ela tinha uma beleza que metralhava uma sala, uma piada que sempre a deixava furiosa, mas você entendia o que ele queria dizer, pois já a testemunhara. De Bundoran a Bolonha, corações foram partidos. Ela tinha olhos castanhos nos quais você se perderia, um jeito de andar com a cabeça erguida e uma silhueta como a de Veronica Lake. Era fluente em três idiomas e estava na metade da graduação em Ciências. Quanto ao charme? Ela seria capaz de convencer a chuva a não molhá-la.

Foram feitas as apresentações, e os visitantes fizeram mesuras e bateram os calcanhares. Dava para perceber que estavam sendo metralhados sem dó. Atrás dela, as criaturas, esbarrando umas nas outras, entraram na sala de estar, onde a lareira brilhava como um anjo e a árvore de Natal estava iluminada, e as travessas de cristal Waterford estavam cheias de doces e maçãs, e a harpa de Blon estava perto da janela, coberta. Preparei uma travessa de sanduíches bem recheados, daqueles que seria preciso ter a força de um levantador de peso para segurar, pus uma sopa de carneiro para esquentar e tirei a gelatina da geladeira.

"*Freunde*", falei. "Podem se esbaldar."

Se estavam com apetite?

Meu caro, você tinha que ter visto. Eles devoraram a perna do cordeiro como se não houvesse amanhã.

Como muitos em Roma naquela época, estavam quase desfalecendo de fome. A fome era generalizada, você via pessoas desmaiarem na rua, até mesmo morrer. E o pior ainda estava para vir, que seria a fome de março, e, como muitas épocas de fome antes e desde então, os que passavam fome eram os pobres. Todos sabiam que os oficiais nazistas pegavam toda a comida decente para eles e suas famílias, os recrutas nos escalões mais baixos que se virassem, viviam do que sobrava. Esses três, digamos, não eram da categoria dos oficiais.

Quando enfim pus o gramofone para tocar, mal havia uma migalha no prato. Achei que eles iriam comer as almofadas. Foi uma cena lamentável. Quando eu era criança, testemunhei pessoas com fome, elas comiam de forma calma e rápida, sem parar para conversar, sem querer desperdiçar. Como se alguém fosse lhes tirar a comida. Pareciam autômatos.

Blon, a maravilhosa Blon, trouxe o carrinho de bebidas, que devo dizer, estava bem abastecido. Uísque escocês, vodca, *schnapps, grappa,* o que você quisesse e mais, vinho do Porto, *chartreuse,* bourbon, gim holandês e, o melhor de tudo, três doses de uísque Powers White, a mais sublime tentação já provada. Foi Johnny May que arrumou para mim, no mercado clandestino de Roma, onde custam uma fortuna, noventa e cinco dólares a garrafa. Mas valeram o investimento naquela noite.

"Provem um pouquinho, rapazes. É bem difícil de encontrar", falei. "É claro que sim. Não sejam frouxos. *Prost*! O jeito tradicional é de uma vez só. Bebam rápido."

Em pouco tempo, fizemos um estrago na primeira dose, os rapazes só faltavam urrar de prazer. Logo em seguida, estávamos detonando a segunda. Os olhares ferozes que Hugh me lançava poderiam abrir um cofre. Blon trouxe mais pratos de *tiramisù* e *panna cotta*, e já havia sido persuadida com acenos e sorrisos maliciosos a tocar uma música na harpa.

Blon tem formação clássica e tocava na orquestra da universidade; o estilo dela era aquela terrível coisa moderna. Como é mesmo o nome? Atonal, que parecia um bando de gatos cegos acasalando, mas ela concordou em tocar algumas baboseiras celtas com olhos marejados, que os estrangeiros, especialmente os alemães, parecem gostar. Quando nunca se viu alguém tocando harpa, você fica realmente impressionado, ainda mais se estiver um pouco desconfortável na hora. Você meio que pensa: isto não pode ser real. É como assistir a um malabarista de monociclo. Eu não cantei naquela noite — estava com uma leve laringite —, mas Blon se saiu bem, tocou muitas músicas *mavourneen acushla*, e sua voz estava suave e encantadora. Em pouco tempo, os rapazes estavam cantarolando junto, com lágrimas nos olhos, como se a gentil mãe de cabelos grisalhos nas canções que Blon estava cantando fosse a própria *Mutter* deles lá em Nuremberg.

Com a segunda garrafa terminada, abrimos a terceira. Eles começaram a ficar um pouco, digamos assim, tontos. O uísque Powers White não é para os fracos. É o que usam para tirar a ferrugem de moedas antigas.

Uma tia minha costumava dizer que fulano estava "bêbado que nem gambá". Nunca soube o que isso significava até aquela noite. Consegui chamar Hugh de lado e explicar a situação. Uns dez minutos antes de ele e os Teds aparecerem na porta, Jo Landini bateu nas janelas do meu quarto, que ficava nos fundos da casa, depois de ter entrado pelo jardim e atravessado o pátio. Johnny May havia ligado para ela, e ela foi direto para o apartamento de Angelucci, e os dois saíram procurando meu bairro na esperança de encontrar Hugh, quando o som de um tiro algumas ruas adiante os levou até a escola abandonada.

Angelucci estava em um esconderijo, acabara de escapar dos perseguidores, ficou feliz por ter dado um soco em um policial fascista antes de fugir.

Como um viajante que costumava acampar nas terras do meu pai costumava dizer: "Ele o deixou para o padre e o médico". Seria um alento por não o deixarem participar da missão. Ele planejava se esconder por duas semanas e sair da cidade, entraria em contato quando não houvesse perigo.

Abracei Jo, a doce criaturinha; ela estava gelada e calada.

"Delia, os seus braços são como a primavera", disse ela, e tivemos um momento de riso. "Quando tudo isso acabar, você me convida para ir à Irlanda?", pediu, e eu prometi que sim, sem sombra de dúvida.

"O que teremos para ver lá, Delia?"

"Lagos lamacentos. Vacas magrelas."

"Você vai arrumar um irlandês para eu casar?"

"Nunca te sujeitaria a uma coisa dessas."

"Tem um cigarrinho aí, *caríssima*? Estou com uma vontade louca de dar um trago."

Era uma expressão irlandesa que eu havia lhe ensinado, bom, não foi minha *intenção* ensinar, mas acho que ela, sempre atenta, pegou. Dei a ela um cigarro Woodbine, e ela tossiu quando o acendeu. Naquele momento vi a garotinha nela, e também — isso foi estranho — uma mulher mais velha. Eu tinha um carinho imenso por ela, em algum momento nos tornamos grandes amigas. Ela era durona. Esperta. Nunca se intimidava. É difícil ser bonita, percebi isso com minha própria filha, pois uma pessoa bonita sempre atrai encrenca. Mas Jo tinha mais juízo em uma unha do que qualquer pessoa que já conheci. Eu amava aquela mulher de todo o coração. Porém, nunca tanto como naquela noite.

Ela estava no andar de cima, contei a Hugh, escondida em um vão atrás dos tetos, no sótão. Falei que ia mandar Blon ir lá em cima para avisá-la para ficar escondida ou fugir, porque agora não havia a menor chance dos nossos visitantes verem uma escada, muito menos subirem uma, quanto mais fazerem uma busca de respeito quando chegassem lá. Passaram menos de uma hora conosco e já estavam desorientados.

Porém, quando Blonnie subiu, ela já não estava mais lá.

Hugh falou que estava de saída também. Blon trouxe um sobretudo velho do pai, um ulster de tecido de lã pesado e remendado aqui e ali.

"Aqui está, tio. É para o senhor."

"Não será necessário", disse-lhe ele.

"Não estou pedindo. Estou mandando, vista logo."

Sinalizei com a cabeça para ele obedecer.

Era grande demais, não tinha um bom caimento, mas servia para o seu propósito, se é que me entende. Deu para ver ele começar a ligar os pontos do que estava acontecendo.

"Foi reformado?", perguntou-nos.

Falei que sim.

"Excelente ajuste", elogiou.

"Cobramos barato pelo nosso trabalho."

Num piscar de olhos, ele escapuliu, pela dispensa nos fundos e pela ruela atrás da casa. Já passava das 3 da manhã. Pouco tempo depois, nossos outros visitantes partiram também, pela saída mais convencional. Sumiram na noite, com uma série de saudações emboladas e tentativas fracassadas de abraços. Lamento dizer que eles teriam uma surpresinha desagradável quando voltassem para o quartel, pois seus cartões de racionamento, o dinheiro alemão e os cartões de identificação militar de alguma forma teriam sumido dos sobretudos que eu e Blon penduramos na área de serviço para secar.

É preciso aproveitar as oportunidades, especialmente em tempos de guerra. Afinal, os uísques Powers não saíram baratos.

O que teria sido algo bom, de certa forma. Mas você sabe o que aconteceu depois. No fim, um dos rapazes não estava tão bêbado quanto eu imaginei, ou a noite fria o deixou sóbrio mais rápido.

No quartel-general dos Carabinieri na Via Busoni, ele fez uma chamada de rádio para a Gestapo.

Como era Natal, a maioria dos patetas de sempre estava de folga. A mensagem foi direto para o comandante da SS em sua mansão.

O homem mais temido em Roma.

Paul Hauptmann.

ATO III

O CAÇADOR

27

No sábado, 6 de março de 1475, dois garotos camponeses estavam nadando em um lago sete léguas ao sul de Roma quando viram o que descreveram como "uma luz escarlate" nas profundezas e tentaram mergulhar para investigar.

Estava fundo demais.

Eram uns idiotas, diziam os pais.

Durante a primavera e o verão que se seguiram, os garotos se esforçaram para mergulhar um pouco mais fundo a cada dia, enchendo os pulmões como odres inchados e mantendo os olhos abertos na escuridão turva, até que numa tarde, no início do outono, o mais novo conseguiu chegar ao leito arenoso e lamacento e, ofegante, trêmulo, coberto de algas estranhas, trouxe de volta um rubi do tamanho de uma toranja.

Nem mesmo os mais sábios do vilarejo sabiam explicar o achado.

Rubis em um lago?

Impossível.

Não existia uma única mina de rubis em toda a terra do Lácio. Algum César que há muito tempo virou pó deve tê-lo derrubado enquanto conduzia uma biga ou caçava, ou pode ser que o tenha arremessado, como um sacrifício, talvez, para Diana, deusa da fertilidade, que mergulhava a lua na água nas noites de tristeza. Como em todas as descobertas inexplicáveis e em todos os fatos que desafiam a razão, o rubi do lago alimentava histórias. As crianças da região do lago eram embaladas por sonhos com as lendas do olho vermelho do dragão.

Noventa anos depois, na manhã seguinte a uma tempestade terrível, a rede de um pescador exausto não trouxe peixes, mas sim um objeto que se revelou, ao limpar a lama, um cálice dourado encrustado de opalas. Ao remar para o meio do lago, ele olhou para baixo nas profundezas e avistou, lá embaixo, algo que não estava visível antes: "A longa sombra escura do dragão".

Apavorado, ele fugiu, em meio aos respingos dos remos.

— Ouvi ele rugir atrás de mim — contou. — Fiquei tão apavorado que não tive coragem de virar e olhar. — Ofegante, correu até os anciãos. Os guerreiros foram equipados com arpões, orientados a mergulhar até o dragão, medi-lo e observá-lo e retornar com detalhes para desenhá-lo. Enviariam um escriba para consultar os bestiários na antiga biblioteca do Vaticano para ver se a fera do lago tinha precedente ou nome. No entanto, os mergulhadores, ao emergirem com as redes pesadas de pedras preciosas, declararam que o dragão não era um dragão, mas sim um navio.

Por dias a fio, os habitantes da cidade se aglomeraram no lago, voltando com cristais, cálices de jade, telhas de terracota, diamantes redondos e opalas, estatuetas de prata de deidades pagãs sorridentes, punhais adornados com joias, bandejas douradas retratando copulações. Certa manhã, uma fazendeira de treze anos, a mergulhadora mais experiente até então, relatou ter visto o enorme casco inclinar. Ele se virou espantosamente para o lado estibordo e se partiu em três, subiu uma nuvem imensa de lascas pretas e apodrecidas, semiafundadas na lama de onde devia ter surgido. Um pedaço de ferro que fazia parte da âncora foi puxado até as águas rasas pela garota e seu pai. Todos os bois que o tiraram da lama morreram dentro de uma semana. Na sua extensão estava gravado o nome "Calígula".

Em 1927, o Duce, ávido pelo passado, mandou que seus arqueólogos drenassem o lago do dragão. Num raio de dez quilômetros, os campos foram represados ou inundados. Dois navios de lazer foram encontrados, o maior do tamanho de um campo de futebol olímpico, o menor não muito menor, uma barcaça. Havia também um barco a remo antigo cheio até as forquilhas com pedras. Um museu foi erguido às margens do lago; as três embarcações foram retiradas de seu longo e digno descanso, o repouso tranquilo de segredos antediluvianos, e expostas como princesas capturadas, sob o olhar gélido e austero do turismo.

Foi em Nemi que o *Obergruppenführer* Hauptmann fixou sua residência de fim de semana, na bela *villa* de pedra construída em 1929 para o curador-chefe do museu e sua família. O quarto principal e as salas de estar tinham vista para o lago; a pequena cozinha ficava virada para o sul e era ensolarada e pontilhada de luz, perfumada por um jardim de ervas e pomares de limoeiros.

A casa era fresca e sombreada, tinha um gerador elétrico, encanamento eficiente e um poço próprio. E, mais importante ainda, ficava a três quilômetros do vizinho mais próximo. Hauptmann não gostava de ser observado.

Ali, ele podia ser ele mesmo, podia ficar à vontade de roupão, tocando seus amados discos de gramofone na altura em que bem entendesse. De alto-falantes ocultos, Mozart e Beethoven ecoavam pela floresta, assustando os rouxinóis e os ratões-do-banhado. Não era bem-visto nos círculos do Partido admitir valor em alguma coisa não ariana, mas aqui, à beira do lago, seu segredinho, Verdi, podia ser apreciado em particular, um *peccadillo* que ninguém descobriria. Era uma lástima Verdi ter sido italiano, membro de uma raça inferior.

— Mas ninguém é perfeito — disse Hauptmann aos filhos.

Apenas uma pessoa na história deste mundo já foi perfeita. Essa pessoa sofreu de maneira inimaginável, mas ressuscitou e devemos segui-la sem a menor hesitação, pois está liderando seu povo para o futuro...

— O papai está falando de Jesus — interrompeu a esposa. — Não é, querido?

— Quê? Ah, é. Estou falando do Senhor.

Ele adorava seu refúgio, a meia hora de carro da quente e suja Roma com seus exércitos intermináveis de mendigos, cheiro de fezes e azeite de oliva. As pilhas desmoronadas e empoeiradas de mediocridade, detritos papais. Balestreiros e buracos assassinos, sinos intermináveis e procissões. Uma aparição aqui. O fígado de algum santo ali. Toque aquela estátua com a testa e sofrerá mil anos a menos no purgatório. Crucifixos falantes, frisos sangrentos, janelas gradeadas, gárgulas tagarelas. E sempre, *nos dê dinheiro*, em cada esquina. O falatório constante e tosco, que lembrava o relinchar de um burro, acompanhado de gestos inúteis que se passavam por conversa. A única cidade na Terra erguida sobre superstições e a exploração de idosas crédulas. Roma era a capital da estupidez e da infantilidade. Nemi era um mundo feito para homens.

Nadando pelado no lago, o cheiro de sangue desapareceria, assim como o cheiro pungente da cela e da sala de tortura. A expressão assustada de um prisioneiro quando era conectado aos eletrodos seria lavada. O ruído da lima quando lixava seus dentes até chegar à polpa. A água gelada era tão revigorante que sua mente parecia renovada.

Ele passou a ficar mais tempo em Nemi, diminuiu sua casa na cidade para apenas um quartinho no último andar da sede da Gestapo, a ser utilizado em caso de absoluta necessidade, se, por exemplo, um interrogatório estivesse se prolongando ou se um prisioneiro estivesse prestes a se render. Ficou combinado entre os seus homens que ele estava residindo em seu refúgio. Ele chamou a esposa e os filhos de Berlim e os acomodou na *villa*, uma coincidência que costumava mencionar em tom de brincadeira, pois isso o deixava feliz.

— Agora, tenho tudo de que preciso.

— Obrigado, papai.

Muitas vezes, ao caminhar pelos bosques de ciprestes com a esposa, um desses estranhos truques de água lhes trazia o riso ecoante das crianças quando jogavam tênis, se fantasiavam ou brincavam de pega-pega com a governanta, uma moça local, e o mundo parecia santificado, restaurado. A grande custo, seu Mercedes oficial foi blindado, equipado com janelas à prova de balas, um piso de chumbo e protetores de pneus em forma de gaiola removível de sua própria invenção; a abertura do tanque de combustível foi movida para o painel para que ninguém pudesse jogar um trapo em chamas dentro dele. Agora o carro estava tão pesado que não conseguia transitar pelas trilhas de terra com folhas secas de pinheiro ou pela ponte de madeira frágil que atravessava o riachinho, então teve que ser guardado na cidade. Mas, conforme Elise observou, isso implicava uma vida mais saudável e equilibrada. Nos fins de semana e à noite, ele saía para caminhar.

Desde a juventude, ele adorava o livro de um autor americano, Strauss, intitulado *The Huntsman and the Lake*. Ele recebera uma cópia de presente de uma tia de Plainfield, em Nova Jersey, no seu aniversário de catorze anos; quem sabe um dia ele fosse visitá-la, escreveu ela. Ela dirigia o *Turn- und Gesangverein*, o clube de ginástica e canto, em Plainfield; os jovens sob sua responsabilidade adorariam conhecê-lo. Nova Jersey era um lugar hospitaleiro para os alemães. Ele sentia uma empolgação sempre que via os selos postais americanos, as palavras "Liberdade e Prosperidade" carimbadas, os rabiscos azuis do fiscal alfandegário no pacote. Muitas vezes, ele achava o título do livro o mais belo de toda a literatura. Simples e claro como o conteúdo.

O caçador, órfão, fora adotado pelos iroqueses, mas agora morava sozinho nas Grandes Florestas do Norte. Ele ansiava por retornar ao rio Miramichi, no sudoeste, onde os pais moravam em uma casa flutuante perto das corredeiras de Push and Be Damned, mas o degelo necessário para a jornada nunca aconteceu. Seu desejo era que isso nunca acontecesse, porque aí o livro acabaria. Ele e o herói queriam coisas diferentes, mesmo estando do mesmo lado. De dia, o personagem enfrentava ursos e cascavéis; à noite, pumas e coiotes. Seu verdadeiro adversário era a moça "bem-intencionada", uma professora da cidade, que ficava a trinta e dois quilômetros de distância, e que sempre tentava seduzir o caçador de volta à falsidade da civilização. Às mentiras dos gerentes de banco, à conformidade, aos medicamentos desnecessários, às gaiolas chamadas de casas, aos salões transformados em verdadeiros antros de ópio. Era um romance sobre pesca e armadilhas, sobre a paisagem e a água, mas poderia ser interpretado de outra forma também. De fato, isso fazia parte do apelo do rapaz adolescente solitário, sem pai e com problemas particulares. Foi a primeira vez que ele percebeu que um livro *pode* ser lido de mais de um jeito, que um livro muitas vezes aborda um segredo que nem mesmo o título insinua. Uma história era como uma garrafa, uma forma de guardar algo valioso; o que estava impresso na capa era apenas parte da preciosidade, se é que tanto. A descoberta era tão emocionante que chegava a ser quase sexual, como entender as transformações pelas quais seu corpo estava passando. Não era um livro sobre um lago, mas sobre como ser homem. A vida era uma negociação com sistemas vastos e turbulentos, cuja maioria desejava sua morte. Agora ele tinha seu próprio lago, e o lago tinha suas histórias. Não era muito diferente de ter um mundo só seu.

Trouxeram prisioneiros dos campos para construir uma cabana de sauna de troncos de pinheiro e uma casa na árvore elaborada que ele projetou para o filho e a filha, com escada fixa, escotilhas em formato de coração, ameias e escadas retráteis. No jardim, ele levantava pesos, socava um saco de pancadas. Fazia piquenique na margem do lago com a esposa, os filhos e a babá, sob figueiras e oliveiras selvagens. Salame, queijos finos, tomates San Marzano suculentos, berinjelas reluzentes, uvas, pimenta *pepperoncino*, *arrosticini*. O cozinheiro preparou um *sgroppino* que arrancaria suspiros de êxtase até de uma pedra. Trufas do Piemonte. Molho pesto de manjericão da Ligúria. A beleza de um pedaço de *ciabatta* mergulhado em azeite e sal, degustado sob um sol extasiante, acompanhado do copo de uma bebida refrescante. Os italianos podiam até ser uma raça corrupta, mas, por Deus, sabiam viver bem.

Depois do almoço, ele e as crianças remavam de caiaque nas águas calmas e rasas sob os salgueiros ou nadavam perto do cais de madeira de limoeiro. Elise fumava ou escrevia cartas para casa, lia à beira do lago, às vezes jogava cartas ou conversava sobre roupas com a babá, dava revistas de moda para a moça. A filha levava mais jeito do que o filho, que ficava impaciente e irritado.

Ela tinha um olhar aguçado, era persistente, observava a superfície como uma gaivota. Ele via um grande futuro no Partido para a filha.

Perca, carpas, brema, escalo-do-arade. Ele adorava falar para os filhos os nomes italianos dos peixes no lago, adorava como o filho e a filha corriam para a mãe com uma brema se contorcendo em suas mãos, gritando:

— *Mutti, Mutti, wir haben einen Fisch gefangen*!

Desde que chegou a Roma, ela anda bebendo demais; às vezes, ele via que ela estava tropeçando, falando arrastado. Certa noite, tiveram uma discussão, ele pediu que ela parasse de ler as histórias dos irmãos Grimm para as crianças:

— Eles precisam de algo mais atualizado, Elise, algo da era *atual*. — Ele deu a ela um livro juvenil que havia comprado em Berlim: *Der Giftpilz*, de Hiemer, *O cogumelo venenoso*.

— Por ser difícil distinguir o cogumelo venenoso do comestível — leu em voz alta uma página qualquer —, de início, pode ser difícil diferenciar o estranho assassino do amigo. — Ela rebateu dizendo que as histórias dos irmãos Grimm ensinavam a lição mais fundamental que qualquer criança, em especial qualquer menina, precisaria aprender.

— E o que seria isso, Elise?

— Que os homens são animais selvagens.

Ela pediu ao cozinheiro que limpasse o peixe para as crianças assarem-no mais tarde na fogueira. Enviaram um motociclista à cidade para trazer sorvete de *cioccolato* e *cannoli*, da Piazza Navona, onde as crianças sempre iam, em frente à Fontana del Nettuno. Às vezes, o mensageiro fazia uma parada na sede da Gestapo na Via Tasso no caminho de volta, onde pegava os relatórios de inteligência e as confissões manchadas de sangue do dia, e os levava para Nemi ao anoitecer.

Pescar à noite era um deleite especial, com o veludo da floresta na escuridão, a movimentação dos juncos pela água; os vaga-lumes. Não se tinha a ajuda de um aglomerado de bolhas na superfície. Se uma brisa soprava, não dava para ver as ondulações porque não podia usar uma lanterna; os peixes estariam observando através da água. A luz os assustava. Era importante aprender a ouvir.

Ele tinha aptidão para isso. *Einen Instinkt*. Hauptmann sabia que o filho nunca teria, mas ele esperava que a filha tivesse. Muitas vezes, ele sentia que podia pescar sem anzol, era um verdadeiro mestre. Ele *sabia* onde os peixes estavam, como se moviam, a que horas, quais poças preferiam, quais correntes, que tipo de luz do luar. Era só uma questão de esperar.

Ele pressentia que a filha tinha a mesma consciência.

Ela estava com treze anos e, como Elise disse a ele certa manhã, "agora é uma mocinha". Antes de entrar no quarto dela, era necessário bater à porta; ela precisava ter uma pequena mesada. Era importante proporcionar um pouco de independência, um espaço no qual ela pudesse crescer. Havia momentos em que ela mencionava que gostaria de ser engenheira estrutural ou pilota da Luftwaffe. Isso deixava a mãe preocupada. Esse último não era um trabalho para uma menina, Elise costumava dizer. Hauptmann discordava. Por que não?

À noite, ele passeava com ela pelo museu, explicava as vitrines de espadas e remos quebrados, os capacetes, as bandejas amassadas, os próprios navios antigos, com suas vigas largas e cascos longos. Passaram dezenove séculos submersos, mas persistiram, não desapareceram. Ele fumava e conversava, enquanto ela escutava e concordava. O futuro bateria à porta. Muitas visitas terminavam com ele mostrando a ela a peça que mais gostava. Um azulejo de terracota rachado do tamanho do rosto dela, mas gravado com um verso do poeta romano, Accius.

Oderint dum metuant.

Deixe que odeiem, contanto que sintam medo.

— Repita para o papai.

Ela repetiu.

Doze dos seus homens mais confiáveis em trajes civis patrulhavam o perímetro cercado de arame farpado, com os Rottweilers sempre meio famintos. Em círculos concêntricos se expandindo para fora, uma tropa de elite de *Panzergrenadiers* protegia vias e estradas velhas, acessos pela floresta, a rede de trilhas de carroça. A instrução era "atirar para matar, presumir culpabilidade". Sinais pictóricos de caveira foram pregados nos troncos dos lariços. Caçadores clandestinos na mata foram chicoteados.

Cavaram trincheiras, minaram os pastos ao redor. Barreiras de *chevaux de frise* bloqueavam as vias onde as videiras cresciam tão descontroladamente que se enrolavam nos espinhos, parecendo guirlandas. Prisioneiros de Regina Coeli foram transportados e obrigados a construir uma barreira baixa de proteção e um fosso.

O Museo, é claro, mandou fechar para o público. Não queria que o povo conquistado tivesse ideias. Às vezes, tarde da noite, ele percorria os corredores iluminados pela lua, sozinho, desfrutando um último cigarro antes de dormir ou um copo de bom Amaretto com os fantasmas dos navios de Calígula.

Os artefatos o fascinavam: adagas quebradas, machados pequenos feitos para serem usados por crianças. Um paralelogramo de terracota irregular, de alguma forma ainda intacto após séculos afundado no sedimento, retratando o "O" azul-escuro do olho de uma deusa ou parte da asa de um pavão. À noite, Elise achava o Museo insuportavelmente assustador, o retorcer das sombras imponentes nas janelas se tornava estranho por algum efeito da água do lago, o cheiro fraco, mas persistente, de decomposição, os sorrisos lascivos das figuras de proa. Para Hauptmann, o lugar estimulava a imaginação, uma capacidade que sua esposa chamava de alma.

Nalgum lago noturno de sua mente, os navios ainda mergulhavam, imensos, hercúleos, sobrenaturais em sua grandiosidade, movidos pelos remos de mil escravos bufantes, algemas feitas dos ossos de rainhas. Não é de estranhar que os camponeses tenham visto um dragão. Às vezes, até os italianos têm razão.

Um dia, em breve, o *Führer* retornará a Roma. Hauptmann lhe estenderá as boas-vindas de um conquistador. Aqui em Nemi, construirá uma tribuna de honra, haverá fogos de artifício, uma procissão, um comício naval filmado pela *Riefenstahl. Por que não?*

— Elise, este é o meu lema: por que não?

Os navios seriam resgatados. O impossível seria realizado. Deve acontecer à noite. O drama.

Tocará músicas de marcha e Bach. *Zadoque, o sacerdote* de Handel. O *Führer* verá o que poderia ser construído para o *Reich* aqui, na Itália. Sob as luzes do palco, ele gritará sua gratidão paternal ao *maior dos filhos da Alemanha, Paul Hauptmann.* Elise estaria ao lado de Hitler, com o marido e os filhos, todos em posição de sentido, saudando o *Führer.* Um exemplo para toda a Pátria. Os Hauptmann.

Sua carreira será impulsionada; a família prosperará; o único obstáculo é a questão desses malditos fugitivos. Depois do Natal, ele voltará a focar isso, se dedicará mais ao problema. Ele está planejando um janeiro que Roma jamais esquecerá: incursões a cada hora, mil interrogatórios, guerra total contra os líderes da Rota de Fuga. Matará a serpente cortando-lhe a cabeça.

Logo chegará a vez daquele padre irlandês metido a besta. Como todos os encrenqueiros, um mosquitinho cheio de si. Só com o que consta no dossiê, já tem material para colocá-lo na frente de um pelotão de fuzilamento; isso sem nem passar por um interrogatório para extrair toda a história do seu envolvimento. O que vai acontecer. Qualquer noite dessas, ele vai escapulir do Vaticano; os vaidosos não conseguem ficar muito tempo em um só lugar. Ele nunca mais verá a luz do sol.

Quem sabe, após a guerra, um ministério no governo — ele havia sutilmente dado dicas nas seções importantes do Partido que estava interessado na área da educação, e vinha se aprofundando em pedagogia — ou uma embaixada em algum lugar. *Por que não?* Elise sempre lhe dizia que era um homem charmoso e enérgico, atraente para as mulheres, invejado pelos homens, não apenas um soldado para fazer o trabalho sujo exigido no presente, mas um superior que deveria estar olhando para o futuro, quando esta terrível guerra acabasse, e não houvesse mais ninguém para massacrar, a Alemanha precisaria de líderes fortes e inteligentes. Os tempos seriam mais felizes. Não haveria mais obrigações horríveis. Seus filhos brincariam com os cães do *Führer*.

No início da manhã de Natal, ele está desenhando na prancheta em seu escritório, com um pequeno copo de uísque ao lado. Ele move os lápis com cuidado, faz sombreados, preenche. Uma régua de cálculo mede as distâncias e escalas, um compasso desenha círculos que serão ilhas artificiais para os cinegrafistas. O navio maior será lançado por uma rampa, enquanto o menor, mais delicado, será baixado no lugar por três guindastes enormes, todo o espetáculo emocionante iluminado por tochas em uma linha diagonal de balsas ancoradas na superfície do lago.

Ultimamente, ele tem sentido um medo irracional recorrente, de que um ataque aéreo aconteça quando o *Führer* se sentar na tribuna. As proas, os conveses e as figuras de proa pegando fogo. Colunas de faíscas se lançando no céu acima de Nemi. Chamas amarelo-negras, a silhueta de Elise chorando. O fedor de betume antigo. Ele está com dificuldade para dormir. Então desenha, com as mangas do pijama arregaçadas, mede os ângulos, toma uns goles de uísque. Isso ajuda a passar o tempo.

Ontem, ao meio-dia, recebeu o telefonema agendado do Oficial de Plantão em Roma. A cidade estava estranhamente tranquila. Sem arrombamentos por duas noites, pouca embriaguez sazonal ou desrespeito ao toque de recolher, nenhuma mulher relatou assédio, nenhum furto pequeno ou desordens públicas.

— Quase faz a gente se perguntar, senhor.

— Sei onde você quer chegar.

— Tenho a sensação de que algo está acontecendo, senhor. Temos um prisioneiro aqui, um comunista, ele pode estar prestes a abrir o bico. Quais são as suas ordens?

— Cancele todas as folgas, entendeu? E feche a rodovia principal. Bloqueie todas as pontes. Estarei aí com vocês em meia hora.

Ele mesmo conduziu o interrogatório, mas o estudante não cedeu. O corpo foi removido em um saco de correio para não chamar a atenção dos vizinhos. Não é bom incomodar as pessoas no Natal.

É na casa em Nemi que recebe o segundo telefonema do sargento da Gestapo de plantão, durante as frias e chuvosas horas após a meia-noite da véspera de Natal. Um policial de patrulha relatou um pedestre noturno incomum, um homem com um documento de identidade falso. Devido a um mal-entendido, ele não foi preso e está à solta na cidade. No momento, suspeita-se de que esteja indo para Trastevere.

Hauptmann rabisca na mesa de desenho, faz um espiral triplo enquanto ouve. Após a ligação, ele entra na sala de estar. Três e meia da manhã, já está muito tarde para as crianças estarem acordadas — mas elas não conseguiram dormir, o espírito natalino tomou conta. Ele se culpa por tê-los deixado muito animados antes, falando sobre os presentes incríveis que ganhariam: dinheiro de chocolate, soldadinhos de brinquedo, uma boneca com cabelo de verdade, um forte, um avião de brinquedo que voa. À luz da fogueira, Elise lê uma história para eles, *João e Maria*, e saboreia o chocolate quente na caneca da filha. Ele faz uma coisa que sempre os diverte:

— *Olha só, o papai está com bigode de chantili*!

Faz parte da paternidade se rebaixar por eles, não se elevar muito acima dos mais fracos. As crianças jamais devem temer o papai.

O perfume de canela e cravos paira no ar, um incenso de açúcar mascavo queimado. Estrelas de papel laminado e velas vermelho-carmim foram colocadas nas janelas da sala, uma fileira de garrafas de limonada no peitoril da janela. Ele ouve o telefone tocar de novo, ecoando pelo corredor, do seu escritório. Elise vai lá atender.

— Você e a mamãe voltaram a ser amigos? — pergunta a filha.

— Sempre seremos amigos.

— Vão brigar de novo?

— Não, não vamos.

— Odeio quando vocês brigam.

— Até mesmo amigos brigam de vez em quando.

— Vocês vão se divorciar?

— Não seja boba.

Ao bagunçar os cabelos loiros da filha, ela boceja e se encolhe. Seu irmão dá uma risadinha, com os olhos arregalados de tanto cansaço, e aperta de leve a mão do pai. O cabelo deles tem o cheiro do xampu carbólico que Elise os faz usar. Que extraordinários, esses filhos, com o charme e a serenidade espirituosa da mãe. Se ao menos ela não bebesse tanto. Ele se pergunta qual é o problema.

Ouvir a respiração deles se prolongar à medida que pegam no sono é uma de suas grandes e curativas alegrias, muitas vezes evocando lágrimas de pura proteção. Elise entra na sala de estar, bela e altiva, vestindo um roupão azul-claro e pijama, além de pantufas com pés diferentes.

— Paul — murmura. — Estão dizendo que é uma emergência.

— Que inferno — responde ele, levantando-se do sofá.

— Vou passar um cafezinho — diz ela. — Caso você tenha que ir.

— Não vou a lugar nenhum.

O Oficial de Plantão pede desculpas. Chegou mais um relatório. Parece que o infrator do toque de recolher anteriormente corresponde à aparência do padre cuja foto está no mural do escritório.

— O padre? Tem certeza?

— Quase certeza de que sim, senhor.

— Onde ele está agora?

— Não temos certeza ainda, senhor. Estamos procurando.

— Chego daqui a trinta minutos.

Ele sobe as escadas apressado em direção ao quarto, tira o pijama, com as mãos trêmulas. Pega o uniforme passado na arara perto da janela e veste-o rapidamente. A janela treme com o vento. Ratos correm pelos vãos das paredes. No espelho do guarda-roupa, ele arruma as dragonas de caveira, dá uma polida na ponta do quepe preto com um lenço molhado de cuspe.

— O que houve, Paul? — pergunta a esposa, com a fala arrastada. — Para te fazer sorrir desse jeito?

— Parece que o Natal chegou. Dê o beijo de boa noite nas crianças por mim.

28

A lua se esconde atrás de um montículo de nuvens carregadas.

Blon Kiernan o conduz com uma lanterna pela escuridão do jardim dos fundos, pelo ruído de cascalho gelado sendo esmagado sob os pés, pelos estornos entre as pedras, pelos chilreios dos pássaros despertos, até o portão velho e enferrujado que abre para o beco por onde coches trafegavam.

Assim que o portão fecha atrás dele, ele ouve o barulho pesado da fechadura, o ruído das trancas antigas sendo puxadas, os passos dela se afastando.

A solidão o prende como um carcereiro.

O beco é apertado e esburacado. Com sulcos cheios de gelo sujo. Ele passa por portas holandesas e segue em frente pela rua, que presume ser a Via Cimarosa, dobra a esquina, vai em direção ao norte.

Para.

Que barulho é esse?

Ali, naquela entrada.

O clique do gatilho de segurança de uma pistola.

Ou o zumbido de um inseto?

A rua larga está deserta, semáforos mudam de verde para laranja.

Ele aguarda trinta segundos.

Não há ninguém lá.

A mente pregando peças. Ele segue adiante, tossindo. O tecido do casaco desconhecido cheira a fumaça de cachimbo e suor, a sebes, naftalina e mofo. Cansado, "na pindaíba", como diziam seus avós. Ele devorou uma tigela de *rigatoni* antes de sair da casa da família Kiernan, agora lamenta a crescente sensação de peso, a vontade de dormir.

Mais uma vez, o som metálico. Ele se vira.

O hálito quente embaça seus óculos. Ele os limpa com o lenço, ouve um chiado que poderia ser um espirro contido. A cinquenta metros atrás dele, perto da banca de jornal do lado de fora da entrada lateral da capela.

Será que ele deveria correr? Não fazer barulho? Será que conseguiria voltar para a casa dos Kiernan se fugisse?

Uma raposinha esquálida sai mancando de trás da banca de jornais com uma gaivota na boca, urina em um hidrante, solta um latido rouco e sem vida.

Agora, o zumbido dos bombardeiros, sobrevoando Roma. Homens de olhos arregalados em suas cabines de vidro apertadas, a dezesseis quilômetros de altitude, fora do alcance dos canhões antiaéreos, com os dedos no gatilho. Nos confins de cada máquina letal, dezesseis toneladas de dinamite. Quantidade capaz para devastar metade de uma cidade.

Dezessete anos atrás, naquele voo noturno de Orly. Recém-ordenado, ele passou um inverno ministrando em St Gabriel's, em Archway, substituindo um coadjutor doente. Ele e mais dois colegas, um de Glasgow e outro sul-africano, foram a Paris para assistir a um jogo internacional de rúgbi, ficaram hospedados no Collège des Irlandais. No caminho de volta para Beaconsfield, uma tempestade surgiu do Canal sem aviso; o pequeno Airco 16 foi atingido. A tontura, o enjoo. O estalo da madeira se partindo, os gritos dos passageiros. Ele havia rezado, implorado. Estava certo de que morreria. De alguma forma, em meio ao pavor, havia uma convicção de que ele estava redimido, a vida após a morte era tão real quanto aquela tempestade. Mas os outros padres não sentiram isso; o escocês de Glasgow deixou o ministério um ano depois e se casou. O sul-africano começou a beber.

Ao se virar, ele encara a escuridão da rua lateral, atravessa rapidamente para as sombras ao lado do alto muro da capela, passa pelos gradis do cemitério franciscano. Estátuas sombreadas dos mártires adornam os mausoléus. Dedos de mármore quebrados se estendem para os galhos.

Agora tão frio e silencioso, à medida que a lua reaparece. Seus olhos à sombra, sem piscar.

Atravessa a praça onde todas as persianas estão fechadas.

Há um estranho bater de asas acima dele.

A princípio, ele acredita se tratar de mariposas.

Numa descida espiral, como em um sonho, andorinhas brancas murmuram, ou um bando de pombas jovens, prateadas sob o luar.

Dezenas viram centenas, milhares, voando, planando, mergulhando, farfalhando. Quando as primeiras chegam ao alcance de sua mão, ele vê que são pedaços de papel.

Em queda livre, eles rodopiam ao seu redor, flutuando, dançando, uma nevasca de branco manchado de preto.

Batem nas janelas dos prédios e nos carros, nas lixeiras e nas fontes borbulhantes, paira sobre os bancos dos parques, as torres, as cúpulas da Roma antiga, o gueto, as mesas vazias, os parques e palácios, o Tibre sinuoso e gorgolejante, os quartéis e pilares, a estrada em direção a Nemi, até caírem nas pedras das calçadas no silêncio encharcado.

Uma mariposa dança diante de seus olhos, flutuando na brisa, movendo-se para frente e para trás, para cima e para baixo, como se movida por seu desejo de apanhá-la. Quando, enfim, ele a pega, o papel está úmido; a tinta suja seus dedos quando ele lê.

ORGULHOSO POVO ROMANO!

CORAGEM

É O SEU ÚLTIMO NATAL SOB O DOMÍNIO OPRESSOR

A LIBERTAÇÃO ESTÁ PRÓXIMA

SABOTE O INIMIGO DE TODAS AS FORMAS POSSÍVEIS

OS DIAS DA OCUPAÇÃO NAZIFASCISTA ESTÃO CONTADOS

FELIZ NATAL PARA VOCÊ E SUA FAMÍLIA

DESTRUA O INVASOR

VIDA LONGA À ITÁLIA

VIDA LONGA AOS ROMANOS

GENERAL CLARK

FORÇAS ARMADAS DOS ESTADOS UNIDOS

A lembrança vem em meio à saraiva e à queda das folhas molhadas. Da tarde escura de outubro, dois meses atrás, na semana em que os judeus foram deportados. O jovem seminarista etíope o encontrara na biblioteca para avisar que havia uma visitante na recepção, uma senhora que parecia aflita. A chuva estava pesada, esvaziara as ruas. O ensaio do Coro fora adiado. O perigo parecia iminente. Naquele momento, as patrulhas passavam pelos portões do *collegio* três vezes a cada hora. A polícia fascista tinha sido vista fotografando o prédio.

Na sala espaçosa, lá embaixo, ela estava sentada perto da janela, que alguém se esqueceu de fechar. Com a chuva, subiram os cheiros da terra e do jardim. Seu cabelo estava molhado, em mechas desgrenhadas, e os ombros de seu casaco de chuva, grande demais para ela, estavam escuros. Ele perguntou se ela queria uma toalha.

— *Bitte* — respondeu ela baixinho. Ele chamou o funcionário.

Nenhuma palavra foi trocada enquanto aguardavam. Ele sabia quem ela era. Ela fumava e encarava o cinzeiro. Ele se perguntou o que ela queria falar. O funcionário entrou, ouviu, saiu apressado do cômodo, voltou um minuto depois com a toalha, saiu outra vez.

Ele se virou para a lareira vazia enquanto a visitante secava o cabelo. O gesto parecia muito íntimo para ser observado.

Quando terminou, ela perguntou com o olhar se poderia acender outro cigarro. Ele assentiu, empurrando o cinzeiro de ônix pela mesa na direção dela.

— Obrigada — agradeceu ela — por concordar em me ver tão em cima da hora.

Ele não respondeu. Provavelmente era uma armadilha.

— Imagino que esteja se perguntando por que estou aqui — prosseguiu ela, seu inglês conciso e formal, simples e elegante.

— Não deu tempo de ficar me perguntando.

— Estou muito ansiosa. Peço desculpas.

— *Frau* Hauptmann...

— Poderia me ver um copo d'água, por favor?

Ele encheu um copo com a água do jarro de pedra sobre a mesa, e ela bebeu em três goles. Passou pela cabeça dele que deveria ter solicitado que o funcionário permanecesse ou que chamasse o reitor; que essa conversa deveria ser testemunhada. A aliança de casamento dela era excepcionalmente fina, parecia um fio de bronze. Trazia para o cômodo a presença de quem o colocara ali.

— Queria tratar de um assunto com o senhor — disse ela. — Um assunto pessoal, familiar. Se me permite pedir sua ajuda.

— A senhora é católica?

— Uma fajuta.

— É um assunto de cunho espiritual?

— De certa forma.

— Ele sabe que a senhora está aqui, *Frau* Hauptmann?

— Não, não sabe. Ainda não.

— Não há nada que eu queira dizer à senhora, *Frau* Hauptmann, mas estou aberto para ouvir. Por apenas dez minutos, não mais que isso. Marcados no relógio sobre a lareira. Depois disso, se desejar, posso chamar outro padre, um colega. Pode falar com ele com total confiança, é claro.

— É com o senhor e exclusivamente com o senhor que desejo falar, monsenhor.

— Por quê?

— Porque estou perdida e não conheço nenhum outro padre em Roma.

— Você também não me conhece.

— Meu marido já falou do senhor.

— Muito bem, tenho certeza.

— Com agressividade. Com raiva. Mas nem sempre. Ele tem seus momentos.

— É mesmo?

— Às vezes, ele diz que, em outras circunstâncias, o senhor e ele poderiam ter sido amigos.

— Quanta baboseira.

— Em outra vida.

— Esta é a vida que temos.

— Fazer o quê?

— *Frau* Hauptmann...

— Vim aqui para pedir sua proteção.

— Em que sentido?

— Quero entrar no Vaticano como refugiada política da Alemanha. Para repudiar o Nacional Socialismo. Com minha família.

Uma porta foi fechada com força no andar de cima. O relógio pesado tiquetaqueou.

— Refleti bastante sobre o assunto — prosseguiu ela —, e estou pronta.

— Acha mesmo que eu caio nessa?

— Estou falando a verdade.

— Com toda a sua família, até mesmo o seu marido? O comandante da Gestapo em Roma?

— Creio que ele deseja o mesmo que eu, mas está com receio de admitir.

— Em que se baseia essa convicção?

— Nas minhas intuições de esposa.

— Já conversou sobre este assunto com seu marido ou não?

— É óbvio que o senhor nunca se casou. Com todo o respeito, é claro.

— O que quer dizer com isso?

— Só que, às vezes, no casamento, há compreensões. Silêncios. O casal se vê em situações que não foram verbalizadas. Mas o outro sabe, por mais que o cônjuge não fale. Os "eu acho" caem por terra. Às vezes, não trazer um assunto à tona é uma forma de abordá-lo.

— Vou perguntar pela última vez. Já conversou sobre isso com seu marido ou não?

— Pretendo conversar ainda esta tarde.

— *Frau* Hauptmann, perdoe-me por não a acompanhar até a porta. Tenho questões urgentes para resolver. Boa tarde.

— Ele é um marido amoroso e atencioso. Um pai extremamente dedicado. Essa é a essência dele, sua verdadeira natureza. Ele sustenta financeiramente os pais dele, bem como os meus, com um salário que não é muito alto.

— Não fale bobagens, por favor, *Frau* Hauptmann. Agora, insisto que saia. Leve consigo seu amontoado de mentiras e ilusões.

— Eu não me casei com um nazista.

— Vamos encerrar por aqui.

— Estaremos na Praça de São Pedro às 23h55 da noite de hoje. Só peço uma chance. Não nos negue isso. Eu imploro. Tenha misericórdia dos meus filhos, se não tiver de mim.

— Pode se retirar, *Frau* Hauptmann. E não volte nunca mais.

Irritado, ele deixou o cômodo e voltou ao trabalho, mas às 23h45 já estava na praça, fingindo fotografar a lua cheia.

Ele perambulava entre as fontes gorgolejantes, passando pelo obelisco e pelas escadarias, apontando a câmera para o céu oceânico. Devido à chuva e ao toque de recolher, não havia ninguém na vasta área, exceto três varredores de rua que circulavam lentamente pela colunata, às vezes dando instruções um ao outro ou indo até o caminhão curvado para esvaziar uma lixeira. À meia-noite, eles também haviam partido.

A lua de outubro capturada em sua lente parecia uma moeda tingida de amarelo. Os grandes sinos badalaram. Ninguém apareceu.

Os chafarizes desaceleraram para um gotejar. Em seguida, silêncio.

Será que ela estava tentando obter informações? Ele tentou lembrar o que havia lhe dito na recepção. Não ficaria surpreso se Hauptmann estivesse fazendo a própria esposa de informante. Talvez devesse procurar o reitor neste mesmo instante.

Dez minutos se passaram. Quinze minutos se passaram. Um biguá solitário grasnou.

Ele foi tomado por uma visão do obelisco desabando na praça, bombas explodindo à sua volta, estilhaços voando por toda parte. Os exércitos de Augusto trouxeram do Egito uma barcaça de prata enorme, a maior embarcação já vista no mundo. Por vinte séculos, o pilar foi castigado pelo clima romano. Qualquer noite dessas, poderia desabar. Será que ele veria?

Vinte minutos se passaram.

Meia hora.

Fotos da lua.

Faltando quinze minutos para 1 da manhã, uma lufada varreu a praça, levantando frio e poeira. Enquanto guardava a câmera no bolso para sair e levantava o colarinho, o Mercedes preto à prova de balas surgiu, parando na divisa do Vaticano.

Fumaça subiu do capô. Os faróis se apagaram.

As duas crianças surgiram de repente, como se alguém as tivesse empurrado, cada uma com uma mala de mão. A menina estava com uma boneca, o menino com um urso de pelúcia. Depois veio a mãe deles, seguida por Hauptmann em trajes civis.

Os quatro caminharam até a divisa, Elise Hauptmann tentando conter as lágrimas, as crianças arrastando as malas nas pedras. Ela carregava uma mochila nas costas e um guarda-chuva debaixo do braço. Hauptmann não acenou enquanto eles se afastavam. Tirando uma garrafa do bolso, deu um gole longo, derramando um pouco, e a arremessou na direção do obelisco, mas ela se espatifou na parede da fonte.

— *Satisfeito, padre?* — vociferou. — Por ter roubado minha família? Por plantar tolices na cabeça da minha esposa para me encurralar? Dá para ver você aí na escuridão, seu rato sorrateiro. Apareça, seu ladrão nojento. Aqui está o que você roubou.

Elise Hauptmann baixou a cabeça, chorando copiosamente, enquanto seguia adiante, com as crianças ao lado.

— Falei para ela: *Vá se quiser* — berrou o marido —, contanto que *nunca mais volte*. Não me procure mais. Se me abandonar, estará morta para mim. *Acha que pode me fazer morder a isca, O'Flaherty*? Leve-os. Mostre do que é capaz. *Sigo firme e forte aqui.* Você me matou, padre. Mas veja só, *sigo firme e forte.* Pode ficar com medo, não há mais nada que possa me fazer. *Você atirou sua última flecha.* Seu canalha.

Hauptmann voltou para o Mercedes. O motor roncou. Os faróis brilharam intensamente à medida que ele fazia a difícil manobra de retorno, com os feixes amarelos iluminando a praça.

Em prantos, o garotinho correu para o carro, tropeçando, derrubando a mala, gritando:

— *Vati, bitte geh' nicht* — seguido pela irmã chorosa, e agora, pela mãe, cujo sapato esquerdo se soltou enquanto corria em meio à pilha de roupas espalhadas das crianças.

O menino batia na janela traseira enquanto o Mercedes continuava se afastando aos poucos. Ele o seguiu, suplicando ao pai que o deixasse entrar, que não fosse embora, e sua irmã também chorava, num terrível grito dilacerante:

— *Verlasse uns nicht, Vati. Es tut uns leid*!

"Papai, não vá embora, a gente se arrependeu."

Por um instante, o Mercedes parou antes de permitir que entrassem.

Depois, vagarosa e pesadamente seguiu adiante.

Outubro. Dois meses atrás. As luzes traseiras sumiram na névoa.

As encruzilhadas, abandonadas.

A última chance, rejeitada.

Agora, nas primeiras horas da manhã de Natal, ele parece se lembrar de uma cena que nunca viu, Hauptmann ao volante. Dirigindo em silêncio.

O cheiro de cigarro. O rangido da engrenagem. O pranto das crianças.

Por que não o deteve? Zomba a sombra.

Você poderia ter feito mais.

Ele segue em frente, em direção a uma rua secundária, com a sensação de que está sendo seguido.

O sidecar em que Hauptmann está sendo transportado parece frágil como um ovo. Na viagem saindo de Nemi, pelos campos escuros e úmidos, afastando-se do lago e das crianças com cheiro de canela, ele carrega sua Luger com sete cartuchos de alta pressão, verifica se há mais no bolso da túnica, calcula a hora de chegada.

Ele deu as ordens. Nenhuma prisão, nada precipitado.

É para seguir o padre; registrar todos os seus movimentos. A mensagem está sendo transmitida pelo rádio agora. O comandante Hauptmann ficará encarregado da vigilância quando chegar à cidade dentro de vinte e sete minutos. Chame o motorista dele. Prepare o Mercedes para ser retirado na sede da Gestapo. Garanta que a Cela de Interrogatório 0 esteja desocupada.

A trilha pela floresta serpenteia em direção à estrada para Roma, e o banco traseiro do carro salta a cada sacolejo e curva brusca, parafusos e balancins rangem, o motor ronca como uma vespa, mas o motorista, um homem corpulento, pisa com força no acelerador, e logo estão seguindo em direção ao brilho âmbar das luzes da *autostrada*, adiante, entre as árvores desfolhadas do inverno.

— Mais rápido! — ordena Hauptmann. — Tire o pé do freio.

A caixa de munições no seu bolso faz um barulho desalentado, como se quisesse concordar com o incentivo.

Passando pelas elevações que levam à barricada na margem da clareira, os soldados fazem a saudação de Hitler enquanto o trilho vermelho é erguido, o brilho laranja-arroxeado de uma braseira em seus capacetes. Ele saúda os braços erguidos com um aceno. Rapazes valentes, tão longe dos pais no Natal. Amanhã ele pedirá ao cozinheiro que lhes traga um peru, bolo de ameixa e uma garrafa de *schnapps*. Mas, melhor ainda — *por que não?* —, ele mesmo poderá servi-los. Ele e Elise vão visitar o alojamento, talvez levem as crianças. Uma antiga nobreza militar, trocar de papéis no Natal. Todos os oficiais devem lembrar que já foram soldados rasos. Eles vão cantar *Stille Nacht* juntos. Ele espera que Elise não fique embriagada.

Conforme se aproximam dos portões de saída do complexo, a trilha de terra se transforma em cascalho, e o refletor ilumina uma jovem encurralada num tronco de pinheiro por dois soldados. Ela contra-ataca com tanta força, dando socos e cabeçadas, que um terceiro soldado, um veterano com idade para ser seu avô, se aproxima com um cassetete, jogando-a em uma cerca viva.

Hauptmann grita para o motorista parar, sai do carro. O ar cheira a frio e gasolina.

— O que está acontecendo aqui?

— Senhor, encontramos essa invasora há vinte minutos, na mata. Esse homem estava com ela. — Ele indica com a cabeça um jovem algemado e com o rosto machucado. — Disseram que são namorados. Ele estava armado com uma espingarda. E indo em direção à sua casa.

— Mentira! — insiste o rapaz.

— Cale a boca.

Quando o Hauptmann se aproxima da jovem, ela se prepara para falar, mas abaixa a cabeça. As crianças sentem tanto carinho por ela que será difícil puni-la. Mas talvez haja uma explicação inocente.

— Maria? — pergunta ele à babá. — O que você estava fazendo na zona proibida? E quem é esse sujeito?

Ela fica calada.

— Devo perguntar a ele? — indaga Hauptmann. — É isso que está sugerindo?

O rapaz não demonstra medo, mas fica mais ereto, mais alto, seu torso magro visível em meio aos rasgos da camisa. É difícil não simpatizar com ele. Há algo admirável em um lutador.

— Explique-se — diz Hauptmann em voz baixa. — E fale a verdade.

— Eu estava montando armadilhas. Sou caçador. Como expliquei para eles.

— Um caçador ilegal?

— Acabei entrando nessas matas sem querer. Minha lanterna parou de funcionar e, além disso, não tem cerca.

— Tem sim, senhor — retruca o soldado com firmeza.

— Está cortada.

— Porque *você* cortou.

— Todos os agricultores num raio de dez quilômetros sabem a dimensão desta propriedade — afirma Hauptmann. — Está na cara que você está mentido para os meus soldados.

— Não sou agricultor. Até pouco tempo, eu trabalhava na fábrica de cimento em Velletri. Antes de ser bombardeada. Perdi meu sustento. E isso não tem nada a ver com a Maria, ela é apenas uma garota que conheço do vilarejo.

— O que ela estava fazendo aqui com você?

— Dando uma volta.

— Você sabe que caçar ilegalmente é crime capital.

— O que resta a um homem fazer quando os filhos estão passando fome?

— Estenda as suas mãos.

O rapaz acata.

— Não me parece que você trabalha numa fábrica de cimento. Suas mãos são delicadas. Parece uma moça da cidade. — Os soldados de Hauptmann riem, um som que ele gosta de ouvir. Um bom oficial sempre deve ser admirado por seus soldados. — Você é um partidário. Um comunista. Você sabe o que o futuro lhe reserva.

— Não sou partidário, nem comunista, não posso me dar ao luxo de me envolver com política. Sou apenas um pai desesperado para alimentar os filhos no Natal. O senhor também tem filhos. Por favor, me libere, tenha misericórdia.

— Como sabe que tenho filhos?

— Alguém me contou.

— Quem?

— Senhor... não me lembro, é de conhecimento geral, as pessoas comentam.

— Se esforce um pouco mais. *O que os meus filhos têm a ver com você?*

— Eu estava falando de forma geral; eu não tenho nada a ver com eles.

— Como você se chama?

— Luca Ricci.

— Jura pela sua alma eterna que não é um partidário, Luca Ricci?

— Eu juro.

— E também pela alma dos seus filhos?

— É claro.

— Muito bem. Está liberado. Só desta vez. Feliz Natal. Nunca mais cometa o erro de invadir este lugar. Entendeu?

Quando Luca Ricci se vira para sair, Hauptmann dá um passo à frente e atira no pescoço dele. Indo em direção a Maria Esposito, ele atira na testa dela.

— Eles tentaram fugir — instrui ele os guardas. — Agora, depressa. Vamos para a cidade.

29

Ao atravessar os trilhos do bonde, sem fôlego, ele se apressa pelo passadiço e entra na Via Ventinovesimo.

Duas pessoas estão encolhidas perto do painel publicitário do *Corriere della Sera*. Ao avistá-lo, uma delas derruba um cigarro aceso no chão; a outra o pega e joga em um cocho de pedra ao lado da garagem.

O sinal.

Uma garça guincha. O vento sopra com força. À medida que se aproxima, ele percebe que as figuras estão vestidas de padres.

Ignorando-o, elas partem para o norte, rapidamente, a passos bruscos, em direção ao alargamento da *piazza* adornada com estátuas. A uns doze passos atrás, ele as segue.

À frente dele, elas se precipitam por uma ruela invisível. Quando ele chega lá e dobra na esquina, uma figura desapareceu. A outra se revela uma jovem mulher.

— *Andiamo* — diz ela, indicando num gesto rápido com a cabeça as persianas entreabertas do teatro abandonado.

Ele atravessa o saguão coberto de cacos de vidro, sob o olhar de um grande espelho estilhaçado, a lua fragmentada em uma centena de pedaços no chão. Desce o corredor entre os assentos de veludo despedaçados e queimados, entre anjinhos chamuscados dançando nas frisas da ópera. Sobe os degraus acarpetados até o palco, passa por uma dúzia de gatos magros em volta de um naufrágio de papel machê. Pilhas de estofamento espalhadas pelo chão.

Agora entra na área das coxias, sua lanterna ilumina tábuas entrelaçadas. Sente um cheiro de mofo, de laranjas mofadas. Passa por formas volumosas e cobertas, cabeças de gesso ainda com perucas, o espectro medonho de um esfregão virado em um balde. Desce uma escada de madeira instável, passa pelas portas de saída de emergência, sai em um quintal que dá para um beco.

Virando-se, a jovem pergunta:

— Está preparado? Não vai ser fácil.

— Eu entendo.

Assentindo, ela pega um capuz de estopa de dentro do casaco, coloca sobre a cabeça dele e ajusta o cordão de amarração.

— Segure o meu braço — sussurra ela. — Desça dois degraus. Depois, vire à esquerda.

Em meio à escuridão, ele se sente conduzido, mas hesita, tropeça, com uma névoa quente nos olhos, ouve a impaciência reprovadora da jovem. Em seguida, chega mais alguém, segura-o pelo cotovelo esquerdo, e o conduzem às pressas por algo que parece um jardim ou um terraço, com um cheiro de vegetação molhada e um lilás invernal tão doce que enjoa. Ele pede para irem devagar, mas a mulher diz que não dá. O tempo já passou, estão atrasados.

Sente um aperto de dor que parece cordas nas coxas. Um fogo ardente nos pulmões.

Ele sente que o estão ajudando a atravessar as ruas, sente a transição do asfalto para os paralelepípedos. Por um instante, o rio parece próximo.

Não é água, mas junco encharcado e o roçar das adriças. Surge o pensamento de que Marco Antônio conhecia o cheiro daquele junco, que coloria os pesadelos de Nero.

Ele não quer entrar no carro, sente uma mão pressionar sua cabeça. *Estamos te deitando no banco de trás, fique quieto.* Conforme ele obedece, uma manta pesada, com cheiro de cachorro molhado, é jogada sobre ele. O carro arranca aos solavancos; um motorista ruim, jovem? A mulher sussurra em staccato; o motorista responde com um sibilo, tosse. Após dez ou doze minutos, a porta traseira é aberta. Ele é retirado, com as pernas instáveis. Ela verifica se o capô ainda está bem fechado.

— Cuidado — murmura a mulher —, não tenha medo — enquanto ele é levado para dentro de um prédio que pode sentir pelo cheiro de fumaça que é um local de bombardeio, e agora sobe escadas de pedra em espiral como numa torre de castelo medieval. Ele sente os óculos escorregarem, tateia o capuz de saco para recolocá-los, pede à dupla que o guia para dar uma paradinha, nem que seja por um momento, mas eles não param. Sente o odor do suor deles, o cheiro de cabelo lavado. As portas de madeira se abrem deslizando. Uma corrente é solta com um som metálico.

Desce o que parece ser uma rampa de concreto, sente o cheiro de gasolina e graxa de carro; ouve parafusos sendo desapertados, o estrondo pesado de portões de metal. Uma sede avassaladora. Ar frio. Ele está do lado de fora.

— Certo — diz uma voz masculina. — Você chegou. Conte até vinte. Só depois tire o capuz, não antes.

— Aonde eu vou em seguida?

— Conte até vinte. *Buona fortuna.*

Quando ele enfim tira o capuz, não há ninguém na rua comprida dos edifícios de apartamentos. Suas mil janelas fechadas estão escuras.

De algum lugar distante, escuta-se o som de uma sirene policial. Ele pisca, as imagens dos hidrantes e das portas gravadas em suas retinas. Atrás dele, os portões trancados de uma oficina mecânica, o "O" no letreiro "AUTO" parece um alvo de arco e flecha de desenho animado.

Ele enxuga os filetes de suor da testa e dos braços com o capuz e, depois, o joga numa lixeira.

Na esquina, vê uma fonte em formato de concha, num pequeno arco embutido em uma parede de paralelepípedos. O frescor da água. Ele lava os pulsos e o rosto latejante. Ofegando, espirrando, ele olha para o relógio. Vinte minutos para as cinco. Como Roma é calma antes do amanhecer.

Pintado na parede, um aviso em alemão exclama:

"Strassen gesperrt. Bandengebiet."

Ruas bloqueadas. Área de gangues.

O código deles para os partidários.

Uma pedra jogada o faz virar.

A uns cinquenta metros de distância, entre os trilhos do bonde, uma tampa de lixeira está rolando.

Tão lento quanto um barco a remo, ele se aproxima.

Ele para em um portão, de onde pode ver um Fiat em cima de tijolos, uma relíquia dos anos 1920, com o para-brisa rachado e a capota de lona rasgada pelas gaivotas.

Após um instante, o sinal.

Tão silencioso; quase inaudível.

Um disco de gramofone antigo e arranhado toca a *Sonata ao luar.*

Ele atravessa o pórtico abobadado, passa pelas caixas de correio e lixeiras, atravessa um pátio arrumado, com piso de lajota, os vasos de cerâmica reluzentes.

Atrás dele, ouve o portão pesado sendo fechado, mas não olha para trás. À frente, a porta se abre, uma lâmpada pisca no corredor estreito. Ele entra, atravessa o corredor, sai pela porta dos fundos, atravessa uma ruela e entra no pátio de uma casa bem mais antiga.

Na janela, uma mulher de meia-idade, vestindo um roupão azul-marinho e touca de cabelo, está fumando, evitando o olhar dele, olhando para o amanhecer. Eles não sabem o nome um do outro e nunca saberão.

Ao abrir a porta, ela apaga o cigarro com o chinelo e dá um passo para trás.

Ao entrar na sala, ele vai até a lareira.

A cortina que leva ao pátio foi fechada por uma adolescente descalça, usando calça de menino e camisa de trabalho. É óbvio que ela e a mulher de meia-idade são mãe e filha.

O gramofone toca. Porta-retratos enfeitam as paredes. Homens idosos vestindo uniformes militares, crianças vestindo trajes de Primeira Comunhão à beira de um lago. Um cartaz anuncia uma apresentação de *Tosca*, com "Beniamino Gigli" escrito em vermelho vibrante. Há uma cama para cachorro embaixo de uma mesa de mogno rococó. Um candelabro com doze braços.

Um bule de estanho sem tampa, repleto de lápis e canetas. Lá no canto há um estranho aparelho com rodas de ferro fundido, iluminado pelo fogo, que ele demora um pouco para reconhecer que se trata de uma máquina de costura.

Ela pergunta com os olhos se ele está pronto. Ele assente.

Tirando uma tesoura do bolso, a costureira se aproxima. Ele tira o sobretudo velho e o entrega para ela; ela o coloca na bancada, abre suas pregas e começa a cortar, por dentro. Ela pega os pacotes de notas bancárias presos com fita adesiva, corta o tecido com cuidado, método, em concentração silenciosa, agora focada no contorno do casaco estendido. O corte da tesoura é ágil e fluido. Retalhos de tecido desfiados caem no tapete. A garota se ajoelha, junta tudo, pega com uma pá de metal grande e joga na lareira crepitante.

Ao olhar em direção a uma porta entreaberta, para uma despensa iluminada por velas, ele vê que uma terceira mulher, bem mais velha, vestindo roupão e óculos de pincenês, está em pé, de frente para uma mesa, abrindo os maços de notas bancárias com uma faca de carne. Separando em envelopes diferentes, ela os guarda dentro de uma caixa de sapatos. Ao levantar a vista, ela lhe oferece em silêncio um copo da garrafa de vinho ao seu lado e não parece surpresa quando ele nega com a cabeça.

Perto dali, em bandejas de mármore, há três bolos de frutas cortados ao meio. Ela embrulha os pacotes em papel alumínio, coloca-os nos bolos, junta as metades novamente, em seguida os cobre com camadas de marzipã amarelo. A garota entra na despensa, pega uma tigela de glacê ainda mole de um armário; começa a cobrir os bolos com glacê enquanto a mulher idosa assente em aprovação, às vezes a orientando, depois segurando seu pulso, mostrando como mover a espátula com suavidade e habilidade.

A música de Beethoven falha e volta para o início.

Levam outro casaco antigo, para ele, que o veste.

Nenhuma palavra é proferida durante a entrega, que leva menos de cem segundos. Quando ele está de saída, vê a costureira colocar as pontas dos dedos em uma pia de água benta ao lado da porta e, logo em seguida, as levar à própria testa.

Na rua, dois jovens mascarados aguardam; ele permite que o vendem; é conduzido por um tempo, depois colocado em um carro e, então, conduzido a pé até ouvir o rio.

— Conte até dez — sussurram. — Boa sorte — desejam-lhe quando se afastam, e ele espera os passos se afastarem o suficiente para não serem mais audíveis antes de descobrir seus olhos pulsantes.

Diante dele, o Tibre. Acima dos telhados, a cúpula da Basílica de São Pedro.

Segue depressa pelo cais, enfrentando rajadas fortes de vento, passa pelos altos portões enferrujados da prisão. Sobe os degraus íngremes do passadiço, caminha por uma rua em aclive tão estreita que os cômodos frontais dos apartamentos dão um de frente para o outro, e os varais entre eles, com suas camisas e meias cinza penduradas, se misturam, dificultando a diferenciação.

Um romano corajoso pendurou uma bandeira tricolor gasta sobre uma sacada parcialmente desabada, as cores vermelho, branco e verde sem vida pela lavagem e pela luz tênue. Na bandeira, estão as palavras remendadas *"Viva l'Italia!"*.

O tilintar de uma persiana. Ele para.

Pássaros chilreiam baixinho.

Tão silencioso.

Ele consegue ouvir o rio fluindo, o som de sussurro e lapidação nas pedras antigas e frias, o movimento das plantas aquáticas nas águas rasas próximas às margens, ratões-do-banhado se escondendo sob as pontes.

Cinco e vinte. Precisa se apressar.

Ele vira numa esquina. Entra na Via Segundo. Começa a chover.

Chega às ruas secundárias que levam à Basílica.

Andando na direção dele, saindo das sombras, a passos calmos e comedidos, dois homens de sobretudos cinza, com chapéus *homburg* abaixados. Ele sabe que eles o viram; tarde demais para recuar. Eles param debaixo do único poste de luz que não foi quebrado na rua, acendem cigarros, começam a conversar, gesticulando, concordando, como se estivessem explicando algo debatido, mas suas vozes estão tão baixas que ele não consegue entender nada.

Eles estão parados de lado, meio de costas para ele, mas ele sabe que isso não faz diferença. Homens da Gestapo têm olhos atrás da cabeça. Não pare, continue andando com determinação. Se você tentar escapar, eles o alcançarão. Estão armados e têm metade da sua idade. Você é Marco Mancuso.

— *Buongiorno* — murmura um deles.

— *Buon Natale* — responde.

Agora vê que eles não são da SS. Estão muito relaxados, descontraídos. Uma mulher mais velha com uma mala se aproxima do final da rua, eles a cumprimentam com abraços afetuosos e seguem juntos em direção à cidade.

Ele se apressa ao dobrar a esquina.

Depara-se com a Luger proeminente de Hauptmann.

Está tudo calmo. Os olhos do nazista cintilam.

A sensação é de levar um soco. Um murro no estômago. Ele antecipou este momento mil, 1 milhão de vezes, mas a intensidade disso o choca, a proximidade física do outro, as veias em suas pálpebras, a palidez de seus lábios, o pulsar em sua têmpora, o cheiro de sua respiração constante.

Lá no alto, o zumbido dos bombardeiros, a luz cinza no céu.

Do posto de artilharia instalado no topo do Monte Palatino, os refletores se acendem, feixes brancos cortam as nuvens, e os canhões antiaéreos começam a disparar. Hauptmann vira-se meio de lado, de maneira estranhamente infantil, como se estivesse magnetizado pela música.

— Anda — diz. — Na minha frente. Mãos para cima.

Atravessam um beco fedendo a lixo. O Mercedes se encontra lá no final.

Hauptmann abre a porta traseira, empurra-o para o assento, entra rápido ao lado dele.

— Prossiga — ordena Hauptmann ao motorista. — Quartel-general da Gestapo.

O carro começa a se mover, a princípio devagar, depois sobe as marchas, suspirando, enquanto Hauptmann acende um cigarro, aparentemente franzindo a testa para o fósforo antes de apagá-lo. Por um tempo, ele não diz nada, como se reconfortado pelo ronco do motor. O carro para no sinal amarelo, deixando um bonde passar.

— Posso responder à pergunta que está martelando na sua cabeça — afirma Hauptmann. — Seus amigos já eram. Até hoje à noite ou amanhã de manhã, você terá dedurado o nome e o paradeiro deles. A última coisa que saberão é que você os traiu.

O receptor do walkie-talkie estala no paletó esquerdo do nazista, depois um som sofrido, murmurante, como uma cachoeira, é ouvida ao longe.

— Talvez ainda não seja tarde demais, monsenhor. Está disposto a agir com o bom senso? Eu acredito na misericórdia.

— Vá se catar.

— Ah, chegamos na Via Tasso, monsenhor. O seu último endereço aqui na Terra.

O motorista desce, sobe os três degraus até o prédio. Luzes se acendem nas janelas. Agora Hauptmann sai, bocejando, e contorna a traseira do Mercedes.

— Saia devagar, monsenhor. Com as mãos na cabeça.

Ele obedece, com Hauptmann observando-o.

— O todo-poderoso monsenhor. Cadê o seu Coro agora?

— Que dó de você — diz O'Flaherty.

— Por que diz isso?

— Não entendeu mesmo qual era o propósito dessa encenação toda?

— Esclareça.

— Que horas são, Hauptmann?

— São 6h13.

— É isso mesmo.

— O que quer dizer com isso?

— Treze minutos atrás, sua esposa entrou no Vaticano com seus filhos e pediu asilo. Só precisávamos de uma distração que o tirasse de cena. Elise jurou que você morderia a isca. Eu não imaginava que você fosse tão ingênuo.

Um sorriso desolador se forma nos lábios de Hauptmann.

— Isso é o melhor que você consegue fazer?

— Em dezessete minutos, a notícia da deserção deles será anunciada no Serviço Mundial da BBC. O fotógrafo do Vaticano está com sua esposa e seus filhos no apartamento do embaixador britânico. Um hidroavião está aguardando em Ostia para levá-los a Dover. Sua esposa planeja solicitar cidadania britânica.

— Monsenhor, não sabe que mentir é pecado?

— Ligue para casa. Não vai ter ninguém lá para atender.

— Acha que sou tão fraco de espírito a ponto de cair nessa tolice?

— Uma foto da sua família com o embaixador britânico foi enviada agora mesmo via cabo para Berlim. Para todos os jornais na Europa e para o escritório pessoal do *Führer*. A declaração da sua esposa condena o Nacional-Socialismo e prevê sua iminente derrota para os Aliados, uma derrota que ela agora se compromete a fazer de tudo para apoiar. Ela acrescenta que você mesmo sabe que a guerra está perdida para a Alemanha. Que você planeja o assassinato de Hitler.

— Quanta asneira.

— Tenho uma cópia assinada da declaração dela, aqui no bolso do paletó. Quer ver?

— NÃO SE MEXA.

— Calma.

— Não me diga o que fazer.

— Chegue mais perto e pegue do meu bolso. Ou eu mesmo pego? Como quiser.

— Silêncio, estou te avisando. *Já chega dessas suas mentiras.*

— Entendo que isso deve ser um golpe terrível para você. Perder sua família. Sei que nunca mais vê-los é um destino terrível. Ela me pediu para avisá-lo que deixou uma carta de despedida. Na penteadeira na *villa*. Com a aliança de casamento.

Hauptmann se vira em direção ao microfone do rádio, O'Flaherty desarma a Luger da mão direita do nazista com um gancho de direita, não um soco forte, mas rápido e preciso, um golpe duro e impiedoso, o metal da arma fere os nós de seus dedos, a pistola voa e bate na parede antes de cair na sarjeta, e ele faz que vai pegá-la, no mesmo instante em que Hauptmann se abaixa, tentando pegá-la, mas a empunhadura escorregadia torna a pistola uma presa esquiva, e ela gira na água da sarjeta, e o padre *entra no carro, senta ao volante,* acelera, há manchas de sangue no para-brisa à prova de balas e o Mercedes entra em movimento.

Hauptmann tenta agarrar a maçaneta da porta. O solavanco desloca seu ombro esquerdo.

O grito vem da boca dele? São os pneus cantando? O carro solta uma nuvem densa de fumaça preta à medida que se afasta dele aos trancos, com a rapidez de um potro solto. Sobe o cheiro de pneus queimados. O motor ronca. Fumaça sai das caixas das rodas. Gases de escape jorram em seu rosto. A Luger dispara alto, sobe o cheiro de pólvora e chumbo molhado.

Ele corre atrás do Mercedes, atordoado pela dor, mas continua, *correndo,* atirando na escuridão, o carro colide com uma banca de jornais, fazendo barulho, dá ré, Hauptmann se ajoelha, como um atirador, basta apenas um tiro preciso. Balas atingem a blindagem, faiscando em fragmentos de prata, e os pneus do Mercedes cantam ao virar na esquina cujo nome ele não sabe, e a Luger grita com fúria, mas o Mercedes se foi, acelerando pela *blitzkrieg* onde ele, com seu ombro deslocado deveria estar, na direção do Tibre, cujo volume aumentou por conta da chuva.

Ele grita por ajuda, o motorista da SS sai correndo do prédio, atônito, xingando, o padre escapou, Hauptmann cambaleia de porta em porta ao longo da Via Tasso, mas ninguém atende.

Bate forte, ameaçador.

— *Preciso de ajuda.*

Em meio à dor excruciante, ele vê o Mercedes correndo pelas ruas de Roma, com sentinelas o saudando e barricadas sendo erguidas. Cambaleando atrás do automóvel, ele se perde em uma rua suja, sob uma chuva de tijolos e chaminés que caem dos telhados. Minutos depois, delirante de dor, ele é abordado por patrulheiros alemães, a quem ele conta, gaguejando, o que aconteceu, mas quando o sargento pede pelo rádio que o Mercedes seja parado a qualquer custo, os soldados que guardam a ponte ficam desconcertados, sentindo haver algo errado.

Disparar no carro de Hauptmann? No comandante da Gestapo? Melhor assinar seu próprio atestado de óbito primeiro.

O Mercedes acabou de passar pela Ponte Cavour, foi registrado se aproximando do Ministério do Interior em alta velocidade. Um guarda numa janela do terceiro andar aciona o rádio de emergência.

— Hauptmann está desenfreado.

Do outro lado da ponte, a *Contessa* está aguardando no local combinado, no alpendre de uma padaria abandonada. Com a mão direita ferida, ele desce do Mercedes. Ela joga o cigarro aceso no bocal do tanque de combustível, o conduz pelo labirinto de passadiços e caminhos escondidos onde a motocicleta roubada está esperando, sobem na moto, ele atrás dela; ela dá a partida, desvia, xinga olhando para trás.

— Baixe a cabeça, Hugh, baixe — orienta, correndo pelos passadiços, pelo labirinto de vielas escuras, enquanto, atrás deles, a explosão ruge, fumaça densa e escura sobe, soprada pelas ruas estreitas até a Piazza del Risorgimento, onde mancha as tendas de preto.

Na entrada sombreada dos Musei Vaticani, Derry e Osborne estão lá, esperando, chamando, acenando, com os rostos marcados de alegria ansiosa, convocando os amigos para saírem da chuva que despeja seu frio sobre Roma. Ele cambaleia, sem fôlego, com o ombro da *Contessa* sustentando-o.

— Cavalheiros — diz ela —, permita-me apresentar o responsável pelo impossível.

Há abraços e tapinhas nas costas, são entregues toalhas e garrafas de chá — bom, não exatamente chá, como diz Sam Derry, não o chá que merecem, mas cravos em leite quente; bom, não exatamente leite, como aponta Osborne, mas pasta de dente com sabor de meia dissolvida. Ele atravessa os corredores dos museus, sem fazer barulho, caminhando depressa, tropeçando, ofegando, como um mergulhador emergindo, praticamente carregado pelos amigos, em um silêncio sério e eficaz, pois os guardas estão de prontidão e nem todos são confiáveis, desce os degraus, sobe a escada, atravessa a Capela Sistina, onde ele para por um momento no fulgor entorpecente que é a serenidade de um sobrevivente, a alegria que abarca pesar e tristeza. Pelos pais na manhã de Natal, por cada amizade não formada, pelos fugitivos que agora terão uma chance de vida e pelos milhares que contam com eles, pelos inúmeros e desconhecidos mortos em combate que sofreram, pelos quais somente seus camaradas batalharam. Por Derry, Angelucci, Delia e May, por Osborne, Marianna e Giovanna Landini, que rezam ao lado dele agora, de mãos dadas, e que, muitas vezes, quando ela relembra a corrida deles até o Vaticano naquela alvorada, com o céu romano tingido de roxo ao fundo das silhuetas das estátuas, ela conta que o escutou cantar uma ária de Puccini atrás dela, apesar de saber que isso não aconteceu. Pela irmã e pelos irmãos, por todos os que estão presos, por todos que estão famintos de misericórdia ou são alimentados à força com mentiras. Mas está hora de seguir em frente agora, Derry diz, com brandura, com o braço em seus ombros:

— Apoie-se aqui, padre.

— Acho que já pode começar a chamá-lo de "Hugh" agora — observa Osborne, rindo baixinho.

— Tenho uma ideia melhor — sugere Derry. — Andei treinando o meu italiano. Me dê o seu braço, *mio fratello.*

No Lago Nemi, *Frau* Hauptmann e seus filhos dormem até tarde na manhã de Natal. O papai não vai voltar para casa por um tempo.

Por volta das 17 horas, Hugh O'Flaherty sobe ao telhado da Basílica de São Pedro, sozinho.

Cúpulas e altos pombais. Campanários. Sete colinas. Gaivotas cinza e majestosas rodopiam na névoa. Chaminés e torres altas. O brilho das estrelas que já surgiram. O crepúsculo acende lampiões por toda a cidade. Tochas cintilam das janelas do sótão, desenhando linhas em meio à neblina. De Flaminio a Ponte, de Prati a Campo Marzio. Pontes. Palácios. Apartamentos. Templos caídos. Ele espera que os grandes sinos saúdem o fim do dia.

Depois, um silêncio profundo.

Quase como uma melodia.

Mãe e pai amados,

Um breve bilhete de Roma, que está coberta de neve.

Celebrei a missa por vocês esta manhã, o dia de Santo Estêvão.

Caso eu nunca tenha dito: ninguém teve pais mais amorosos do que eu.

Obrigado por terem me dado a vida.

Feliz 1944.

Seu filho, Hugh

30

MARIANNA DE VRIES

Novembro de 1962

Declaração por escrito em vez de uma entrevista

Mais pessoas morrem ao descer o Everest do que ao subir. Um fato conhecido por soldados e assaltantes de bancos em todo lugar: toda invasão precisa de seu motorista de fuga.

Desde o início, ficou combinado que Jo Landini se encontraria com o líder da missão a dois quilômetros de casa e que uma motocicleta era a melhor opção — ou a menos ruim. Jamais se planejaria um Rendimento sem primeiro traçar com uma meticulosidade fanática o caminho mais seguro de volta à base. Isso foi uma exigência de Derry, resultado de seu treinamento em Sandhurst. No final da missão, o líder pode se descuidar; estar exausto, com uma empolgação enganosa; são os minutos mais perigosos. Ele precisa de ajuda para cruzar a linha de chegada.

Jo, como já falei, era uma mulher de enorme coragem. Ela insistiu que seria o que chamamos de "a luz-guia" do Rendimento da véspera de Natal, um papel que desempenhara em sete missões anteriores e repetiria em mais cinco no início de 1944. Geralmente, a gente roubava a motocicleta do exército alemão. Um certo londrino, que nem é preciso citar o nome, ajudava nisso. O lema dele era: "No amor e na guerra vale tudo".

Fiquei na surdina por dez dias e depois fugi para o Vaticano. Delia Kiernan e a filha fizeram o mesmo. Além dos Rendimenti adicionais com os quais ela estava diretamente envolvida, Jo não saiu do Vaticano durante o restante da ocupação alemã. Nós duas ficamos hospedadas no alojamento de May e do Sir

D'Arcy, para a diversão (talvez até inveja, ela costumava dizer) de certos observadores ordenados. Um cardeal eminente foi visto uma vez não exatamente de joelhos espiando pelo buraco da fechadura, mas dando voltas no corredor como se estivesse esperando um convite para participar da suposta orgia.

— Quem sabe a gente concretize isso numa noite de puro tédio — disse o Sir D'Arcy.

— Teria que estar *muito* entediada mesmo — rebateu Jo.

O apartamento, que tinha três cômodos, era pequeno, mas aconchegante. Suas janelinhas redondas davam para um jardim. Jogamos gamão e outros jogos de salão. Além disso, havia livros. De vez em quando, ficávamos em silêncio, contemplando o pôr do sol romano de hortelã e cereja, uma ocasião em que o Sir D'Arcy sempre vestia seu paletó xadrez Black Watch. O ponto alto da diversão noturna era escolher qual pantufa de carpete pegar emprestado e aguentar suas histórias que faziam os olhos lacrimejarem sobre os calos que o forçavam a recorrer a esses calçados com bastante frequência. ("Queridas senhoras, já tive joanetes que dava para colocar chapéu e candidatá-los para uma eleição.") A comida estava escassa e o que serviam como café tinha gosto de lama. Mas tínhamos bastante espumante Piper-Heidsieck do ano 1933, graças a May. O Rei era brindado respeitosamente pelos nossos anfitriões britânicos às 18 horas todas as tardes. As pessoas passaram por coisas piores no início de 1944.

Viramos um quinteto quando Angelucci também se refugiou conosco, depois de levar a esposa e os filhos para a segurança relativa da zona rural depois de Viterbo. Ela acabaria morrendo em um bombardeio em março, após ter retornado brevemente a Roma para visitar um parente doente — essa tragédia ainda estava alguns meses adiante de nós, assim como muitas outras.

Por ora, Angelucci se mostrou um excelente cozinheiro — para os italianos, a arte de comer bem é uma das mais elevadas. Ele conseguia fazer bastante com muito pouco ("como todo marxista", costumava zombar o Sir D'Arcy). Enzo conseguia fazer uma massa de trigo e água, sem ovos, um luxo que não tínhamos, que, com um pouco de pimenta e *Parmigiano*, se tivéssemos, faria qualquer um cantar. O Sir D'Arcy zombava com maldade dele, dizendo:

— Meu rapaz, os *melhores* sujeitos da Inglaterra são comunistas hoje em dia, não se pode dar um passo na sala de jantar de Magdalen sem esbarrar num camarada, ou seja lá o que forem. Faz o favor de passar o vinho Nero d'Avola para cá.

Angelucci era uma pessoa magnífica, cuja contribuição era fora de série. Até mesmo o costume dele de andar por aí sem camisa era algo que dava para relevar. Encontramos gente infeliz por aí que só vê comida como uma forma de combustível para o corpo. Os italianos sabem que é muito mais do que isso. Quando alguém perguntava se ele acreditava em Deus, Enzo respondia que acreditava em *risoto al radicchio e Gorgonzola,* acompanhado de um bom vinho e na companhia dos amigos. Para ele, *"mangiamo"* era a palavra mais sagrada em qualquer idioma.

— A melhor resposta é um Amém silencioso — respondeu Jo Landini enquanto servia a comida.

— *Contessa,* ainda vamos transformá-la em comunista — retrucou Enzo.

— Meu querido chef, não precisa de muito esforço. Agora, pelo amor de tudo que é sagrado, vista uma camisa, estamos comendo.

— Quando a revolução chegar — observou Sir D'Arcy — todo mundo vai viajar de Primeira Classe.

— Pode me tirar dessa — falou Johnny May. —Eu não vou me arrebentar de trabalhar para essa gente toda."

— *Se arrebentar de trabalhar* — caçoou o Sir D'Arcy. — Você acha que ser bonito é trabalho.

— Se for o caso — comentou Jo —, ele rala muito.

— Não fiquem falando de comunismo perto da minha filha — advertiu Delia, já que as mulheres Kiernan eram nossas convidadas naquela noite. — Ela vai me assassinar quando eu estiver dormindo."

— Pelo amor de Deus, mãe.

— Ainda tem um golinho de vinho aí? Estou com uma sede que faria um navio naufragar.

— Mãe, a senhora já bebeu *demais.*

— Se não me trouxerem uma bebida agora, eu tiro a *minha* camisa.

— Jesus Cristo Todo-Poderoso!

— Quer mais massa?

O espaço era limitado. As pessoas podiam ficar irritadas. Mas se alguns de nós ficavam completamente descontrolado, os outros relevavam.

Verdade seja dita, lembro-me dessa época como um tempo não tão ruim. O major Derry muitas vezes saía de sua toca nas escavações e aparecia, Ugo nos visitava para jogar algumas partidas de pôquer ou lansquenê, jogos que o envolviam com uma veemência nada condizente com a figura de um padre. No fim das contas, por insistência nossa, ele se juntou à nossa casa nos alojamentos, um lugar ao qual ele se referia como "o esconderijo". Era evidente, pelos relatórios de inteligência, que ele corria grave perigo em qualquer outro lugar. Na verdade, isso ficou bem claro para nós.

Numa tarde de fevereiro, na Basílica de São Pedro, dois agentes nazistas à paisana apareceram, com a intenção de tirá-lo da Basílica e fazê-lo ultrapassar a divisa. Por sorte, Enzo já estava encarregado de proteger Ugo. Um grupo de catorze fugitivos vestidos de monges encapuzados — Enzo tinha uma predileção por trabalhadores portuários de Glasgow e mineiros iugoslavos — formava um padrão de diamante disfarçado ao redor do monsenhor sempre que ele entrava em uma área pública. Os dois agentes à paisana, digamos assim, foram gentilmente escoltados para fora da Basílica de São Pedro naquela tarde, infelizmente tropeçando nos degraus. Mais de uma vez. Os sujeitos desagradáveis, de maneira bem antidesportiva, não paravam de atacar o punho de Enzo com seus rostos. Imagino que eles relembram a ocasião até hoje, sempre que precisam movimentar a mandíbula, por exemplo.

Os beliches e as redes no apartamento — até mesmo as pequenas janelas redondas — davam ao lugar certo charme, a sensação de estar a bordo de um navio. À noite, para levantar o ânimo ou nos cansar antes de dormir, costumávamos cantar uma velha canção escocesa dos ensaios, os homens cantavam os versos e as mulheres o refrão.

Vamos lá, moça, vamos
Para as encostas de Balquhither,
Onde os mirtilos crescem
Entre as belas urzes das Terras Altas;
Onde os veados e as corças correm
Saltitando juntos e leves,
Aproveite o dia de verão dos enamorados
Nas encostas de Balquhither.
Vamos nessa, moça, vamos.
Vamos nessa, moça.

Curioso, nenhum de nós visitara as Terras Altas da Escócia, um lugar que só me vem à mente quando ouço essa música, quase no fim da guerra na Itália, entre peças de gamão e taças de Chianti, em nosso pequeno *ménage à huit*.

A missão da véspera de Natal foi um sucesso. Centenas de Livros foram levados com segurança de Roma para o interior. Fizemos muitos outros Rendimenti, talvez uns quinze ou vinte, entre aquele Natal e o final da primavera de 1944 — incluindo uma missão para roubar ou destruir o estoque de notas falsas de Hauptmann, outra para contrabandear um cirurgião para uma casa segura a menos de dois minutos da sede da Gestapo, a fim de fazer um procedimento para salvar a vida de um fugitivo. Mas este não é o momento para falar dessas noites aterrorizantes. Sem dúvida, haverá outras ocasiões. Tornou-se uma era de grande sofrimento pessoal.

Acredito que o que podemos chamar de tensões começaram a surgir no Coro, à medida que os Aliados avançavam na cidade. Ugo queria ajudar os desertores alemães, todos em risco de serem espancados até a morte. O Sir D'Arcy tinha uma visão diferente. O monsenhor e ele entraram em conflito.

As rachaduras se intensificaram. Os alicerces se moveram. Palavras ríspidas enfraqueceram pilares. Coisas foram ditas no calor da discussão que teria sido melhor não terem sido ditas. Nos meses seguintes, o Coro se desfez, como acontece com todas as coisas boas. Ugo e o Sir D'Arcy pararam de se falar. Ugo deixou o apartamento.

Havia inocência de ambos os lados em vez de culpa. O pobre Sir D'Arcy, creio eu, entendera mal, não captara a essência desde o começo. Pode-se convencer a si mesmo por um momento de que a mesma música está sendo tocada. Mas esse raramente é o caso, infelizmente. O que ocorria era pouco mais do que a concretização de um diagrama de Venn. O que não é pouca coisa, aliás. Mas há mais na vida do que geometria. Meu inimigo não precisa ser o inimigo do meu amigo. Mas, convenhamos, ajuda. Foi isso.

A destemida Delia tentou consertar a ponte desfeita — parece que houve menção a um almoço ou algo do gênero —, mas, por algum motivo, nunca aconteceu. Fiquei tão abalada com a implosão que, no fim, numa manhã de junho, parti, de volta ao meu antigo apartamento sob a aurora fria e escarlate. No caminho, testemunhei a visão espectral e surpreendente de um único jipe do exército americano indo em direção à Praça de São Pedro. A libertação tinha chegado a Roma.

Enzo e Jo foram homenageados com altas honrarias pelo governo italiano, assim como Ugo.

Dollman foi linchado ao tentar fugir do país. Em Roma, havia um forte sentimento de que ele corria tanto perigo de Hauptmann quanto dos romanos, pois os dois haviam se desentendido gravemente quando Hauptmann começou a suspeitar de que seu braço direito estava o delatando para o Himmler. Li algumas vezes que o movimento Nacional Socialista era uma irmandade. Na verdade, era uma gangue de ódio, liderada por incompetentes e psicopatas, tão leais quanto aquela espécie de sapo venenoso que come seus próprios irmãos depois de ter devorado tudo que passasse pela frente. O assustador é a quantidade de pessoas que se deixaram levar. "Deixar", na verdade, não é um verbo suficientemente ativo. Que concordaram com fervoroso entusiasmo serem levadas.

Hauptmann foi julgado em 1948 pelo assassinato de trezentos e trinta e cinco romanos em uma única noite, em retaliação a um bombardeio partidário que matou trinta e três soldados alemães. No tribunal, detalharam como ele passou horas em seu escritório naquele dia, entre seus amados arquivos, compilando a lista de mortes, incluindo judeus, idosos, crianças, prisioneiros de Regina Coeli, vários colaboradores da Rota de Fuga. Dez para cada alemão. Mais cinco, para garantir. Levados para as Fossas Ardeatinas e alvejados.

Ele estava sem gravata no tribunal, falava baixinho, piscava várias vezes com força ou olhava em volta da sala do tribunal de um jeito estranho e intenso, como se tivesse sido surpreendido por algo que ninguém mais conseguia ver.

Durante o intervalo do almoço, redigi meu relatório. O simples ato de relatar o que aconteceu me fez vomitar.

Quando a audiência recomeçou, retomou rapidamente os eventos nas fossas. Mostraram fotografias, mas era difícil olhar para elas. Um oficial nazista aguardava na entrada, com a lista de Hauptmann em mãos, em uma prancheta. Muito organizado. Os prisioneiros foram espancados ao serem retirados dos caminhões, amarrados em grupos de cinco, levados para a escuridão, baleados e os corpos deixados onde caíram. O próprio Hauptmann comandou os disparos, para servir de exemplo de liderança aos seus soldados.

Mesmo atirando com tanta eficácia, os assassinatos levaram a noite toda — às vezes, um prisioneiro não morria na mesma hora e se fazia necessário algo mais —, mas sim, disse Hauptmann, provavelmente alguns foram enterrados ainda vivos. A tarefa era tão árdua que, para completá-la, ele e seus pistoleiros tiveram que ficar completamente bêbados de conhaque. Ao amanhecer, a entrada das fossas foi dinamitada e bloqueada com cimento, e os alemães voltaram para a cidade. Milhares de cópias de um cartaz já estavam sendo coladas nos muros de Roma, advertindo que haveria mais represálias sempre que houvesse ataques dos partidários.

Uma silenciosa tensão tomou conta da sala do tribunal quando a sentença foi proferida, com exceção do leve som de uma estenógrafa tentando segurar o choro. Hauptmann, no banco dos réus, não demonstrou nenhuma emoção, apenas girou a coroa de seu relógio de pulso como se estivesse ajustando a hora.

Prisão perpétua sem possibilidade de liberdade condicional, a ser cumprida na prisão de Modena. Outros nazistas envolvidos no horror daquela noite fugiram para a Argentina.

Após um trabalho minucioso nas Fossas Ardeatinas, muitos pertences das vítimas lá assassinadas foram recuperados e identificados. Cadernos, crucifixos, pentes, luvas, cartas de amor, livros de bolso, canetas. Alguns foram colocados no Museu da Ocupação, o antigo quartel-general da Gestapo na Via Tasso, um lugar que nunca consegui visitar.

Durante os nove meses de ocupação em Roma, mil e oitocentos judeus romanos foram deportados para os campos de extermínio. Menos de vinte voltaram.

CODA
THIS IS YOUR LIFE

31

A CONTESSA GIOVANNA LANDINI

De uma autobiografia não publicada e não datada, escrita após o fim da guerra

Em certas cidades, temos a sensação de pertencer à paisagem urbana, não como turistas, mas como exilados que regressaram. Sentimo-nos em casa de tal maneira, de um jeito tão profundo e ao mesmo tempo inexplicável, que pensamentos ternos são aceitáveis: é como se tivéssemos vivido aqui numa vida passada ou fôssemos conjurados à existência por um dos artistas ou poetas do panteão metropolitano, talhados a partir de sua pedra antiga.

Quando eu era jovem, Londres representava isso para mim.

Quando estava na casa dos vinte anos, recém-casada, a visitei quatro vezes com o Paolo. Também fomos na nossa época de namoro. O cinza dos majestosos terraços era tranquilizador depois de Roma. O cântico da chuva londrina no teto de uma galeria desperta familiaridade, é de alguma forma a música do sublime. Se existe uma paz que transcende todo entendimento, é acordar do êxtase dos amantes em Londres durante uma chuva suave, remexer-se na cama e ouvi-la.

Conversávamos muito sobre comprar uma casa na cidade, talvez em Chelsea ou South Kensington, mas nosso casamento foi tão breve que nunca chegamos a procurar, e, por um tempo depois que ele morreu, eu fiquei tão abalada que não conseguia mais voltar lá, porque sempre sentia que o veria dobrar a esquina da Sloane Square, ou que ele acenaria para mim da janela do

Claridge's. Ou desceria em meio à névoa de um daqueles ônibus maravilhosos, cujas tonalidades de vermelho ficam sempre mais vívidas na memória.

Porém, nos anos que se seguiram à guerra, voltei a Londres. Senti que estava recuperando a fé.

Visitei velhos amigos, fui a concertos. Tive dois breves romances (a expressão não está totalmente correta, mas é preciso dar um nome às coisas), que chegaram a um término amigável sem grandes arrependimentos. Eu não estava em condições de me entregar ao amor. Nunca mais estaria. Londres me presenteou com essa compreensão, entre outras coisas.

A última vez que fui lá foi no comecinho de 1963. As circunstâncias eram bem diferentes e memoráveis. Naquela época, já estava morando de vez no apartamento do último andar do hotel Savoy, com vista para o Strand e o rio Tâmisa. No dia que eu vou contar, numa quinta-feira de fevereiro bem gelada, a mulher do meu motorista londrino tinha acabado de dar à luz, e eu não queria ter o trabalho de arrumar um substituto, então me levantei cedo e segui para o aeroporto de Londres de metrô.

Naquela manhã, as faias e os ulmeiros estavam apenas começando a se enfeitar para a primavera: chiffons amarelos, botões brancos que logo seriam flores. Mas eu estava apreensiva. Havia uma pergunta que eu precisava fazer a Hugh, uma pergunta que eu achava que ele não iria gostar. Mas eu já tinha tomado minha decisão: eu faria a pergunta.

Enquanto aguardava com minhas revistas e jornal num canto do saguão de desembarque, meu coração batia como o de uma mocinha num livro de romance. Fazia dois anos que não via meu amigo. Ele estava com a saúde debilitada, coisa que eu sabia pelas cartas cada vez mais raras, mas cada vez mais divertidas. A caligrafia dele estava péssima, mas ele ainda conseguia digitar.

A aposentadoria, na Irlanda, não estava lhe fazendo bem. Ele morava acima de uma loja de ferragens com a irmã viúva, de quem falava em tons afetuosos, ligeiramente tolerantes, como se ela fosse uma criatura de uma galáxia distante. (Com certeza ela o teria descrito da mesma forma!) Mas sentia falta da vida em Roma.

Quando ele passou pelos portões, estava irritado e alerta, com o rosto sempre ruborizado, sentado na cadeira de rodas à qual seu mais recente derrame o tinha confinado, um veículo que fazia questão de chamar de *la biga Romana*, o equivalente italiano a carruagem. Tinha emagrecido um pouco. Nunca na vida vi um tom de branco tão próximo ao da lã merino que agora tingia seus cabelos espessos. O aeroporto disponibilizou um carregador para empurrar a cadeira, mas Hugh não quis nem saber dessa opção e continuou afastando o rapaz com a mão, insistindo em "se virar sozinho". Quando nos abraçamos, as lágrimas tomaram conta de mim. Ele soltou aquele suspiro exasperado que eu tanto adorava.

— Nossa Senhora da James's Street, é assim que as coisas vão ser?

Enquanto atravessávamos a área de desembarque, o carregador e Hugh conversavam sobre algo que percebi depois de um tempo que devia ser o time de críquete das Índias Ocidentais. Tentei não demonstrar que até mesmo as regras mais simples do críquete eram como uma língua morta para mim, um idioma que não tinha interesse em aprender.

Do lado de fora, o homem chamou para nós um daqueles magníficos táxis de Londres. Eu e meu velho amigo entramos naquela maravilha de escuridão e cheiro de couro. A cadeira de rodas foi colocada no porta-malas.

Era nítido que a fala dele tinha sido gravemente afetada pela afasia. Ele tinha me falado sobre isso nas cartas, mas ouvir era outra história. Não diria que estava arrastando as palavras; isso seria impreciso. A impressão que dava era de que parecia bastante relutante em falar, falava devagar, com uma dicção exagerada, uma deliberada falta de pressa, como um homem que exagerou um pouco na bebida, mas precisa interagir com a terrível família da esposa. Ele deixou que eu segurasse sua mão enquanto íamos para Londres.

Ele não via a cidade há um bom tempo. Fiquei comovida ao ouvi-lo saudá-la de novo.

— Ah, olha só quem está aqui, Hammersmith! Oi, Shepherd's Bush.

O poeta mais querido por Hugh sempre foi Louis MacNeice, a quem citou com um pequeno deslize à medida que nos aproximávamos do Hyde Park:

— Os olhos dela viam todas as minhas cachoeiras.

Ele ficou fascinado ao ver, perto de Paddington, um restaurante indiano; essas maravilhas não se encontravam na sua cidade natal, Cahersiveen, no Condado de Kerry, onde uma garrafa de ketchup seria considerada exótica e ter um dente de alho faria com que você fosse queimado na fogueira como bruxa. Isso o levou a um devaneio sobre a comida da querida Itália: figos gordos e *baccalà mantecato*, o peixe nos mercados iluminados por lampiões.

Como estava tal rua no Prati? Teve fogos de artifício na Piazza Navona em comemoração a algum festival esses dias? Ele foi informado por um vizinho de Kerry, que havia retornado recentemente de uma peregrinação, que a Fonte de Trevi estava fechada para reformas; sabe quando volta ao normal? O jeito que falava da cidade, com tanto carinho e conhecimento do cotidiano, como se tivesse partido dela apenas ontem e fosse voltar hoje à noite, embora, na verdade, nunca mais fosse ver Roma, a não ser nos sonhos; percebi que estava finalmente se conformando com isso.

Mas a Irlanda também tinha sua beleza. Ele estava relembrando a infância, as pessoas da cidade, a luz de fevereiro nos lagos. As manhãs de verão em que acordava com o cantar dos tentilhões no jardim repleto de rosas da irmã.

— No fim das contas, o velho ditado continua valendo: nenhum lugar se compara ao lar — comentou.

Perguntei se havia algum lugar específico em Kerry que despertasse essa sensação de retornar ao lar.

— Ah, não estava falando de Kerry. Estava falando de Roma.

Enquanto dizia isso, o táxi passava pela Casa São Francisco, um abrigo para homens em situação de vulnerabilidade. Ele comentou que, quando era um jovem diácono, passou um inverno ministrando lá, morando com os hóspedes em uma modesta cela de compensado, próxima ao dormitório, onde se ouviam ameaças e o som de garrafas sendo abertas todas as noites.

— Como foi a experiência? — perguntei.

— Uma porcaria.

Em uma noite de novembro, um abade redentorista austero de Belfast apareceu na chuva sombria e furiosa para impor aos residentes um sermão edificante, do tipo sensacionalista, que estava em voga na época. Meu amigo era um ótimo contador de histórias, e logo a cena se materializou. Vi o ogro cadavérico, de lábios finos, subindo as escadas instáveis até o púlpito, seus olhos sem alegria e brilhantes fixados nos rostos voltados para cima; suas mãos esqueléticas segurando o púlpito.

— Olhem só para vocês — começou ele. — Um bando de Metidos a Bestas.

Álcool era coisa do demônio. O bar era a "a sala de espera do Diabo". O uísque era "o suor do mal". Ele levava à fornicação, à desobediência às autoridades, à desavença conjugal, às impurezas de pensamento, à associação prejudicial entre diferentes raças e credos, a doenças graves e à morte precoce. Ao declínio das mulheres, à degradação dos homens, à fome e ao abandono dos bebês. No Dia do Juízo Final, os bêbados serão castigados. As Escrituras confirmam isso. Não haverá escapatória.

— Lá haverá choro — ameaçou o redentorista — e ranger de dentes.

Um dos detentos mais velhos, corajoso ou talvez só entediado, teve a ousadia de levantar a mão.

— Desculpe a franqueza, padre — disse ele — mas não *tenho* mais dentes.

Hugh estava com o semblante sério, mas quase perdeu a compostura ao dizer a frase de efeito do sermão.

— Dentaduras serão providenciadas.

No apartamento, ele estava cansado e, depois de almoçar um sanduíche comigo na sacada, foi tirar uma soneca. A mala com suas roupas e itens de barbear foi extraviada pela companhia aérea, o que o deixou preocupado, pois seus remédios também foram perdidos. Enquanto ele descansava, resolvi as coisas. O Savoy tinha farmácia própria e várias lojas de luxo, incluindo uma alfaiataria. Tiraram as medidas de Hugh e ele foi vestido com roupas da loja Anderson & Sheppard, que fica na Savile Row, com um terno de lã cinza e uma camisa polo um pouco mais ousada, parecendo um tio descolado que voltou de uma turnê teatral pelas províncias que terminou em fofocas. Gravatas elegantes e camisas bem cortadas também foram providenciadas. Ele ficou encantado com a gravata descontraída.

Assim trajado, ele perguntou com leveza se eu queria rezar um terço com ele. Sempre amei o terço, para mim seu aspecto encantatório é algo que eleva o espírito, às vezes acalma, às vezes entristece, sempre trazendo a estranha consolação da repetição, mas, na verdade, nunca o havia rezado com Hugh, fato que ele parecia ter esquecido. Ele tirou do caderno um cartão-postal com a imagem de um ícone russo de Nossa Senhora e o colocou ao lado do relógio de mesa sobre a lareira. Em seguida, perguntou se eu poderia ajudá-lo a se ajoelhar.

Atrevi-me a dizer que Nossa Senhora e Seu Filho Bendito veriam a oração de Hugh como igualmente válida se feita da cadeira de rodas, mas, com sua obstinação calma característica, ele insistiu. Talvez tenha sido a única vez que o santo terço foi rezado por duas pessoas em um quarto do Savoy, uma de terno fino, a outra de roupão, com os cabelos ainda molhados do banho, enquanto os ruídos do tráfego e as sirenes da polícia se ouviam lá embaixo, através das janelas abertas e reluzentes.

Anos depois, dei-me conta de que deveria ter aproveitado aquele momento para fazer a tal pergunta difícil a Hugh. Talvez eu já soubesse disso naquela época, mas estava com medo. De qualquer modo, não perguntei, e o dia seguiu adiante. Assim como todos os outros dias. Ai de mim!

Naquela época, passava na televisão inglesa um programa chamado *This is Your Life*, cuja ideia era surpreender alguma personalidade conhecida, que seria tirada de seu compromisso falso onde inocentemente estava e levada a um estúdio onde se depararia com os amigos de sua juventude, tal como os cristãos se defrontavam com leões.

Se alguém precisasse de prova de que nenhuma boa ação passa despercebida, uma conspiração foi urdida para fazer de Hugh a mais recente vítima, em reconhecimento à sua liderança na Rota de Fuga. Os pesquisadores haviam feito um trabalho preparatório minucioso, gravado as lembranças de diversos membros do Coro, nos enviado transcrições para correção, descoberto escritos que um ou outro havia publicado (ou não) ao longo dos anos. Um produtor assistente viajou para Nova York para uma longa entrevista com Enzo Angelucci, e para o que já era a Berlim Ocidental para encontrar Marianna de Vries, que, sob um nome alterado por escritura pública, se tornara professora universitária, depois uma renomada escritora e membro do Parlamento.

Contudo, com todo esse acervo compilado, prevaleceu um conselho mais sábio. Foram consultados neurologistas vasculares. Hugh não estava em condições de aguentar o choque planejado e os subsequentes sessenta minutos sob os holofotes. Decidiu-se, em vez disso, que o major Derry, nosso indomável colega do Coro, receberia as honrarias da BBC, se é que eram honrarias, e que Hugh seria o convidado surpresa que sempre surgia de trás das cortinas no desfecho, deixando todos em êxtase lacrimoso enquanto os créditos começavam a rolar. Era um programa bem chulo, mas as pessoas adoravam.

Hugh gerenciou a experiência de forma admirável, como eu sabia que faria, timidamente distribuindo cópias autografadas de *O Roma Felix*, um pequeno guia que ele havia escrito alguns anos antes, e recusando-se a aceitar os elogios dos amigos. (O subtítulo, *Guia prático para passeios em Roma*, era típico dele e, para nós, veteranos da Rota de Fuga, não deixava de ser irônico.) Além de Sam Derry, que ficara cada vez mais espetacularmente belo com o passar dos anos, muitos dos nossos antigos colegas do Coro estavam presentes. Delia Kiernan, sua filha Blon, Enzo Angelucci, agora do Brooklyn, John May de Whitechapel, que estava todo chique, parecendo uma estrela de cinema, e o inimitável, mas frequentemente imitado, Sir Francis ("me chame de Frank") D'Arcy Godolphin Osborne, Cavaleiro Comandante da Ordem de São Miguel e São Jorge, prestes a ser nomeado o 12º Duque de Leeds. Sua Graça divertiu a todos, em especial sua audiência mais prezada, ele próprio, ao fingir nunca ter ouvido falar do programa e insistir em chamar o apresentador pelo sobrenome.

— Ora, ora, Andrews. Você é irlandês, não é? Afinal, quem não é? Brindemos!

Johnny May, com seu traje xadrez em lã de *mohair*, estava bronzeado e esplêndido, embora os anos não tenham sido sempre gentis com meu diamante.

— Boa noite, docinho — disse ele e piscou, me apresentando à esposa, Janine, que ele conheceu quando ela fez uma audição para cantar com seu quarteto de bop. O câncer de esôfago o impediu de seguir tocando em público, e agora era taxista em Londres —, mas ainda faço uns sons em casa.

Os pais de Janine tinham uma loja de doces e tabacaria em Loughton, uma cidade em Essex, e Johnny fazia uma viagem até o atacado toda semana. Ele e Enzo se cumprimentavam com beijos e tapinhas nas costas. Enzo fazia muitas brincadeiras do tipo "Olha só esse malandro", e Johnny, com carinho, mandava ele "vazar".

— Vai chover canivete hoje, Angelucci — comentou Delia. — Você está de camisa.

— Não me olhe com esses olhos bonitos, senão me perco neles — respondeu Enzo. — Você me faz lembrar de uma beldade que conheci no passado, mas você é jovem demais para ser ela.

Ela deu um beijo nele, antes de se abraçarem, e também depois. E ele a levantou, rindo, em seus braços romanos carinhosos, chamando-a de "*bellissima* Delia".

— Meu Deus do céu — disse ela. — Ainda bem que meu marido não está aqui para ver isso. Venha cá, Jo, até tirarmos uma foto da turma toda. Fica no meio, assim está joia.

Eu, Delia e Enzo; com Johnny May e Frank Osborne atrás de nós, Johnny fazendo o V de vitória com os dedos, Frank levantando uma taça de vinho. À nossa frente, na cadeira de rodas, um Hugh coberto por uma manta, com expressão séria, segurando uma caneca de chá numa mão e na outra um pendão do time de futebol Lazio enviado pela querida e corajosa Marianna de Vries, que não pôde estar conosco. Agachado ao lado dele, Sam Derry, sério, gentil e cavalheiresco, com o braço sobre o ombro esquerdo de Hugh.

Tirando uma foto minha e de Paolo, registrada na manhã do nosso casamento, é a única foto que mandei emoldurar.

Um dos comentários foi cortado do programa quando foi ao ar, mas confirmei com minha querida Delia, com quem ainda mantenho contato mensal, e ela tem certeza de que minha lembrança bate com o que realmente foi falado. Ele estava contando para o apresentador simpático sobre uma discussão acalorada que teve com Hugh em dado momento, porque uma grana prometida para o Coro não tinha sido entregue no prazo.

— Aí o padre me disse: Johnny, estamos sem dinheiro. Está me entendendo, seu pateta? É uma situação séria. E ele me explicou, bem direto, caso eu não tivesse entendido. Sem D-I-N-H-E-I-R-O-P-I.

— 'Padre' — falei para ele — 'Dinheiro não termina com "pi".'

— 'Isso mesmo' — disse ele — 'Então é melhor dar um jeito nesse *piiii*!'

— Aposto que não foi bem assim. — Riu o apresentador, um tanto tenso.

— Mas foi — respondeu Hugh. — Foi até pior do que isso.

Depois da gravação, foi organizada uma pequena comemoração em uma sala acima de um *pub* local, o George na Portland Place, um lugar frequentado pelo pessoal da BBC e suas namoradas desanimadas, além de roteiristas de rádio com seus suéteres de lã Aran, desejando que suas lamúrias polissilábicas fossem atendidas e fossem contratados. Por algum motivo, estava quase vazio naquela noite. Acho que me lembro de uma chuva forte, ou talvez da previsão de uma. Foi bacana terem organizado uma comemoração, mas Hugh estava cansado, meio abalado, acho que meio surpreso, com essa repentina viagem ao passado e a chuva de boas vibrações que recebeu.

A sala ficava no topo de uma escada que já foi descida por Dylan Thomas, e era de difícil acesso para Hugh, mesmo com a ajuda de Blon Kiernan e Frank Osborne. Um repórter do *Standard* apareceu do nada, querendo entrevistá-lo, e teve que ser expulso. Não serviram os sanduíches previstos.

Depois de um tempo, Johnny May e a infatigável Delia começaram a cantarolar alguma música. As coisas melhoraram um pouquinho, ou pelo menos fingiram que sim. De alguma forma, talvez por influência ou intervenção do apresentador do programa, um parente na Irlanda foi contatado pelo telefone do *pub*. Enzo cantou uma peça de Verdi do outro lado da linha. Depois, me lembro do querido Frank fazendo um discurso cheio de citações de Demóstenes e coisas assim. Ele sempre fazia isso. É mais fácil impedir o nascer do sol. Diferentemente da maioria dos homens, Frank ficava mais charmoso à medida que bebia, seus olhos cor de avelã brilhavam como açúcar demerara, e seus gestos ficavam mais tipicamente italianos, as vogais, voluptuosas e ricas, como se estivesse imitando a si mesmo, o que era provável que estivesse fazendo, quase o tempo todo. Após uma carreira distinta no Ministério das Relações Exteriores, ele se aposentou em Roma. Os filhos de Sam Derry o consideravam uma espécie de maravilha. O menino, um boêmio de cabelos longos, e a menina, uma boêmia de cabelos curtos, pareciam não entender nada.

Lá pelo final da noite, Frank propôs que o Coro todo se juntasse para cantar um último hino em nome dos velhos tempo, *Comigo habita.* ("Você também, Andrews!") Com uma firmeza gentil, Hugh deixou claro que não queria isso, e Frank, habilidoso em sair pela tangente, desistiu da ideia com elegância.

— Amigos, romanos, compatriotas — disse ele. — O passado é uma via que é melhor percorrer rápido. Mas me permitam, queridos, fazer uma despedida com todo o coração. Ao longo dos anos, quando me pediram para definir a Rota de Fuga em Roma, sempre disse a mesma coisa. E sempre direi. Foi meu querido amigo Hugh O'Flaherty e alguns de nós que o amávamos que a criamos.

Hugh estava com a cabeça inclinada para baixo. Quando voltou a levantá-la, todo o seu rosto estava encharcado de lágrimas.

Uma corrida de táxi pelo West End na chuva não é lá a pior forma de encerrar a noite. Lembro que estava uma floresta de guarda-chuvas, parecia uma pintura impressionista, as sombras prateadas e âmbar da Oxford Street, jovens a caminho de boates no Soho. A Londres da minha juventude estava mudando.

Perguntei se ele tinha gostado da noite, e ele admitiu que tinha sido um prazer, embora doloroso, rever os velhos amigos, mas achou que havia sido dado muito destaque a ele, e não às atividades mais amplas do Coro. Citando sua peça favorita de Shakespeare, *Coriolano,* ele afirmou que não gostava de ver suas insignificâncias serem exageradas.

— Você acha que não fez bastante coisa? — perguntei.

— Não o suficiente — respondeu.

Mais uma vez, minha pergunta não feita estava na ponta da língua. Quando eu estava prestes a fazê-la, ele apontou com alegria.

— Olha só, a Berwick Street. Vamos comprar peixe frito? Será que o motorista se importaria em fazer uma parada? Quero bastante vinagre no meu, sem sal.

Na manhã seguinte, deixei-o descansando; na verdade, ele dormiu até o meio-dia, saindo depois do meu quarto piscando os olhos que nem toupeira, sem saber ao certo como chegou aqui. Os pijamas de seda fantásticos e caríssimos que ele estava vestindo tinham sido encomendados, mas nunca pagos, por um ministro socialista do gabinete, agora desonrado, um detalhe que o alfaiate nos contou com discrição. Eu tinha feito o sofá na sala de estar de cama, um fato que pareceu horrorizar Hugh, mas, na verdade, eu até que gostava de tirar um cochilo num sofá bem confortável à luz da lareira, com uma história de fantasmas ou um livro de poemas que não entendo ao lado e um copinho de uísque com água na mesinha de centro. Parece que certa dose de insônia me cai bem.

Tomamos um café da manhã simples — afinal, no Savoy, dá para tomar café a qualquer hora, do nascer do sol à meia-noite — no terraço com vista para o Tâmisa. Ele me falou que ainda era atormentado por pesadelos, sonhava com Hauptmann e seus capangas, as cavernas, as deportações, "outras coisas que também poderiam ter feito".

Eichmann foi executado no verão passado, em Israel. Hugh acompanhou o julgamento pelos jornais. Um dos soldados israelenses encarregados de lançar as cinzas cremadas do nazista ao mar, a quase dez quilômetros de Jafa e, portanto, fora de águas nacionais, disse numa entrevista que ficou surpreso com a pouca quantidade de cinzas deixadas por um ser humano. Hugh tinha visto uma foto do grande monte de cinzas em Auschwitz em uma revista de notícias.

— Todo mundo deveria ver aquela foto — disse ele. — Tem algum lugar aonde a gente possa ir e rezar?

— Podemos rezar aqui — falei.

— Gostaria de estar reunido em uma congregação.

Naquela época, em St. Paul's, na Bedford Street, havia um culto realizado à tarde na que era carinhosamente conhecida entre os noctívagos de Londres como "a igreja dos atores". Sabendo como são os atores, o vigário me contou certa vez que não faria muito sentido realizá-lo de manhã. "São Paulinho", como era chamada pelos entendidos. O clima era boêmio-teatral-diva-em-tempos-difíceis. Sentia-se que a monogamia não era uma prática universal, nem talvez a heterossexualidade, embora ninguém a chamasse assim naquela época.

Hugh ficou incomodado por ter perdido a missa, então fomos juntos para São Paulinho, e eu fui logo avisando que seria uma cerimônia religiosa diferente do que estava acostumado.

Os gatos-pingados de artistas noturnos de olhos cansados e dançarinos exaustos na congregação o encantaram, assim como os músicos de jazz com cara de sono e os cantores de blues com barba por fazer. Um cheiro peculiar exalava da varanda, algo que não parecia ser incenso. Hugh era o único cavalheiro na igreja vestindo camisa de colarinho e gravata, na verdade, um dos poucos que não estavam usando batom.

Depois, ele entrou numa conversa com um músico de rua desgrenhado, um ex-professor de matemática, pelo menos foi o que o homem disse, sobre o maldito boxe de pesos-pesados de que ambos gostavam. Durante esse sufoco, fiquei olhando para os vitrais e as lápides. As lápides de protestantes são tão comoventes, cheias de carinho e histórias, seus jeitos de falar sobre a morte são tão cheios de esperança. *Meu filho que adormeceu. Voltou para a Luz. Sua amada esposa partiu para o outro lado. Foi para a glória. Chamada para a casa.* É uma das minhas lembranças mais marcantes de Hugh. Rindo por causa do boxe, à luz filtrada pelos vitrais, com alguém que muitos rotulariam de mendigo.

Naquela noite, finalmente consegui realizar o sonho antigo de levar o Hugh ao Covent Garden. Foi uma produção magnífica de *Tosca*, com os atores Tito Gobbi e Callas, e ele teria ficado encantado com o segundo ato, seus quarenta minutos preferidos na história da música, se não tivesse adormecido pouco antes da ária *Vissi d'arte*. Não tive coragem de acordá-lo.

Depois do espetáculo, lembro-me de um momento estranho que ainda me vem à mente de vez em quando. Estávamos caminhando pela Wellington Street, com Hugh em sua cadeira de rodas e eu o empurrando, quando, de uma janela suja e rachada no térreo do antigo Lyceum, ele pensou ter visto uma adolescente de rosto pálido nos encarando. Aquele teatro estava abandonado há anos na época. No entanto, ele estava convicto. Parecia abalado pelo que vira.

Eu tinha pedido ao porteiro para fazer uma reserva no Montinari's para o jantar, pois Hugh, como todas as pessoas admiráveis e confiáveis, gostava de comer — uma vez, ele assinou um livro antigo de receitas de Artusi, um presente de aniversário para mim, com uma citação querida que ele traduziu de Wilde: "*Dopo una buona cena si può perdonare chiunque, persino i propri parenti*" ("Depois de um bom jantar, pode-se perdoar qualquer um, até mesmo os próprios parentes") —, e eu queria que ele conhecesse aquele restaurante imponente, que parecia um transatlântico e que ficou tantos anos na Strand. Fotos autografadas de atores esquecidos adornavam todas as paredes, o que, muitas vezes, era um sinal preocupante em um restaurante, tal como ter fotos da comida, mas o Monty's, apesar de já não estar no auge, ainda era de longe o melhor restaurante italiano em Londres naquela época, o que significa que era quase tão bom quanto a pior lanchonete de estação ferroviária na Itália. O famoso *Penne all'arrabbiata* deles já havia sido retirado do cardápio na noite em que fomos lá, mas o maître, que eu conhecia há bastante tempo, deu um jeito de trazê-lo de volta só para nós.

Hugh e ele conversavam em italiano, algo encantador de se ouvir. Hugh contava sobre as filmagens de *Quo Vadis* em Roma nos anos 1950, a transformação da cidade pela Metro-Goldwyn-Mayer, os carros de luxo e as multidões de figurantes com capacetes, os paparazzi em fila, os cenários impressionantes, o detalhe assustador que era colocado nas cenas de luta dos gladiadores.

— Trouxeram os leões da Alemanha, os touros de Portugal e os quatro cavalos brancos da Irlanda.

Robert Taylor e Deborah Kerr tinham se hospedado não muito longe do *collegio*; ele os viu passeando com Nero, o ator Peter Ustinov, nos jardins da Villa Pamphili. Quando o penne chegou à nossa mesa, ele fez questão de dizer que era insuperável, embora na verdade fosse apenas mediano. Como sempre, ele recusou até mesmo meio copo de vinho, e como sempre, insistiu para que eu aceitasse um. Tomei dois copos enquanto ele dava pequenos goles num um suco de laranja com aspecto um tanto empoeirado, que, para espanto de todos — mais uma vez, desconhecido pelos moradores rurais de Kerry, que pareciam se virar sem ele —, continha gelo triturado.

Lembro-me do olhar desconfiado dele à luz dos crepes Suzette que o próprio Luigi Montinari preparava à mesa. Monty's era o único restaurante "italiano" que eu conhecia que tinha "gelatina", e até mesmo, se você pedisse com jeitinho, aquela abominação culinária que os jovens estavam começando a chamar de "batatas fritas". Estávamos, é claro, aprendendo a chamá-los de "adolescentes" e a chamar a música deles de "música" com um sorriso forçado de empatia não sentida. Nascidos após a guerra, eles não sabiam literalmente nada. Havia momentos em que a gente ficava feliz por não ter filhos.

Pediram café. A atração no palco começou. Um cabeça de vento e orelhudo bonitão, vestindo um paletó que já foi preto, cantava Gershwin, estalando os dedos no ritmo da música, com os olhos semicerrados, relaxado e emotivo, como faziam os avós na juventude distante, frequentemente lançando olhares sarcásticos ao pianista, um esquelético espectro com uma faixa na cintura, que se *curvava* sobre as teclas como se as culpasse por algum crime, ou dando o que imagino que ele achava serem piscadelas sedutoras para as senhoras embriagadas com vodca e os senhores fumantes, que estavam entre os últimos remanescentes do Monty's naquela época, exóticos possuídos pela estranha e comovedora beleza de criaturas em extinção.

Às vezes, o cantor tentava dançar o estilo Charleston ou fazia aquele truque de cruzar as mãos nos joelhos, tão adorado pelas crianças pequenas, e os idosos riam com educação, eu e o Hugh entre eles. O satirista David Frost apareceu, com a mãe, se me lembro bem. Eu tinha visto uma foto dele no jornal com vários integrantes dos Beatles.

Não faço ideia de como a notícia de quem era Hugh se espalhou pelo restaurante — alguns anos antes, ele escreveu uma coluna fixa para *o Sunday Express*, "Nosso Correspondente em Roma", sua assinatura incluía uma fotografia bastante lisonjeira da qual ele nunca gostou —, mas começaram a trazer para a nossa mesa bebidas com pedaços de frutas e pequenos guarda-chuvas japoneses e espadas de plástico em miniatura. Houve acenos amigáveis enquanto saboreávamos os aperitivos e até mesmo um grito de "Mandou bem, cara!" Ainda bem que ninguém foi tão longe a ponto de realmente se aproximar; Hugh parecia estar criando um campo de força. Mas foi maravilhoso vê-lo lidar com sua recém-chegada fama, ficando visivelmente corado, como um tomatinho. Um grão de café embebido em Sambuca deveria arder menos do que meu amigo naquele momento.

— Você deveria segurar minha mão — provoquei. — Apareceríamos no *News of the World* no domingo.

— Não quero segurar sua mão, dispenso — confirmou.

Com uma última interpretação horrorosa de Cole Porter, o cantor saiu do palco, tropeçando nos próprios cadarços. As conversas paralelas à sua cantoria se intensificaram rapidamente. Velas brilhavam nas garrafas de Chianti.

Uma moça jovem apareceu pelas portas de vaivém da cozinha, secando as mãos molhadas em um pano, indo rapidamente em direção à nossa mesa de uma maneira que deixava claro que estava nos observando há um tempo, e perguntou de forma reticente e em tom de desculpas se poderia falar rapidinho com o Hugh.

Ela já estava se segurando para não chorar.

Ele perguntou se ela queria se sentar. Balançando a cabeça, ela deixou claro que não.

Ela queria agradecê-lo, disse, por ter salvado a vida de um jovem de dezenove anos de Glasgow, o soldado Michael Robert Connolly, do Primeiro Batalhão, Fuzileiros Reais, em 20 de setembro de 1943. Será que Hugh se lembrava dele?

Hugh disse que, para ser sincero, não se lembrava — havia tantos prisioneiros —, e ela assentiu como se já esperasse essa resposta.

Ele fugira do campo de prisioneiros em Modena, onde era obrigado a trabalhar, seguiu em direção a Roma, à noite, descalço, exausto e faminto, e ao descansar rapidamente em cercas e arbustos, encontrou forças para atravessar a fronteira do Vaticano e chegar à Praça de São Pedro, onde conheceu o monsenhor, que o escondeu em um convento perto do Santo Ofício, em Santa Mônica. Ele dormiu no pombal em ruínas que um dia foi um *columbarium* romano e se recuperou dos muitos ferimentos gangrenosos que ganhou ao atravessar o arame farpado. Em um hospital militar perto do aeródromo de Croydon, a caminho de casa após a guerra, Michael Robert Connolly conheceu uma enfermeira um ano mais velha que ele, uma garota de New Forest. Eles se casaram depois de um mês; a filha deles, uma menina, estava parada diante de nós agora.

— Eu não estaria aqui — disse a jovem mulher, entre lágrimas — se você não tivesse feito o que fez. Nem meus filhos. Então, obrigada.

Ela recebeu o nome de Mônica, em homenagem ao convento. Já o irmão dela, de dezesseis anos, chamava-se Hugh, por causa de Hugh.

Todos os anos, no dia 20 de setembro, eles rezavam em agradecimento pela libertação de seu pai e pelo homem que lhe salvou a vida.

— Que queridos — falou Hugh.

— Deus te abençoe — sussurrou ela.

— Seu pai está bem de saúde?

— Está, sim. Ele está ótimo.

— Diga a ele que estou mandando um abraço. E à sua mãe. E aos seus filhos.

— Pode deixar.

Em seguida, aconteceu algo muito bonito. Hugh começou a conversar com ela sobre o tempo que passou em New Forest, os seis meses que passou como jovem padre em Brockenhurst. Eu não sabia disso antes, nem mesmo sabia onde ficava.

Ele falou sobre os pôneis selvagens, lembro-me bem, as estações da vida na floresta, os costumes daquela parte da Inglaterra. Era evidente que lhe dava prazer mencionar os nomes das cidades locais, assim como sempre nos alegra mencionar os nomes dos lugares onde encontramos o fugaz espectro que é a felicidade. Lymington. Beaulieu. Lyndhurst. Hythe. Keyhaven. Barton on Sea.

Lamento profundamente dizer que, mais tarde naquela noite, de volta ao apartamento no último andar, eu e Hugh tivemos uma discussão muito séria. Havia uma pergunta que eu queria fazer há muito tempo, eu disse; ele elevou a voz quando eu a fiz. No entanto, continuei.

Eu tinha ouvido alguns boatos, que eu relatei; ele poderia confirmar se eram falsos? Ele respondeu que se recusava a discutir o assunto.

— O que eu faço não é da conta de ninguém.

A lua, se estava presente, testemunhou nossa raiva. Portas foram fechadas com força no apartamento no último andar naquela noite.

Na manhã seguinte, no aeroporto de Londres, me despedi dele. Um pacote de discos de ópera, um presente para um vizinho lá em Kerry, estava embrulhado em papel pardo, e também havia um presente para a irmã dele, uma bela toalha de mesa de linho que tínhamos comprado no saguão do hotel. Era típico de Hugh, após uma discussão, fingir que nada havia acontecido. Então, foi o que fizemos. Fiquei feliz.

Comentamos sobre o tempo, algo que costumávamos fazer nos tempos em Roma durante os ensaios.

Eu ainda escutava Bach? Não, tinha deixado de ouvir.

Estava um dia bonito e tranquilo. Sim, concordei.

Mas na Inglaterra nunca se sabe, ele comentou, até meio-dia poderia estar trovejando.

Ele estava tremendo quando o abracei. E eu também estava. Ele beijou minha mão.

— *Grazie mille* — murmurei. Ele também.

Enquanto seguia pelo corredor de embarque, afastando-se de mim, ele ergueu o punho cerrado em saudação. Era a última vez que eu o veria, nós dois sabíamos.

Na minha mente, ecoava uma velha canção que costumávamos entoar nos ensaios.

Pareceu levar uma eternidade para o voo dele partir, mas eu fiquei esperando, minuto após minuto.

Agora que o verão chegou
Com os louros em plena floração,
E o tomilho bravo das montanhas
Todos os brejos perfumando;
Juntos, vamos rumo ao nosso amado recanto,
Onde os lírios do campo desabrocham
Nas encostas de Balquhither.
Vamos nessa, moça, vamos.
Vamos nessa, moça.

Cathair Saidhbhín
Condado de Kerry
Outubro de 1963

Cara Giovanna, minha Jo,

Minha querida e velha amiga,

Não me lembro de ter visto lilases tão bonitos desde o ano em que nos conhecemos.

Quando receber estas palavras, eu já terei deixado este corpo cansado e ido para onde vamos quando somos dele despejados. Deixei instruções para que esta carta seja enviada a você três dias após o meu funeral. Desculpe pela digitação descuidada. Está tarde.

Como bem sabe, sempre fui um escritor compulsivo. As coisas simplesmente não pareciam reais para mim até serem colocadas no papel.

Tenho sentido recentemente que aqueles belos dias em Londres podem ter sido arruinados para você pela nossa briga, pelo meu silêncio inflexível em relação à pergunta que você fez. Peço desculpas pela minha teimosia, você sabe o quanto sou cabeça-dura. Mas havia outros motivos pelos quais eu relutava em falar.

A verdade é que sim, visitei Hauptmann na prisão de Modena. Foram nove vezes ao todo — haveria uma décima vez, mas cancelei. As visitas foram a pedido dele.

Na primeira visita, quase não trocamos palavras. Na segunda, ele estava lamuriento e vingativo, andava de um lado para o outro na cela, fumando, reclamando que só havia obedecido a ordens, soltando obscenidades que pareciam meticulosamente planejadas com o intuito de chocar e magoar uma pessoa celibatária de uma maneira específica (mas não conseguiram). Alguns homens se adaptam à cela. Ele a odiava.

Será que eu não entendia que ele era casado, tinha responsabilidades, obrigações? Ele não podia mais ver a esposa e os filhos! Cadê a justiça nisso? Minha filha, que não fez nada, é privada de ver o próprio *pai*? Meus pais são idosos! Tenho que defecar num balde, feito um animal. Por apenas seguir ordens legais! Havia pessoas muitos piores do que eu. Você tem ideia de como é morar numa gaiola?

Passei dois anos sem voltar lá.

Ele mandou uma carta pedindo um terceiro encontro, eu consultei meu reitor quanto a essa questão. Decidimos que eu deveria ir, então fui. Naquela época, os locais de sepultamento de muitos romanos desaparecidos ainda eram desconhecidos; havia rumores de que Hauptmann poderia fornecer detalhes para que os rituais adequados pudessem ser feitos. Eu sabia que ele não o faria, mas a esperança é a última que morre.

Hauptmann me recebeu como um primo querido que havia retornado de uma longa estadia no exterior — uma encenação, é claro.

"Sente-se, vamos jogar xadrez."

De alguma forma, ele havia providenciado um bolo, se bem me lembro, e "um bule do seu chá inglês". O que ele queria, é claro, era que eu lhe dissesse que não era inglês. Falei que não estava com sede. Isso o pegou de surpresa. Ele alegou não saber nada sobre os desaparecidos. Não sabia nada de nada. Perguntou se eu trocaria um aperto de mãos. Eu recusei.

No nosso quarto encontro, ele trouxe outra vez o tabuleiro e as peças de xadrez — feitos por ele mesmo, durante a aula de marcenaria —, o que lhe permitiu usar o provérbio italiano que qualquer psicopata entenderia o significado: "*Alla fine della partita il re e il pedone vanno nella stessa scatola*". Depois ele falou em inglês, como se eu já não entendesse italiano.

"Após o jogo, o rei e o peão vão parar no mesmo lugar."

Falei que ele precisava aprimorar mais o sotaque.

Ele sabia como se fazer de mentalmente perturbado se achasse que isso poderia ser útil, mas, de muitas maneiras, era uma pessoa bastante comum, equilibrada, mediana, um narcisista manipulador que, como muitos desse tipo, tinha uma capacidade notável de atrair os outros. Os guardas às vezes revelavam que havia momentos em que achavam difícil não gostar dele; "irresistível", lembro ser a palavra que o guarda usou. Ele sabia exalar vulnerabilidade, uma ingenuidade de criança perdida na mata, e se desculpava de um jeito que não expressava remorso sincero, usando de astúcia e engenhosidade para jogar a culpa em todos os envolvidos, sugerindo que todos haviam sido afetados de alguma forma.

"É claro, sempre que há violência, todos que testemunham são afetados. Isso foi observado pela psiquiatria."

O magnetismo dele o tornava uma pessoa muito assustadora de estar perto. Você sentia seus limites se embaralhando.

Acho que não deveria nos surpreender o fato de que assassinos usam máscaras. Mas surpreende. Todos nós usamos tantas, é claro. Talvez essa seja a definição do ser humano, um mamífero capaz de modificar sua face. Apenas uma pessoa em toda a história nunca usou máscara, foi sempre genuinamente ele mesmo, independentemente de ter sido traído ou assassinado. Ele foi morto pelo poder em um madeiro.

Pouco tempo depois, percebi que a decoração da cela de Hauptmann começou a mudar, primeiro aos poucos, mas de maneira perceptível, calculada, cartões-postais dos santos e mártires tinham sido colados nas paredes. Isso é bastante comum em uma prisão. Certa manhã, cheguei, relutante como sempre, e me deparei com uma foto minha entre os cartões-postais.

"Monsenhor, você está no lugar certo. Rezo a você todos os dias." Ele fez uma pausa. "Perdão pela minha falta de habilidade com o inglês, eu quis dizer *por* você."

Vai ficar óbvio para você, Jo, por ser tão perspicaz, o rumo que as coisas estavam tomando. Em pouco tempo, vi que eu estava certo. Hauptmann perguntou se poderia ser recebido na fé católica, como previ desde o começo. É preciso ter um olhar cínico para notar que a conversão ao Senhor por parte de assassinos e mentirosos ocorre com uma regularidade previsível logo após o juiz proferir a sentença, quase nunca antes. Visando à possibilidade de ser liberado pela Junta de Liberdade Condicional, o assassino chega a conclusões que não foram inspiradas pelo Sermão da Montanha. Hauptmann insistiu que era de coração, escreveu longas cartas para Roma, afirmando que queria que eu — e somente eu — fosse o padre que o prepararia.

Fiquei angustiado com a decisão. No fim das contas, concordei.

Seguimos os protocolos necessários, dei-lhe um Catecismo, que ele estudou com grande dedicação, frequentemente levantando questões profundas e perspicazes, como fazem os dissimulados e os sinceramente devotos.

Chegou a manhã do seu batismo, que ocorreu em sua cela, pois a capela da prisão estava com o teto desabado. Estávamos só eu e Hauptmann. Ele não havia se barbeado nem tomado banho. Seus cabelos sujos estavam oleosos. Ele alegou estar resfriado e incapaz de encarar o banho coletivo, mas sua falta de compostura adequada parecia ser uma forma de expressar seu desprezo. Talvez não.

Ele fungou e olhou com falsa solenidade, errando os votos. Chegou o momento em que o padre precisava convocar duas testemunhas para confirmar a sinceridade da pessoa que se convertia à Igreja. Ele esperava que eu chamasse dois guardas para desempenhar o papel, mas, sem dizer a ele, optei por uma solução diferente.

"*Bitte*", chamei.

Dois jovens adentraram a cela. A filha dele, agora com vinte anos, e seu irmão, com dezessete. Ambos tentando segurar as lágrimas. Nenhum dos dois conseguia encará-lo.

"Seus filhos testemunharão seu juramento solene", falei.

Ele ficou surpreso e não os cumprimentou, o que achei estranho, e demorou um tempinho para concordar com a cabeça. Enquanto observavam o pai, concluí o batismo dele.

Pode ser que ele não estivesse me enganando. Pode ser que estivesse. Tudo bem. Não entendo nem gosto de muitos dos ensinamentos do meu Redentor. Não se julgue muito superior, ofereça o bem àqueles que odeiam você. Como tantos do meu sexo, já me senti profundamente convencido de que Deus cometeu um erro terrível ao não me fazer Deus, que o mundo estaria livre de escuridão ou dificuldades se apenas eu o governasse. Se eu fosse o Todo-Poderoso, teria feito várias coisas de forma diferente. Mas não era.

Deus era.

E é.

Logo após o término do ritual de batismo, os filhos saíram da cela, o filho cumprimentando-o com um aperto de mão, enquanto a filha ainda se recusava a tocá-lo. Ele pediu que eu ouvisse sua primeira confissão. Eu me recusei, mas chamei um confrade, o capelão da prisão, quando estava saindo. No fim das contas, o padre me contou depois, Hauptmann se recusou a confessar.

A última vez que o vi foi no dia de seu batismo, graças a Deus. Há alguns anos, ouvi dizer que sua esposa havia entrado com um pedido de divórcio. Ela pode ter se casado novamente desde então, mas não tenho certeza.

Esses são os acontecimentos dolorosos que eu devia ter lhe contado quando estávamos em Londres. Não sei bem o que me impediu. Talvez tenha pensado que você ficaria brava por eu ter dado atenção a ele. Muitas vezes, eu ficava zangado comigo mesmo por causa disso. Mais recentemente, percebi que não quero mais pensar nele, e há muitos dias em que simplesmente não penso, pelo que agradeço ao Deus dos Silêncios. À medida que me aproximo da Luz, tenho perdido o interesse pela Escuridão. Sempre tive medo dela, e o medo é uma conexão.

Peço desculpas por tê-la magoado. Quando, em algum momento, duvidei da existência de algo bom, pensei em você, na sua bondade, compaixão e graça, no amor que demonstrou a um amigo orgulhoso e mesquinho, no seu perdão, na sua coragem e valentia. Muitas pessoas nunca chegam a conhecer um herói. Eu conheci vários. E os amei.

Arrivederci, minha amiga e camarada. Cometi muitos erros na vida. Mas na casa de meu Pai há muitas moradas.

Seja gentil consigo mesma, *bellissima*. Você não é bondosa o suficiente consigo mesma.

Cante sua música, saboreie o vinho.

Com todo amor e respeito.

Che Dio ti benedica sempre,

Seu H

OBSERVAÇÕES, REFERÊNCIAS BIBLIOGRÁFICAS, AGRADECIMENTOS

Apesar de pessoas e eventos reais terem inspirado a obra de ficção que é *Na casa de meu Pai*, ela é, antes de tudo, um romance. Foram tomadas certas liberdades com fatos, caracterizações e cronologias. Acontecimentos foram concentrados, personagens amalgamados, renomeados, adaptados ou inventados. Os Hugh O'Flaherty, Sam Derry, John May, Delia Kiernan e D'Arcy Osborne destas páginas são minhas versões e não devem servir de referência para biógrafos ou pesquisadores. Este romance não tem a intenção de servir de fonte para estudantes que pesquisam sobre Roma no período da guerra ou da ocupação nazista na Itália. A carta reproduzida como epígrafe é extraída da página 197 do livro de memórias de Sam Derry, intitulado *The Rome Escape Line* (1960). O sobrenome do escritor não é mencionado. Ele era "um garoto de Glasgow". Todas as demais sequências de *Na casa de meu Pai* que pareçam ser documentos autênticos são, na verdade, criações fictícias. Leitores interessados em obras de não ficção sobre Hugh O'Flaherty, a Rota de Fuga em Roma ou em reportagens sobre a vida em Roma durante a guerra são convidados a consultar as seguintes obras, que, é claro, não concordam em todos os aspectos, além das referências, notas e bibliografias nelas contidas:

Priests de la Resistance! (2019) de Fergus Butler-Gallie, *Rome, City in Terror, the Nazi Occupation 1943–44* (2020) de Victor Failmezger. *O pimpinela escarlate do Vaticano* (1967) de JP Gallagher, relançado como *The Scarlet and the Black* (2009), *Der Campo Santo Teutonico, das deutsche Priesterkolleg und die Erzbruderschaft zur Schmerzhaften Mutter Gottes während des Zweiten Weltkriegs* (2015) de Stefan Heid e Johann Ickx, *The Pope, the Resistance and the German Occupation of Rome* (2003) de Robert Katz, *Mussolin's Rome* (2005) de Borden W. Painter, *A Vatican Lifeline* (1995) de William Simpson, *Hide and Seek: the Irish Priest in the Vatican Who Defied the Nazi Command* (2012) de Stephen Walker, *Rome Under the Terror* (1945) de M. de Wyss. Essa lista está longe de ser completa.

Gostaria de expressar minha sincera gratidão ao sobrinho e homônimo do monsenhor, o juiz aposentado do Supremo Tribunal Irlandês, Hugh O'Flaherty, e à sua sobrinha-neta, Catherine, cineasta, por me concederem uma entrevista e por me disponibilizarem a coleção de escritos inéditos do monsenhor Hugh, incluindo suas cartas, diários, notas, telegramas e outros, bem como seus periódicos publicados (ele escreveu uma coluna no jornal por alguns anos), além de gravações de áudio e outros materiais que Catherine O'Flaherty encontrou durante a pesquisa para seu documentário sobre o monsenhor (*Pimpernel sa Vatican*, 2008), incluindo uma gravação completa do programa *This is Your Life* de 1963 com participação de Sam Derry, cuja versão fictícia conclui este livro. Agradeço ao arquivista Mark Ward pela competência e profissionalismo com que ajudou a família a compartilhar esse material comigo. Agradeço a Flor MacCarthy por me alertar sobre uma carta endereçada ao monsenhor que eu não havia visto antes, enviada pelo presidente irlandês Sean T O'Kelly, e por compartilhar uma coleção herdada de fotografias singulares de Roma nos anos 1930 e 1940. Qualquer erro presente no livro é de minha responsabilidade.

Agradeço a Liz Foley e Mikaela Pedlow, do selo editorial Harvill, e a Isobel Dixon, Conrad Williams e seus colegas da Blake Friedmann Literary Agency. A ameaça no capítulo de encerramento de que dentaduras serão fornecidas no Dia do Juízo Final é inspirada no trabalho do mestre da narração, o finado Dave Allen. Fiz algumas alterações para atender às minhas necessidades. Um dos grandes prazeres que tive ao escrever este livro foi a calorosa ajuda da ex-embaixadora da Irlanda no Vaticano, Emma Madigan, e de seu marido Laurence Simms. Agradeço a eles e ao seu filho, Cormac, que conheci quando ele ainda era um pequeno romano, pela sua amizade. O arranjo musical no Capítulo 13 foi feito pelo maestro Brian Byrne, a quem expresso minha sincera gratidão. Agradeço a John Bowman, Bert Wright, ao prof. Diarmaid Ferriter, ao monsenhor Stefan Heid (veja a lista de obras de referência acima) e aos bibliotecários do Collegium Germanicum em Roma, ao monsenhor John Kennedy, em Roma, a Kathy Rose O'Brien, a Mariachiara Rusca, a Anna Loi e a minha irmã, a dra. Éimear O'Connor. Como sempre, agradeço aos meus filhos, James e Marcus, e à minha esposa, Anne-Marie Casey. *Vi amo, dal profondo del mio cuore.*

SOBRE O AUTOR

JOSEPH O'CONNOR nasceu em Dublin. Na lista de seus livros estão *Cowboys and Indians*, *Inishowen*, *Estrela do mar* (vencedor do American Library Association Award, Irish Post Award na categoria Ficção, Prix Millepages na França, Premio Acerbi na Itália e do Prix Madeleine Zepter na categoria Romance Europeu do Ano), *Caminhos da redenção*, *Ghost Light* (vencedor do Dublin One City One Book Novel de 2011) e *Shadowplay* (vencedor do Irish Book Awards na categoria Romance do Ano e finalista do Costa Novel Awards na categoria Romance do Ano). Seus livros de ficção foram traduzidos para quarenta idiomas. Em 2012, ele recebeu o Irish PEN Award por sua Contribuição Excepcional para a Literatura e, em 2014, foi nomeado para a cátedra do professor Frank McCourt de Escrita Criativa na Universidade de Limerick.

www.josephoconnorauthor.com

Este livro foi impresso nas oficinas gráficas da Editora Vozes Ltda.,
Rua Frei Luís, 100 – Petrópolis, RJ.